Zusammen werden wir leuchten

Lisa Williamson

Aus dem Englischen von
Angelika Eisold Viebig

FISCHER Taschenbuch

MIX
Papier aus verantwortungsvollen Quellen
FSC® C083411

Deutsche Erstausgabe

Erschienen bei FISCHER Kinder- und Jugendtaschenbuch
Frankfurt am Main, Januar 2016

Die britische Originalausgabe erschien 2015 unter dem Titel
›The Art of Being Normal‹ bei David Fickling Books

Satz: Dörlemann Satz, Lemförde
Druck und Bindung: CPI books GmbH, Leck
Printed in Germany
ISBN 978-3-7335-0076-4

Für Isla

Eins

David

Als ich acht Jahre alt war, sollten wir in der Schule aufschreiben, was wir einmal werden wollen. Unsere Lehrerin ging in der Klasse herum, und jeder musste aufstehen und vorlesen, was er geschrieben hatte. Zachary Olsen wollte Profi-Fußballer werden und Lexi Taylor Schauspielerin. Harry Beaumont war sich sicher, dass er Premierminister wird. Simon Allen wollte Harry Potter sein, und zwar so sehr, dass er sich im Schuljahr davor mit der Handarbeitsschere einen Blitz auf die Stirn gekratzt hatte.

Nichts von alldem interessierte mich.

Ich hatte geschrieben:

Ich möchte ein Mädchen sein.

Zwei

Meine »Geburtstagsgäste« singen *Happy Birthday*. Es hört sich nicht besonders toll an.

Meine kleine Schwester Livvy singt kaum mit. Sie ist elf und hat bereits beschlossen, dass familiäre Geburtstagsfeiern todpeinlich sind. Also überlässt sie es Mum und Dad, das Lied zu Ende zu singen. Mums durchdringender Sopran passt so gar nicht zu Dads tiefem Bass. Es klingt derartig falsch, dass unser Hund Phil in seinem Korb aufsteht und sich mitten im Lied davonschleicht. Ich kann es ihm nicht übelnehmen, die ganze Feier ist ziemlich deprimierend. Sogar die blauen Ballons, die Dad den ganzen Morgen über aufgeblasen hat, sehen traurig aus, besonders die, auf denen mit schwarzem Filzstift »Endlich vierzehn!« geschrieben steht. Ich bin nicht einmal sicher, ob dieses kümmerliche Spektakel überhaupt als Feier durchgeht.

»Wünsch dir was!«, fordert Mum mich auf. Sie hält die Torte leicht schräg, damit ich nicht merke, dass sie schief ist. Obendrauf steht in roter Buttercreme »Happy Birthday David!« Das »day« in »Birthday« ist ziemlich gequetscht, weil sie dafür zu wenig Platz eingeplant hatte. Um den Rand stehen vierzehn blaue Kerzen, deren Wachs auf die Buttercreme tropft.

»Beeil dich!«, drängt Livvy.

Aber ich lasse mich nicht drängen. Ich will den Moment genießen. Ich beuge mich nach vorn, streiche mir das Haar hinter die Ohren und schließe die Augen. Dabei blende ich Livvys Nölen und Mums aufmunternde Worte aus, genau wie Dads Rumhantieren an seiner Kamera, und plötzlich klingt alles irgendwie gedämpft und weit weg. Es ist so, wie wenn man den Kopf in der Badewanne unter Wasser hat.

Ich warte ein paar Sekunden, bevor ich meine Augen öffne und die Kerzen alle auf einmal ausblase. Die anderen klatschen. Dad lässt einen Partykracher los, der aber gar nicht richtig kracht, und noch bevor er einen zweiten aus der Packung geholt hat, hat Mum bereits die Vorhänge geöffnet und begonnen, die Kerzen vom Kuchen zu nehmen. Der Moment ist vorbei.

»Was hast du dir denn gewünscht? Ich wette, was total Blödes«, sagt Livvy abfällig und dreht eine Strähne ihres goldbraunen Haars um den Mittelfinger.

»Er darf es nicht verraten, Dummchen, sonst geht es ja nicht in Erfüllung«, sagt Mum und bringt die Torte in die Küche, um sie anzuschneiden.

»Genau«, sage ich und strecke Livvy die Zunge heraus. Sofort streckt sie mir umgekehrt ihre heraus.

»Wo sind noch mal deine zwei Freunde?«, fragt sie und betont »zwei« ganz besonders.

»Hab ich doch schon gesagt, Felix ist in Florida und Essie in Leamington Spa.«

»Wie schade«, kommentiert Livvy ohne jegliches Mitgefühl. »Dad, wie viele Gäste hatte ich noch mal an meinem elften Geburtstag?«

»Fünfundvierzig. Alle auf Rollerskates. Die Hölle auf Erden«, antwortet Dad grimmig, holt die Speicherkarte aus der Kamera und steckt sie in seinen Laptop.

Das erste Foto, das auf dem Bildschirm erscheint, zeigt mich auf meinem Ehrenplatz am Tischende, mit einem überdimensionalen »Birthday Boy«-Anstecker und einem spitzen Partyhütchen. Meine Augen sind halb geschlossen, und meine Stirn glänzt.

»Dad«, stöhne ich. »Muss das jetzt wirklich sein?«

»Ich will nur schnell die roten Augen wegmachen, bevor ich deiner Oma die Fotos maile«, sagt er, während er wild klickt. »Sie hat es so bedauert, dass sie nicht kommen konnte.«

Das stimmt gar nicht. Granny hat mittwochs immer ihren Bridge-Abend, den sie für niemanden ausfallen lässt, schon gar nicht für ein Enkelkind, das nicht zu ihren Lieblingen gehört. Livvy ist Grannys Lieblingsenkel. Eigentlich ist Livvy von allen der Liebling. Mum hatte auch Tante Jane und Onkel Trevor eingeladen, samt meiner Cousine Keira und Cousin Alfie. Aber Alfie ist diesen Morgen mit Flecken am Oberkörper aufgewacht, was die Windpocken sein könnten. Also haben sie sich entschuldigt, und wir vier durften allein »feiern«.

Mum kommt mit der aufgeschnittenen Torte ins Wohnzimmer zurück und stellt sie auf den Tisch.

»Seht euch nur an, was alles übriggeblieben ist«, sagt sie mit gerunzelter Stirn, während sie die Berge von kaum angerührtem Essen mustert. »Wir können wahrscheinlich noch bis Weihnachten Wurstbrötchen und Cremeschnitten essen. Ich hoffe nur, ich habe genug Frischhaltefolie.«

Na toll. Ein Kühlschrank voller Essen, um mich daran zu erinnern, wie unbeliebt ich bin.

Nach der Torte und einem Frischhaltefolienexzess gibt es die Geschenke. Von Mum und Dad bekomme ich einen neuen Rucksack für die Schule, die *Gossip-Girl*-DVD-Box und Geld – hundert Pfund. Von Livvy eine Packung Schokoriegel und ein glänzendes rotes Case für mein iPhone.

Dann sitzen wir alle auf dem Sofa und schauen uns einen Film an, der *Ein voll verrückter Freitag* heißt. Darin geht es um eine Mutter und eine Tochter, die einen verzauberten Glückskeks essen, durch den sie auf magische Weise für einen Tag die Körper tauschen. Natürlich lernt jede von ihnen vor dem unvermeidlichen glücklichen Ende eine Lektion, und ungefähr zum hundertsten Mal diesen Sommer bedauere ich, dass mein Leben nicht einmal annähernd dem Plot eines fröhlichen Teenie-Films ähneln kann. Dad schläft nach der Hälfte ein und fängt an, laut zu schnarchen.

In dieser Nacht kann ich nicht schlafen. Irgendwann gewöhnen sich meine Augen an die Dunkelheit, so dass ich die Umrisse meiner Poster an der Wand erkennen kann und den winzigen Schatten einer Stechmücke, die an der Decke hin und her huscht.

Ich bin vierzehn, und langsam läuft mir die Zeit davon.

Drei

Es ist der letzte Freitag der Sommerferien. Am Montag muss ich wieder in die Schule. Seit genau neun Tagen bin ich vierzehn Jahre alt.

Ich liege auf dem Sofa und habe die Vorhänge zugezogen. Mum und Dad sind bei der Arbeit, und Livvy ist bei ihrer besten Freundin. Ich sehe mir eine alte Folge von *America's Next Top Model* an und balanciere eine Packung Schokokekse auf dem Bauch. Tyra Banks hat Ashley gerade gesagt, dass sie nicht America's Next Top Model werden wird. Ashley ist in Tränen aufgelöst. All die anderen Mädchen umarmen sie, obwohl sie sich die ganzen Folgen hindurch darüber ausgelassen haben, wie sehr sie Ashley hassen und sie loswerden wollen. Das Leben in der Topmodel-Villa ist brutal.

Ashleys Tränenausbruch wird jäh unterbrochen durch das Geräusch eines Schlüssels, der in unserer Haustür gedreht wird. Ich setze mich auf und stelle die Kekspackung auf den Couchtisch.

»David, ich bin zu Hause«, ruft Mum.

Sie ist früher von ihrem Meeting zurück.

Ich runzle die Stirn, während ich höre, wie sie ihre Schuhe abstreift und ihre Schlüssel mit einem Klappern in der Schale neben der Tür landen. Schnell schnappe ich mir die Häkeldecke, die immer am Sofa liegt, und ziehe sie hoch bis zum Kinn, gerade noch rechtzeitig, bevor Mum ins Wohnzimmer kommt.

Sofort verzieht sie das Gesicht.

»Was?«, frage ich und wische mir die Kekskrümel vom Mund.

»Vielleicht solltest du mal die Vorhänge öffnen, David«, sagt sie, die Hände in die Seiten gestemmt.

»Aber dann kann ich den Bildschirm nicht mehr richtig sehen.«

Sie ignoriert meine Antwort und marschiert hinüber zum Fenster, um die Vorhänge aufzuziehen. Die späte Nachmittagssonne durchflutet den Raum und lässt die Luft staubig aussehen. Ich krümme mich auf dem Sofa und halte mir die Hand vor meine Augen.

»Ach, um Himmels willen, David«, sagt Mum. »Du bist doch kein Vampir.«

»Wer weiß«, murre ich.

Sie seufzt.

»Schau mal«, sagt sie und deutet zum Fenster. »Es ist richtig schön draußen. Willst du mir wirklich erzählen, dass du lieber den ganzen Tag im Dunkeln auf dem Sofa liegst?«

»Absolut.«

Sie mustert mich mit schmalen Augen, bevor sie sich neben meinen Füßen an den Rand des Sofas setzt.

»Kein Wunder, dass du so bleich bist«, sagt sie und fährt mit dem Finger an meinem nackten Fuß entlang. Ich stoße ihre Hand weg.

»Wäre es dir lieber, wenn ich den ganzen Tag in der Sonne liege und Hautkrebs bekomme?«

»Nein, David«, erwidert sie seufzend. »Lieber wäre es mir, wenn du mit deinen Sommerferien etwas anfangen würdest, statt den ganzen Tag zu Hause zu bleiben und dir irgendwelchen Mist anzuschauen. Und wenn du nicht fernsiehst, dann verkriechst du dich in deinem Zimmer und sitzt am Computer.«

Das Telefon klingelt. Gerettet! Als Mum aufsteht, bleibt die Decke an ihrem Ring hängen. Ich greife danach, doch es ist zu spät, Mum mustert mich bereits mit einem fragenden Gesichtsausdruck.

»David, hast du etwa mein Nachthemd an?«

Es ist das Nachthemd, das Mum bei Livvys Geburt im Krankenhaus dabeihatte. Ich glaube nicht, dass sie es seitdem noch einmal getragen hat. Mum und Dad schlafen normalerweise nackt. Ich weiß das, weil ich ihnen schon oft genug mitten in der Nacht auf dem Treppenabsatz begegnet bin, um einen Schaden fürs Leben zu bekommen.

»Ich dachte, das ist angenehm kühl«, sage ich schnell. »Du weißt schon, wie diese langen weißen Tuniken der arabischen Männer.«

»Hmmmm«, sagt Mum.

»Du solltest vielleicht rangehen«, sage ich und nicke Richtung Telefon.

Ich behalte das Nachthemd beim Abendessen an, weil ich denke, es ist dann weniger verdächtig.

»Du siehst ja total gestört aus«, sagt Livvy voller Abscheu.

»Also bitte, Livvy«, mahnt Mum.

»Aber es stimmt doch!«, protestiert Livvy.

Mum und Dad tauschen Blicke aus. Ich konzentriere mich voll und ganz darauf, Erbsen auf meiner Gabel zu balancieren.

Nach dem Essen gehe ich nach oben. Ich hole die Liste heraus, die ich am Anfang der Sommerferien gemacht habe, und breite sie vor mir aus, während ich im Schneidersitz auf dem Bett sitze.

To-do-Liste für den Sommer von David Piper:

- Mein Haar lang genug für einen Pferdeschwanz wachsen lassen
- Jede Staffel von *Project Runway – Designer gesucht* in chronologischer Reihenfolge ansehen
- Dad beim Wii-Tennis schlagen
- Phil das Tanzen beibringen, damit wir nächstes Jahr bei der Talentshow mitmachen und 250 000 Pfund gewinnen können.
- Meine Facharbeit für Geographie fertigschreiben
- Es Mum und Dad erzählen

Eine einzige geniale Woche lang konnte ich mein Haar zu einem Mini-Pferdeschwanz zusammenkriegen. Doch die Schulvorschriften besagen, dass die Haare der Jungen nur bis zum Kragen gehen dürfen, also hat Mum mich letzte Woche zum Friseur geschickt. Punkt zwei und drei habe ich schon mit Leichtigkeit während der ersten beiden Ferienwochen geschafft. Dass Punkt vier nicht zu schaffen ist, habe ich schnell gemerkt. Unser Hund Phil ist nicht gerade für das Showbusiness geboren.

Fünf und sechs habe ich immer wieder aufgeschoben. Nummer sechs habe ich reichlich geübt. Ich habe eine ganze Rede vorbereitet. In Gedanken sage ich sie immer wieder auf, zum Beispiel, wenn ich unter der Dusche stehe. Ich flüstere sie auch in die Dunkelheit, wenn ich nachts im Bett liege. Kürzlich habe ich sie sogar meinen alten Spielgefährten, dem Teddybären und der Meerjungfrau-Barbie, vorgetragen. Sie waren *sehr* verständnisvoll.

Ich habe auch versucht, alles aufzuschreiben. Wenn meine Eltern bei mir rumschnüffeln würden, könnten sie in meinen Schreibtischschubladen jede Menge unvollendeter Entwürfe finden. Letzte Woche habe ich einen Brief sogar zu Ende geschrieben. Nicht nur das, ich hätte ihn beinahe unter der Schlafzimmertür meiner Eltern durchgeschoben. Ich kauerte vor dem schmalen Lichtstreifen auf dem Boden und lauschte, wie sie hin und her gingen und sich bettfertig machten. Nur noch ein Stupser mit dem Finger, und es wäre geschehen: Mein Geheimnis würde dort auf dem Teppich liegen und wäre endlich enthüllt. Doch in diesem Moment war meine Hand wie gelähmt. Am Ende schaffte ich es doch nicht und rannte zurück in mein Zimmer. Den Brief hatte ich immer noch in der Hand, mein Herz klopfte wie rasend in meiner Brust.

Mum und Dad halten sich für ziemlich cool und aufgeschlossen, nur weil sie einmal die *Red Hot Chili Peppers* live gesehen und bei der letzten Wahl grün gewählt haben, aber ich bin mir da nicht so sicher. Als ich jünger war, hörte ich sie manchmal über mich reden, wenn sie dachten, ich bekäme es nicht mit. Sie sprachen mit gedämpfter Stimme und versicherten einander, dass alles nur »eine Phase« sei, aus der ich »herauswachsen« würde. So, wie man vielleicht über ein Kind spricht, das nachts ins Bett macht.

Essie und Felix wissen natürlich Bescheid. Wir drei erzählen einander alles. Deshalb war dieser Sommer auch so hart. Weil ich nicht mit ihnen reden konnte, hatte ich an manchen Tagen das Gefühl, ich müsste platzen. Aber dass Essie und Felix es wissen, reicht nicht. Damit irgendetwas passieren kann, muss ich es Mum und Dad erzählen.

Morgen. Ich werde es ihnen auf jeden Fall morgen sagen.

Gleich nachdem ich meine Geo-Arbeit fertig habe.

Ich steige vom Bett, öffne meine Tür einen Spalt und lausche. Mum, Dad und Livvy sind unten und sehen fern. Gedämpftes Gelächter aus dem Fernseher dringt die Treppe hoch. Auch wenn sie sich die Sendung sehr wahrscheinlich bis zum Ende ansehen werden, stelle ich meinen Schreibtischstuhl unter den Türgriff. Sobald ich sicher bin, dass ich nicht gestört werden kann, hole ich mein kleines lila Notizbuch und das Maßband heraus, das ich in der Metallkiste unten in meiner Sockenschublade versteckt habe. Ich stelle mich vor den Spiegel an der Innenseite meiner Zimmertür, ziehe mir erst das T-Shirt über den Kopf, dann schlüpfe ich aus meiner Jeans und meiner Unterhose.

Eine Inspektion ist fällig.

Wie üblich beginne ich damit, dass ich meine Handflächen gegen meine Brust drücke. Ich möchte, dass sie weich und nachgiebig ist, aber die Muskeln unter meiner Haut fühlen sich steinhart an. Ich hole das Maßband heraus und wickle es um meine Hüften. Keine Veränderung. Ich bin von oben bis unten kerzengerade, wie ein menschliches Lineal. Mum hat die typischen Kurven – Hüften, Po und Brüste –, aber ich bin das genaue Gegenteil.

Als Nächstes stelle ich mich an den Türrahmen und messe meine Größe. Hundertachtundsechzig Zentimeter. Wieder keine Veränderung. Ich gestatte mir einen winzigen Seufzer der Erleichterung.

Jetzt komme ich nach unten zu meinem Penis, den ich leidenschaftlich hasse. Ich hasse alles daran: seine Größe, wie ich ihn immer dort *hängen* spüre und wie er sich so völlig verselbständigen kann. Ich muss feststellen, dass er seit letzter Woche ganze zwei Millimeter gewachsen ist. Das überprüfe ich noch zweimal, aber das Maßband lügt nicht. Mit einem Stirnrunzeln schreibe ich es auf.

Ich trete näher an den Spiegel, so dass die Scheibe nur noch wenige Zentimeter von meiner Nase entfernt ist und ich Gefahr laufe zu schielen. Zuerst fahre ich mit den Fingern über mein Kinn und die Wangen. An manchen Tagen könnte ich schwören, dass ich schon fühle, wie sich die Stoppeln scharf und stechend von innen gegen meine Haut bohren. Doch bis jetzt ist die Oberfläche glatt und noch nicht durchbohrt. Ich schiebe meine Lippen vor und wünschte, sie wären voller und röter. Ich habe die Lippen meines Vaters – schmal mit einem gezackten Amorbogen. Unglücklicherweise scheine ich so ziemlich alles von meinem Vater geerbt zu haben. Ich überspringe mein Haar (matschbraun und spröde, ganz egal wie viele Pflegeprodukte ich verwende), die Augen (grau, langweilig), die Nase (eher spitz) und die Ohren (eher abstehend). Stattdessen drehe ich langsam den Kopf, bis ich mich fast im Profil sehe, damit ich meine Wangenknochen bewundern kann. Sie sind sehr ausgeprägt und hoch und so ziemlich der einzige Teil meines Gesichts, den ich mag.

Zum Schluss inspiziere ich meine Hände und Füße. Manchmal denke ich, dass ich sie am meisten hasse, vielleicht sogar mehr als meinen Intimbereich, denn sie sind sofort sichtbar. Sie sind unbeholfen und behaart und außerdem so blass, dass sie fast durchsichtig sind. Es ist, als wäre die Haut dünner Teig, der über spinnenartige blaue Venen und lange knochige Finger und Zehen gezogen wurde. Und das Schlimmste ist, sie sind riesig und werden immer riesiger. Meine neuen Schuhe sind zwei ganze Größen größer als die vom letzten Jahr. Als ich sie zu Beginn der Ferien im Laden anprobierte, fühlte ich mich wie ein Zirkusclown.

Ich werfe einen letzten Blick in den Spiegel, auf den Fremden, der mir entgegenblickt. Ich schaudere. Die wöchentliche Inspektion ist vorbei.

Vier

Leo

»Leo!«, ruft meine kleine Schwester Tia die Treppe hoch. Ich schließe meine Augen und versuche, sie auszublenden. Es ist sauheiß, und zwar schon seit Tagen. Das Thermometer in der Küche ist auf dreiunddreißig Grad hochgeschossen. Ich habe alle Fenster und Türen aufgerissen und komme immer noch um vor Hitze. Ich liege auf dem Bett meiner Zwillingsschwester Amber und genehmige mir ein Eis am Stiel, Himbeergeschmack. Meine Zunge ist davon knallblau verfärbt. Kein Plan, warum. Sind Himbeeren nicht eigentlich rot?

Nachts schlafe ich auf dem unteren Bett, weil Amber sagt, sie kriegt da unten Platzangst. Aber wenn sie nicht da ist, dann liege ich gern oben, auf ihrem Bett. Wenn man mit dem Kopf ganz nah ans Fenster rückt, sieht man die anderen Häuser nicht mehr. Auch nicht die Mülleimer oder die verrückte Alte von gegenüber, die stundenlang im Vorgarten steht und einfach nur rumschreit. Alles, was man dann sieht, sind der Himmel und die Baumwipfel, und wenn man sich richtig Mühe gibt, kann man sich einbilden, man wäre gar nicht in Cloverdale.

»Leo!«, quäkt Tia wieder.

Mit einem Seufzer setze ich mich auf. Tia ist meine kleine Schwester. Sie ist sieben und eine totale Nervensäge. Mam hat ihr zu ihrem letzten Geburtstag ein Paar abgelegte Stöckelschuhe geschenkt. Wenn sie nicht vor der Glotze hockt, dann stöckelt sie darin herum und redet mit amerikanischem Akzent.

Tias Dad heißt Tony. Er sitzt im Knast, weil er geklautes Zeug vertickt hat.

Mein Dad heißt Jimmy. Ich vermisse ihn.

»Leo, ich hab Hunger!«, quengelt Tia.

»Dann iss was!«

»Wir haben nix!«

»Pech!«

Sie fängt an zu heulen. Es ist echt nervig. Wieder seufze ich und schwinge mich vom Bett.

Tia steht unten an der Treppe, dicke Tränen laufen ihr übers Gesicht. Sie ist klein für eine Siebenjährige und knochendürr. Sobald sie mich sieht, hört sie auf zu weinen und setzt stattdessen ihr albernes, breites Grinsen auf.

Sie folgt mir in die Küche, wo das totale Chaos herrscht. In der Spüle stapelt sich schmutziges Geschirr. Ich durchsuche die Schränke und den Kühlschrank. Tia hat recht, es ist nichts da, und wer weiß, wann Mam heimkommt. Sie ist kurz vor Mittag mit Tante Kerry zum Bingo gegangen. In der Haushaltsgelddose herrscht Ebbe, also ziehe ich alle Polster vom Sofa, schaue in die Waschmaschine und in die Taschen von allen Jacken, die im Flur hängen. Wir reihen die Münzen auf dem Couchtisch auf. Die Ausbeute ist gar nicht mal so schlecht: vier Pfund zweiundachtzig.

»Bleib hier und mach niemandem die Tür auf«, sage ich zu Tia. Sie hält mich nur auf, wenn ich sie mitnehme.

Ich ziehe meinen Hoodie über und gehe schnell und mit gesenktem Kopf, Schweiß läuft mir über den Rücken und unter den Armen herab.

Vor dem Laden hängen Typen aus meiner alten Schule herum. Zum Glück sind sie abgelenkt, weil sie auf ihren Rädern herumkurven, also ziehe ich meine Kapuze weiter ins Gesicht und den Reißverschluss ganz hoch, so dass man nur noch meine Augen sehen kann. Ich kaufe eine Packung Toast, eine Flasche Limonade, Spülmittel und einen Baumkuchen, bei dem das Haltbarkeitsdatum gerade abgelaufen ist.

Als ich nach Hause komme, starte ich für Tia die *Rapunzel*-DVD, gieße ihr ein Glas Limonade ein und gebe ihr ein Stück vom Baumkuchen. Dann mache ich mich an den Abwasch und stecke ein paar Brotscheiben in den Toaster. Als ich mich aufs Sofa setze, gibt sie mir einen feuchten Kuss auf die Wange.

»Danke, Leo«, sagt sie. Ihr Gesicht ist voller Schokoladenflecken.

»Runter mit dir«, entgegne ich. Aber sie klammert sich an mir fest wie ein Äffchen, und ich bin zu müde, sie loszumachen. Sie riecht nach den Chips, die sie zum Frühstück hatte.

Später bringe ich Tia ins Bett. Mam ist immer noch nicht da, und Amber übernachtet bei ihrem Freund Carl. Carl ist sechzehn, ein Jahr älter als wir. Amber hat ihn letztes Jahr auf der Eisbahn kennengelernt. Sie hat rumgealbert und versucht, rückwärts zu fahren. Dabei ist sie hingefallen und voll mit dem Kopf aufs Eis geknallt. Carl hat sich um sie gekümmert und ihr einen Fruchtshake mit Kirschgeschmack gekauft. Amber sagt, es war wie im Film. Manchmal ist sie total kitschig. Wenn sie nicht kitschig ist, ist sie knallhart.

Ich schaue mir irgendeinen bescheuerten Actionfilm im Fernsehen an, mit jeder Menge Schießereien und Explosionen. Er ist fast zu Ende, als das Licht vor der Haustür angeht. Ich schiebe mich hoch und kann Schatten hinter der Milchglastür sehen. Mam lacht, während sie vergeblich versucht, ihren Schlüssel ins Schloss zu stecken. Ich höre ein zweites Lachen – von einem Kerl. Na toll. Noch mehr Stochern im Schlüsselloch. Die Tür geht schließlich auf, und beide stolpern herein, lassen sich kichernd auf die Treppenstufen fallen. Mam hebt den Kopf und bemerkt, dass ich sie beobachte. Sie hört auf zu kichern und rappelt sich hoch. Mit einer fahrigen Bewegung hält sie sich am Türrahmen fest und starrt mich gereizt an.

»Warum bist du denn noch auf?«, fragt sie und stößt die Tür hinter sich zu.

Ich zucke nur mit den Schultern. Der Typ steht auch auf und wischt sich die Hände an seiner Jeans ab. Ich kenne ihn nicht.

»Alles klar, mein Junge?«, sagt er und hebt die Hand zum Gruß. »Ich bin Spike.«

Spike hat pechschwarzes Haar und trägt eine abgewetzte Lederjacke. Er hat einen komischen Akzent. »Ich bin ... von hier, da und dort«, sagt er, und Mam fängt an zu lachen, als ob das echt witzig wäre. Sie geht in die Küche, um ihm was zu trinken zu holen. Spike setzt sich aufs Sofa, zieht seine Schuhe aus und legt die Füße auf den Couchtisch. Seine Socken passen nicht zusammen.

»Und wer bist du?«, fragt er, wackelt mit den Zehen und verschränkt die Hände hinter dem Kopf.

»Geht dich nix an«, antworte ich.

Mam kommt wieder rein, in jeder Hand eine Dose Cidre.

»Sei nicht so unhöflich«, sagt sie und reicht Spike seine Dose. »Sag Spike, wie du heißt.«

»Leo«, sage ich und verdrehe die Augen.

»Das hab ich gesehen!«, fährt Mam mich an. Sie nimmt einen Schluck von ihrem Cidre und dreht sich zu Spike.

»Er ist immer so unverschämt. Keine Ahnung, woher er das hat. Wahrscheinlich von seinem Vater.«

»Red nicht so über meinen Vater«, sage ich.

»Ich red über ihn, wie's mir passt, nur dass das klar ist«, sagt Mam und wühlt in ihrer Handtasche. »Er ist 'n verdammter nichtsnutziger Bastard.«

»Ist … er … nicht!«, antworte ich drohend und betone jedes einzelne Wort.

»Ach nein?« Mam gibt nicht nach. Sie zündet sich eine Zigarette an und zieht gierig daran. »Wo ist er denn dann? Wenn er so verdammt toll ist, wo ist er dann verdammt nochmal, Leo? Hä?«

Das kann ich ihr nicht beantworten.

»Genau«, sagt sie und nimmt triumphierend einen Schluck Cidre.

Ich spüre den altbekannten Knoten, der sich in meinem Bauch bildet. Mein Körper verspannt sich, meine Haut wird heiß und feucht, und ich kann nur noch verschwommen sehen. Ich versuche, die Entspannungstechnik einzusetzen, die Jenny mir beigebracht hat, rolle meine Schultern und zähle bis zehn. Ich schließe die Augen und stelle mir vor, dass ich an einem verlassenen Strand bin und so weiter.

Als ich die Augen wieder aufmache, sind Mam und Spike auf der Eckbank gelandet und kichern herum, als wäre ich überhaupt nicht im Zimmer. Spikes Hand fährt unter Mams Bluse, und Mam flüstert ihm was ins Ohr. Sie merkt, dass ich zusehe, und hört auf.

»Und was gibt's hier zu sehen?«, fragt sie.

»Nichts«, murre ich.

»Dann verzieh dich, ja?«

Das ist keine Bitte.

Ich schlage die Wohnzimmertür hinter mir zu, so heftig, dass man meinen könnte, das ganze Haus bebt.

Fünf

Die Familienlegende besagt, dass die Fruchtblase meiner Mutter geplatzt ist, als sie gerade Curry-Hühnchen mit Reis und indischem Fladenbrot beim *Taj Mahal Curry House* in der Spring Street holen wollte. Angeblich hielt sie immer noch das Fladenbrot umklammert, als sie eine Stunde später Amber zur Welt brachte. Ich selbst brauchte noch mal eine halbe Stunde. Tante Kerry sagt, ich musste mit der Zange geholt werden. Anscheinend wusste ich damals schon, dass es draußen nicht besser werden würde.

Meine erste Erinnerung ist, wie mein Vater meine Windel wechselt. Amber meint, dass man sich nicht so weit zurückerinnern kann, aber da täuscht sie sich. In meiner Erinnerung liege ich auf dem Wohnzimmerboden, hinter Dads Schulter läuft der Fernseher, und er singt dazu. Es ist kein richtiges Lied, nur etwas Ausgedachtes und Albernes. Er hat eine schöne Stimme. Es ist nur eine kurze Erinnerung, nur ein Moment, aber so wirklich wie nur irgendwas.

Meine nächste Erinnerung ist, wie Mam eine Tasse Tee auf dem Couchtisch umstößt und mir die Brust verbrüht. Die Narbe habe ich immer noch. Sie hat die Form eines Adlers mit nur einem Flügel. Damals war ich zweieinhalb, und Dad war schon längst weg. Ich wünschte, ich könnte mich an mehr von ihm erinnern. Dieses eine Bild ist alles, was ich habe. Natürlich habe ich im Internet nach ihm gesucht, aber es gibt Hunderte von James Dentons, und bisher habe ich nicht den richtigen gefunden.

Was würde er wohl denken, wenn er mich jetzt sehen könnte? Wenn er sehen könnte, wie ich vor dem Badezimmerspiegel stehe und über meinem T-Shirt ein Jackett von der Eden Park School trage?

Es ist der nächste Abend und der letzte Tag der Sommerferien. Mam hat sich an diesem Morgen bei ihrer Schicht im Waschsalon krankgemeldet und den Tag mit einer »Migräne« im Bett verbracht. Inzwischen geht es ihr aber anscheinend besser, denn vor zehn Minuten habe ich sie das Haus verlassen und in ein rostiges weißes Auto steigen sehen. Spike saß hinter dem Steuer. Nicht, dass es mich groß interessiert.

Ich starre mein Spiegelbild an, den gutaussehenden Fremden, und mein Spiegelbild starrt zurück. Zum ersten Mal seit Beginn der Sommerferien probiere ich mein Jackett an, und es ist echt irre, wie anders ich darin aussehe. An der Schule von Cloverdale gibt es keine Jacketts, nur gelb-blaue Sweatshirts, die nach einer Wäsche schon die Form verlieren. Als ich Mam das Jackett vorgeführt habe, hat sie einen Lachanfall bekommen. »Verdammt, sieht das tuntig aus!«, sagte sie, bevor sie den Fernseher lauter stellte.

Ich streiche das Revers glatt und versuche, meine Schultern lockerzulassen. Ich habe die nächstgrößere Größe bestellt, also ist das Jackett bei mir eher sackartig. Das stört mich aber nicht, denn so kann ich einen Hoodie darunterziehen. Das Jackett riecht auch anders als meine restliche Kleidung – teuer und neu. Es ist burgunderfarben mit schmalen dunkelblauen Streifen und einer Krone auf der rechten Brusttasche mit dem Schulmotto – *aequitatem et inceptum* – daruntergestickt. Am nächsten Tag bin ich in die Bücherei gegangen und habe im Internet nachgesehen, was es bedeutet. Anscheinend ist es Lateinisch und bedeutet so was wie »Gleichheit« oder »Fairness und Initiative«. Na ja, wir werden sehen.

Mam und ich hatten im Frühjahr einen Termin an der Schule. Der Stadtteil war genauso, wie ich ihn mir vorgestellt hatte – alles total grün, mit Alleen und kleinen Cafés, die Biokram und selbstgemachte vegane Kuchen verkaufen. Eden Park ist zwar genau wie Cloverdale eine staatliche Schule, aber das ist auch das Einzige, was sie gemeinsam haben. Nicht nur, dass mir damals sofort auffiel, wie anders die ganze Gegend aussah, mit schönen Häusern und sauberen Straßen – Eden Park fühlte sich auch völlig anders an: frisch, hell und ordentlich. Welten trennen es von Cloverdale.

Meine Therapeutin, Jenny, kam mit zu dem Termin. Mam setzte diese komische Stimme auf. Ich weiß, dass sie meint, damit würde sie sich vornehm anhören. Die benutzt sie nämlich immer, wenn sie es mit Ärzten und Lehrern zu tun hat und sie sich von ihrer besten Seite zeigen will. Wir hatten also einen Termin mit dem Rektor, Mr Toolan, Miss Hannah, der Vertrauenslehrerin, und Mrs Sherwin, die für den elften Jahrgang zuständig ist. Sie stellten uns eine Menge Fragen, dann warteten Mam und ich draußen, während sie mit Jenny redeten. Ab und zu liefen Schüler an uns vorbei und musterten uns. Sie sahen reich aus. Das erkannte ich gleich an ihren hübsch gebügelten Uniformen, den glänzenden Haaren und Marken-Rucksäcken.

Meine Mam und ich, wir mussten dort auffallen wie eine Eiterbeule.

Nach jeder Menge weiterer Fragen und Gespräche bekam ich einen Platz im elften Jahrgang angeboten. Jenny freute sich total für mich. Angeblich ziehen manche Leute sogar extra in diese Gegend, damit ihre Kinder auf die Eden-Park-Schule können. Jenny meinte, es wäre ein »Neuanfang« und »eine Gelegenheit, Freundschaften zu schließen«. Jenny ist besessen davon, dass ich Freundschaften schließen muss. Sie redet ständig von meiner »sozialen Isolation«, als sei es eine ansteckende Krankheit. Nach all diesen Jahren hat sie noch immer nicht verstanden, dass Isolation genau das ist, was ich will.

»Leo?«

Ich gehe raus in den Flur. Tias Zimmertür steht wie immer offen, damit sie das Licht aus dem Flur sehen kann.

»Leo?«, ruft sie wieder, diesmal lauter. Ich seufze und stoße ihre Tür auf.

Tias Zimmer ist winzig und das völlige Chaos – Kleidung und Kuscheltiere überall und an den Wänden Malereien und Zeichnungen. Sie sitzt im Schneidersitz auf der Tagesdecke, die sie von Amber geerbt hat. Früher hatte sie mal ein Blumen- und Feenmuster, aber das ist inzwischen so verblasst, dass manche Feen gar keine Gesichter oder Gliedmaßen mehr haben und an diesen Stellen nur geisterhafte weiße Flecken sind.

»Was ist?«, frage ich lustlos.

»Kannst du mich zudecken?«

Ich seufze und knie mich neben Tias Bett. Strahlend legt sie sich hin. Rotz hängt an ihren winzigen Nasenlöchern. Ich ziehe die Decke hoch bis zu ihrem Kinn und stehe auf.

»Das ist nicht richtig«, jammert sie.

Ich verdrehe die Augen.

»Bitte, Leo …«

»Nerv nicht, Tia!«

Ich beuge mich wieder herunter und stecke die Decke fest um sie, ihren ganzen mageren kleinen Körper entlang, bis sie aussieht wie eine Mumie.

»Besser?«, frage ich.

»Besser!«

»Kann ich jetzt gehen?«

Sie nickt. Ich stehe auf.

»Leo?«

»Was?«

»Mir gefällt deine Jacke.«

Ich blicke an mir hinab. Ich habe immer noch das Jackett an.

»Ach ja?«

»Ja, sie ist schön. Du siehst echt gut aus. Wie Prinz Eric aus der kleinen Meerjungfrau.«

Ich schüttele den Kopf. »Danke, Tia.«

Sie lächelt ernst und schließt die Augen. »Gern geschehen.«

Sechs

David

»David!«, ruft Mum die Treppe hoch. »Aufstehen!«

Ich drehe mich auf den Bauch und ziehe mir das Kissen über den Kopf. Noch ein paar Minuten vergehen, bevor meine Schlafzimmertür mit einem Knarren aufgedrückt wird.

»Morgenstund hat Gold im Mund«, zwitschert Mum in einem fröhlichen Singsang, huscht über den Teppich und zieht mir die Decke weg.

Ich schnappe sie mir wieder und ziehe sie über meinen Kopf, mache mir eine Höhle.

»Noch fünf Minuten«, sage ich mit gedämpfter Stimme.

»Auf keinen Fall! Aufstehen. Sofort! Du willst doch nicht schuld sein, dass Livvy an ihrem ersten Tag an der neuen Schule zu spät kommt.«

Ich schiebe mich aus dem Bett und schaue in den Spiegel. Ich sehe furchtbar aus – verschwitzt und blass, mit dunklen Ringen unter den Augen und Schlaffalten über den Wangen. In der Nacht vor dem ersten Schultag schlafe ich nie gut.

Als es schließlich halb neun ist, sitze ich auf dem Beifahrersitz des Autos. Livvy posiert an der Tür für ein Foto, und Mum kommen hinter der Kamera die Tränen. Livvy ist sehr fotogen, das sagen alle. Mum und Dad witzeln oft, dass ihr echter Vater wohl der Postbote sein muss. Niemand macht *jemals* ähnliche Witze über meine Abstammung.

»Du kommst nach deinem Vater«, sagen mir Tanten und Onkel immer vielsagend, als sei es ein Kompliment, für das ich dankbar sein sollte. Ich weiß nicht, was sie sich einbilden. Dad ist wohl kaum Brad Pitt.

Livvy legt den Kopf zur Seite und lächelt engelsgleich. Als das Sonnenlicht auf sie fällt, kann ich die Umrisse ihres BHs durch ihre Bluse sehen. Sie trägt 65A. Sie und Mum haben ihn in den Sommerferien zusammen eingekauft. Kichernd und geheimniskrämerisch kamen sie mit einer Tüte von Marks & Spencer zurück.

»Pass auf sie auf, David!«, sagt Mum, als sie uns vor dem Schultor absetzt, die Augen immer noch feucht.

Als wir hineingehen, lege ich beschützend eine Hand auf Livvys Schulter. Sofort faucht sie mich an und schüttelt meine Hand ab.

»Lauf nicht so nah bei mir!«, zischt sie.

»Aber du hast doch Mum gehört, ich soll auf dich aufpassen«, erkläre ich.

»Tja, ich will das aber nicht. Die anderen sollen nicht wissen, dass wir verwandt sind«, sagt sie und läuft schneller. Ich lasse sie gehen, sehe ihr nach, während sie selbstbewusst auf den Eingang zugeht, ihr langes Haar flattert hinter ihr her.

»Wie nett«, murre ich, und mir fällt ein, wie es war, als Livvy klein war und mir immer im ganzen Haus hinterhergelaufen ist und mich angebettelt hat, mit ihr zu spielen.

Da höre ich zwei Stimmen meinen Namen rufen. Mit einem Grinsen drehe ich mich um. Essie und Felix kommen auf mich zu und winken wie verrückt.

Essie ist groß (fast einen Kopf größer als Felix) mit betont unordentlichen schwarzen Haaren, die sie sich selbst färbt, grünen Augen und unglaublich langen Beinen. Neben ihr läuft Felix, so makellos wie immer, das blonde Haar ordentlich zur Seite gekämmt und sein Gesicht von der Sonne Floridas gebräunt.

Ich laufe auf sie zu, und wir begrüßen uns mit einer heftigen Gruppenumarmung.

»Seit wann ist deine kleine Schwester denn so gut ausgestattet?«, fragt Felix, als wir uns voneinander lösen.

»Igitt, sei nicht so pervers, sie ist erst elf!«, rufe ich aus. Gleichzeitig versetzt Essie ihm einen Schlag auf die Schulter, so dass er ein paar Schritte zurückstolpert.

»Autsch!«, ruft er mit einem bühnenreifen Aufschrei und umklammert seine Schulter.

»Äh, hallo? Freundin? Vor deiner Nase?«, sagt Essie.

Felix und Essie kamen letztes Jahr auf dem Weihnachtsball zusammen. Ich hatte die Tanzfläche verlassen, um eine Packung Chips und eine Dose Cola zu holen, und als ich zurückkam, knutschten sie wie verrückt zu einem Song von Enrique Iglesias. Ich wusste gar nicht, dass sie aufeinander standen, also war ich doch ziemlich überrascht. Felix und Essie behaupten, für sie sei es genauso ein Schock gewesen (»Enrique ist schuld«, sagt Essie meist, wenn Felix sie nervt).

»Wie war das Mathe-Camp?«, frage ich Felix. Felix fährt jedes Jahr dorthin. Ich kann mir nichts Schlimmeres vorstellen.

»Total cool«, antwortet er fröhlich.

»Ich habe euch beide echt vermisst«, sage ich, während wir zum Eingang für die Mittelstufe gehen und automatisch in den gleichen Schritt fallen. »Meine Geburtstagsparty war unerträglich ohne euch.«

»Erzähl mir nichts von unerträglich«, erwidert Essie. »Ich war die ganzen letzten sechs Wochen in der Stiefmonster-Hölle. Kannst du dir vorstellen, dass diese Frau mich dazu bringen wollte, mein Nasenpiercing rauszunehmen?«

»O Gott, lass sie nicht wieder damit anfangen«, stöhnt Felix. »Darüber hat sie sich schon gestern den ganzen Abend beschwert.«

Ich bleibe stehen.

»Ihr habt euch gestern schon getroffen? Warum habt ihr mich nicht angerufen?«

Essie und Felix tauschen Blicke aus.

»Das war eher so 'n Beziehungsding«, erklärt Essie. »Du weißt schon, was ich meine.«

»Ja«, stimmt Felix zu, läuft leicht rot an und schiebt seine Brille die Nase hoch. Ich bemerke, dass seine Haut sich am Haaransatz schält.

»Oh, klar«, sage ich. »Kein Problem.«

Wir laufen weiter.

Obwohl ich es super finde, dass mein bester Freund und meine beste Freundin auf der ganzen Welt sich ineinander verliebt haben, werde ich bei dem Gedanken, dass sie »zusammen« sind, doch leicht panisch. Ich weiß nicht, ob sie schon Sex hatten oder so, und ich habe auch nicht gefragt. Was mich beunruhigt. Bis jetzt haben wir uns immer alles erzählt, und plötzlich gibt ein bestimmtes Thema, und zwar ein ziemlich wichtiges, das man inoffiziell nicht mehr ansprechen kann. Ich jedenfalls nicht.

Dieses Jahr bin ich in der Klasse 10C. Ich bin früh da, damit ich einen Platz ziemlich weit vorne bekomme, so nahe an Mr Collins wie möglich, selbst wenn das bedeutet, dass ich neben Simon Allen sitzen muss, der unerklärlicherweise nach Knetgummi riecht. Zumindest kann ich auf diese Weise sicher sein, dass Typen wie Harry Beaumont und Tom Kerry nicht in meiner Nähe sitzen. Zum ungefähr tausendsten Mal wünsche ich, ich wäre in der gleichen Klasse wie Essie und Felix, aber die sind beide in der 10B, nebenan, Lichtjahre entfernt.

Bam! Ein in Spucke getränktes Papierkügelchen trifft mich heftig im Nacken. Ich drehe mich auf meinem Stuhl um. Harry tut so, als würde er sich seine Schnürsenkel binden. Um ihn herum wird gekichert. Ich pflücke das Kügelchen von meiner Haut und schüttele es von der Hand ab, woraufhin es mit einem dumpfen Klatschen auf dem Boden landet. Dick, feucht und schwer. Er hat anscheinend geübt.

»Hey, Freakshow!«, ruft er.

Ich tue so, als ob ich ihn nicht höre. »Freakshow« ist schon seit Jahren Harrys Spitzname für mich. Viele andere Schüler nennen mich auch so, aber Harry ist derjenige, der für die Langlebigkeit des Spitznamens verantwortlich ist.

»Ah, komm schon, Freakshow«, sagt er fast schmeichelnd. »Das ist jetzt nicht gerade höflich, oder? Ich versuche, eine nette Unterhaltung mit dir zu führen, und du drehst mir den Rücken zu.«

Ich seufze und drehe mich wieder um. Harry ist aufgestanden und sitzt jetzt auf Lexi Taylors Tisch, während sie hinter ihm wie eine Hyäne kichert. Lexi ist Harrys derzeitige Freundin. Sie glaubt, sie ist superheiß. Seit sie letztes Jahr im Sommer bei der Schultombola Mode für Brautjungfern vorgeführt hat, hält sie sich für Naomi Campbell.

»War das deine kleine Schwester, die heute Morgen mit dir gekommen ist?«, fragt er.

»Was geht dich das an?«

»Kein Grund, gleich bissig zu werden! Ich habe nur gefragt.«

Ich seufze. »Ja, das war meine Schwester. Warum?«

»Tja, weil sie, na ja … fast normal ausgesehen hat.«

Gelächter geht durchs Klassenzimmer. Harry badet förmlich darin, langsam breitet sich ein Grinsen auf seinem Gesicht aus. Ich versuche, mir meine Gereiztheit nicht anmerken zu lassen.

»Also, was ich herausfinden will, ist Folgendes«, sagt er. »Wer von euch beiden ist denn adoptiert?«

Mr Collins stürmt ins Klassenzimmer, ahnungslos. »Willkommen zurück, alle miteinander! Harry, hinsetzen, bitte.«

Harry rutscht grinsend vom Tisch.

»Ich tippe auf dich, Freakshow, wahrscheinlich haben sie noch Schmerzensgeld für dich gekriegt.«

Sieben

Mittagszeit. Ich hole eine Coladose aus dem Kühlschrank und stelle sie neben den Teller mit den lauwarmen, trockenen Käse-Makkaroni auf meinem Tablett.

»Also, ich habe gehört, er ist von der Schule geflogen«, sagt ein Mädchen aus der Elften mit braunem Kraushaar direkt vor mir.

»Wer?«, fragt ihre Freundin.

»Der Neue aus der 11C.«

»Von der Schule geflogen? Wieso denn?«, fragt jemand anders.

»Keine Ahnung. Aber es muss etwas echt Schlimmes gewesen sein. Angeblich ist es fast unmöglich, von der Cloverdale zu fliegen.«

Auch ich habe schon von der Cloverdale gehört. Die Schule liegt auf der anderen Seite der Stadt, und scheinbar geht es dort richtig heftig zu. Sie steht immer wieder in der Zeitung. Mal weil es Ärger mit dem Schulamt gibt, mal weil Schüler versucht haben, sie anzuzünden.

»Ich weiß, warum«, verkündet da jemand stolz. »Es heißt, er ist im Werkunterricht völlig durchgeknallt und hat dem Lehrer mit einer Metallsäge den Zeigefinger abgehackt.«

Alle schnappen nach Luft. Abgesehen von dem Mädchen mit den krausen Haaren, das sagt: »Das wundert mich überhaupt nicht. Schaut euch doch mal seine Augen an! Er guckt total irre!«

Ich folge ihrem Blick zu einem Jungen, der allein an einem Tisch in der anderen Ecke der Schulcafeteria sitzt. Er hat zerzaustes Haar und schaut auf seinen Teller mit Pommes. Ich bin zu weit weg, um feststellen zu können, ob er »irre« guckt oder nicht.

»Und wieso ist er dann hier gelandet?«, fragt jemand.

»Keine Ahnung. Auf jeden Fall gehe ich ihm aus dem Weg«, sagt ein anderer Junge. »Um von der Cloverdale geschmissen zu werden, muss man echt gestört sein.«

Ich bezahle mein Essen und gehe zu Felix und Essie, die sich schon in unserer Ecke breitgemacht haben. Ich gehe am Tisch in der Mitte vorbei – dort sitzen die Coolen und Schönen der Schule. Sie kichern und lachen und ziehen eine Riesenshow ab – die Stars eben. Ihre Fans essen an den umliegenden Tischen und formen praktisch eine Schutzmauer, so dass die ganz normalen sonstigen Leute an den äußeren Tischen sitzen müssen. In der gegenüberliegenden Ecke haben sich die Emos um einen MP3-Player geschart und hören andächtig Musik. Sie nicken im Takt, die Haare hängen ihnen bis in die Augen. Ein paar Tische weiter diskutieren die Nerds leidenschaftlich den nächsten *Star-Wars*-Film.

Essie, Felix und ich passen in keine der Gruppen. Essie findet das gut. Sie war es auch, die sich unseren Namen ausgedacht hat – die Nonkonformisten (oder NKs als Abkürzung) – nicht, dass uns irgendjemand je so genannt hätte.

»Davido, amigo«, sagt Essie, als ich mich auf meinen Platz fallen lasse. »Wir überlegen gerade, was nahrhafter ist, unsere vorzüglichen Käse-Makkaroni«, sie beugt sich nach vorn und schnüffelt an ihrem Teller, »oder eine Dose Hundefutter.«

»Ich plädiere für das Hundefutter«, sagt Felix fröhlich und mit vollem Mund. Dabei versprüht er die Krümel seiner Hirse-Bällchen in alle Richtungen. Er ist so ziemlich gegen alles allergisch, also gibt ihm seine Mutter jeden Tag etwas Makrobiotisches für die Pausen mit.

»Ich stimme auch fürs Hundefutter«, sage ich und falte eine Papierserviette auseinander. »Ich habe einmal etwas von Phils Dosenfutter probiert, und es hat gar nicht so schlecht geschmeckt.«

»Du hast was?«, fragt Felix und stellt seinen Karottensaft ab.

»Wieso haben wir diese Geschichte noch nie gehört?«, will Essie wissen.

»Meine Mutter hat mich eines Morgens dabei erwischt, wie ich aus Phils Schüssel gegessen habe«, antworte ich. »Ich muss wohl richtig hungrig gewesen sein. Zu meiner Verteidigung kann ich vorbringen, dass ich damals vielleicht drei Jahre alt war.«

»Und für solche Aktionen lieben wir dich, David Piper«, sagt Essie. »Kannst du mir das Salz geben?«

Ich weiß nicht mehr, wann genau Essie, Felix und ich beste Freunde wurden. Ich weiß nur, dass wir uns irgendwie gegenseitig anzogen wie Magneten. Am Ende unseres ersten Grundschuljahres konnte ich mir die Welt nicht mehr ohne unser Trio vorstellen.

Als ich Essie das Salz reiche, fällt mein Blick auf den Neuen. Er sitzt zwei Tische weiter und stochert in seinem Essen herum. Aus der Nähe sieht er gar nicht so verrückt aus. Eigentlich sieht er ganz süß aus, mit seiner Stupsnase, mittelblondem Haar, das ihm in die Stirn fällt, und den unglaublichsten Wangenknochen, die ich je gesehen habe.

Ich beuge mich vor.

»Hey, weiß jemand von euch was über den Neuen aus der 11C?«

»Nur, dass er von der Cloverdale geflogen ist und ein gewalttätiger Verrückter sein soll«, sagt Felix achtlos mit lauter Stimme.

»Scht, er könnte dich hören!«

Ich spähe über Felix' Schulter, aber der Neue starrt immer noch wie hypnotisiert auf seine Pommes.

»Ich habe ein schlechtes Gewissen, wenn wir ihn ganz allein da sitzen lassen«, sage ich. »Soll ich ihn fragen, ob er sich zu uns setzen will?«

Felix hebt die Augenbrauen. »Worte wie ›gewalttätig‹ und ›verrückt‹ lösen bei dir keine Alarmglocken aus?!«

»Ach, sei nicht so langweilig!«, sagt Essie. »Jeder, der offiziell eine Schraube locker hat, ist an unserem Tisch mehr als willkommen. Probier es, Mutter Teresa, bringe etwas NK-Liebe unter die Leute.«

Ich zögere, plötzlich verunsichert.

»Wenn du so scharf drauf bist, kannst du es ja selbst machen«, sage ich.

»Ich will ihn nicht verschrecken«, lehnt Essie ab. »Viele Männer fühlen sich durch starke Frauen eingeschüchtert.«

Felix und ich verdrehen die Augen.

»Nein, es ist am besten, wenn du gehst, David«, fährt sie fort. »Du bist nett und nicht bedrohlich.«

»Oh, danke vielmals«, sage ich übertrieben, schiebe meinen Stuhl zurück und gehe rüber zu dem Neuen.

»Hi«, sage ich und bleibe vor dem Tisch stehen.

Ich bemerke einen roten Gratis-Schulmahlzeit-Chip halb unter seinem Tablett. Er antwortet nicht.

»Ähm, hi?«, wiederhole ich. Vielleicht hat er mich nicht gehört.

Er seufzt schwer und kippt langsam den Kopf.

»Ich bin David Piper«, sage ich und strecke ihm die Hand entgegen. »Freut mich, dich kennenzulernen.«

Der Junge ignoriert meine Hand und nimmt stattdessen einen Schluck aus seiner Coladose, danach wischt er sich mit dem Handrücken über den Mund. Meine Hand schwebt peinlich in der Luft. Schließlich sieht er sie an, seufzt noch einmal und schüttelt sie kurz und fest.

»Leo Denton«, sagt er mürrisch.

Er sieht hoch, und mir verschlägt es fast den Atem, denn, wow, was ich gerade in der Schlange gehört habe, war total falsch. Leos Augen sind überhaupt nicht irre, sondern wunderschön. Sie sind fast hypnotisch, als blicke man in ein Kaleidoskop – meergrün mit goldbraunen Flecken um die Pupille. Sie wirken unglaublich intensiv, als könnten sie dir in die Seele blicken oder so.

»Was gibt's?«, fragt Leo.

Mir wird bewusst, dass ich ihn angestarrt habe.

»Ähm, ja, entschuldige«, stammle ich und löse meinen Blick von seinen Augen. »Es ist nur, dass ich und meine Freunde dort drüben …«

Ich deute zu Essie und Felix. Zu allem Überfluss hat Essie ihre Oberlippe umgestülpt und Felix seine Augenlider nach oben geklappt.

»Ähm, na ja, wir haben überlegt, ob du dich vielleicht zu uns setzen willst?«

Ich halte die Luft an. Leo sieht mich an, als wären mir zwei Köpfe gewachsen.

»Nein danke«, sagt er schließlich.

»Wir sind nicht verrückt, ehrlich«, ich blicke zurück zu Essie und Felix. »Na ja, wir sind vielleicht …«

»Danke, aber nein danke. Ich bin sowieso fertig.«

Und damit schiebt Leo sein Tablett zurück, nimmt seine Coladose und geht zur Tür.

Ich kehre zu unserem Tisch zurück.

»Er wollte nicht«, berichte ich.

»Was?«, ruft Essie wütend aus.

Ich zucke mit den Schultern und setze mich.

»Psychopathen sind eher Einzelgänger«, meint Felix.

»Er kam mir nicht besonders psychopathisch vor«, entgegne ich.

»Das tun sie nie«, antwortet Felix leichthin.

Ich recke meinen Kopf, um aus dem Fenster zu sehen, aber Leo ist bereits außer Sichtweite.

»Olsen-Alarm! Olsen-Alarm!«, zischt Essie.

»Wo?«, sage ich, blicke zu ihr und setze mich automatisch gerade hin.

»Hinter dir. An Harrys Tisch.«

Langsam drehe ich mich auf meinem Platz um. Und da ist er. Zachary Olsen. Auch bekannt als die Liebe meines Lebens.

Ich habe Zachary Olsen geliebt, seit wir uns im Alter von vier Jahren das gleiche Planschbecken geteilt haben. Die Tatsache, dass ich seinem halbnackten Körper schon mal so nahe war, ist manchmal kaum auszuhalten. Dass er aber eindeutig nicht mehr weiß, dass unsere halbnackten Körper jemals ein Planschbecken teilten, ist noch schlimmer. Zachary ist alles, was ich nicht bin – so etwas wie ein nordischer Liebesgott, mit vollem blonden Haar und einem gebräunten Sixpack. Er ist Kapitän der Fußball- *und* der Rugby-Mannschaft. Natürlich ist er unglaublich beliebt. Und er hat *immer* eine Freundin. Er steht praktisch für alles, was wir Nonkonformisten an der Welt auszusetzen haben. Und doch bin ich total in ihn verknallt. Leider scheint er nicht einmal zu wissen, dass ich existiere.

Heute hat er den Arm um Chloe Hollins' Schulter gelegt, was darauf schließen lässt, dass sie seine aktuelle Freundin ist (ich wünsche ihr die Pest an den Hals). Gerade lacht er über etwas, das Harry gesagt hat. Selbst die Tatsache, dass Zachary sich mit meinem Erzfeind verbrüdert, ändert wenig an meiner Liebe. Er könnte wahrscheinlich auch kleine Katzen quälen oder alte Damen mit vorgehaltener Waffe ausrauben, und ich würde ihn immer noch anbeten.

Ich beobachte, wie er mit Chloe aus der Cafeteria schlendert und dabei total selbstgefällig und sexy zugleich aussieht. Essie greift über den Tisch und drückt meine Hand. Was eigentlich alles aussagt. Ich bin ein hoffnungsloser Fall. Auf ungefähr eine Million unterschiedliche Weisen.

Acht

Leo

Mein erster Tag an der Eden Park School verläuft mehr oder weniger nach Plan. Abgesehen von einem Typen aus dem Jahrgang unter mir, der mich beim Mittagessen angequatscht hat, lassen mich die anderen in Ruhe. Nicht, dass ich unsichtbar wäre. Den ganzen Tag haben mich alle angestarrt. Zuerst kapiere ich gar nicht, warum, aber dann wird mir klar, *wie* sie mich ansehen. Sie haben Angst. Also verhalte ich mich entsprechend. Ich spiele den harten Macker und starre zurück, und jedes Mal schauen sie zuerst weg. Mir doch egal, wieso sie Angst haben. Solange sie mich in Ruhe lassen, ist es mir so was von scheißegal, was sie denken.

Die Schulglocke läutet, und mein erster Tag ist vorbei. Der Flur ist rammelvoll, aber alle beeilen sich, mir Platz zu machen. Die Menge teilt sich vor mir wie das Rote Meer. Es ist, als hätte ich einen schimmernden Schutzschild um mich, wie ein Superheld. Es wäre eigentlich ziemlich lustig, wenn es nicht so absurd wäre. Ich bin fast am Ende des Flurs, als ein Mädchen aus dem Nichts auftaucht und geradewegs in mich reinknallt.

Überrascht öffnet sie die Augen, und ich frage mich, wie bescheuert man sein muss, wenn man mit geschlossenen Augen herumrennt.

»Oh, entschuldige!« Sie lacht und schiebt ihre komischen riesigen roten Kopfhörer herunter, so dass sie um ihren Hals hängen. »Ich habe überhaupt nicht aufgepasst, wo ich hingehe. Alles okay?«

Sie legt ihre Hand auf meinen Arm. Als sie sie nicht wieder wegzieht, muss ich sie dazu zwingen, indem ich meine Arme verschränke. Falls sie errät, warum ich das tue, lässt sie es sich nicht anmerken. Die Fremde hat schwarzes, unzähmbares lockiges Haar und hellbraune Augen, die fast den gleichen Farbton haben wie ihre Haut. Sie sieht toll aus. Sofort verdränge ich diesen Gedanken aus meinem Kopf.

»Weißt du, ich habe diesen unglaublichen Song gehört«, erzählt sie. »Ich bin richtig besessen davon. Willst du mal hören?«

Sie hält mir die Kopfhörer hin.

»Nein danke«, stoße ich hervor, drücke mich an ihr vorbei und achte darauf, sie nicht zu berühren.

»Hey!«, ruft sie mir nach.

Zögernd drehe ich mich um und schaue ihr in die Augen. Ihre Wimpern sind unglaublich lang. Fast wie bei einer Puppe. Ich hasse mich dafür, dass ich es überhaupt bemerke.

»Du bist neu, oder?«

»Ja, stimmt«, gebe ich zu.

Sie grinst mich an.

»Tja, in diesem Fall, willkommen, Neuer!«

Zu Hause angekommen, stelle ich fest, dass Spikes zerbeulter weißer Peugeot merkwürdig schräg vor unserem Haus parkt. Es ist beinahe so wie im Fernsehen, wenn ein Auto an einem Tatort zurückgelassen wird. Spike ist letzte Nacht schon wieder hiergeblieben. Heute Morgen hingen seine Homer-Simpson-Boxer-shorts an der Wäscheleine, und das Waschbecken im Badezimmer war voller schwarzer Stoppeln. Wie winzige Ameisen, die aus dem Abfluss krabbelten.

Ich stoße die Tür auf. Spike sitzt auf der Bank mit Mam auf den Knien. Er flüstert ihr etwas ins Ohr, und sie kichert wie ein kleines Mädchen. Seine Hand liegt auf ihrem Po.

Ich knalle die Tür zu. Beide zucken zusammen. Mam wirft mir einen bösen Blick zu und streicht über ihren Minirock.

Ständig gibt sie damit an, dass sie immer noch genauso schlank ist wie damals mit fünfzehn. Um das zu beweisen, trägt sie die knappsten Klamotten. Es sind ihre Augen, die sie verraten – tot und müde, als hätte das Leben jeglichen Glanz herausgesaugt.

»Alles okay, Kumpel?«, fragt Spike über ihre Schulter. Er bemerkt mein Jackett und stößt einen Pfiff aus. »Verdammt, Alter! Was hast du denn da an? Gehst du nach Hogwarts oder was?«

Ich ignoriere ihn und gehe in die Küche. Ich öffne die Keksdose. Sie ist leer, abgesehen von einem halben Keks mit Karamellcreme, der schon total weich ist.

»Hey, Spike redet mir dir«, fährt Mam mich an.

»Das ist die Schuluniform von der Eden Park«, sage ich und drücke den Deckel wieder auf die Dose.

»Eden Park, was? Is ja edel«, antwortet Spike. »Bist wohl ein schlaues Kerlchen, was?«

Ich zucke mit den Schultern.

»Bild dir bloß nichts ein!«, sagt Mam. »Nur weil du ein schickes Jackett anhast, bedeutet das noch lange nicht, dass du was Besseres bist.«

»Wie könnte ich auch nur auf die Idee kommen«, murre ich.

»Was hast du gesagt?« fragt sie scharf.

»Nichts. Kann ich jetzt gehen?«

»Hau schon ab, du kleiner Scheißkerl.«

Als ich hochkomme, sitzt Amber auf ihrem Bett und bürstet ihre Clip-in-Extensions.

»Wieso bist du denn nicht bei Carl?«, frage ich.

»Wir haben uns gestritten«, antwortet sie. »Ich hab jede Menge SMS auf seinem Handy gefunden, von irgendeiner Tusse von der Eisbahn.«

»Oh.«

Carl und Amber haben mindestens alle zwei Wochen einen Riesenstreit.

Ein fauliger Geruch steigt mir in die Nase. Das Zimmer riecht nach Chemie und schimmligen Keksen.

»Meine Fresse, Amber, hier drin stinkt's ja abartig!«

»Reg dich nicht auf, das ist nur Selbstbräuner«, wehrt sie ab.

Amber sagt immer, sie würde lieber sterben, als »eklig bleich« zu sein. Früher war ich im Sommer auch immer total braun, aber meine Beine haben die Sonne bereits seit Ewigkeiten nicht mehr gesehen, und zurzeit sind sie so bleich, dass sie schon fast fluoreszieren.

»Trotzdem stinkt es wie die Pest«, sage ich und rümpfe die Nase.

»Na und?«, erwidert sie.

»Also, wie war die Schule?«, fragt sie, als ich mein Jackett aufhänge und die Krawatte abnehme. Ich lasse mich auf den Boden fallen und fange mit meinen täglichen Liegestützen an, ganz schnell nacheinander.

»Okay.«

»Sind die anderen alle Snobs?«

»Manche.«

»Haben sie so Namen wie Tarquin und Camilla?«, fragt sie mit aufgesetzt hochnäsiger Stimme.

»Nicht wirklich.«

»Hast du irgendwelche Freunde gefunden?«

Sie lässt nicht locker. Ich mache mitten in einem Liegestütz Pause und schaue zu ihr hoch.

»Hallo? Du bist ja schon so schlimm wie Jenny.«

»Also, was ist, hast du?«

Ich denke an das Mädchen, das ich am Nachmittag im Flur getroffen habe, die mit den Kopfhörern.

»Nee«, sage ich, »bin ja auch nur für ein Jahr dort. Macht keinen Sinn.«

Amber verzieht das Gesicht, bohrt aber nicht weiter. Ich drehe mich auf den Rücken und mache mit Sit-ups weiter. Man hört, wie die Badezimmertür geschlossen wird, dann beginnt die Dusche zu rauschen. Kurz darauf stimmt Spike einen alten Elvis-Song an. Bei den hohen Tönen klingt es eher nach Katzengeschrei.

Ich robbe zur Wand und schlage dagegen.

»Ruhe!«, brülle ich.

»Ach, lass ihn doch«, sagt Amber mit einem Gähnen.

»Soll das ein Scherz sein?«

»Er ist doch harmlos.«

»Er ist ’ne Eintagsfliege, Amber.«

»Er ist ganz okay. Tia mag ihn.«

»Tia mag jeden.«

»Er ist auf jeden Fall besser als der letzte«, meint Amber.

»Nicht gerade schwierig«, schnaube ich abfällig.

Mams letzter Freund ist mit unserem Fernseher abgehauen. Aber früher oder später verdrücken sich Mams Freunde immer. Sie wird auch Spike über kurz oder lang vertreiben, genau wie sie es mit Dad gemacht hat. Nicht, dass es mir was ausmachen würde, wenn Spike abhaut. Dad ist der Einzige, der mir wichtig ist.

Neun

Meine erste Stunde nach dem Mittagessen am Dienstag ist Englisch, eines der Fächer, die ich weniger mag. Ich bevorzuge Fächer mit ganz klar richtigen oder falschen Antworten, mit Formeln und Regeln.

Ich bin früh dran und suche mir einen Tisch am Fenster, ungefähr in der Mitte. Ich setze mich und hole meine Sachen aus dem Rucksack.

»Hey, kannst du mir einen Stift leihen? Meiner ist kaputt und hat mich gerade voll eingesaut.«

Ich sehe hoch. Das Mädchen mit den Kopfhörern sitzt auf dem Platz genau vor mir und hat sich zu mir umgedreht. Mit den Ellbogen stützt sie sich auf meinem Tisch ab, das Kinn in den Händen.

»Also, wie sieht's aus?«, fragt sie.

»Wie sieht was aus?«, frage ich völlig bescheuert.

Sie verdreht die Augen und lacht. »Hast du einen Stift?«, wiederholt sie die Frage und spricht jedes Wort getrennt und deutlich aus.

»O, ja, klar, warte …«

Ich krame in meinem Mäppchen und versuche, den am wenigsten angekauten Stift zu finden. Ich spüre ihren Blick, als ich ihr einen schwarzen Kuli reiche.

»Danke, Neuer! Oje, wie unhöflich, ich habe dir nicht mal gesagt, wie ich heiße. Ich bin Alicia Baker«, sagt sie und streckt mir die Hand entgegen. »Entschuldige die Tintenhände.«

»Leo Denton«, sage ich, schüttle ihre Hand und lasse sie sofort wieder los.

»Ich weiß, wer du bist«, sagt sie.

Die Lehrerin, Miss Jennings, klatscht in die Hände, damit alle aufpassen. Alicia lächelt mich an, bevor sie sich zur Lehrerin umdreht.

Mist!

Ich bin nicht hier, um Mädchen kennenzulernen. Mädchen lassen dich hängen. Sie verarschen dich und manipulieren dich. Mädchen kann man nicht trauen. Punkt! Aber gleichzeitig gelingt es mir nicht, dieses komische Gefühl im Bauch zu ignorieren. Es ist ein bisschen wie bei einem Sprung vom Zehnmeterbrett. Während Miss Jennings unsere Namen aufruft, dreht Alicia sich noch einmal zu mir um und wirft mir einen Blick über die Schulter zu. Ich schaue schnell weg und tue so, als hätte ich nichts gesehen. Stattdessen fixiere ich die Uhr über Miss Jennings' Kopf, und zwar so intensiv, dass vor meinen Augen alles verschwimmt.

Ich blinzle. Miss Jennings sagt meinen Namen.

»Denton? Leo Denton?«, fragt sie stirnrunzelnd und blickt suchend in die Klasse.

»Ähm, ja, hier, Miss«, melde ich mich. Die halbe Klasse dreht sich auf ihren Plätzen um und starrt mich an.

»Wach bleiben, Mr Denton«, bemerkt Miss Jennings mit spitzem Mund und leicht angesäuert, bevor sie die Liste weiter herunterrasselt.

Die restliche Stunde müssen wir nur Bücher austeilen, Formulare ausfüllen und Miss Jennings' Vorträgen zuhören. Ich versuche, mich auf die Bewegungen ihrer schmalen Lippen zu konzentrieren, als hinge mein Leben davon ab.

Endlich klingelt es. Als ich meine Sachen einpacke, spüre ich, dass Alicia mich beobachtet. Sobald ich hochschaue, lächelt sie. Sie hat Wangengrübchen, und ihre Zähne sind blendend weiß. Ich wünschte wirklich, sie würde aufhören, mich dauernd anzulächeln.

»Bis später, Schlafmütze«, sagt sie und strahlt mich an, bevor sie sich bei irgendeinem blonden Mädchen unterhakt und das Klassenzimmer verlässt.

In der Mittagspause ertrage ich es nicht, mich in die Cafeteria zu setzen, also hole ich mir stattdessen ein Sandwich, das ich draußen auf der Treppe vor den Naturwissenschaften esse. Hier ist es ruhig, ich bin abseits vom Fußballplatz und den üblichen Treffpunkten, wo die meisten abhängen. Außerdem bin ich in Sichtweite des Lehrerzimmers, also kann ich mich entspannen, weil sich hier niemand mit mir anlegt. In null Komma nichts habe ich mein Sandwich aufgegessen. Unsere ganze Familie verschlingt das Essen, als würden wir nie mehr was in den Magen bekommen. Ob uns das Schnell-Essen wohl im Blut liegt? Auch Dad?

Ich sehe mich kurz um. Abgesehen von ein paar Goth-Kids ganz oben auf der Treppe, ist niemand hier. Ich hole den Geldbeutel aus meiner Tasche und ziehe sein Foto heraus.

Es ist eine Ganzkörperaufnahme von ihm, wie er neben einem roten Ford Fiesta steht. So, wie das Auto glänzt, muss er es gerade erst gewaschen haben, und tatsächlich steht ein Eimer mit Seifenwasser neben ihm. Ich wünschte, das Foto wäre aus einem anderen Blickwinkel aufgenommen, denn dann könnte ich vielleicht das Nummernschild erkennen. Aber es wurde von der Seite gemacht, und Dad lehnt sich gegen die Beifahrertür. Er hat die Arme vor der Brust verschränkt und grinst stolz in die Kamera. Er hat gute Zähne – weiß und gerade. Das muss ich von ihm haben, denn Mam hat furchtbare Zähne, alle schief und gelb vom vielen Rauchen. Dad ist groß mit mittelblondem Haar, genau wie meines. Leider ist er zu weit weg, als dass ich wirklich erkennen könnte, ob ich seine Augen oder Nase oder sonst etwas habe. Auf der Rückseite steht in Mams krakeliger Handschrift ein Datum. Sieben Monate bevor Amber und ich geboren wurden.

Einmal an Silvester, als Tante Kerry zu viel Wein getrunken hatte, ist ihr rausgerutscht, dass Dad Schreiner war. Ich mag den Gedanken, dass er mit den Händen arbeitet und schöne Dinge herstellt. Kerry hat auch gesagt, er sei wahrscheinlich nach Süden, ans Meer gezogen, aber niemand scheint irgendetwas Genaues zu wissen. Sobald ich nach ihm frage, machen sie dicht oder werden wütend, und das Thema ist erledigt, bevor es überhaupt richtig angesprochen wurde.

Die Leute hinter mir stehen auf. Als sie an mir vorbeigehen, schiebe ich das Foto zurück in meinen Geldbeutel.

Zehn

Es ist Freitagmorgen. Wieder Englisch. Während ich zu meinem Platz gehe, versuche ich, Alicia nicht anzusehen. Ich habe es fast geschafft, da muss ich doch rüberschauen. Sie strahlt mich an und scheint sich überhaupt nicht bewusst zu sein, dass sie mich völlig durcheinanderbringt.

Miss Jennings verdunkelt den Raum. Wir sehen eine Verfilmung von *Was ihr wollt*, dem Stück, das wir dieses Jahr durchnehmen. Zuerst versuche ich wirklich, mich auf den Film zu konzentrieren, aber nach ein paar Minuten stelle ich fest, dass ich abschweife und Alicias Hinterkopf anstarre. Normalerweise trägt sie ihr Haar offen, aber heute hat sie es hochgesteckt, und ich kann ihren Hals sehen. Ich stelle mir vor, wie ich ihn küsse. Bei dem Gedanken wird mir ganz heiß, und ich versuche, ihn aus meinem Gehirn zu verbannen. Ich hole tief Luft und versuche, nicht mehr vom Bildschirm wegzuschauen.

Draußen regnet es, und im Klassenzimmer ist es warm. Ich lege meinen Handrücken an das Fenster. Die Feuchtigkeit fühlt sich gut an – kühl und nass. Als ich meine Hand wegnehme, hinterlässt sie einen Abdruck. Ich male mit dem Zeigefinger einen Kreis darum. Miss Jennings blickt hoch. Schnell wische ich meine feuchte Hand an der Hose ab.

Alicia lehnt sich zum Fenster und macht ein Smiley aus meinem Kreis. Ohne zu überlegen, beuge ich mich vor und füge abstehende Ohren und krause Haare hinzu. Ich meine von hinten zu erkennen, dass Alicia lächelt.

Ich höre ein Räuspern und blicke auf. Miss Jennings starrt uns mit hochgezogenen Augenbrauen an. Alicia entfährt ein leises Kichern. Ich kämpfe gegen ein Lächeln an und muss mich zusammenreißen.

Die restliche Stunde zwinge ich mich, auf den Bildschirm zu schauen und nirgendwohin sonst.

Als schließlich die Schulglocke läutet, ist unser Smiley verlaufen, so dass es jetzt eher missmutig wirkt. Beim Einpacken meiner Sachen spüre ich, wie Alicia mich beobachtet, und weil ich davon abgelenkt bin, fällt mir ein Stift hinunter. Ich bücke mich, um ihn aufzuheben, doch Alicia ist schneller.

»Hier!« Sie drückt ihn mir in die Hand.

»Danke«, murre ich und schiebe den Stift in meinen Rucksack.

Ich warte, dass sie weggeht, doch das tut sie nicht. Stattdessen setzt sie sich auf den Rand meines Tisches, lässt die Beine baumeln und beobachtet mich weiter.

»Leo?«, sagt sie.

»Ja?«, antworte ich und widme mich dem Reißverschluss meines Rucksacks, um ihrem Blick auszuweichen.

»Kann ich dich um einen Gefallen bitten?«

Ich muss schlucken.

»Was denn für einen Gefallen?«, frage ich langsam.

»Es ist nur ein ganz kleiner, versprochen«, sagt sie und beißt sich auf die Unterlippe. »Weißt du, ich mache bei so einem Online-Gesangswettbewerb mit. Der Gewinner darf sich bei Plattenfirmen vorstellen, aber ich brauche noch viel mehr Stimmen, wenn ich es bis ins Finale schaffen will. Also wollte ich dich fragen, ob du nicht vielleicht für mich voten könntest. Ich habe schon alle anderen über Facebook und Twitter gefragt, aber dich konnte ich nicht finden.«

Ich bekomme regelrecht eine Gänsehaut, als ich mir vorstelle, wie Alicia mich online sucht.

»Ich finde es übrigens ziemlich cool«, fügt sie hinzu.

Ich runzle die Stirn.

»Dass du nicht bei Facebook bist, meine ich«, fährt sie fort. »Ich bin da viel zu viel unterwegs. Das kann einen echt süchtig machen, weißt du?«

Ich antworte nicht.

»Du … äh, singst also?«, frage ich stattdessen.

»Oh … ja«, antwortet sie, plötzlich doch verlegen, und schaut auf ihre Fußspitzen. »Ich schreibe auch meine eigenen Songs und poste Videos auf YouTube und so.«

»Ah ja? Super«, murmele ich.

»Also wirst du für mich voten?«

»Wo denn genau?«

»Gib mir mal deine Hand.«

Bevor ich noch irgendwas sagen oder tun kann, packt sie meine Hand und dreht sie um. Ihre Haut ist weich, ihre Nägel sind kurz und ordentlich, mit farblosem Nagellack lackiert. Ich lasse meine Hand locker und hoffe, sie schaut nicht auf meine abgeknabberten Nägel. Mit einem Kuli schreibt sie auf meine Handrückseite, der Stift kratzt über meine Haut. Als sie fertig ist, hält sie kurz inne. Ich muss gegen den Drang ankämpfen, meine Hand wegzureißen. Sie blickt hoch.

»Sommersprossen«, sagt sie.

»Was?«

»Du hast Sommersprossen auf den Händen. Ich wollte auch immer welche«, fährt sie fort. »Meine Oma sagt, es sind Küsse der Sonne. Süß, oder?«

Ich zucke mit den Schultern.

Alicia tippt mit dem Stift auf meine Hand.

»Tja, das ist jedenfalls die Website. Du findest mich da als Alicia B.«

»Alicia B.«, wiederhole ich.

»Um für mich zu stimmen, musst du nur meinen Namen anklicken, mein Video anschauen und es liken. Ich komme ungefähr in der Mitte der Liste, glaube ich.«

»Okay.«

»Super, danke, Leo! Ich freu mich wirklich.«

Erst dann lässt sie meine Hand los.

Nach der Schule gehe ich nicht gleich nach Hause, sondern in den Computerraum. Abgesehen von einem anderen Schüler und dem Lehrer, der Aufsicht hat, ist niemand da.

Am Eingang nehme ich mir einen Kopfhörer und setze mich an einen Monitor in der hintersten Reihe. Schnell tippe ich die Website von meiner Hand ein, scrolle nach unten, bis ich Alicia B. finde, und klicke den Namen an.

Schon taucht ihr Clip auf dem Bildschirm auf. Das Standbild zeigt sie im Schneidersitz auf einem Bett, eine Gitarre im Schoß – das Gesicht im Lächeln erstarrt. Ich klicke auf »Play«.

»Hi! Ich bin Alicia B.«, sagt sie jetzt direkt in die Kamera. »Diesen Song habe ich selbst geschrieben, er heißt *Deep Down with*

Love. Ich hoffe, er gefällt euch, und wenn ja, dann votet bitte für mich. Danke!«

Sie beginnt zu singen. Und sie ist unglaublich gut, besser als irgendjemand bei *X-Factor* oder *Britain's Got Talent*. Ich sehe mir den Clip noch ein paarmal an, auch wenn ich nur einmal abstimmen darf. Gerade will ich die Seite schließen, da fällt mir ein, dass sie erzählt hat, sie hätte auch andere Sachen auf YouTube gepostet, also klicke ich ihren Namen an und finde noch mehr von ihr. Manchmal covert sie Songs von Adele oder Leona Lewis. Aber ihre eigene Musik gefällt mir am besten, es sind Lieder über Liebeskummer mit echt traurigen Texten. Am Ende jedes Songs wartet sie immer noch kurz, dann lächelt sie, um klarzumachen, dass alles nur Show war.

Allerdings bin ich mir ziemlich sicher, dass Alicia Baker zu denen gehört, die anderen das Herz brechen, und nicht umgekehrt.

Als ich nach Hause komme, sitzt Spike in der Küche, liest Zeitung und isst Toast.

»Was tust du denn hier?«, frage ich.

Seine Füße liegen auf dem Tisch. Eine seiner Socken hat ein Loch an der Zehe.

»Auch hallo«, antwortet er fröhlich.

»Wo ist meine Mutter?«

»Bei ihrer Schicht unten im Waschsalon. Danach lässt sie sich mit deiner Tante Kerry die Nägel machen. Sie haben einen Mädels-Abend.«

»Das erklärt immer noch nicht, warum du hier bist«, sage ich.

»Ich hab angeboten, Tia von der Schule abzuholen und euch Kindern was zu essen zu machen.«

»Okay.«

Ich öffne die Brotdose; sie ist leer. Ich blicke auf Spikes Teller. Da müssen mindestens fünf Scheiben liegen.

»Ähm, greif zu«, sagt Spike schnell, als er mein Stirnrunzeln bemerkt. »Dann kriegst du immerhin was in den Magen.«

»Nein, danke.«

»Sei nicht albern. Ich kann das sowieso nicht alles allein essen. Was dir gehört, gehört auch mir, mein Junge.«

»Bin nicht ›dein Junge‹«, sage ich halblaut.

Ich gehe ins Wohnzimmer und stelle den Fernseher an. Es läuft eine dieser Sendungen über Leute, die Häuser im Ausland suchen. Ich spüre, wie Spike mich beobachtet, und schaue zu ihm rüber. Er ist vom Küchentisch aufgestanden und lehnt am Türrahmen, balanciert dabei den Teller mit Toast in seiner Hand.

»Verdammt schön«, sagt er und nickt zum Bildschirm. »Warst du schon mal in Spanien, Leo?«

»Nein«, murre ich.

»Super dort«, sagt er. »Obwohl ich finde, dass Thailand unschlagbar ist. Verdammt schönes Land. Und außerdem ein echt nettes Völkchen. Mein Gott, was ich für Zeiten in Thailand hatte, mein Junge«, sagt er und stößt einen leisen Pfiff aus. »Die Leute sagen mir immer, ich soll mal ein Buch über meine Reisen schreiben.«

»Und warum machst du es dann nicht?«, murre ich.

Normalerweise bleibe ich nicht lang genug in Spikes Nähe, um ihm zuzuhören, aber wenn doch, dann erzählt er so was. Als hätte er die tollsten Abenteuer erlebt. Er ist quasi Großbritanniens Antwort auf Indiana Jones – nur dass er nie wirklich Einzelheiten erwähnt. Er bleibt immer sehr vage, als würde er sich das alles spontan ausdenken.

Kürzlich hat er seinen Geldbeutel auf dem Couchtisch liegengelassen, und ich habe schnell reingesehen. Auf seinem Führerschein steht, er heißt Kevin. Soviel zu Spike. Die angegebene Adresse ist irgendwo in Manchester. Abgesehen davon hatte er ein wenig Bargeld, ein paar Quittungen und einen zusammengefalteten Streifen mit Fotos von sich und Mam, die sie in einer Fotokabine gemacht haben müssen. Auf dem ersten Bild grinsen sie in die Kamera, auf dem zweiten machen sie sich gegenseitig Hasenohren und auf dem dritten und vierten knutschen sie. Igitt!

Spike setzt sich neben mich.

»Magst du ein Stück?«, bietet er mir an. »Na los.«

Der Toast tropft vor Butter und riecht lecker. Gegen meinen Willen nehme ich eine Scheibe, aber nur, weil ich vor Hunger fast umkomme. Ich reiße sie auseinander, stecke mir das kleinere Stück in den Mund und schlucke es auf einmal hinunter. Es kratzt in meiner Kehle.

Spike nimmt auch eine Scheibe und kaut schmatzend.

»Ehrlich gesagt, Leo, bin ich ganz froh, dass deine Mam heute Abend weg ist. Ich denke, wir haben uns vielleicht am Anfang auf dem falschen Fuß erwischt. Jetzt könnten wir uns mal so von Mann zu Mann unterhalten.«

»Danke, lieber nicht«, sage ich, würge mein zweites Stück Toast hinunter und stehe auf.

»Hey, Leo, warte mal, ja?«

Ich drehe mich um. Spike sieht mich an. Mit seinem wuscheligen Haar und den hängenden Augenlidern erinnert er mich ein bisschen an den Hund, den Tante Kerry eine Weile hatte, bis er in ihre Unterwäscheschublade pinkelte und sie ihn ins Tierheim brachte.

»Ich mag deine Mam wirklich gern, das weißt du, oder?«, sagt er.

Ich zucke nur mit den Schultern. Der Gedanke, dass irgendjemand meine Katastrophen-Mutter mag, kommt mir sehr merkwürdig vor.

»Sie ist was Besonderes, Leo, und ich weiß, es ist noch zu früh und so, aber wenn alles klappt, und das hoffe ich, dann möchte ich mich wirklich um euch kümmern, um deine Schwestern und dich. Ich bin nicht wie die anderen, ich werde nicht abhauen, wenn es mal schwierig wird.«

»Wie du meinst«, sage ich und blicke aus dem Fenster. »Ich bin fünfzehn. In ein paar Jahren bin ich sowieso hier weg.«

»Klar, Kumpel. Ich wollte dir das nur sagen, das ist alles. Ich weiß, dass es schwer für dich und Amber sein muss, keinen Dad zu haben und alles.«

Ich wirbele herum. »Lass meinen Dad da raus. Du weißt gar nichts über ihn.«

»Ganz ruhig, mein Junge, ich weiß vielleicht mehr, als du denkst«, sagt Spike und hebt abwehrend die Hände.

»Du weißt einen Dreck«, fahre ich ihn an und renne zur Tür.

»Leo«, ruft Spike. »Mann, komm zurück, Junge! Leo!«

Ich schlage die Haustür hinter mir zu.

Als ich durch den Garten stapfe, höre ich, wie das Fenster im ersten Stock geöffnet wird und Tias aufgeregtes Stimmchen nach mir ruft. Das ignoriere ich und gehe weiter.

Ich weiß genau, wohin ich gehe.

Ich gehe zum alten Schwimmbad von Cloverdale.

Als ich ankomme, ist es immer noch hell. Ich lege mich auf den Boden des alten, leeren Schwimmbeckens, mit meinem Hoodie unter dem Kopf als Kissen. Über mir scheint die Sonne durch das Glasdach und wärmt mein Gesicht. Inzwischen habe ich mich etwas beruhigt und strecke meine Finger aus. Die Fliesen unter mir fühlen sich kühl und feucht an, was komisch ist, denn es ist schon seit Ewigkeiten kein Wasser mehr hier drin. Es riecht allerdings immer noch nach Chlor. Ich mag diesen Geruch, atme ihn tief ein und fülle meine Lungen damit.

Vor ein paar Jahren, als angekündigt wurde, dass das Schwimmbad geschlossen werden soll, gab es einen Riesenaufstand, und alle unterschrieben eine Petition. Aber es half nichts, der Stadtrat ließ es trotzdem schließen. In der Nähe soll wohl ein neues Freizeitzentrum mit einem Café, Fitnessbereich, Zumba-Kursen und so gebaut werden. Aber das ist nicht das Gleiche.

Früher bin ich immer hier geschwommen. An sonnigen Tagen wie heute wurde man beim Rückenschwimmen fast geblendet. Aber am liebsten mochte ich es, wenn es regnete. Ich liebte es, wenn es richtig dunkel wurde und das Wasser wie wild auf das Dach prasselte. Man konnte sich vorstellen, mitten in einem tropischen Sturm den Amazonas hinunterzuschwimmen.

Gav nahm mich und Amber samstagvormittags immer mit hierher, wenn Mam im Bett blieb und ihren Rausch ausschlief. Gav war Mams damaliger Freund. Er hat uns im Flachen das Schwimmen beigebracht – Rückenschwimmen und Kraulen. Amber war nicht besonders begeistert. Sie mochte es nicht, wenn ihr Haar nass wurde, und jedes Mal, wenn sie Wasser in den Mund bekam, hustete und spuckte sie. Aber ich liebte es. Gav sagte immer, ich sei ein Naturtalent, eine richtige Wasserratte.

Ich mochte Gav. Er war einer von den Besseren. Natürlich war er zu gutmütig und ließ Mam die ganze Zeit an ihm herumnörgeln, bis er eines Tages wohl doch genug davon hatte, denn er ging morgens aus dem Haus und kam nie mehr zurück.

Auch wenn ich schon seit fünf Jahren nicht mehr im Wasser war, vermisse ich, wie ich mich beim Schwimmen immer gefühlt habe – völlig ruhig, als hätte ich alles unter Kontrolle. Ich vermisse das Geräusch gedämpfter Stimmen, wenn man den Kopf unter Wasser hat. Manchmal denke ich, das Leben wäre tausendmal einfacher, wenn ich alles unter Wasser machen könnte, ohne dass mich jemand nervt. Alles Gesprochene wäre verzerrt und weit weg, und ich wäre einfach nur unter der Oberfläche, schnell und unerreichbar.

Spikes Worte hallen in meinem Kopf nach: »Ich weiß vielleicht mehr, als du denkst.« Hätte ich bleiben und ihn fragen sollen, was er damit meinte? Aber er kennt auch nur Mams Geschichte, und wer weiß, was sie ihm für Scheiß erzählt hat.

Nein, der einzige Mensch, der mir wirklich die Wahrheit sagen kann, ist schon lange weg.

Elf

David

Beim Mittagessen am Montag ist die Cafeteria total voll, die Mehrheit hat sich entschieden, den Gestank von gekochtem Kohl und angebrannten Pastinaken für etwas Wärme in Kauf zu nehmen. Essie, Felix und ich blicken hinüber zu Leo, der einen Teller Pommes verschlingt.

»Wo er wohl hingeht?«, überlege ich laut, während ich zusehe, wie er sein leeres Tablett wegbringt und zur Tür geht.

»Den Mond anheulen?«, schlägt Essie vor.

»Haha, wie lustig.«

»Wieso interessiert es dich überhaupt?«, fragt sie.

Durchs Fenster sehe ich, wie Leo über den Spielplatz geht. Er trägt keine Jacke, und ich kann seinen Atem in der Luft sehen.

»Es muss eiskalt sein«, kommentiere ich stirnrunzelnd und recke den Kopf, während Leo um die Ecke verschwindet. Das Wetter ist am Wochenende umgeschlagen. Laut Zeitung erleben wir gerade den kältesten September seit Beginn der Aufzeichnungen 1940.

»Bist du seine Mutter, oder was?«, fragt Essie.

Essie hat schlechte Laune, weil sie gerade herausgefunden hat, dass ihre Mutter an Weihnachten Ski fahren geht und ihr jüngerer Bruder und sie die Ferien schon wieder bei ihrem Vater und seiner neuen Frau verbringen müssen.

»Ich habe ja nur laut gedacht«, antworte ich und stochere mit der

Gabel in meinem Essen herum. »Habe ich dir schon erzählt, dass er in meinem Mathekurs ist?«, fragt Felix.

»Im Ernst?«, sage ich.

Ich bin überrascht, dass Leo im Mathe-Leistungskurs ist. Sofort schäme ich mich dafür, ihn in eine Schublade gesteckt zu haben. In Gedanken füge ich »gut in Mathe« der irritierend mageren Liste von Dingen hinzu, die ich über ihn weiß. Noch irritierender ist, dass ich nicht verstehe, warum er mich überhaupt interessiert.

»Wie ist er denn so?«, frage ich.

»Bis jetzt hatten wir noch keinen Schlagabtausch«, sagt Felix. »Um genau zu sein, spricht er kaum ein Wort. Er schafft aber anscheinend alles problemlos.«

»Unglaublich, dass du mir das erst jetzt erzählst«, sage ich.

»Was ist denn mit dir und diesem Typen?«, fragt Essie. »Klingt, als wärst du völlig fasziniert von ihm.«

»Nein, bin ich nicht. Ich finde ihn nur interessant. Ihr nicht?«

»Hält sich in Grenzen«, sagt Essie mit einem Gähnen.

»Du bist nur angefressen, weil er sich neulich nicht zu uns setzen wollte«, sage ich.

»Nein, bin ich nicht. Es zeigt allerdings, dass der Kerl absolut keinen Geschmack hat.«

Sie kneift die Augen zusammen. »Du stehst doch nicht auf ihn, oder?«

»Nur weil ich jemanden interessant finde, heißt das noch lange nicht, dass ich auf ihn stehe.«

»Ist schon in Ordnung, falls doch. Ich bin nur überrascht, dass du auf böse Jungs stehst. Der arme Zachary«, sagt sie mit einem Seufzer, »verdrängt von dem Neuen an der Schule.«

»Ich stehe nicht auf Leo Denton«, sage ich, vielleicht ein wenig zu laut, denn die Mädchen am Tisch neben uns schauen zu uns herüber.

»Ich stehe nicht auf ihn«, wiederhole ich leise zischend.

»Okay, okay«, sagt Essie und hebt abwehrend die Hände. »Ich glaube dir ja.«

»Vielen Dank auch«, sage ich.

»Der Rest der Welt vielleicht weniger …«, fügt sie hinzu und grinst vielsagend.

Ich sehe Leo erst nach der Schule wieder. Als Mum auf dem Heimweg an der Bushaltestelle vorbeifährt, sehe ich ihn dort an der Wand lehnen. Die Hände in den Hosentaschen, starrt er mit seinen Kaleidoskop-Augen in die Ferne. Wenn ich ihn anschaue, ist es ein ganz anderes Gefühl, als wenn ich Zachary in der Schule sehe. Ich habe keine Schmetterlinge im Bauch, und mir wird nicht vor Aufregung übel. Ich kann auch normal reden, ohne knallrot anzulaufen. Und doch empfinde ich irgendwas. Ich habe noch nicht genau herausgefunden, was dieses *Irgendwas* ist, und das nervt mich.

Jeden Abend nach der Arbeit setzt Dad sich in seinen Lieblingssessel, liest die Zeitung und trinkt eine Tasse Tee mit Milch. Heute setze ich mich ihm gegenüber aufs Sofa und tue so, als würde ich Französischvokabeln für den morgigen Test bei Madame Fournier lernen. In Wirklichkeit suche ich aber in Dads Gesicht nach Hinweisen – dass er vielleicht die Augenbrauen hebt, die Stirn runzelt oder möglicherweise sogar lächelt –, irgendeinem Hinweis auf eine wie immer geartete Reaktion. Denn auf Seite dreiundzwanzig der Zeitung steht ein Artikel über ein Mädchen in Amerika, das gerade an ihrer Schule zur Ballkönigin gewählt wurde. Ich bin nicht ganz sicher, was eine Ballkönigin genau macht, außer mit Krone und Schärpe anderen zuzuwinken. Aber das ist es auch nicht, was mich daran so interessiert. Es ist die Tatsache, dass das Mädchen im glitzernden Abendkleid und den hohen Schuhen, über das in dem Artikel berichtet wird, als Junge geboren wurde.

Bei der Lektüre bleibt Dads Gesicht jedoch frustrierend unverändert.

Ich spähe über meine Vokabeln hinweg, als er geräuschvoll seinen Tee schlürft und langsam die Seite umblättert.

»Irgendwas Interessantes?«, frage ich beiläufig.

»Nicht wirklich«, antwortet er mit einem Gähnen.

Nach etwa einer halben Stunde ist er fertig. Er legt die Zeitung auf die Armlehne des Sessels und geht in die Küche, um seine Tasse auszuspülen. Sobald er draußen ist, schnappe ich mir die Zeitung und laufe nach oben. Ich nehme zwei Stufen auf einmal und schlage dann die Tür hinter mir zu.

Mein Zimmer ist mein Rückzugsort und meine Zufluchtsstätte. Letztes Jahr, zu meinem dreizehnten Geburtstag, ließen Mum und Dad es mich in der Farbe streichen, die ich wollte. Am liebsten hätte ich es leuchtend Pink gestrichen, aber das war mir dann doch zu gefährlich. Nach langem Nachdenken wählte ich stattdessen ein Dunkelrot, wodurch man sich, jedenfalls laut Essie, wie im Bauch der Mutter fühlt. Dad bezeichnet mein Zimmer als »die Höhle«. Dabei schlägt er immer einen tiefen, düsteren Tonfall an, was er unglaublich lustig findet. Meine Wände sind mit gerahmten Drucken dekoriert, hauptsächlich Schwarzweißfotografien von New York City, oder alten Filmpostern und Fotocollagen von Essie, Felix und mir aus unterschiedlichen Jahren. Wobei wir drei uns erstaunlich wenig verändert haben, außer vielleicht Essies stets wechselnder Haarfarbe.

Ich knipse meine Lichterkette an, die sich um den ganzen Raum schlängelt, lasse mich auf mein Bett fallen und breite die Zeitung vor mir auf der Decke aus. Schnell blättere ich zu Seite dreiundzwanzig und stoße einen Seufzer aus. Ein Foto der strahlenden Ballkönigin dominiert die Seite. Schwarzes Haar fällt über ihre gebräunten Schultern. Sie ist wirklich wunderschön. Mit den Fingern umfahre ich die Konturen ihres Gesichts und die Kurven ihres Körpers im glitzernden Kleid. Laut Artikel ist sie sechzehn. Sie sieht älter aus, eher wie einundzwanzig. Könnte ich in zwei Jahren auch so aussehen? Ich versuche mir vorzustellen, wie ich in einem glitzernden Abendkleid auf der Schulbühne stehe. Ich lächle gelassen, während ich meinen jubelnden Klassenkameraden zuwinke, Zachary steht an meiner Seite, denn er wurde natürlich zum Ballkönig gekrönt, und sieht mich bewundernd an. Doch das Bild in meinem Kopf bleibt verschwommen und undeutlich. Die Vorstellung kommt mir albern und gekünstelt vor, wie ein halbherziges Rollenspiel.

Vorsichtig schneide ich den Artikel aus. Auf dem Bauch liegend, greife ich unter mein Bett und ziehe mein überquellendes Scrapbook heraus.

Ursprünglich war es ein Geschenk einer entfernten Großtante zu meinem zehnten Geburtstag und ist mittlerweile das Ergebnis von vier Jahren liebevoller Hingabe. Vorne sind die Seiten voller Postkarten, Bonbonpapierchen und eingeklebter Kinokarten. Nach einer Weile begann ich, alles hineinzukleben, was ich interessant oder schön fand – eine Pfauenfeder, die ich bei einem Schulausflug nach Newstead Abbey gefunden hatte; ein Taschentuch mit einem rosa Lippenstiftabdruck von Mums Frisiertisch. Bilder von schönen Frauen, die ich aus Zeitschriften ausgeschnitten hatte. Meine Lieblingsfotos sind die von alten Filmstars – Elizabeth Taylor, wie sie vor Diamanten glitzert, oder Audrey Hepburn, die ihre langen schwarzen Handschuhe und Perlen trägt. Zurzeit vermischen sich Kinostars mit Ausschnitten aus Zeitungen und medizinischen Zeitschriften, Statistiken und Tabellen, Tatsachen und Zahlen.

Ich öffne das Scrapbook an seiner neuesten Seite. Es riecht süßlich nach der Parfümprobe, die ich letzte Woche eingeklebt habe. Ich schließe meine Augen, vergrabe meine Nase einen Moment zwischen den Seiten und inhaliere tief. Auf der gegenüberliegenden Seite klebe ich sorgfältig den Artikel ein und streiche alle Falten und Blasen glatt.

Ich werfe einen Blick auf mein Handy. Noch zwanzig Minuten bis zum Abendessen. Gerade noch genug Zeit für eine Inspektion. Ich schiebe meinen Schreibtischstuhl unter den Türgriff, suche das Album *Born This Way* von Lady Gaga aus, um den Prozess erträglicher zu machen, und drehe ganz laut.

Ich bin gerade mit allem fertig und greife nach meiner Unterhose, als am Türgriff gerüttelt wird.

»David?«, schreit Livvy über die Musik. »Lass mich rein!«

»Warte!«, rufe ich, schlüpfe in meinen Bademantel und zurre den Gürtel fest um meinen Bauch. Ich mache die Musik aus und ziehe den Stuhl unter dem Türgriff weg. Als die Tür geöffnet wird, merke ich, dass mein Inspektionsbuch offen auf meinem Kissen liegt. Voller Panik nehme ich es und schiebe es in meine Schultasche, bevor ich mit einem Riesensatz zurück in die Mitte des Raumes springe.

Livvy kommt misstrauisch herein und rümpft die Nase, als sie mich im Bademantel sieht, Stunden vor dem Schlafengehen.

»Hast du nicht gehört, dass wir dich zum Essen gerufen haben?«

»Offensichtlich nicht.«

»Warum hast du denn was gegen die Tür gelehnt?«, fragt sie und mustert stirnrunzelnd meinen Schreibtischstuhl.

»Ich habe mich umgezogen.«

»Als ob es irgendeinen von uns interessiert, dir beim Umziehen zuzuschauen.«

Ich ziehe eine Grimasse, Livvy zieht eine noch blödere Grimasse.

»David! Livvy!«, ruft Mum von unten. »Das Essen wird kalt.«

Ich will mich umziehen, aber Livvy bleibt stehen, die Augen schmal vor Misstrauen.

»Na los«, sage ich und dränge sie sanft zur Tür. »Du hast doch gehört, was Mum gesagt hat, das Essen wird kalt. Ich komme gleich nach.«

Widerstrebend lässt sie sich von mir aus dem Zimmer drängen, hinaus auf den Treppenabsatz.

Zwölf

An diesem Abend schlafe ich umgeben von meinen Französisch-Unterlagen ein. Ich habe fieberartige Träume, in denen ich mich im Körper von Madame Fournier wiederfinde; nur dass ich nicht Französisch sprechen kann und mich im Materialschrank verstecken muss.

Am nächsten Morgen verschlafe ich und wache erst auf, als Phil auf mein Bett springt und mir die ganze Decke vollsabbert. Völlig benommen taste ich mich aus dem Bett, ziehe die Schuluniform an und versuche, mein abstehendes Haar zu zähmen. Ich werfe Bücher und Schnellhefter in meine Schultasche, bevor ich die Treppe hinunterstürme und ins Auto springe, die Augen immer noch schlafverklebt.

Der Vormittag wird nicht viel besser. In der ersten Stunde haben wir Sport, ein Fach, in dem ich nicht gerade ein Ass bin. Es ist die einzige Stunde, die ich mit Zachary zusammen habe, und es gibt absolut keine Möglichkeit, mich von meiner besten Seite zu präsentieren. Allerdings ist es eine ausgezeichnete Gelegenheit, seine Beine zu mustern. Dieses Jahr haben wir Rugby. Normalerweise ist es meine und Felix' Taktik (Felix ist auch schlecht in Sport und fast blind ohne seine Brille), so weit wie möglich vom Ball und den anderen Spielern wegzubleiben. Aber heute hat ein überenthusiastischer Nachwuchslehrer die Stunde übernommen und zwingt uns ins Gedränge. Der Tiefpunkt ist, als Simon Allen auf meinen Kopf sitzt.

In Französisch läuft der Test besonders miserabel. Als ich meine

Arbeit am Ende der Stunde abgebe, runzelt Madame Fournier bereits die Stirn, als könnte sie mein Versagen jetzt schon vorhersehen.

In Mathe nehmen wir die Normalverteilung durch. Mr Steele könnte, was mich betrifft, genauso gut Klingonisch sprechen. Da ich sowieso nichts kapiere, kritzele ich die meiste Zeit nur herum. Ich bin selbst überrascht, als ich merke, dass die Gestalt, die ich in die Ecke meines Blattes gezeichnet habe, Leo Denton ziemlich ähnelt.

Bis mittags bin ich total erschöpft. Harry, Tom und Lexi stehen hinter mir in der Essensschlange. Harry und Tom wechseln sich darin ab, mir gegen die Ohren zu schnalzen, was Lexi jedes Mal zum Kichern bringt.

»Sehr reifes Verhalten, Jungs«, sage ich und versuche, so gelangweilt wie möglich zu klingen.

»Ach komm schon, sei kein Spielverderber, Freakshow«, sagt Harry. »Verstehst du keinen Spaß?«

Er schnalzt wieder gegen mein rechtes Ohrläppchen, sehr fest. Ich zucke zusammen. Die drei brechen in Gelächter aus.

Ich hefte meinen Blick auf den Hinterkopf des Schülers vor mir, konzentriere mich darauf, ganz stillzustehen, und unterdrücke den Drang, die Essensschlange einfach ganz zu verlassen. Wenn ich Harry lange genug ignoriere, langweilt er sich manchmal und sucht sich ein anderes Opfer.

»Wo sind denn deine Freunde? Die Schöne und der Geek? Nein, warte, wir reden ja über Essie Staines; also wo sind die Mutantin und der Geek?«, pöbelt er.

»Wie hast du meine Freunde genannt?«, frage ich, und der Ärger bringt mich dazu, mich umzudrehen.

»Die Mutantin und der Geek«, antwortet Harry gelassen. »Hast du ein Problem damit, Freakshow?«

Ich beiße mir auf die Lippen.

»Also, wo sind sie? Mit Weitermutieren beschäftigt?«

»Sie haben Bandprobe«, sage ich.

»Oooh, Bandprobe«, sagt Harry mit übertrieben hoher Stimme.

Ich drehe mich weg. Es kommt mir vor, als ob das Essen in Zeitlupe ausgegeben würde.

»Gott, das Warten bringt mich noch um«, seufzt Lexi. »Kannst du nicht für ein wenig Unterhaltung sorgen, Harry?«

»Reicht dir meine Gesellschaft nicht als Unterhaltung?«, fragt Harry. Lexi kichert.

»Hey, wie wäre es mit einer schnellen Runde ›Knutschen, Heiraten oder von den Klippen stoßen?‹«, schlägt Tom vor.

»Dann los«, sagt Lexi. »Alles ist besser als Langeweile.«

»Lasst mich zuerst, ich habe einen Supervorschlag für Lex.«

»Dann los, Tommy, mein Freund«, sagt Harry. »Gib dein Schlimmstes.«

»Okay«, sagt Tom. »Also, hier ist deine Auswahl, Lexi. Mr Wilton …«

»Igitt!«, quietscht Lexi. Mr Wilton unterrichtet Mathe und ist mindestens siebzig.

»Mr Stacey …«, fährt Tom fort.

Lexi quietscht wieder. Mr Stacey unterrichtet Englisch und ist ein totaler Widerling. Es geht das Gerücht, er hätte auf dem Schulausflug der zwölften Klasse letztes Jahr nach Toulouse versucht, Caitlin Myers abzufüllen.

»Und schließlich, der ganz besondere Schüler aus der 10C …«, ich höre Tom einen Trommelwirbel auf seinen Schenkeln vollführen. »… David Piper.«

Lexi kichert wieder los.

»Hammer!«, ruft Harry aus und gibt Tom ein Highfive. »Absolut genial, Kumpel!«

Ich versuche, mich auf das Speiseangebot zu konzentrieren, wäge Würstchen mit Kartoffelbrei gegen die vegetarische Lasagne ab.

»Also komm, Lex, der Mann hat gesprochen, was ist dein Urteil?«, sagt Harry.

»Das ist einfach«, antwortet Lexi. »Ich knutsche Mr Stacey, denn dann wissen wir wenigstens, dass er wirklich auf junge Mädchen steht, ich heirate Mr Wilton, weil er vielleicht bald stirbt, und dann erbe ich sein ganzes Geld, und Freakshow stoße ich von den Klippen.«

»Oh, arme Freakshow!«, sagt Harry.

»Als ob mich das interessiert«, murre ich und greife nach einer Flasche Wasser.

»Was hast du gesagt?«, fragt Harry.

Ich stelle die Flasche auf mein Tablett, hole tief Luft und drehe mich um, um ihm ins Gesicht zu sehen.

»Glaubst du wirklich, es interessiert mich, ob diese hohle Nuss mich von den Klippen stoßen will oder nicht?«

Tom unterdrückt ein Kichern.

»Wie hast du mich genannt?«, fragt Lexi, und ihr Gesicht ist auf einmal knallrot.

»Hohle Nuss«, sage ich und klinge tausendmal selbstbewusster, als ich mich fühle. Zwischen Harry und mir scheint eine rote Linie zu verlaufen, und ich bin kurz davor, sie zu übertreten.

»Harry, lässt du ihn etwa so mit mir sprechen?«, fragt Lexi schmollend.

Harry umkreist mich langsam. Ich merke, wie mein Herz schneller schlägt. Er bleibt hinter mir stehen, sein Körper drückt sich gegen meinen, sein Kinn liegt auf meiner Schulter. Ich kann seinen warmen

Atem auf meiner Wange spüren. Er riecht nach Zigarettenrauch, überdeckt von Pfefferminz.

»Entschuldige dich bei meiner Freundin«, knurrt er in mein Ohr.

Ich wäge meine Möglichkeiten ab. Ich könnte natürlich tun, was Harry will, und mich bei Lexi entschuldigen. Das wäre auf lange Sicht wahrscheinlich die vernünftigere Option. Allerdings würde es mich tagelang verfolgen. Ich würde mitten in der Nacht in kalten Schweiß gebadet aufwachen und an all die mutigen Sachen denken, die ich hätte sagen *können*. Natürlich könnte ich auch meiner ›inneren Essie‹ freien Lauf lassen und eine lange Liste weiterer Umschreibungen von Lexi herunterrattern. Das würde mich sicher am meisten befriedigen, wäre aber ziemlich gefährlich. Was ich nicht in Erwägung ziehe, ist das, was ich zum Schluss tue, nämlich die wahrscheinlich gefährlichste Option von allen.

»Ich warte, Freakshow«, flüstert Harry, und sein Atem kitzelt mein Ohr.

Ich ziehe meine Schultern hoch, der Knochen trifft mit einem lauten Knacken auf Harrys Kinn. Ich wirbele herum. Harry hat beide Hände über den Mund gelegt, seine Augen quellen vor Schock fast heraus.

»Du bist schuld, dass er sich auf die Zunge gebissen hat, du Freak!«, schreit Lexi, eilt nach vorn und umarmt Harry. Er schüttelt sie ab und geht auf mich los. Ich stolpere ein paar Schritte zurück und zögere, bevor ich ihn zurückstoße. Ich muss ihn unvorbereitet getroffen haben, denn er stolpert und fällt gegen die kreischende Lexi. Er richtet sich auf, seine Augen wütend funkelnd, und schubst mich heftig. Ich taumele in die Leute hinter mir. Mein Rucksack rutscht von meiner Schulter und fällt auf den Boden. Ich bücke mich, um ihn aufzuheben, doch Tom ist schneller, er schiebt den Fuß darunter und kickt ihn zu Harry, der damit dribbelt.

»Beaumont, sei nicht so kindisch«, sagt ein Mädchen aus der Elften.

Einen Moment lang denke ich, Harry hört auf sie, denn er bleibt stehen und hebt meinen Rucksack auf. Als er auf mich zukommt, strecke ich meine Hände aus, um den Rucksack zu nehmen. Doch in letzter Sekunde grinst er breit und wirft ihn stattdessen über meinen Kopf zu Tom. Als er wie in Zeitlupe durch die Luft segelt, fällt es mir ein.

Mein Inspektionsbuch ist da drin.

Panik durchflutet mich.

»Gib ihn zurück«, sage ich zu Tom.

»Gib ihn zurück«, ahmt er mich mit einem hohen Quieken nach.

»Du könntest wenigstens nett bitten«, sagt Harry.

»Gib ihn mir bitte zurück!«, sage ich, und eine gewisse Dringlichkeit schleicht sich in meine Stimme.

»Na, das ist doch schon viel besser«, sagt Harry. »Aber weißt du was, Freakshow? Wir sind noch nicht fertig.«

Er wirft den Rucksack diesmal zu Lexi, die begeistert aufkreischt und ihn zu Tom wirft.

»Gebt ihn einfach zurück!«

Ich werde jetzt laut. Aber sie werfen ihn weiter, und ich bin der Dumme in der Mitte, springe hilflos in die Luft. Tom wirft den Rucksack zu Harry. Er segelt hoch über meinem Kopf. Ich greife danach, meine Finger streifen gerade noch die Schulterriemen, bevor er in Harrys Armen landet. Anstatt ihn zu Tom zurückzuwerfen, hält er ihn an seine Brust, schaukelt ihn wie ein neugeborenes Kind, ein Grinsen im Gesicht.

»Weißt du, was ich denke? Dass du ein bisschen zu viel Angst hast«, sagt er und zieht langsam den Reißverschluss auf.

Nein, nein, nein.

»Harry«, sage ich in einem atemlosen Flüstern. »Ich bitte dich, gib ihn mir einfach zurück.«

»Du bittest mich, ja?«, sagt er. »Wie unglaublich interessant.«

Er wendet den Blick nicht von mir und schüttet den Rucksack aus. Der Inhalt fällt auf den Boden. Die Stifte aus meinem Mäppchen werden in alle Richtungen verstreut. Eine halbvolle Wasserflasche fällt heraus, ein Päckchen Kaugummi, meine Schlüssel, Bücher und Schnellhefter, Papier schwebt unschuldig auf den Boden, als sei es riesiges Konfetti. Und schließlich mein lila Notizbuch. Ich lasse mich auf die Knie fallen, aber Harry ist mir einen Schritt voraus und schnappt es sich mit einer schnellen Bewegung.

»Was haben wir denn hier?«, verkündet er vor der wachsenden Zuschauermenge. »Führt Freakshow ein Tagebuch? Liebes Tagebuch, warum bin ich so ein gestörter Loser?«, deklamiert er mit hoher Stimme.

Mehr und mehr Schüler versammeln sich, um zuzuschauen. Ich sehe mich nach einem Lehrer oder jemandem von der Essensausgabe um, aber ich kann nichts sehen, denn eine kleine Menge umgibt uns.

Darunter Zachary Olsen.

Plötzlich wird mir ganz schlecht.

»Hör auf damit, Harry«, sagt jemand, wahrscheinlich wieder das Mädchen aus der Elften. Aber Harry ist voll in Fahrt. Er genießt das viel zu sehr, um auch nur im Entferntesten daran zu denken, jetzt aufzuhören. Er öffnet das Notizbuch an irgendeiner Stelle. Seine Augen huschen über die Seite und weiten sich vor Begeisterung, als könne er sein Glück gar nicht fassen.

»Harry, bitte!«, sage ich und schaue rüber zu Zachary, der jetzt leicht die Stirn runzelt. Aber es ist sinnlos, nichts kann Harry aufhalten.

»Leute, Leute, hört euch das mal an!«, ruft er. »Achter März. Größe – ein Meter fünfundsechzig Zentimeter. Adamsapfel – klein, aber sichtbar«, er blickt zu mir und schüttelt den Kopf. »Was zum Teufel ist das, Freakshow?«

Ich mache einen Satz auf ihn zu und versuche, das Notizbuch zu fassen, aber Tom packt meine Arme und hält sie hinter meinem Rücken fest.

»Lass mich los!«, schreie ich und winde mich und trete um mich. Ein Stoß trifft ihn am linken Schienbein. Er flucht und nimmt mich jetzt in den Schwitzkasten, so eng, dass ich kaum mehr Luft bekomme. Er ist größer als ich und breit gebaut.

»Schambehaarung – gröber, drahtiger!«, fährt Harry fort. »Heilige Scheiße, hört euch das an! Penislänge: sechseinhalb Zentimeter!«

Es ertönt Gelächter. Ich schreie, so laut ich kann. Vielleicht kann ich Harry übertönen. Irgendwann glaube ich zu hören, wie jemand ihm sagt, er solle aufhören, aber über die ganzen Geräusche hinweg kann ich es nicht mit Gewissheit sagen.

»HaltdenMundhaltdenMund!!«, sage ich immer wieder mit zusammengekniffenen Augen. Solange ich sie nicht öffne, kann ich so tun, als ob das alles nur ein furchtbarer Albtraum sei und Zachary Olsen nicht gerade einen Meter von mir entfernt steht und zuhört, wie Harry die Maße meines Penis vorliest. Ich spüre, wie Tränen unter meinen Augenlidern aufsteigen. Aber ich darf nicht vor ihnen weinen. Auf keinen Fall!

Der Schlag lässt alle verstummen.

Er klingt unwirklich, wie ein Soundeffekt aus einem Actionfilm. Ich öffne die Augen. Harry liegt auf dem Boden, Blut strömt aus seiner Nase, seine Augen sind weit aufgerissen vor Schock. Zuerst denke ich, dass ich vielleicht irgendeine Art von außerkörperlicher

Erfahrung hatte, so was wie eine Astralwanderung, und selbst für diesen Schlag verantwortlich bin. Aber dann merke ich, dass Tom mich immer noch festhält. Ich folge Harrys Blick. Über ihm steht Leo, der Junge aus Cloverdale, der seine Faust anstarrt, als gehöre sie nicht zu ihm.

Dreizehn

Leo

Mr Toolans Büro ist kleiner und dunkler, als ich es in Erinnerung habe. In der Mitte steht ein großer Schreibtisch, der ziemlich unordentlich aussieht. Er ist mit Papieren und Kaffeetassen übersät. Gerahmte Fotografien von seiner Frau und erwachsenen Kindern, gebräunt und gutaussehend im Skiurlaub und bei einer Schulabschlussfeier, stehen links von seinem Computerbildschirm, rechts liegt ein angebissenes Sandwich. Hinter dem Schreibtisch blickt Mr Toolan auf meine Akte und runzelt die Stirn.

Mein linkes Bein schwingt auf und ab. Meistens kann ich durch einen nichtssagenden Gesichtsausdruck und eine neutrale Körperhaltung verbergen, was ich empfinde. Aber mein linkes Bein schafft es jedes Mal, meinen Verstand auszutricksen.

Mr Toolan legt meine Akte wieder auf den Schreibtisch und seufzt. »Ich werde diese Sache nicht auf die leichte Schulter nehmen, Leo. Das ist kein guter Anfang.«

Ich öffne und schließe meine Hand. Die Knöchel sind rot und schmerzen.

»Ich hatte gehofft, dich *nie* in diesem Büro zu sehen, und doch bist du kaum zwei Wochen hier, und schon sitzt du vor mir. Und noch dazu, weil du einen anderen Schüler geschlagen hast«, fährt Mr Toolan fort.

Ich blicke auf meine Schuhe. Ich trage immer noch die vom letzten Jahr. Sie sind an den Zehen abgestoßen, und die Schnürsenkel beginnen auszufransen.

Es klopft an der Tür. Es ist Miss Hannah, die Vertrauenslehrerin.

»Ich bin sofort gekommen, als ich davon gehört habe«, sagt sie und setzt sich neben mich.

»Werfen Sie mich jetzt raus?«, frage ich. Es sind meine ersten Worte, seit ich hier bin.

Mr Toolan und Miss Hannah tauschen Blicke aus.

»Wie wäre es, wenn du uns zuerst erzählst, was passiert ist?«, fragt Mr Toolan.

Ich räuspere mich und beuge mich in meinem Stuhl nach vorne.

»Hören Sie, dieser Junge wurde gehänselt, richtig übel fertiggemacht. Und keiner hat ihm geholfen. Jedenfalls nicht wirklich. Es waren jede Menge Leute da. Alle standen im Kreis und sahen zu, aber keiner hat was gemacht. Sie haben es einfach passieren lassen.«

»Und warum hast du in diesem Moment keinen Lehrer gerufen? Warum hast du gemeint, du müsstest es mit deinen Fäusten regeln?«, fragt Mr Toolan.

Ich schließe die Augen. Aber es ist immer noch alles verschwommen. Alles, was ich sehen kann, sind einzelne Bilder, schnell nacheinander: das Gesicht des Jungen – es war der, der letzte Woche in der Cafeteria zu mir rüberkam. Er war gedemütigt und den Tränen nah, dann der andere Junge, der sich höhnisch und selbstzufrieden lustig machte. Das Nächste, woran ich mich erinnere, ist, dass ich über ihm stehe, während er auf dem

Boden liegt. Blut strömt aus seiner Nase, und zwei Lehrer packen mich, jeder an einem Arm und führen mich aus der Cafeteria. Alles dazwischen ist verschwommen.

»Nun?«, fragt Mr Toolan.

Ich öffne meine Augen.

»Ich weiß auch nicht, Sir. Ich bin wohl … durchgedreht, denke ich.«

»Tja, *Durchdrehen*, wie du es nennst, ist einfach kein akzeptables Verhalten.«

Ich schaue wieder zum Boden.

Mr Toolan nimmt seine Brille ab und reibt sich die Augen. Er hat rote Druckstellen auf der Nase. Ich blicke zu Miss Hannah und versuche zu erraten, wie schlimm es für mich aussieht, doch sie weicht meinem Blick aus.

Mr Toolan setzt seine Brille wieder auf und stützt die Ellbogen auf den Schreibtisch, sein Kinn liegt auf seinen verschränkten Händen.

»Weißt du, warum ich dich als Schüler hier angenommen habe, Leo? Während andere Schulen Bedenken hatten?«

»Nein, Sir.«

»Es war nicht nur deine offensichtliche Begabung in Mathematik, die dir einen Platz bei uns verschafft hat, ich sah auch noch etwas Besonderes, etwas, weswegen du eine Chance bekommen solltest. Ich sah einen jungen Menschen, der hart arbeiten und seinen Beitrag leisten wollte.«

»Und das stimmt auch! Hören Sie, Sir, Sie waren nicht dort, Sie haben nicht gesehen, was wirklich passiert ist. Der Typ hat es darauf angelegt!«

Mr Toolan hebt die Hände, um mich zum Schweigen zu bringen. Fest umklammere ich die hölzernen Armlehnen meines Stuhls, so fest, dass meine roten Knöchel schneeweiß werden.

»Leo, ich glaube, du verstehst den Ernst der Lage nicht. Du hast nur Glück, dass Harrys Nase nicht gebrochen ist.«

Er ist derjenige, der Glück hatte, möchte ich am liebsten widersprechen. Aber ich bewege mich bereits auf dünnem Eis. Bevor ich antworte, hole ich tief Luft.

»Hören Sie, Sir, ich hätte ihn vielleicht nicht schlagen sollen, und wenn ich die Zeit zurückdrehen könnte, dann würde ich es nicht tun. Aber Sie haben nicht gehört, was er alles zu diesem Jungen gesagt hat, er hat ihn total fertiggemacht, und das war einfach nicht in Ordnung!«

»Das interessiert mich jetzt nicht, Leo«, unterbricht mich Mr Toolan. »Das Entscheidende ist, Eden-Park-Schüler greifen andere nicht körperlich an, Punkt! Hast du mich verstanden?«

»Aber … Sir.«

»Hast du mich verstanden, Leo?«, wiederholt Mr Toolan.

Meine Nägel bohren sich in die Lehnen des Stuhls, die Wut gärt immer noch brennend in meinem Bauch.

»Ja, Sir.«

Im Zimmer ist es plötzlich sehr still, abgesehen vom Ticken einer Uhr, die ich nicht entdecken kann.

»Also, verweisen Sie mich jetzt der Schule?«

Mr Toolan seufzt. »Nein, das werde ich nicht tun, Leo. Du musst einen Monat lang nachsitzen … ab morgen. Außerdem bist du die restliche Zeit an unserer Schule sozusagen auf Bewährung. Wenn du dir auch nur einen Fehltritt leistest, werde ich keine andere Wahl haben, als eine strengere Maßnahme zu ergreifen. Klingt das fair?«

Mir bleibt nur übrig, zu nicken.

Er fängt an, etwas in meine Akte zu schreiben.

»Das ist alles, Leo. Du kannst gehen.«

Ich nicke und stehe auf. Mein linkes Bein zittert immer noch.

Vor Mr Toolans Büro sitzt Harry mit dem Kopf gegen die Wand und einem riesigen Klumpen Taschentuch an seine Nase gedrückt. Irgendein blondes Mädchen sitzt praktisch rittlings auf ihm, flüstert in sein Ohr und streichelt sein Haar.

»Du Psycho«, zischt sie über ihre Schulter, als ich vorbeigehe.

Ich zeige ihr den Stinkefinger, und ihre Augen quellen vor, aber sie sagt nichts mehr.

Auf der anderen Seite der Glasscheibe, im Sekretariat, sitzt der Junge mit dem Notizbuch, an dessen Namen ich mich nicht erinnern kann, und schreibt seine Aussage auf. Als er mich bemerkt, lächelt er und winkt.

»Danke!«, formt er mit den Lippen.

Ich ignoriere ihn und stoße die Tür zum leeren Pausenhof auf.

Der Nachmittagsunterricht hat bereits begonnen. Die frische Luft trifft mein Gesicht – kalt und scharf.

Ich bin nicht von der Schule geflogen. Aber ich muss jetzt besonders vorsichtig sein. Noch ein Ausrutscher, und ich bin raus. Mr Toolan hat recht mit den anderen Schulen. Wenn ich von der Eden Park fliege, nimmt mich keine andere Schule mehr. Dann ende ich in irgend so einer Anstalt mit all den anderen Gestörten und Schulabbrechern. Dann komme ich niemals auf die nächste weiterführende Schule, geschweige denn an die Uni. Das hieße, ich hänge für immer und ewig in Cloverdale fest. Gute Noten an der Eden Park sind mein Ticket raus aus allem.

Ich muss in Zukunft unauffällig bleiben, muss mich unter Kontrolle haben. Aber gleichzeitig bringt mich die Ungerechtigkeit der ganzen Sache beinahe um.

Miss Jennings weiß anscheinend von meinem Besuch in Mr Toolans Büro, denn als ich über eine halbe Stunde zu spät in die Englischstunde komme, blickt sie nur kurz von ihren Korrekturen auf und nickt. Während ich zu meinem Platz gehe, kann ich spüren, dass meine Klassenkameraden mich beobachten. Ich gebe mein Bestes, lässig zu wirken und dem Ruf gerecht zu werden, den sie mir angedichtet haben. Ich setze mich und hole den Schnellhefter für Kreatives Schreiben heraus. Es dauert nicht lang, und Alicia dreht sich halb zu mir um. Sie trägt heute andere Ohrringe, winzige silberne Marienkäfer statt ihren üblichen goldenen Herzen.

»Ich hab schon davon gehört«, flüstert sie.

Ich versuche, in ihrem Gesicht zu lesen. Alicia Baker ist vielleicht nicht die Art von Mädchen, die auf Prügeleien steht.

»Ja?«, sage ich und bemühe mich, gleichgültig zu klingen.

»Ja, dass du diesen Jungen aus der Zehnten verteidigt hast.«

»Ach das. War wahrscheinlich dumm von mir. Kein Plan, was ich mir dabei gedacht habe.«

»Es war ganz und gar nicht dumm. Ich finde, es war total süß.«

Ich schlucke.

»Ach ja?«

Sie nickt.

»Fand Mr Toolan nicht«, sage ich. »Ich muss ab morgen nachsitzen, und zwar einen ganzen Monat lang.«

»Echt hart.«

»Wem sagst du das.«

Die »Bewährung« erwähne ich nicht.

Miss Jennings blickt hoch, und wir schauen beide in unsere Bücher. Sie runzelt die Stirn, korrigiert jedoch weiter.

»Aber ich meine das wirklich ernst«, flüstert Alicia über ihre Schulter. »Es war total süß von dir. Leider gibt es hier nicht genügend Leute, die für die Schwächeren einstehen. Dieser Harry Beaumont ist außerdem ein echter Idiot. Es wurde höchste Zeit, dass der mal Gegenwind kriegt.«

Sie wirft der Lehrerin einen prüfenden Blick zu, bevor sie sich ganz zu mir umdreht.

»Leo, kann ich dich was fragen?«, sagt sie und spielt mit der silbernen Kette um ihren Hals.

»Ähm, ja klar«, sage ich und rutsche unruhig auf meinem Platz hin und her.

»Warum hast du wirklich die Schule gewechselt? Da gibt es so ein blödes Gerücht, dass du einem Lehrer den Finger abgehackt hast oder so etwas Gestörtes, aber das glaube ich einfach nicht.«

Während der letzten Tage habe ich immer wieder ähnliche Gerüchte aufgeschnappt. Keine Ahnung, woher die kommen, aber ich dachte, sie können nicht schaden. Sie fördern mein Image als harter Kerl aus einer schlechten Gegend.

»Und warum glaubst du es nicht?«, frage ich vorsichtig.

»Weil eben. Du bist nicht so.«

»Was macht dich so sicher?«

»Ach, ich weiß auch nicht, sagen wir einfach, ich habe eine gute Beobachtungsgabe«, sagt sie lächelnd.

Ich erwidere ihr Lächeln nicht.

»Rück's raus, was ist wirklich passiert?«, drängt sie.

Ich schaue nach vorne. Miss Jennings spricht mit Lauren Melrose.

»Komm schon, du kannst es mir erzählen. Ich sage es auch nicht weiter, versprochen, hoch und heilig«, sagt Alicia und legt die Hand aufs Herz.

Aber Alicia weiß nicht, worauf sie sich einlässt. Die Wahrheit ist krasser, als sie es sich wohl jemals vorstellen kann.

»Okay«, sage ich und beuge mich vor, um das Ganze realistischer zu machen. »Aber du erzählst es wirklich nicht weiter?«

»Dein Geheimnis ist bei mir sicher«, wiederholt Alicia ernst und beugt sich ebenfalls rüber. Mein Gott, riecht sie gut. Die ganze Zeit überlege ich fieberhaft, was ich sagen soll.

»Es ist so«, fange ich ganz leise an. »Ich habe mich an meiner alten Schule auf eine echt üble Clique eingelassen. Es war völlig klar, wie die Sache für mich laufen würde, wenn ich geblieben wäre, verstehst du? Und, na ja, das wollte ich nicht, also habe ich beantragt, die Schule zu wechseln.«

»Das kann man?«

»Unter bestimmten Umständen schon, ja.«

Alicia setzt sich zurück. »Wow, da hast du ja echt eine vernünftige Entscheidung getroffen!«

Ich zucke mit den Schultern, als sei es keine große Sache.

»Aber warum erzählst du das nicht?«, fragt sie. »Warum wehrst du dich nicht dagegen, dass es heißt, du wärst von der Schule geflogen?«

Ich blicke auf meine Finger. Auf meinem rechten Zeigefinger ist ein Tintenfleck. Ich spüre, wie Alicia mich beobachtet.

»Miss Baker, gibt es ein Problem?«, ruft Miss Jennings.

Alicia verdreht die Augen und dreht sich wieder nach vorn. Ich wage es, auszuatmen.

»Ich habe übrigens für dich gevotet«, sage ich, als zehn Minuten später die Stunde vorbei ist und wir unsere Sachen packen. »Bei diesem Gesangswettbewerb.«

»Wirklich?«, fragt Alicia.

»Klar. Du bist super.«

»Findest du?«

»Auf jeden Fall. Bei weitem die Beste«, höre ich mich sagen.

»Oh, danke, Leo«, sagt sie erfreut mit leicht gerötetem Gesicht. Und irgendwie fühlt es sich gut an, dass sie sich meinetwegen freut.

»Weißt du, an wen du mich erinnerst?«, füge ich hinzu. »Da gibt es eine Sängerin, die meine Oma früher immer total mochte. Mist, ich habe ihren Namen vergessen, Ella Irgendwas ...«

Alicia packt meinen Arm.

»O mein Gott, doch nicht Ella Fitzgerald?«, flüstert sie.

»Doch ja, genau die.«

»Ella Fitzgerald ist meine Inspiration!«, sagt Alicia mit strahlenden Augen. »Du findest echt, ich bin wie sie, Leo?«

»Hab ich doch gerade gesagt, oder?«

Sie strahlt.

»Leo?«

»Ja?«

»Kann ich dich noch was fragen?«

»Ähm, okay«, sage ich und setze meinen Rucksack auf.

»Wie kommt es, dass du vom Sport befreit bist? Es ist die einzige andere Stunde, die wir zusammen haben, und du sitzt immer auf der Bank.«

Ich weiß selbst ganz genau, dass Sport das einzige andere Fach ist, das ich mit Alicia habe, und ich weiß außerdem, wie gut sie in ihrem kurzen Faltenrock und dem engen Poloshirt aussieht.

»Knieprobleme von einer Fußballverletzung vor ein paar Jahren«, lüge ich gekonnt, jetzt wo ich schon mal drin bin.

»Das muss hart sein, wenn man nicht mehr spielen kann«, sagt sie, und das Klassenzimmer um uns herum leert sich.

»Es ist nicht gerade toll, aber was soll man machen? Ich war ja sowieso nicht gut genug, um professionell zu spielen oder so«, sage ich mit einem bescheidenen Schulterzucken.

Sie bleibt stehen und verschränkt ihre Arme.

»Du bist interessant, Leo Denton, weißt du das?«

Und Alicia sieht mich an, als gäbe es an mir wirklich etwas Besonderes, und die ganze Zeit schauen wir uns in die Augen. Für einen Moment vergesse ich alles, was mit Harry Beaumont, Mr Toolan und der Probezeit zusammenhängt, genau wie meine Millionen anderer Probleme. Selbst die Stimme in meinem Kopf, die mich warnt, dass Mädchen nur Ärger bedeuten, ist plötzlich leiser. All das wird übertönt von meinem wie wild klopfenden Herzen, das sich aufführt, als wolle es aus mir herausspringen und geradewegs durch den Raum tanzen.

Vierzehn
David

Als ich aus Mr Toolans Büro komme, warten Felix und Essie schon. Sie springen von ihren Stühlen auf und umarmen mich, als sei ich ein Soldat, der von einer Schlacht zurückkehrt. Ich bekomme dabei eine Haarsträhne von Essie in den Mund. Sie schmeckt nach ihrem Parfüm und Chemie.

»O mein Gott, geht es dir gut?«, ruft sie und hält mich auf Armeslänge, um mich nach Verletzungen abzusuchen.

»Alles okay«, sage ich. »Was macht ihr denn hier? Habt ihr nicht schon längst Kunst?«

»Ach, Kunst … Schmunst«, antwortet Essie abwehrend.

»Was zur Hölle ist denn bloß passiert, Kumpel?«, fragt Felix über sie hinweg.

Ich beginne mit Harrys Schnalzen gegen meine Ohren und höre damit auf, wie Leo zu Mr Toolans Büro geschleppt wurde – in seinem Gesicht eine Mischung aus Wut und Fassungslosigkeit.

»Aber warum hast du denn dein Inspektionsbuch überhaupt in der Tasche gehabt?«, fragt Felix. »Ich dachte, du schließt es immer weg?«

»Glaub mir, das war ganz bestimmt keine Absicht«, sage ich grimmig.

»Hat Harry viel davon gesehen?«, fragt er.

»Ich glaube nur ein oder zwei Seiten.«

»Dann ist es zumindest nicht ganz so schlimm.«

»Ich kann immer noch nicht glauben, dass der Typ aus Cloverdale wirklich und wahrhaftig Harry Beaumont eine verpasst hat!«, unterbricht Essie und schüttelt ungläubig den Kopf. »War es toll? Ich wette, es war toll!«

»Ich weiß es nicht. Ich hatte die Augen geschlossen«, gestehe ich. »Es klang jedenfalls nicht schlecht. Ein richtig heftiger Schlag. Und Harrys Nase hat danach ziemlich stark geblutet.«

»Super«, sagt Felix mit funkelnden Augen. Harry hatte ihm in der achten Klasse seine Brille zerbrochen. Seitdem hatte Felix geduldig auf ausgleichende Gerechtigkeit gewartet.

»Du musst ihn unbedingt fragen, ob er sich in der Pause zu uns setzt«, sagt Essie.

»Wen? Harry?«, frage ich.

»Nein, du Blödmann!«, sagt sie. »Wie heißt er gleich? Der Irre mit der Säge!«

»Du meinst Leo?«, antworte ich. »Hast du nicht gesagt, er hätte seine Chance gehabt?«

»Aber das war, bevor er dich da rausgehauen und Harry Beaumont eine verpasst hat!«, ruft Essie. »Der Junge verdient eine Medaille!«

»Okay, ich könnte ihn ja vielleicht beim Nachsitzen fragen. Ich weiß aber nicht, ob er Lust dazu hat.«

»Warte mal, nachsitzen? Wieso musst *du* nachsitzen?«, will Felix wissen. »Du warst das Opfer!«

»Weil ich schuld bin, dass Harry sich auf die Zunge gebissen hat«, sage ich und ziehe eine Grimasse. »Eine Woche Nachsitzen. Wenigstens hat Harry auch eine Woche bekommen. Leo hat anscheinend einen ganzen Monat bekommen. Für einen einzigen Schlag. Das ist ziemlich hart, findet ihr nicht auch?«

Essie zuckt mit den Schultern und lässt die Beine baumeln. »Ihr wisst ja, wie Mr Toolan ist. Dauernd betont er, dass wir ›junge Damen und Herren‹ sind.« Sie imitiert seine tiefe Stimme.

»Essie hat recht«, fügt Felix hinzu, »bei körperlicher Gewalt hat er eine niedrige Toleranzschwelle.«

»Bei psychischer Folter andererseits …«, sagt Essie. »Mann, hier läuft echt einiges schief. Wenn die Lehrer auch nur halbwegs vernünftig wären, hätten sie Harry selbst schon vor Jahren eine geklatscht. Der Kerl ist so ein Vollidiot.«

Wir sitzen einen Moment schweigend da.

»Es ist allerdings schon merkwürdig …«, sagt Felix.

»Was denn?«, fragt Essie.

»Dass die Schule Leo überhaupt als Schüler angenommen hat. Dauernd wird so getan, als wäre es ein Lottogewinn, wenn man einen Platz hier bekommt. Und trotzdem nimmt Mr Toolan, der immer meint, es wäre eine ›friedliche‹ Schule, einen scheinbar gewalttätigen Schüler auf. Ist doch komisch, oder?«

»Vielleicht«, sage ich.

»Und was noch komischer ist«, fährt Felix fort, »weiß eigentlich irgendjemand von euch, wie eine Metallsäge genau aussieht?«

Essie und ich schütteln die Köpfe. Keiner von uns hat früher im Werkunterricht aufgepasst. Wir haben lieber darauf gelauert, mit der Klebepistole zu spielen, sobald Mr Hampton nicht hinsah. Felix holt sein Handy raus, und nachdem er kurz getippt und gescrollt hat, reicht er es Essie und mir. Wir schauen auf das Display.

»Das soll eine Metallsäge sein?«, sage ich. Die Säge auf dem Bild ist winzig. In meiner Vorstellung hatte Leo mit einer riesigen Waffe in den Schulfluren von Cloverdale herumgefuchtelt.

»Die sieht so aus, als könnte sie nicht einmal ein Kit Kat zersägen, geschweige denn einen Finger«, meint Essie enttäuscht.

»Genau, Leute«, sagt Felix, verschränkt die Arme vor der Brust und lehnt sich in seinem Stuhl zurück. Er sieht recht selbstzufrieden aus. »Ganz genau.«

Fünfzehn

Am nächsten Tag surrt die Luft geradezu vor Gerüchten. Harrys Nase ist mindestens auf die doppelte Größe angeschwollen und hat sich dunkellila verfärbt. Noch besser finde ich, dass zumindest bis jetzt die Enthüllungen aus meinem Notizbuch übertrumpft werden von der Tatsache, dass endlich mal jemand Harry Beaumont eine verpasst hat. Dass dieser Jemand der angeblich Irre aus Cloverdale ist, ist das Sahnehäubchen. Nicht, dass der Inhalt meines Notizbuchs völlig vergessen wäre. Als ich den Klassenraum wechsle, bemerke ich, dass manche komische Bewegungen mit den Händen machen. Es dauert ein wenig, bis mir klar wird, dass sie ungefähr sechseinhalb Zentimeter zwischen Daumen und Zeigefinger andeuten wollen. Und auch wenn mich das nicht gerade begeistert, bin ich vor allem froh, dass keiner kapiert, warum ich das überhaupt aufgeschrieben habe.

Um das Nachsitzen zu vertuschen, erzähle ich Mum, ich müsste eine Woche lang bei den Kostümen für das Schulmusical mithelfen. Essie, die genial Handschriften imitieren kann, hat meine Benachrichtigung unterschrieben. Ich gebe Livvy zehn Pfund Schweigegeld. Sie runzelt die Stirn, nimmt es aber an, und ich bin erleichtert, dass die Gerüchte über den Vorfall wohl noch nicht bis in die unteren Klassen durchgesickert sind.

Beim Mittagessen erklärt Essie den Tag zum »besten seit damals in der neunten Klasse, als Mrs Clarey während der Englischprüfungen den lautesten Furz aller Zeiten losließ und sich alle totgelacht haben.«

Ich sehe mich in der Cafeteria nach Leo um, aber er ist nirgends zu sehen.

Nach der letzten Stunde gehe ich zum Nachsitzen. Ich musste seit der achten Klasse nicht mehr nachsitzen, als Essie, Felix und ich uns für »Kinder in Not« zusammengebunden hatten und dadurch an der Treppe im Kunstgebäude eine Massenkarambolage verursachten. Dieses Mal ist meine erste Einzelstrafe, und ich komme mir wie ein richtiger »Bad Boy« vor, als ich mich beim alten Mr Wilton anmelde.

Zwei trotzige Neuntklässlerinnen sitzen in entgegengesetzten Ecken des Klassenzimmers, beide mit verheulten Gesichtern. Ich schiebe mich auf einen Platz in der ersten Reihe und hole meine Mathehausaufgaben und mein Mäppchen heraus. Kurz darauf kommt Harry herein. Seine Nase schimmert nun in einem noch dunkleren Lila als vor ein paar Stunden. Er sieht mich böse an, bevor er in die hintere Reihe marschiert. Dann betritt Leo den Raum. Sein Blick huscht über mich hinweg, als er an mir vorbeigeht und sich auf einen Platz am Fenster setzt. Er lässt sich auf seinem Stuhl so weit nach unten rutschen, dass sein Kinn schon fast auf gleicher Höhe mit dem Tisch ist.

»Schön, dass nun alle da sind«, knurrt Mr Wilton. »Eine Stunde Nachsitzen ab jetzt.«

Er drückt auf eine Stoppuhr, setzt sich hinter sein Pult und schläft nach einer Weile prompt ein.

Ich versuche, meine Hausaufgaben zu machen, aber ich kann mich nicht konzentrieren. Harry muss seine Musik auf volle Lautstärke gedreht haben, denn aus seinen Kopfhörern scheppern deutlich die blechernen Bässe. Links von mir hat Leo ein Exemplar von *Was ihr wollt* offen vor sich liegen. Ich bezweifle allerdings, dass er wirklich darin liest. Er starrt nämlich immer auf die gleiche Stelle, als wolle er ein Loch in die Seiten brennen. Er muss meinen Blick bemerkt haben, denn er sieht scharf zu mir herüber. Schnell beuge ich mich über mein Buch und tue so, als wälzte ich ein Matheproblem, während ich versuche, nicht wieder zu ihm zu sehen.

Die restliche Stunde vergeht im Schneckentempo, die Zeiger der Uhr bewegen sich nur schleppend vorwärts. Endlich piept Mr Wiltons Stoppuhr. Ich fange an, meine Sachen wegzupacken. Als Harry vorbeigeht, stößt er mein Mäppchen vom Rand des Tisches, so dass es geöffnet auf den Boden knallt.

»Bis später, Freakshow«, ruft er über seine Schulter.

Ich seufze und bücke mich. Mein Spitzer hat sich geöffnet, und überall sind die Späne verstreut.

»Warum nennt er dich so?«

Es dauert einen Moment, bis ich merke, dass Leo mit mir spricht.

»Wie bitte?«, sage ich und sehe zu ihm hoch.

»Freakshow. Wieso nennt er dich so?«

Ich überlege, was ich antworten soll. Leo hat Harry für mich eine reingehauen, was wohl bedeutet, dass er zumindest zu einem gewissen Maße auf meiner Seite ist. Und er spricht mit mir, obwohl er gehört haben muss, was Harry aus meinem Notizbuch zitiert hat – ein weiteres gutes Zeichen. Trotzdem bin ich vorsichtig.

»Das hat irgendwie schon Tradition«, sage ich, fege den Spitzabfall in meine Hand und werfe alles zurück in mein Mäppchen.

Leo runzelt die Stirn. »Wie meinst du das?«

»Harry nennt mich schon so, seit wir, ich weiß nicht, vielleicht acht Jahre alt waren«, antworte ich, stehe auf und packe das Mäppchen ein.

»Aber warum?«

»Keine Ahnung. Weil ich anders bin?«

»Aber ist das nicht jeder?«

»Nicht an der Eden Park.«

Ich ziehe meine Jacke an, und wir laufen den verlassenen Flur entlang.

»Also lässt du ihn einfach?«, fragt Leo weiter.

»Das kann man so nicht sagen …«, antworte ich. »Es ist kompliziert.«

Leo hebt eine Augenbraue, aber schweigt.

»Harry Beaumont ist der inoffizielle King des Jahrgangs«, erkläre ich.

»Aber warum? Er ist doch ein totales Arschloch.«

»Er ist in der Fußballmannschaft und läuft die hundert Meter in der Kreismeisterschaft. Oh, und er ist im Ballkomitee, was ihn quasi zu einem Gott macht.«

»Ballkomitee?«

»Ihr hattet kein Ballkomitee in Cloverdale?«

Leo lacht kurz auf. »Nope.«

»Wir haben zwei Bälle, einen zu Weihnachten und einen im Sommer. Dieses Jahr übernimmt Harry die Organisation. Er verspricht eine Schneemaschine beim Weihnachtsball. Jippie.«

»Und den Leuten ist so was wichtig?«

»Absolut.«

Leo schüttelt den Kopf.

»Zumindest bin ich nicht der Einzige, der mit Harrys Gemeinheiten fertig werden muss«, füge ich fröhlich hinzu. »Er hat es auf so ziemlich jeden abgesehen, der nicht ins Schema passt. Gestern war eben ich dran. Vielen Dank übrigens noch mal, dass du ihm die Lichter ausgeblasen hast. Du hast mich gerettet.«

»Kein Ding«, murrt Leo und stößt die Eingangstür auf.

Wir treten hinaus. Es hat angefangen zu regnen. Ich fische in meinem Rucksack nach dem Schirm.

»Willst du mit drunter?«, frage ich, während ich ihn öffne.

»Nein, danke.«

Wir laufen die Einfahrt entlang.

»Du solltest ihn nicht lassen«, sagt Leo nach einem Moment.

»Wie bitte?«

»Harry. Du solltest nicht zulassen, dass er dich so nennt.«

»Es sind ja nur noch zwei Jahre. Wenn meine Eltern dann einverstanden sind, gehe ich auf ein Junior College in der Stadt, und Harry ist Geschichte.«

»Und bis dahin willst du das schlucken?«

»Ich weiß, es hört sich ziemlich jämmerlich an, aber ehrlich gesagt, ist es normalerweise einfacher, Harry zu ignorieren. Vielleicht wird es ihm ja irgendwann langweilig. Hey, es wäre natürlich etwas anderes, wenn ich einen persönlichen Leibwächter hätte, der ihm jedes Mal eins auf die Mütze gibt, wenn er mich nervt. Aber ich hab das Gefühl, das gestern war eine einmalige Sache …«

»Stimmt«, sagt Leo schnell. »Ich bin jetzt auf Probe, also muss ich aufpassen.«

»Du bist auf Probe? Nur wegen gestern?«

»Ja«, bestätigt Leo. »Ähm, neue Schulpolitik, glaube ich. Null Toleranz oder so ähnlich.«

»Oh, verstehe. Meine Güte, das tut mir leid.«

Leo zuckt mit den Schultern. »Nicht wirklich deine Schuld …«

Er sagt es nicht gerade mit großer Überzeugung.

Der Regen wird stärker und hämmert auf meinen Schirm. Ich versuche, Leo dazu zu bewegen, unter meinen Schirm zu kommen, aber er tut so, als würde er mich nicht hören. Seine Augen wirken in dem dämmrigen grauen Licht noch grüner. Es ist komisch, aber der Regen passt irgendwie zu ihm.

Wir erreichen das Tor gerade, als der Vierzehner-Bus den Hügel hochzuckelt.

»Das ist meiner«, sagt Leo und holt seine Buskarte aus der Tasche.

»Wie ist Cloverdale denn so?«, platze ich heraus.

Er sieht mich misstrauisch an.

»Wieso willst du das wissen?«

»Na ja, man hört alles Mögliche, also bin ich neugierig …«

Leo seufzt. »Du willst wirklich wissen, wie Cloverdale ist?«

Ich nicke eifrig.

»Es ist ein Drecksloch«, sagt er, »ganz einfach. Bis dann.«

Ich sehe ihm nach, wie er zur Haltestelle rennt, das Jackett flattert hinter ihm wie ein Umhang.

Sechzehn
Leo

Während ich im Bus auf dem Oberdeck ganz nach hinten gehe, lasse ich mir die Unterhaltung mit David noch einmal durch den Kopf gehen. Das Ganze ist so was von beknackt. Dieser Harry kommt ständig damit durch, dass er auf allen rumhackt, und ich kriege vier Wochen Nachsitzen und bin dazu noch auf Bewährung. Meine ganze Zukunft an der neuen Schule steht auf dem Spiel, nur weil ich ihn aufgehalten habe. Ich bin total wütend, wenn ich nur daran denke. Am liebsten würde ich herausfinden, wo der Kerl wohnt, und ihm gleich noch eine verpassen, nur diesmal noch heftiger. Ein vertrautes Gefühl brennt in meiner Brust wie heiße Lava. Ich erinnere mich, wie ich es Jenny einmal beschrieben habe. Daraufhin notierte sie etwas in meiner Akte mit ihrem typischen Stirnrunzeln.

»Vulkane sind unvorhersehbar, Leo, und unkontrollierbar«, sagte sie. »Sie brechen einfach aus. Wir müssen daran arbeiten, dass der Vulkan in dir ruhig bleibt, oder zumindest so wenig Schaden wie möglich anrichtet.«

Ich bin so verdammt wütend, dass ich drei Haltestellen früher aussteige, damit ich den restlichen Weg laufen und mich dabei abregen kann.

Ich gehe über die Brücke, als ein Auto an mir vorbeifährt. Unwillkürlich sehe ich noch einmal hin. Es ist ein verbeulter roter

Ford Fiesta. Bevor ich nachdenken kann, laufe ich ihm nach. Ich renne so schnell, dass ich denke, gleich platze ich – mein Blut spritzt, und meine Gedärme sind auf dem Gehsteig verstreut. An der Ampel hole ich das Auto endlich ein, und während ich nach Luft schnappe, spähe ich hinein. Am Steuer sitzt eine Inderin in einem hellrosa Sari. Auf der Rückbank sind ein paar Kinder. Die Frau bemerkt mich nicht, aber eines der Kinder presst sein Gesicht ans Fenster, quetscht seine Nase gegen die Scheibe und schneidet Grimassen. Ich starre zurück, bis die Ampel grün wird und sie weiterfahren.

Wie bescheuert von mir zu glauben, Dad könnte hinter dem Steuer sitzen. Er ist schon längst weg von hier, das weiß ich. Ich kann es spüren.

Manchmal, wenn ich nachts nicht schlafen kann oder wenn ich mich im Bus oder in der Schule langweile, stelle ich mir ein Paralleluniversum vor, wo Dad immer noch da ist. In dieser Welt nimmt er mich zu Fußballspielen mit, hilft mir bei den Hausaufgaben und nennt mich »mein Sohn«, als sei er richtig stolz auf mich. Dadurch wird Mam auch gleich viel netter – jünger, hübscher, glücklicher. Die Mutter im Paralleluniversum vergisst nie, Klopapier zu kaufen, macht an den Sonntagen leckeren Braten und lacht viel. Wenn Dad da ist, ist unser Haus kein Saustall. Es ist blitzblank, und wenn etwas kaputtgeht, wird es repariert oder ersetzt. Ich versuche allerdings, mir das nicht zu oft vorzustellen. Hat ja keinen Sinn, wenn sowieso alles nur Einbildung ist.

Als ich nach Hause komme, sitzen Spike und Tia auf dem Sofa und schauen einen Zeichentrickfilm. Die Vorhänge sind geschlossen, die Spüle steht voller schmutzigem Geschirr, und auf dem Teppich ist ein neuer nierenförmiger Fleck.

Immer mehr von Spikes Sachen tauchen bei uns auf: ein rostiger alter Sandwichtoaster in der Küche, ein Paar Gewichte im Wohnzimmer, ein Buch mit dem Titel *Inspirierende Zitate*, zerfleddert und mit Eselsohren, steckt hinter den Klopapierrollen im Badezimmer. Es ist, als ob sich sein Zeug heimlich vermehrt.

»Leo!«, quiekt Tia, sobald sie mich entdeckt. Sie springt auf, rennt zu mir und schlingt ihre knochigen kleinen Arme um meine Taille.

»Was geht, mein Junge?«, sagt Spike.

Ich verdrehe die Augen und wünschte, er könnte mich wenigstens einmal mit meinem Namen anreden.

Tia klammert sich immer noch an mich. Ihre Wange gegen meinen Bauch gedrückt, steht sie mit den Füßen auf meinen.

»Tanzt du mit mir?«, bettelt sie.

»Nein. Runter mit dir, Ti«, sage ich. Widerstrebend lässt sie mich los, die Unterlippe schmollend vorgeschoben.

»Wo ist Mam?«, frage ich Spike.

»Oben. Macht sich fertig fürs Bingo später mit Kerry«, antwortet er.

»Welch Überraschung«, murre ich, gehe in die Küche und öffne die Schränke. Wie üblich sind sie leer, abgesehen von einer uralten Thunfischdose und einer halben Packung labbriger Kekse. Ich kann mich nicht erinnern, wann Mam das letzte Mal einen richtigen Supermarkteinkauf gemacht hat.

»Da gibt's einen riesigen Jackpot. Man weiß ja nie, vielleicht ist heute ihre Glücksnacht«, sagt Spike und reibt sich die Hände. »Stellt euch das mal vor, Kinder! Wäre das nicht was? Eure Mam eine Millionärin?«

»Wie Kim Kardashian?«, fragt Tia.

»Ganz genau, wie Kim Kardashian«, sagt Spike.

Ich schüttle den Kopf. Will der mich verarschen? Ich öffne den Kühlschrank. Irgendwas da drin stinkt, ich weiß nur nicht, was. Schnell mache ich ihn wieder zu.

»Was haltet ihr von *Fish and Chips* heute Abend?«, fragt Spike. »Geht auf mich.«

Tia bleibt die Luft weg. »Echt?«

»Ja, warum denn nicht. Leo?«

Am liebsten möchte ich ablehnen, nur um ihm seine selbstgefällige Show zu ruinieren. Aber ich habe schon den Geruch von *Fish and Chips* in der Nase, und mir läuft das Wasser im Mund zusammen.

»Meinetwegen«, sage ich.

»Fish 'n' Chips, fish 'n' Chips«, singt Tia und springt auf dem Sofa auf und ab.

»Was ist mit Amber? Sie mag bestimmt auch was«, sagt Spike.

»Ist sie da?«, frage ich.

Er deutet mit dem Kopf nach oben.

»Frag deine Mam, ob sie auch was will, wenn du schon dabei bist«, ruft er mir nach, als ich die Treppe hochgehe.

Auf dem Treppenabsatz läuft mir Mam über den Weg. Sie hat sich ein rosa Handtuch umgewickelt und ein anderes wie einen Turban auf dem Kopf. Beide sind fleckig von dem Zeug, mit dem sie alle paar Wochen ihren Haaransatz färbt. Ihre Haut sieht ohne ihr übliches Make-up wächsern und blass aus.

»Du kommst spät«, sagt sie und zieht das Handtuch unter ihren Achseln hoch. Ihre Arme sind dürr und vogelartig.

»Als ob dich das interessiert«, murre ich.

»Pass bloß auf, das hab ich gehört«, fährt sie mich an.

»Das solltest du auch«, antworte ich und versuche, mich an ihr vorbeizudrücken.

Sie packt meinen Ärmel und zieht mich zurück, so dass wir uns gegenüberstehen. Ich bin nur ein paar Zentimeter größer als sie, aber weil sie so mager ist, kommt es mir mehr vor.

»Ich hab's dir schon gesagt, und ich sag's dir auch noch mal«, faucht sie und schiebt ihr Gesicht ganz nah an meines. Ihr Atem riecht nach Zahnpasta und Zigaretten. »Nur weil du jetzt auf diese schicke Schule gehst, heißt das nicht, dass du besser bist als wir, klar?«

»Was? Wenn man vorankommen will, ist das neuerdings ein Verbrechen, ja?«, frage ich.

»Da haben wir's«, sagt sie. »Schon wieder reißt du deine Klappe auf! Je schneller du deine Prüfungen machst und selbst Geld verdienst, desto besser.«

»So wie du, ja?«

Sie sperrt den Mund auf, sagt aber nichts. Mam behält ihre Jobs nie lang. In der Wäscherei ist sie seit Mai – ein Rekord für sie.

Ihr Blick fällt jetzt auf mein Jackett.

»Was heißt das überhaupt?«, fragt sie, stößt mit dem Finger auf das eingestickte Wappen und zieht die Stirn hoch.

»Als ob dich das wirklich interessiert.«

»Was? Jetzt darf ich meinem eigenen Kind nicht mal 'ne Frage stellen?«

»Das ist das Motto der Schule«, antworte ich widerstrebend. »Lateinisch für so was wie ›Fairness und Initiative‹.«

Sie lacht auf.

»Fairness? Tja, da täuschen die sich aber gewaltig. Das Leben ist nicht fair, Leo, und je früher man das lernt, desto besser.«

Sie verschränkt die Arme, als sei sie stolz auf sich. Ich könnte einen Streit anfangen und ihr erklären, worum es bei dem Motto geht, aber was soll's? In einem hat sie schließlich recht: Das Leben ist *nicht* fair.

»Sind wir dann fertig?«, frage ich.

Mit einem resignierten Kopfschütteln geht sie in ihr Schlafzimmer. Ein paar Sekunden später ist das Dröhnen des Föhns zu hören.

Ich fahre mir durchs Haar und stoße die Tür zu meinem Zimmer auf. Amber sitzt auf ihrem Bett und lackiert sich ihre Zehennägel barbierosa.

»Spike geht runter zum Imbiss. Willst du irgendwas?«, frage ich. Mir fällt ein, dass ich vergessen habe, Mam zu fragen. Aber sie hätte bestimmt sowieso nichts gewollt. Sie scheint bestens mit Cidre und Nikotin überleben zu können.

»Für mich nur ein Paar Würstchen, danke«, sagt Amber und beugt sich nach vorne, um auf ihre Zehen zu pusten.

»Das ist alles? Keine Pommes?«

»Nee, danke, ich will die Kohlenhydrate weglassen.«

Amber ist dauernd auf irgendeiner komischen Diät.

»Du spinnst ja«, sage ich und ziehe meine Krawatte ab. »Wenn du noch dünner wirst, ist bald nichts mehr von dir übrig.«

»Quatsch, ich bin viel zu dick«, sagt sie und bohrt in ein nicht existierendes Fettröllchen an ihrem Bauch. »Nach Hollywood-Maßstäben bin ich praktisch schon fett. Warum kommst du so spät?«

»Nachsitzen«, gestehe ich.

Sie richtet sich auf. »Du machst Witze?!«

»Nope.«

»Was hast du denn angestellt?«

Ich erzähle ihr alles, woran ich mich erinnere, einschließlich Mr Toolans Warnung – noch ein Fehltritt und ich bin draußen.

»Jenny wird durchdrehen«, sagt Amber.

Ich stöhne. Mr Toolan wird ihr das auf jeden Fall erzählen. Und ich habe am Freitag einen Termin mit ihr. Was für ein beschissenes Timing. Ich sehe schon ihr Gesicht vor mir; total traurig und enttäuscht, was irgendwie noch schlimmer ist, als wenn sie sauer ist.

»Und was machst du jetzt?«, fragt Amber.

»Kann ja wohl nicht viel machen, außer zu versuchen, mich von jetzt an aus Schwierigkeiten rauszuhalten.«

»Und dieser Typ, dem du geholfen hast, wer ist das?«

»Niemand weiter.«

»Schade. Ich dachte, du hättest wenigstens ein paar Kumpels gefunden.«

»Warum ist denn bloß jeder so verdammt scharf drauf, dass ich Freunde hab?«

»Weil eben. Das ist normal«, sagt Amber.

Ich sehe zu ihr hoch. »Normal? Seit wann bin ich denn normal, Amber?«

Über »Normale« werden keine sechs Akten angelegt. Die gehen auch nicht zu einem Therapeuten. »Normale« haben keine Mutter wie meine, die dir triumphierend erzählt, dass das Leben nicht fair ist, als wäre es das Einzige, worüber sie genau Bescheid weiß. Mein ganzes Leben lang habe ich mir schon anhören müssen, dass ich das völlige Gegenteil von »normal« bin.

Normal. Ich sage es immer und immer wieder, während ich auf unserem schäbigen Teppich auf und ab gehe, und brennende Wut steigt in mir auf. Sie durchfährt mich, reicht bis in meine Arme und Beine, so dass ich am liebsten um mich schlagen möchte. Amber beugt sich nach unten und fasst mich an der Schulter.

»Okay, blödes Wort. Tut mir leid. Beruhig dich, Leo.«

Ich schüttle sie ab, bleibe aber stehen.

»Hey, komm doch hoch«, sagt sie und rutscht zur Seite.

Ich bleibe noch einen Moment stehen, bevor ich die Leiter des Stockbetts hoch zu Amber klettere. Wir sitzen im Schneidersitz, unsere Knie berühren sich, und ich stoße mit meinem Kopf leicht an der Decke an. Ich zittere immer noch.

»Ich verstehe nur nicht, warum du so absolut dagegen bist, dich mit jemandem anzufreunden«, erklärt Amber ruhig. »Jemandem, der nicht deine Schwester oder deine Therapeutin ist?«

Ich hätte ihr fast von Alicia erzählt, nur damit sie den Mund hält, aber im letzten Moment tue ich es doch nicht.

»Ich möchte einfach nicht, dass das, was im Februar passiert ist, den Rest deines Lebens bestimmt.«

Ich werde steif. Amber erwähnt den Februar sonst nie. Es ist ein unausgesprochenes Gesetz zwischen uns. Was an diesem Tag passiert ist, hat ausgereicht, um den ganzen Monat in etwas Schwarzes, Düsteres zu verwandeln. Ich schließe die Augen, und auf einmal bin ich wieder im Wald, spüre die Kälte. Tränen strömen über mein Gesicht, mein Mund schmeckt nach Erbrochenem. Ich öffne die Augen. Mein Atem geht schnell und stoßweise.

»Tut mir leid«, sagt Amber. »Ich wollte dich nicht aufregen. Komm her!«

Sie legt die Arme um mich, und ich lasse es zu. Meine Atmung normalisiert sich wieder.

»Ich möchte nur, dass du glücklich bist, kleiner Bruder. Alles hinter dir lässt und so«, flüstert sie in mein Haar.

»Ich weiß«, sage ich. »Aber ich muss es auf meine Art machen, okay?«

Sie seufzt. »Okay.«

Als wir schließlich nach unten gehen, verlässt Mam gerade das Haus, roten Lippenstift aufgetragen, das Feuerzeug in der Hand.

»Viel Glück!«, ruft Spike ihr nach.

Sie stöckelt den Weg entlang und hebt einen Arm mit gekreuzten Fingern. Für jemanden, der so überzeugt ist, dass das Leben nicht fair ist, spielt sie ziemlich viel Bingo.

Wir essen mit unseren Tellern auf dem Schoß, während wir Uralt-Wiederholungen von *WipeOut – Heul nicht, lauf!* im Fernsehen schauen. Spike und Tia lachen die ganze Zeit wie blöde. Amber klaut mir die Hälfte meiner Pommes. Den Februar erwähnt sie nicht mehr.

Siebzehn

David

Beim Nachsitzen am Donnerstag sind die beiden Mädchen aus der Neunten nicht mehr da, sondern nur noch Harry, Leo und ich. Harry ist schon dort, als ich ankomme. Er hängt auf seinem Stuhl in der hintersten Reihe und hört wieder seine nervige Musik. Die Schwellung in seinem Gesicht ist etwas zurückgegangen, aber die Nase selbst hat zu meiner Befriedigung eine abscheuliche gelbe Färbung angenommen. Ich kann ein Grinsen nicht unterdrücken, als ich mich setze. Ich hole meine Geschichtshausaufgaben raus, und Leo kommt herein. Lautlos sage ich »Hi«. Er zögert einen Moment, bevor er mit gerunzelter Stirn ebenso lautlos »Hi« erwidert.

Mr Wilton stellt seine Stoppuhr, schläft prompt wieder ein und verfällt in ein lautes Schnarchen.

Ich kann mich nicht auf meine Hausaufgabe konzentrieren, reiße ein Stück Papier aus meinem Block und fange an, Mr Wilton bei seinem lautstarken Nickerchen zu zeichnen. Ich übertreibe mit seinen buschigen Augenbrauen und dem runden Bauch. Über seinen Kopf male ich eine Gedankenblase und hinein ein vollbusiges Mädchen im Bikini, das mit in die Seiten gestemmten Händen einen Schmollmund macht. Ich falte das Papier zweimal und werfe es auf Leos Tisch. Es landet ein paar Zentimeter neben seiner rechten Hand. Er nimmt den Zettel und streicht ihn glatt. Einen Moment lang glaube ich, eine Veränderung auf seinem Gesicht zu erkennen, nicht direkt ein Lächeln, aber etwas in die Richtung. Genauso schnell ist sein Gesicht jedoch wieder ausdruckslos. Er faltet das Papier und schiebt es an den Rand seines Tisches.

Schließlich piept die Stoppuhr. Mr Wilton rappelt sich benommen hoch und entlässt uns. Bevor er seinen Satz beendet hat, ist Harry schon aus der Tür. Seine Schritte donnern den Flur hinab. Leo gibt mir die Zeichnung zurück.

»Behalt sie«, sage ich.

»Du willst sie nicht?«

»Ich hab's für dich gezeichnet.«

Leo runzelt die Stirn.

»Ich meine«, schiebe ich schnell hinterher, »dass das nur eine Skizze ist, nichts Besonderes. Kannst du behalten oder wegwerfen. Egal.«

Leo wirft mir einen komischen Blick zu, steckt aber die Zeichnung in seine Ausgabe von *Was ihr wollt*.

»Sie ist gut, weißt du das?«, sagt Leo, während wir den Flur entlanglaufen.

»Wie bitte?«

»Deine Zeichnung. Sie ist ziemlich gut.«

Ich lächle verlegen. »Danke.«

»Hast du Kunst als Leistungskurs?«, fragt er.

»Nein. Textiles Gestalten.«

»Was? Nähen und so was?«

»Ja, auch wenn ich zu Miss Frattons Entsetzen nicht besonders gut mit Nadel und Faden umgehen kann. Mich interessiert eher das Designen, Mode und so. Was ist mit dir? Hast du was für Kunst übrig?«

»Nee. Bei so was kack ich voll ab. Ich kann überhaupt nicht zeichnen.«

»Worin bist du denn dann gut?«, frage ich.

»Mathe«, antwortet Leo, ohne zu zögern. »Zahlen.«

»Und ich bin grottenschlecht in Mathe«, sage ich. »Das ist mein schlechtestes Fach. Überall, wo man nur richtige oder falsche Antworten geben kann, versage ich. Komisch, dass das Gehirn bei jedem so unterschiedlich funktioniert, was?«

»Hmm«, murrt Leo und schaut weiter auf den Boden.

Wir sind auf halbem Weg zum Tor, als ich Mums Auto direkt vor dem Schultor parken sehe.

Ich fluche leise. Ich hatte ihr gesagt, ich würde den Bus nach Hause nehmen.

»Was?«, fragt Leo.

»Ach nichts.«

Ich überlege, ob ich so tun soll, als hätte ich was vergessen und noch mal schnell umdrehen, aber Mum hat mich schon entdeckt.

»Hal-lo! David!«, ruft sie, steigt aus dem Auto und winkt.

»Ist das deine Mutter?«, fragt Leo mit einer Kopfbewegung in ihre Richtung.

»Leider ja«, antworte ich.

Vom Rücksitz des Wagens aus entdeckt mich Phil und dreht fast durch. Bellend springt er auf dem Sitz auf und ab.

»Ihr habt einen Hund«, sagt Leo, und seine Augen leuchten auf eine Weise, wie ich es noch nie vorher gesehen habe.

»Oh … ja. Das ist Phil.«

»Phil? Als Abkürzung von Philip?«

»Ich weiß, bescheuert, oder? Das war mein Dad. Er muss unbedingt all unseren Haustieren Menschennamen geben. Unsere Goldfische heißen Julie und Jane, und unser letzter Hund hieß Graham.«

»Ist doch cool«, sagt Leo. »Viel besser, als einen Hund so was Bescheuertes wie Fluffy oder Lucky zu nennen.«

»Wahrscheinlich hast du recht. Aber es ist trotzdem peinlich, wenn du ihn im Park von der Leine lässt, und sobald du ›Phil‹ rufst, dreht sich die Hälfte der Männer zu dir um.«

»Was für eine Rasse ist er denn?«, fragt Leo.

»Keine Ahnung. Wir haben ihn vor ungefähr vier Jahren aus dem Tierheim geholt. Wir glauben, er ist zum Teil Jack Russell, und zum Teil Spaniel. So genau weiß das keiner. Er ist eine Promenadenmischung.«

»Ja, aber er sieht witzig aus.«

Wir erreichen das Auto.

»Hallo, mein Schatz«, sagt Mum und schiebt ihre Sonnenbrille hoch. »Ich dachte, du freust dich vielleicht, wenn ich dich mal abhole, so hart, wie du arbeitest.«

Ich merke, dass Leo mich fragend anschaut.

»Und noch einmal hallo«, sagt sie, beugt sich an mir vorbei und streckt Leo ihre Hand entgegen. »Ich glaube nicht, dass wir uns schon kennen. Ich bin Jo, Davids Mutter.«

»Leo«, antwortet Leo und schüttelt ihre Hand.

»Nett, dich kennenzulernen, Leo. Bist du auch bei dem Musical dabei?«, fragt Mum.

»Musical?«, wiederholt Leo mit einem Stirnrunzeln.

»Ja, ähm, Leo arbeitet am Bühnenbild«, werfe ich schnell ein und schaue ihn vielsagend an. »Stimmt's, Leo?«

»Ja, am Bühnenbild«, kommt das Echo von Leo, der meinen Hinweis zum Glück verstanden hat.

»Welches Stück wird denn dieses Jahr gezeigt?«, fragt Mum und richtet die Frage direkt an Leo. Er wirft mir über ihre Schulter hinweg einen entsetzten Blick zu. Ich versuche, *West Side Story* mit den Lippen zu formen, aber es ist zu spät. Leo erzählt Mum bereits, wir machen *Grease*.

»Ach, wie toll!«, schwärmt Mum. »Ich liebe *Grease*! Mein Gott, ich war ja total in John Travolta verknallt, als ich jünger war. Ich fand ihn unglaublich attraktiv. David, du musst mich unbedingt daran erinnern, wenn es so weit ist, damit ich Karten kaufe.«

»Klar«, sage ich und hoffe, dass Mum es bis Dezember wieder vergessen hat.

Phil bellt jetzt lauter und dreht sich auf dem Rücksitz im Kreis. Ich öffne die Tür. Er springt heraus und erst an mir hoch und danach an Leo.

»Phil!«, rügt Mum scharf. »Aus!«

»Nein, schon okay«, wehrt Leo ab. »Ich mag Hunde.«

»Hallo, mein Junge!«, sagt er und kniet sich auf den Boden, so dass sein Gesicht auf gleicher Höhe mit Phil ist, während er ihn zwischen den Ohren krault. Phil ist sofort klar, dass er ein paar gute Streicheleinheiten abbekommt, und rollt sich auf den Rücken, damit Leo seinen Bauch kraulen kann.

»Jetzt hast du einen Freund fürs Leben, Leo«, sagt Mum.

Leo grinst nur und betrachtet Phil die ganze Zeit. Mit einem Lächeln im Gesicht sieht er ganz anders aus – weicher und weniger abweisend.

»Können wir dich irgendwo absetzen?«, fragt Mum nach einem Moment.

Leo streichelt Phil noch einmal am Bauch und richtet sich dann auf.

»Danke, aber ich wohne ein Stückchen weiter weg.«

»Wo denn?«, fragt Mum.

»Ähm, Cloverdale«, antwortet Leo und blickt nach unten.

»Das ist nicht so weit«, sagt Mum. »Komm schon, spring rein.«

»Nee, danke, ehrlich«, lehnt er ab und weicht zurück. »Mein Bus kommt gleich.«

»Es ist wirklich kein Umstand, Leo. Ich muss sowieso noch ein paar Sachen einkaufen, also ist es nur ein kleiner Umweg. Komm schon, da sparst du dir den Bus.«

»Ja, komm schon«, füge ich hinzu.

Phil leckt begeistert an Leos Hand.

»Ähm, also gut«, gibt Leo nach. »Danke.«

Er besteht darauf, mit Phil hinten zu sitzen.

»Bist du sicher?«, fragt Mum und lässt den Wagen an. »Dort hinten ist alles voller Hundehaare.«

»Kein Problem«, sagt Leo, während er einen seligen Phil weiter zwischen den Ohren krault.

»Hast du auch einen Hund?«, fragt Mum.

Leo schüttelt den Kopf.

»Möchtest du einen?«, frage ich. »Phil braucht gar nicht so viel Futter.«

»David!«, rügt mich Mum.

»War nur ein Scherz!«

»Habt ihr andere Haustiere, Leo?«, fragt Mum.

»Wir hatten mal Hamster.«

»Wie hießen sie denn? Bestimmt waren ihre Namen nicht so schlimm wie die von unseren Haustieren«, sage ich.

»Cheryl. Das war der von meiner Schwester«, sagte Leo, »nach Cheryl Cole, und ... ähm, Jimmy.«

»Und nach wem hast du Jimmy genannt?«, frage ich.

»Meinem Dad«, sagt Leo leise.

»Aber war das nicht verwirrend? Ich wette, dein Dad und Jimmy, der Hamster, wussten nie, wer gerade gemeint war.«

»Mein Dad wohnt nicht bei uns.«

»Oh, tut mir leid.«

Leo blickt einfach aus dem Fenster.

»Was ist denn passiert? Mit den Hamstern, meine ich«, füge ich schnell hinzu.

»Cheryl ist gestorben. Jimmy ist abgehauen.«

»Oh, das ist ja blöd.«

»Soll ich vielleicht Musik anmachen?«, schlägt Mum mit gekünstelter Fröhlichkeit vor und dreht an den Radioknöpfen. Die Musik dudelt mit einem Mal viel zu laut los, und Phil flüchtet erschrocken unter Leos Arm.

»Ehrlich gesagt, David«, sagt Mum, »könnte ich sogar den Soundtrack von *Grease* hier irgendwo haben. Schau doch mal ins Handschuhfach. Ich bin jetzt richtig in der Stimmung dafür.«

Ein paar Sekunden später ist das Auto erfüllt von John Travolta und Olivia Newton-John, wie sie *Summer Nights* trällern, und Mum singt ziemlich falsch mit. Ich sehe in den Rückspiegel. Leo starrt mit gerunzelter Stirn aus dem Fenster, seine linke Hand liegt auf Phils Kopf.

Zwanzig Minuten später passieren wir ein marodes Schild, auf dem »Willkommen in Cloverdale« steht. Ich setze mich auf. Mum drückt den Knopf, um die Türen zu verschließen. Ich zucke zusammen und hoffe, Leo hat es nicht bemerkt.

»Von hier aus musst du mir die Richtung ansagen, Leo«, sagt Mum und stellt die Musik leiser.

Leo beugt sich zwischen den Vordersitzen nach vorn und dirigiert sie durch die Straßen.

Ich schaue hinaus und sehe Cloverdale an mir vorbeiziehen. Es ist nicht so, wie ich es mir vorgestellt hatte. So wie die Leute darüber reden, hatte ich erwartet, an jeder Ecke Dealer zu sehen, irgendwelche Schießereien oder zumindest ein oder zwei Tote, aber es ist kein

Mensch auf der Straße. Die Leute müssen in den Häusern sein und sich hinter den überall identischen Gardinen verstecken.

Die Siedlung ist wie ein nie enden wollender Irrgarten aus immer gleich angeordneten schmalen, braunen Backsteinhäusern. Schließlich biegen wir in Leos Straße ein – Sycamore Gardens, steht auf dem mit Graffiti besprühten Schild.

»Wir sind da«, sagt Leo.

»Welches Haus?«, fragt Mum.

»Äh, dort drüben, Nummer sieben. Aber ich kann gleich hier aussteigen«, sagt Leo.

»Okay, alles klar.«

Nummer sieben ist das ungepflegteste Haus dieser Straße. Die Farbe blättert ab, und der Vorgarten gleicht einem Dschungel. Das Gras geht einem fast bis zur Hüfte.

»Danke fürs Mitnehmen«, sagt Leo, als Mum den Motor abstellt.

»Gern geschehen«, antwortet Mum.

Leo krault Phil kurz am Bauch, bevor er sich noch einmal bei Mum bedankt und aussteigt. Er schlägt die Autotür hinter sich zu und geht zum Haus. Sein Rücken ist auf einmal gebeugt. Mum dreht den Schlüssel in der Zündung.

»Warte mal kurz«, bitte ich sie, öffne die Tür und springe aus dem Auto.

»Leo!«, rufe ich. »Ich wollte mich nur noch mal bedanken«, sage ich, sobald ich ihn eingeholt habe. »Du weißt schon, dass du meiner Mutter das mit dem Nachsitzen nicht verraten hast. Und dass du mich wegen des Musicals gedeckt hast.«

»Ach das. Kein Problem.«

»Wenn sie wüsste, dass ich Nachsitzen muss, würde sie fragen, warum und so weiter …« Ich lasse den Satz in der Luft hängen.

»Ja, schon kapiert«, sagt Leo und verschränkt die Arme. Aber wahrscheinlich kann er es nicht richtig verstehen.

Hinter ihm werden die Gardinen von Nummer sieben ganz kurz zur Seite geschoben, und ein Gesicht taucht verschwommen hinter der Scheibe auf, bevor die Gardinen wieder zufallen.

»Deine Mutter wartet«, sagt Leo und nickt in Richtung Auto. Ich drehe mich um. Mum tippt auf ihre Uhr.

»Tja, dann einen schönen Abend«, sage ich.

»Ja, dir auch.«

Er dreht sich um und geht über einen Trampelpfad durchs Gras.

»Ich will nur sicher sein, dass er gut ins Haus kommt«, sagt Mum, als ich wieder ins Auto steige.

Wir sitzen da und sehen zu, wie die zerkratzte Tür von Nummer sieben hinter ihm ins Schloss fällt.

Achtzehn

Leo

Als ich ins Wohnzimmer komme, liegt Tia auf dem Sofa und sieht sich wohl zum hundertsten Mal mit verträumtem Blick *Die Eiskönigin* an. Durch die offene Tür sehe ich Amber in der Küche neben der Waschmaschine knien.

»Alles okay?«, frage ich und gehe in die Küche.

»Nicht wirklich. Mam hat wieder mal ein Tempo in ihrer Tasche gelassen. Und jetzt ist alles voll mit weißen Fusseln.«

»Wo ist sie denn?«, frage ich.

»Mit Spike im Pub.«

»Klar«, murre ich. »Was ist im Ofen?«

»Pizza.«

»Was für welche?«

»Salami. Weiß aber nicht, ob die für uns alle drei reicht. Vielleicht müssen wir noch Toast dazu essen.«

»Ich dachte, du lässt die Kohlenhydrate weg?«

»Hab keine Wahl, wenn ich überhaupt was essen will«, sagt Amber seufzend und steckt alles noch einmal in die Waschmaschine.

»Du bist früh zu Hause«, stellt sie fest und schüttet das Waschpulver in den Behälter der Maschine.

»Jemand hat mich mitgenommen.«

»Ja, hab ich gesehen.«

»Warum fragst du dann?«

»Wer ist das?«

»Wer?«

»Was glaubst du denn, wer? Der Typ, mit dem du dich draußen unterhalten hast.«

Sie schiebt das Waschpulverfach energisch zu und stellt die Maschine an.

»Nur ein Kumpel.«

»Ich dachte, du hast keine Kumpel«, sagt sie mit einem Grinsen.

»Hab ich auch nicht. Er ist nicht wirklich ein Kumpel. Nur einer vom Nachsitzen. Seine Mutter hat mich mitgenommen.«

»Nettes Auto haben die«, sagt Amber. »Sind sie reich?«

»Keine Ahnung, kann schon sein.«

Ich hätte meinem Instinkt folgen, das Angebot ablehnen und den Bus nehmen sollen. Natürlich habe ich mitbekommen, wie Davids Mutter die Autotüren verriegelte, als wir nach Cloverdale kamen. Und wie David sich mit offenem Mund umsah, wie bei einer Fahrt durch den Erlebnispark. Nicht, dass ich es ihnen zum Vorwurf machen kann. Ich wette, sie wohnen in einem richtig hübschen Haus mit drei Badezimmern und einer großen Küche mit einem dieser riesigen, glänzenden Kühlschränke, die man in den amerikanischen Sitcoms immer sieht. Sie haben einen großen Garten mit einem ordentlich gemähten Rasen, Blumenbeeten und einer passenden Sitzgarnitur auf der Veranda.

Ich gieße mir ein Glas Wasser ein und lasse mich neben Tia aufs Sofa fallen. Sie spricht die Sätze aus dem Film mit. Bestimmt könnte sie das ganze Drehbuch im Schlaf aufsagen.

Ich nehme einen Schluck Wasser. Es schmeckt komisch. Metallisch. Wahrscheinlich hätte ich den Kran länger laufen lassen sollen.

Mit einem Seufzer versuche ich, mich zu entspannen und an etwas Schönes zu denken. Sofort fällt mir Alicia ein. Ich will den Gedanken an sie verdrängen und durch etwas anderes ersetzen, aber das funktioniert nicht. Also gebe ich nach, schließe meine Augen und stelle sie mir vor: Alicia in ihrem Zimmer, das Haar fällt ihr ins Gesicht. Mit der Gitarre auf dem Schoß lächelt sie und singt ein Lied nur für mich.

Ja, das ist schon besser.

Gleich am nächsten Morgen habe ich einen Termin bei Jenny im Sunrise Centre. Der Name ist irreführend, denn mit Sonnenaufgang hat es wirklich nichts zu tun. Das Gebäude selbst ist aus grauem Beton, und die Wände im Inneren sind in einem kühlen Mintgrün gestrichen, bei dem einem selbst an echt heißen Tagen kalt wird. An den Wänden hängen Poster und Bilder und so weiter, aber das kann nicht davon ablenken, dass es ein Ort für Kinder und Jugendliche mit »Problemen« ist, und zwar ein total deprimierender. Früher kam Mam zu den Terminen mit, aber nur, bis ich alt genug war, um allein mit dem Bus hierherzufahren. Wenn sie jetzt doch mal mitkommt, dann setzt sie ihre alberne, angeblich vornehme Stimme auf und redet Jenny nach dem Mund. Außerdem tut sie so, als wäre ich überhaupt nicht im Raum. Aber sie begleitet mich jetzt nur noch, wenn Jenny darum bittet, und das reicht mir auch völlig.

Ich komme schon seit meinem siebten Lebensjahr hierher, also kennt Jenny mich inzwischen recht gut, oder denkt das zumindest. Allerdings weiß ich kaum etwas über Jenny, abgesehen davon, dass sie wahrscheinlich eine Katze hat, weil an ihren Klamotten dauernd Katzenhaare hängen. Manchmal stelle ich ihr persönliche Fragen, aber sie schafft es immer, sie zu umgehen. Sie dreht den Spieß einfach um und will wissen, *warum* ich das frage, und bevor ich es merke, beantworte ich schon ihre nächste Frage. Es ist echt nervig. Aber im Großen und Ganzen ist Jenny schon okay. Als ich noch jünger war, wurde ich oft wütend und rannte aus dem Zimmer oder schrie sie an. Einmal warf ich einen Blumentopf aus dem Fenster. Er knallte auf die Motorhaube eines Autos und löste den Alarm aus. Jenny blieb ziemlich cool und tat ganz sachlich, was irgendwie schlimmer war, als wenn sie mich einfach nur angeschrien hätte.

Heute warte ich an der Anmeldung. Jenny ist spät dran. Ich wette, Mr Toolan hat sie inzwischen angerufen. Außer mir warten noch zwei andere, ein Junge und ein Mädchen. Der Junge spielt mit seinem Smartphone. Das Mädchen liest eine Zeitschrift. Keiner von uns spricht. Das ist eine unausgesprochene Regel. Ich schaue auf die Uhr.

Jenny streckt ihren Kopf heraus.

»Leo?«

Sie hat ihr freundliches Standardgesicht aufgesetzt, aber mir kann sie nichts vormachen. Ihr angespannter Mund und die Enttäuschung in ihren Augen sind nicht zu übersehen. Ich werfe die Zeitschrift, in der ich halbherzig geblättert hatte, zurück auf den Stoß und folge Jenny hinein.

Jennys Zimmer ist klein und schmal, die Wände genauso mintgrün wie im restlichen Gebäude. In der Mitte stehen vier

Stühle um einen kleinen viereckigen Couchtisch, auf dem eine Box mit Taschentüchern steht. Wenn irgendwo ständig Taschentücher parat liegen, dann weiß man, dass einem ein Riesenspaß bevorsteht. Und wir reden hier nicht von einer normalen Box, es ist eine *Jumbo*-Box. Jenny schließt die Tür, und wir setzen uns.

»Also, wie geht's denn, Leo?«, fragt Jenny und nimmt einen Schluck Tee.

»Ist das ein neuer Pulli?«, frage ich.

Jenny blickt an sich hinab. »Nein, eigentlich nicht.«

»Er steht dir.«

»Danke. Also, was ist passiert? Wie läuft es in der Schule?«

»Wo hast du ihn denn gekauft?«

Sie legt ihren Stift hin und sieht mich an.

»Leo, wir sind hier, um über dich zu reden, nicht über meine Klamotten.«

Danach halte ich meinen Mund und ziehe einen Flunsch. Plötzlich ist mir nicht mehr nach reden.

»Am Dienstag hat mich Mr Toolan angerufen«, sagt Jenny und stellt ihre Tasse ab.

Und los geht's. »Ach ja?«

»Allerdings, Leo. Er sagte, du hättest einen Mitschüler geschlagen. Möchtest du mir davon erzählen?«

»Er hat es verdient.«

»Ach, Leo«, seufzt Jenny. »Daran haben wir doch schon gearbeitet. Du kannst andere nicht einfach schlagen. Egal, ob sie es ›verdienen‹ oder nicht.«

»Aber er hat einen anderen Jungen total fertiggemacht.«

»Ich weiß«, sagt Jenny freundlich. »Und ich erkenne an, dass du helfen wolltest. Aber du verstehst doch hoffentlich, dass du hier den falschen Weg gewählt hast?«

»Vielleicht«, murre ich, ziehe an meiner Krawatte und wickle sie um meinen Zeigefinger.

»Ich bin einfach nur enttäuscht, Leo. Die Eden Park ist eine so großartige Schule. Ich fände es furchtbar, wenn du diese Chance wegwerfen würdest.«

Es gibt eine lange Pause.

»Wie ist es mit den Techniken, die wir geübt haben?«, fragt sie. »Helfen die nicht?«

Ich schweige.

»Hör mal, Leo, der Punkt ist, dass du nicht losgehen und Leute schlagen kannst, ganz egal, wie sehr sie dich ärgern. Dafür gibt es keine Entschuldigung.«

Ich zucke nur mit den Schultern und schaue aus dem Fenster. Der Himmel ist voller träger weißer Wolken.

Jenny seufzt. »Wie läuft es sonst?«, fragt sie und ändert ihre Strategie. »Wie kommst du mit den anderen Schülern zurecht?«

Ich zucke wieder mit den Schultern. »Okay.«

Ich muss an Alicia denken.

Am Mittwoch hat sie mir die andere Hälfte eines Kaugummis gegeben, und gestern, vor der Geschichtsstunde, rief sie mich zu sich und ließ mich einen Song auf ihren Kopfhörern mithören. Dabei hätten sich unsere Wangen fast berührt. Alicia sah mich alle paar Sekunden an, als wäre es ihr wichtig, dass mir der Song auch gefiel. Ich sagte, er gefiele mir.

Nicht, dass ich irgendwas davon Jenny erzählen würde. Sie würde bloß einen Riesenaufstand machen und mir tausend Fragen stellen, die ich bestimmt nicht beantworten will.

»Hast du irgendjemand gefunden, von dem du das Gefühl hast, du könntest ihm vertrauen? Mit dem du reden kannst, wenn es schwierig wird?«

»Nee«, antworte ich und trommle mit den Fingern auf den Holzlehnen meines Stuhls.

Jenny verändert ihre Sitzposition.

»Ich weiß, es fällt dir schwer, deinen Mitschülern zu vertrauen, und ich verstehe deine Vorsicht, Leo. Aber du kannst dich nicht dein ganzes Leben einigeln, sosehr du das auch willst. Ich mache mir Sorgen wegen deiner sozialen Isolation.«

Soziale Isolation. Das schon wieder. Jenny ist so verdammt besessen davon.

»Ich komme ganz gut allein klar«, sage ich entschieden.

Jenny legt meine Akte auf ihren Schoß.

»Freundschaft ist kein Schimpfwort, Leo.«

Ich schaue ihr direkt in die Augen.

»Für mich schon.«

»Ich möchte nur, dass du auf eine positive Weise teilnimmst, Leo.«

»Ich soll teilnehmen?«, frage ich und verziehe das Gesicht. »Woran soll ich denn teilnehmen?«

Jenny seufzt wieder. »Am Leben, Leo. Ich möchte, dass du anfängst, am Leben teilzunehmen.«

Neunzehn

Als ich endlich bei Jenny raus bin, fährt mir der Bus davon, und ich komme in Englisch zu spät.

»Wo warst du denn?«, fragt Alicia über ihre Schulter, während ich mich hinter ihr auf meinen Platz schiebe.

»Ähm, Arzttermin«, sage ich.

Sie runzelt die Stirn.

»Wegen dem Knie«, füge ich schnell hinzu und beglückwünsche mich, dass ich so schnell geschaltet habe.

»Und wie geht es dem bösen Knie?«, fragt sie.

»Schon besser.«

»Das ist toll.«

Und sie lächelt, als ob sie es wirklich ernst meint.

An diesem Nachmittag bin ich als Erster beim Nachsitzen. Ich lasse mich auf den gleichen Platz wie gestern fallen und versuche, es mir so bequem wie möglich zu machen. Ein paar Minuten später kommt Harry an und steuert geradewegs nach hinten. Dann kommt David, der kurz die Hand zum Gruß hebt, während er sich setzt. Ich nicke zurück. Heute sind zwei Jungs aus der Achten da. Während ich den Rest von *Was ihr wollt* lese, merke ich, wie einer von ihnen mich ansieht. Er starrt mich mit offenem Mund an, als wäre ich eine Wachspuppe bei Madame Tussauds oder so was. Ich drehe scharf den Kopf und starre böse zurück. Seine Augen werden groß vor Angst, bevor er wegsieht.

Ich kann mich trotzdem nicht konzentrieren. Aus den Augenwinkeln sehe ich, wie David sich über seine Hausaufgaben beugt, den Kopf mit der linken Hand abgestützt. Alle paar Sekunden kommt ein Seufzer oder ein Stöhnen. Er reißt eine Seite aus seinem Block und knüllt sie zusammen, sein Gesicht ist gerötet. Ich setze mich aufrecht und erkenne den Einband des Mathebuchs. Das gleiche hatte ich vor ein paar Jahren auch.

Vor mir schnarcht Mr Wilton vor sich hin. Ich sehe mich um. Harry hat die Augen geschlossen, und die beiden Jungen aus der Achten sehen eingeschüchtert aus. Ich stehe auf, überquere den Gang und setze mich auf den Platz neben David. Überrascht blickt er hoch. Auf seinem Blatt herrscht ein Durcheinander aus Gekritzel und Durchgestrichenem.

»Du machst das Ganze viel komplizierter, als es sein muss«, sage ich leise.

»Ach ja?«, flüstert David.

»Und wie. Sobald du die Formel einmal verstanden hast, sind lineare Gleichungen ziemlich einfach zu lösen.«

»Für Genies wie dich und meinen Freund Felix vielleicht«, sagt er deprimiert.

»Nee, im Ernst. Pass auf, ich zeig's dir.«

Ich nehme Davids Stift.

»Also, lineare Gleichungen sind zwei Gleichungen mit zwei Unbekannten. Also muss man zuerst versuchen, eine der Unbekannten zu eliminieren. So weit klar?«

»Ich denke schon.«

»Hier zum Beispiel müssen wir den Wert von y definieren.

Also addieren wir die beiden Gleichungen, um das y zu eliminieren. Das geht so …«

Ich fange an zu schreiben, und David beugt sich rüber, um zuzusehen.

»Siehst du, sobald du das getan hast, ist völlig klar, was der Wert von x ist. Du musst das nur noch teilen, und zwar wodurch?«

David starrt auf die Seite.

»Weiß ich nicht.«

»Doch, das weißt du. Lass dir Zeit. Die Antwort ist da, du musst sie nur finden.«

Er fixiert weiter das Blatt, und sein Gesicht wird immer röter.

Vor uns regt sich Mr Wilton. Wir senken unsere Stimmen.

»Bleib ganz ruhig«, flüstere ich. »Dann siehst du es auch.«

»Fünf?«, flüstert David zweifelnd.

»Genau. Wodurch wir den Wert von x kennen.«

»Also ist y gleich 1, und x gleich drei?«, fragt er langsam.

»Exakt.«

»Echt?«

»Genau.«

»Aber das ist ja eigentlich ganz einfach.«

»Sag ich doch. Willst du noch eine versuchen?«

Am Montag mache ich beim Nachsitzen meine Geo-Hausaufgabe, als ein zusammengefaltetes Stück Papier durch die Luft segelt und auf meinem Tisch landet. Ich blicke zu David. Er schaut starr geradeaus, auch wenn er sich anscheinend bemüht, ein Lächeln zu unterdrücken. Ich falte das Papier auseinander. Es ist wieder eine Zeichnung. Diesmal von einem Hund, der Phil ähnlich sieht. Neben dem Hund ist eine Sprechblase mit: »Wau wau, wuff wuff, wuff, wuff, BELL!« und ein Sternchen, das mich zu einer Fußnote in der unteren Ecke führt: »Übersetzung aus der Hundesprache: Ich habe meine Mathehausaufgabe super hingekriegt! Mr Steele wäre fast umgekippt. Danke! David.«

Ich schaue hoch. David lächelt hoffnungsvoll. Und auch wenn die Nachricht ziemlich kitschig ist, kann ich nicht anders und erwidere sein Lächeln.

Am nächsten Tag in Englisch fehlt Matt, der Typ, neben dem ich normalerweise sitze, weil er Pfeiffer'sches Drüsenfieber hat.

»Wir werden heute paarweise zusammenarbeiten und die Symbolik in *Was ihr wollt* diskutieren«, verkündet Miss Jennings. Sie steckt mich in eine Dreiergruppe mit Alicia und Ruby, dem Mädchen, das neben Alicia sitzt. Ruby ist okay, etwas nervig, aber okay.

Ich bleibe ganz locker und nicke Alicia und Ruby zu, als sie ihre Stühle drehen, um mir gegenüberzusitzen. Alicias Knie berührt für einen Moment meines.

»Mein Gott, ich hab so einen Kater«, verkündet Ruby und lässt ihren Kopf auf den Tisch fallen.

Alicia verdreht die Augen. »Du hast immer einen Kater. Dabei ist heute Dienstag, Rubes. Wer trinkt sich denn bitte unter der Woche einen an?«

Ruby zeigt Alicia unter dem Schleier ihres blondgefärbten Haares hervor den Mittelfinger. »Lass mich in Ruhe. Ich bin im Moment in einem sehr empfindlichen Zustand«, sagt sie mit gedämpfter Stimme.

Alicia schüttelt nur den Kopf und grinst mich an.

»Dann trinkst du nicht?«, frage ich.

»Nicht unter der Woche. Mit einem Kater in die Schule zu kommen ist nicht meine Vorstellung von Spaß.«

Ich frage mich, wo Alicia wohl an den Wochenenden Spaß hat, was sie trinkt und ob sie einen Freund hat, der ihr die Drinks spendiert. Aus den Augenwinkeln sehe ich, wie sie ihr Buch öffnet und mit der Handfläche die Seiten auseinanderstreicht.

»Es hört sich vielleicht blöd an, aber ich liebe dieses Stück wirklich«, sagt sie.

»Ach ja? Und wieso?«, frage ich.

Alicia verzieht nachdenklich das Gesicht.

»Mir gefällt der Humor. Und auch die Liebesgeschichte. Es ist ein völliges Durcheinander, aber im letzten Moment wird dann doch alles gut. Irgendwie ahnt man es, aber wenn es dann wirklich passiert, ist man trotzdem glücklich darüber. Macht das Sinn?«

Ich nicke aufmunternd.

»Aber was mir am besten gefällt …«, sie beugt sich nach vorn, und ihre Augen funkeln vor Begeisterung (es ist so ansteckend, dass ich mich auch nach vorn beuge, obwohl mich das Stück gar nicht interessiert, abgesehen davon, dass Alicia es so mag). »Ich finde es toll, dass dieses Stück eine richtig toughe Heldin hat. Viola ist so mutig und unerschrocken. Das gefällt mir. Und wenn du dir überlegst, dass das Ganze vor Ewigkeiten geschrieben wurde, ist es noch erstaunlicher.«

»Selbst wenn ihre Rolle damals von einem Typen gespielt wurde?«, frage ich, denn Miss Jennings hat uns kürzlich erzählt, dass zu Shakespeares Zeit alle Rollen von Männern gespielt wurden.

»Unbedingt. Ich meine, dass eine Figur wie sie vor so vielen Jahren geschaffen wurde, ist schon etwas Besonderes. Aber wie verrückt muss das denn gewesen sein? Ein Typ, der ein Mädchen spielt, das so tut, als wäre es ein Junge?« Alicia lacht.

»Daran hab ich gar nicht gedacht«, sage ich.

Es gibt eine Pause, und ich kann Alicias Blick immer noch auf mir spüren. Die Luft zwischen uns scheint irgendwie aufgeladen zu sein.

»Gehst du eigentlich zu Beckys Party?«, fragt Alicia auf einmal.

»Ich wusste nicht, dass sie eine macht«, antworte ich.

Das stimmt natürlich nicht. Becky Somerville ist in meiner Klasse und hat eine so große Klappe, dass ich schon auf dem Mars leben müsste, um nichts davon gehört zu haben.

»Doch, nächsten Samstag.« Alicia fährt mit dem Finger am Buchrücken von *Was ihr wollt* entlang.

»Ach so. Okay.«

»Also, jetzt, wo du davon weißt, meinst du, dass du vielleicht hingehst?«, fragt Alicia und dreht eine ihrer Korkenzieherlocken um ihren Finger.

Ich räuspere mich und zucke mit den Schultern. »Keine Ahnung. Partys sind nicht wirklich mein Ding.«

»Wie, Partys sind nicht dein Ding?«, erwidert Alicia sofort. »Das ist, als würdest du sagen, Essen ist nicht dein Ding oder Atmen ist nicht dein Ding. Ich meine, wer mag denn keine Partys?«

Ich verfluche mich selbst dafür, etwas so Bescheuertes gesagt zu haben. Alicia hat recht – normale Menschen *mögen* Partys.

»Ich fühle mich nicht wohl, wenn so viele Leute auf einem Haufen sind«, füge ich hinzu und bereue es sofort. Mir ist klar, dass ich es nur noch schlimmer mache und mir mit meinem komischen Verhalten alles versaue.

»Wie schade«, sagt Alicia.

»Außerdem bin ich sowieso nicht eingeladen«, füge ich hinzu. »Ich glaube nicht, dass Becky mein größter Fan ist.«

Becky behandelt mich, wie wohl die meisten meiner Mitschüler, mit einer Mischung aus Angst und Faszination, als wäre ich ein exotisches Tier, das aus dem Zoo entkommen ist und gefährlich sein könnte. Bis auf Alicia verhalten sich alle so. Aber Alicia hat überhaupt keine Angst vor mir.

»Becky hat dich nur noch nicht kennengelernt«, sagt Alicia. »Sonst würde sie ganz anders denken, das weiß ich.«

Ich zucke mit den Schultern und schaue auf meine Hände. Es herrscht eine lange Pause.

»Weißt du, ich war auch einmal die Neue.«

»Ja?« Ich blicke hoch.

»Ja. Damals in der achten Klasse. Meine Eltern sind mitten im Schuljahr von London hierhergezogen.«

»Und wie war es?«

»Grauenhaft.«

»Echt?«

Ich kann mir nicht vorstellen, dass Alicias Leben irgendwann einmal nicht perfekt war.

»Tja. Falls du es noch nicht bemerkt hast, Eden Park ist nicht unbedingt eine Multikulti-Schule. Die Schüler mit dunkler Hautfarbe kannst du an zwei Händen abzählen. Ich hatte die meiste Zeit das Gefühl, ich laufe mit einem Blinklicht auf dem Kopf durch die Gegend. Außerdem hatten alle schon ihren Freundeskreis. Ich war anderthalb Jahre zu spät dran. Und dann waren da die ganzen Cliquen und Regeln, wer in der Cafeteria wo sitzen durfte, und wenn ich mich so umsah, hatte ich keine Ahnung, wo ich wohl reinpassen könnte. Die ersten Wochen aß ich mein Pausenbrot auf der Toilette und weinte mich jede Nacht in den Schlaf«, erzählt sie lachend.

»Und wie hat sich das geändert?«, frage ich.

»Na ja, zuerst habe ich mich dazu gezwungen, in der Cafeteria zu essen. Dann bin ich in die Theatergruppe und in den Chor gegangen, habe jeden, der mir über den Weg gelaufen ist, albern angegrinst und so weiter. Und irgendwann habe ich gemerkt, dass es eine Menge netter Leute gibt. Ich musste mich nur unter die anderen mischen, um sie zu finden. Dass ich meine Zahnspange loswurde, half wahrscheinlich auch. Mit einem Mund voller Metall kann man schlecht Selbstvertrauen ausstrahlen. Es war echt schlimm. Meine Zahnspange war massiver als ein Gitterzaun.«

Sie lacht wieder.

»Du giltst allerdings auch noch als gefährlicher, harter Typ«, fügt sie hinzu. »Ich glaube, ich war am Anfang nur das schwarze Mädchen, das nie den Mund aufmacht.«

Sie steckt eine Haarlocke hinter ihr Ohr und grinst. Ich mag es, wie ihre Augen sich beim Lächeln verändern.

Alicia räuspert sich.

»Also, Becky sagt, ich kann jemanden mitbringen«, erzählt sie. »Zu ihrer Party, meine ich.«

Mir wird ganz heiß im Nacken.

»Ach ja? Und wen bringst du mit?«

Sie holt tief Luft, bevor sie mir in die Augen sieht.

»Na ja, im Moment noch niemanden.«

»Okay«, sage ich und schlucke.

Ruby (deren Anwesenheit ich inzwischen völlig vergessen hatte) hebt ihren Kopf vom Tisch und verdreht ihre immer noch geröteten Augen.

»Boah, ihr zwei macht mich fertig. Leo, du Blitzmerker, Alicia versucht gerade, dich einzuladen. Sag einfach, dass du mit ihr zu Beckys Party gehst, ja? Bevor ich eure bescheuerten Köpfe aneinanderknallen muss.«

Sie lässt ihren Kopf wieder auf den Tisch fallen.

Ich sehe Alicia an, die ihre Hände vors Gesicht geschlagen hat. Als sie die Hände wegzieht, sind ihre Wangen gerötet.

Ich öffne den Mund, um etwas zu sagen, aber es kommt nichts heraus. Rubys Vorschlag ist krass. Aber etwas hält mich davon ab, mich rauszureden – und es ist viel lauter und stärker als die übliche warnende Stimme in meinem Kopf.

»Also, was meinst du?«, fragt Alicia und beißt sich auf die Unterlippe. »Hast du Lust?«

»Ähm, ja, also gut«, höre ich mich gelassen sagen, obwohl mein Herz rast und meine Hände ziemlich feucht sind.

»Super«, sagt sie.

Es herrscht einen Moment Stille, dann fängt Alicia an zu kichern. Und plötzlich kommt es mir vor, als stünde ich neben mir, denn ich tue etwas, was ich schon ewig nicht mehr getan habe – ich lache auch.

Zwanzig

»Gratuliere«, sage ich zu David an diesem Nachmittag, als Mr Wiltons Stoppuhr das Ende des heutigen Nachsitzens anzeigt. »Das heißt, du bist durch, oder?«

»Stimmt«, sagt David. »Aber eigentlich war es gar nicht so schlimm.«

»Nee.«

»Vielleicht sollte ich öfter mal gegen die Regeln verstoßen«, fügt er mit einem Grinsen hinzu. »Hey, tut mir wirklich leid, dass du noch drei Wochen vor dir hast.«

»Kein Ding.«

David räuspert sich. »Leo, ähm, ich habe überlegt, ob du mir nicht vielleicht Nachhilfe in Mathe geben könntest. Du weißt schon, so richtig.«

»Hast du nicht jemand anders?«, entgegne ich abwehrend.

»Meinen Freund Felix vielleicht, aber er kann nicht besonders gut erklären. Irgendwie vergisst er immer, dass nicht jeder so ein Genie ist wie er selbst.«

»Keine Ahnung. Ich weiß nicht, ob ich das besser kann.«

»Auf jeden Fall«, versichert David. »Du hast mir das neulich super erklärt. Zum ersten Mal seit ewigen Zeiten habe ich in Mathe überhaupt was verstanden.«

»Na klar.« Ich verdrehe die Augen.

»Wirklich!«

»Ich weiß nicht, ob ich Zeit dafür hab.«

»Verstehe ich. Aber ich würde dich natürlich bezahlen.«

»Red keinen Scheiß«, murre ich.

»Komm schon. Bitte …«, drängt er. »Es würde mir echt helfen.«

Ich zögere.

Zugegebenermaßen hat es mir neulich irgendwie Spaß gemacht, ihm die Aufgabe zu erklären. Mehr, als ich gedacht hätte. War ein gutes Gefühl, als er es auf einmal begriffen hatte und total happy war, dass er die Gleichungen selbst lösen konnte.

»Nur ein- oder zweimal die Woche«, fügt er hinzu. »Und wenn es nicht funktioniert, können wir jederzeit aufhören. Kein Stress.«

Ich seufze. »Meinetwegen.«

Er stößt einen kleinen Jubelschrei aus, und einen Moment lang fürchte ich schon, er will mich umarmen.

»Danke, danke, danke!«, ruft er. »Ich werde ein Musterschüler sein, versprochen.«

Ich schüttele den Kopf. »Du hast einen ziemlichen Knall, weißt du das?«

David strahlt mich nur an. Ich schüttle weiter den Kopf und drehe mich weg, um meine Sachen zu packen.

»Ach, noch was«, sagt David. »Hast du morgen Mittag schon was vor?«

»Wieso?«, frage ich über meine Schulter.

»Hast du Lust, mit mir, Essie und Felix zu essen?«

»Wieso?«, wiederhole ich und drehe mich zu ihm.

»Weil eben. Wir wollen dich besser kennenlernen.«

»Ich esse eigentlich lieber allein«, wehre ich ab.

»Ach komm schon. Es wird bestimmt lustig.«

Keine Ahnung, ob es wegen Alicia und der Party ist oder so, aber bevor ich noch weiter überlege, sage ich ja.

Am nächsten Tag regnet es, und die Cafeteria ist überfüllt und stickig. Als ich mich zwischen den Tischen und Stühlen durchschlängle, komme ich am mittleren Tisch und damit an Harry vorbei.

»Psycho!«, zischt seine kleine blonde Freundin.

Wenn die wüsste. Ich ignoriere sie und gehe weiter.

»Du bist gekommen«, stellt David erfreut fest, als ich mein Tablett absetze.

»Hab ich doch gesagt, oder?«, murre ich und setze mich neben ihn. Mir gegenüber sitzen Davids beiden Freunde, deren Namen er mir zwar genannt hat, die ich aber wieder vergessen habe. Sie schauen mich mit großen Augen an.

Das Mädchen hat eine wilde, schwarze Haarmähne. Ihr Kinn ruht auf ihren verschränkten Händen, ihre Fingernägel sind kurz und abgekaut, der schwarze Nagellack blättert ab. Sie ist größer als der Junge neben ihr, den ich aus dem Matheleistungskurs kenne. Er ist klein und schmächtig. Ich glaube, ich habe noch nie jemanden gesehen, der so ordentlich aussieht. Ehrlich, er sieht aus, als wären sogar seine Unterhosen gebügelt.

Plötzlich reagiert das Mädchen.

»Ich bin Essie.« Sie beugt sich über den Tisch und schüttelt mir die Hand. Ihre Stimme klingt heiser und theatralisch.

»Felix«, fügt der Junge hinzu.

»Leo«, sage ich.

»Oh, wir wissen, wer du bist«, erwidert Essie sofort. »Du bist ja im Augenblick berühmt.«

Ich zucke mit den Schultern und öffne meine Coladose. Sie sprudelt über, und ich muss schnell den Schaum abtrinken, bevor der ganze Tisch vollgetropft wird.

»Also, warum bist du wirklich von der Schule geflogen?«, fragt Essie, als ich meine Dose wieder abstelle.

»Essie!«, zischt David.

»Was denn? Das wollen wir doch alle wissen, oder nicht?«, sagt Essie.

»Aber man platzt nicht einfach damit raus!«

Essie schmollt und verdreht die Augen.

»Wenn ich mich für meine Freundin entschuldigen darf, Leo«, sagt Felix. »Sie ist manchmal etwas … wie soll ich sagen … ungestüm.«

»Das klingt, als wäre ich ein unerzogener Hundewelpe«, murrt Essie.

»Wenn du dir diesen Schuh anziehen willst, mein Schatz«, sagt Felix und tätschelt ihre Hand.

»Ihr zwei seid zusammen?« Ich gebe mir keine Mühe, meine Überraschung zu verbergen.

»Ja. Wieso, sehen wir nicht wie ein Paar aus?«, fragt Essie.

»Keine Ahnung«, antworte ich und drücke Ketchup auf meinen Tellerrand. »Wie sieht man denn als Paar aus?«

Wie würden Alicia und ich wohl aussehen, wenn wir zusammen den Flur entlanggingen, mein Arm um ihre Schulter, ihrer um meine Taille gelegt? Allein bei dem Gedanken bekomme ich Schmetterlinge im Bauch.

»Es heißt ja, Frauen stehen auf Männer, die sie an ihre Väter erinnern«, sagt Essie. »Wie idiotisch ist das denn? Zum Glück ist Felix *überhaupt* nicht wie mein Vater.«

»Das ist nur ein umgekehrter Ödipuskomplex«, meint Felix und knabbert an etwas, was wie ein Stück Pappe aussieht. »Laut Sigmund Freud wollen alle Männer ihre Väter umbringen und ihre Mütter vögeln.«

»Eklig«, murre ich und tunke eine Pommes in meinen Ketchup.

»Außer du hast eine sexy Mutter«, fügt Felix hinzu.

»Felix!«, rufen Essie und David wie aus einem Munde. Essie reißt etwas von ihrem Brötchen ab und wirft Felix kleine Stücke davon an den Kopf. David beteiligt sich sofort.

»Hey, ich vertrage kein Gluten! Das ist Körperverletzung durch Lebensmittel!«, ruft Felix und schirmt seinen Kopf ab.

Die sind echt gestört. Alle drei!

»Du hast uns immer noch nicht erzählt, warum du rausgeflogen bist«, sagt Essie, als sie keine Brotstücke mehr zum Werfen hat.

»Wie kommst du darauf, dass ich rausgeflogen bin?«, frage ich vorsichtig.

»Siehste! Hab ich doch gesagt!«, ruft Felix triumphierend und schlägt mit der Hand auf den Tisch. »Ich hab gleich gesagt, das Gerücht ist Quatsch!«

»Aber wenn du nicht rausgeworfen wurdest, warum bist du dann von der Schule in Cloverdale weg?«, fragt David.

Alle drei beugen sich gespannt vor.

Ich erzähle ihnen die gleiche Geschichte wie Alicia. Danach lassen sie sich enttäuscht auf ihren Stühlen nach hinten fallen.

»Wie langweilig«, meint Essie. »Da hat mir das mit der Säge besser gefallen.«

»Sorry«, antworte ich mit einem Schulterzucken.

»Wo hast du denn gelernt, so zuzuschlagen?«, fragt David. »Du warst ja wie Jason Statham oder so!«

»Hat mein Vater mir beigebracht«, lüge ich.

»Jimmy?«, sagt David und sieht sehr selbstzufrieden aus, weil er sich an den Namen erinnert hat. Zu hören, wie jemand anders so unerwartet den Namen meines Vaters sagt, ist ein komisches Gefühl.

»Genau«, murmele ich. »Jimmy.«

In diesem Augenblick entdeckt Essie jemanden, und ich bin froh über die Unterbrechung.

»Olsen-Alarm!«, zischt sie und deutet mit dem Kopf wie wild nach links.

David läuft auf der Stelle rot an.

»Was ist ein Olsen?«, frage ich.

»Du meinst wer«, sagt Felix. »Zachary Olsen. Da drüben.«

David wird jetzt knallrot. Ich folge seinem Blick zu einem großen blonden Jungen in der Schlange. Als ich wieder zurück zu David sehe, hat er einen verträumten, schmachtenden Blick.

»Du stehst auf ihn?«, frage ich.

»Wohl eher total verknallt«, sagt Essie in einem lauten Flüstern.

»Essie!«, ruft David, und sein Gesicht ist inzwischen fast lila.

»Hey, kein Problem«, sage ich und hebe die Hände. »Ich dachte mir schon, dass du schwul bist, falls du dir darüber Sorgen machst.«

David späht zu mir. Sein Gesicht nimmt langsam wieder einen normalen Farbton an.

»Und das ist echt okay für dich?«

»Was? Denkst du vielleicht, ich bin ein Schwulenhasser? Jeder Kerl aus Cloverdale muss ein Neandertaler sein, oder was?«

»Natürlich nicht«, sagt David verlegen. »Man weiß nur einfach nie …«

Er bricht im Satz ab.

Ich seufze. »Hör mal, es ist mir total egal. Geht mich doch nichts an, ob du auf Jungs stehst.«

»Heißt das, du bist hetero, Leo?«, fragt Essie.

Felix zieht eine Grimasse.

Ich stelle meine Coladose ab und schaue Essie in ihre blassblauen Augen, die mit einem krümeligen schwarzen Eyeliner umrundet sind.

»Das heißt es wohl«, sage ich. »Du stellst wirklich ’ne Menge Fragen, weißt du das?«

»Neugier ist eine der festen und ständigen Eigenschaften eines energischen Geistes«, zitiert sie.

»Samuel Johnson«, antworte ich sofort.

Essie sieht mich verblüfft an. »Wie bitte?«

»Das Zitat. Es ist von Samuel Johnson, stimmt’s?«

»Du kennst Samuel Johnson?«, fragt Essie und kriegt den Mund gar nicht mehr zu.

»Klar«, sage ich.

Das ist nicht mal gelogen. Das Zitat steht in dem Buch von Spike, das im Badezimmer liegt. Natürlich habe ich auch darin gelesen, wenn ich auf dem Klo war.

»Man soll ein Buch nicht nach seinem Umschlag beurteilen, was?«, sage ich.

Essie macht den Mund noch einmal auf und dann wieder zu.

»Englische Redewendung, genaue Herkunft unbekannt«, füge ich hinzu und stecke mir eine Pommes in den Mund. Ich werfe David einen Blick zu. Er grinst breit.

Einundzwanzig

David

Am folgenden Dienstag stehe ich allein in der Schlange in der Cafeteria, als Leos Name fällt. Sofort spitze ich die Ohren und schaue mich unauffällig um. Es ist eine lebhaft tuschelnde Clique aus der Elften. Ich stelle mich seitlich, damit ich sie besser belauschen kann, und tue so, als studiere ich die Kreidetafel mit der Speisekarte an der Wand hinter ihnen.

»Wenn ich's euch sage! Leo Denton geht mit Alicia Baker am Samstag auf Beckys Party«, erzählt eines der Mädchen, eine große Rothaarige. »Das hab ich von Ruby Webber.«

Alicia Baker ist in der Elften, genau wie Leo. Sie spielt immer die weibliche Hauptrolle im Schulmusical und darf bei jedem Weihnachtskonzert die erste Strophe des Eröffnungslieds singen.

»Hat die ein Glück, der ist voll süß«, sagt eines der Mädchen, eine kleine Blonde, fast sehnsüchtig und dreht eine Haarsträhne um ihren Zeigefinger.

»Ja«, stimmt ein anderes Mädchen zu. »Ich steh auch eher auf den geheimnisvollen Typ. Und so ein Bad-Boy-Image ist immer sexy.«

Sie fangen alle an zu kichern.

»Aber ist der nicht ein Psycho oder so?«, fragt die Rothaarige. »Clare Boulter meint, sie hätte ihn letzte Woche aus dem Sunrise Centre kommen sehen.«

Das Sunrise Centre liegt etwas außerhalb des Stadtzentrums. Es ist für Teenager mit psychischen Problemen. Es gab mal ein Mädchen aus der 10B, das sich auf der Schultoilette immer geritzt hat, das musste dorthin. Aber wieso Leo, frage ich mich. Meine Gedanken überschlagen sich.

»Außerdem ist er ein wenig klein, findet ihr nicht?«, fragt die Rothaarige.

»Wen interessiert das, bei den Augen …«, antwortet die Blonde.

Erst vor ein paar Wochen haben sie noch gedacht, er würde »irre« gucken.

»Was möchtest du denn, mein Junge?«, fragt mich die Frau von der Essensausgabe, eine Kelle in der Hand und einen müden Gesichtsausdruck im faltenreichen Gesicht.

»'tschuldigung?«, stammle ich.

»Was du möchtest?«, wiederholt sie.

Ich blinzle und kann so schnell gar nicht alles lesen, was auf die Tafel geschrieben ist.

»Komm schon, ich hab nicht den ganzen Tag Zeit«, drängt sie.

»Ähm, Pizza bitte«, sage ich.

Die Frau schiebt ein breites Stück auf meinen Teller.

Ich gehe zum Tisch in der Ecke und setze mich. Irgendwie ist mir der Appetit vergangen, und ich schaffe nur die Hälfte.

Den ganzen Heimweg muss ich an Beckys Party denken. Nicht, dass man mich jemals zu einer Party des elften Jahrgangs einladen würde. Ich werde ja nicht mal zu einer Party in der Zehnten eingeladen.

Als ich heimkomme, setze ich mich mit meinem Laptop aufs Sofa, und noch bevor ich darüber nachdenken kann, tippe ich Leos Namen bei Facebook ein. Ich kann ihn nicht finden. Er ist auch nicht bei Twitter, Instagram oder Pinterest. Ich google seinen Namen, aber alles, was ich finde, sind Artikel über ein Mädchen aus Cloverdale namens Megan Denton, die mal jede Menge Schwimmpreise gewonnen hat.

»Was suchst du denn?«

Ich zucke zusammen. Livvy beugt sich über die Rückseite des Sofas, ihr langes Haar streift meinen Arm.

Ich klappe den Laptop zu.

»Nichts«, fahre ich sie an. »Was willst du überhaupt, warum schleichst du dich so an mich ran?«

»Mum will, dass du ihr beim Essen hilfst«, sagt sie.

Ich bleibe sitzen, und meine Hände auf dem warmen, leise surrenden Laptop.

»Geh schon vor, ich komme gleich«, sage ich zu ihr.

»Spinner«, antwortet sie.

Am folgenden Tag treffe ich Leo mittags in der Bibliothek zu unserer ersten Nachhilfestunde. Ich möchte ihn wegen Beckys Party fragen, aber mir fällt einfach keine passende beiläufige Bemerkung ein, mit der ich das ins Faktorisieren quadratischer Gleichungen einbauen könnte. Um ehrlich zu sein, möchte ich Leo einiges fragen.

Als er sich vorbeugt, um meinen Stift zu nehmen, rieche ich eine Mischung aus Seife und Aftershave, und als die Sonne in einem bestimmten Winkel auf ihn fällt, sehe ich eine Reihe hellbrauner Sommersprossen über seiner Nase, die ich vorher nie bemerkt habe. Bei beidem bekomme ich ein komisches Gefühl.

»Hey, Leute, kann ich mal stören?«

Wir blicken hoch. Es ist ein Mädchen namens Rachel aus meinem Textilkurs, eine Freundin von Lexi. Sie hält ein mit Rauschgold verziertes Klemmbrett in der Hand und trägt eine rote Weihnachtsmütze. Ihr Lächeln wirkt aufgesetzt.

»Wie wäre es mit Karten für den Weihnachtsball?«, fragt sie.

»Nein danke«, murmeln Leo und ich gleichzeitig.

»Seid ihr sicher?«, fragt Rachel. »Es wird *das* Ereignis des Jahres. Wir verwandeln die Schulaula in ein Winterwunderland. Harry Beaumont leiht sogar eine Schneemaschine aus. Ich sag euch, das wollt ihr bestimmt nicht verpassen.«

»Erst mal nicht, danke«, lehne ich ab.

»Ich auch nicht«, schließt Leo sich an.

Rachels Lächeln verwandelt sich sofort in ein verärgertes Schmollen.

»Wie ihr wollt«, sagt sie hochnäsig, rückt ihre Mütze zurecht und stolziert weiter.

»Was ist denn so toll an diesem Ball?«, fragt Leo. »Überall hängen schon Poster, dabei sind es noch zwei Monate bis dahin.«

»Tja, das Weihnachtsball-Fieber setzt jedes Jahr früher ein«, sage ich.

»Warst du schon mal auf einem?«

»Essie, Felix und ich sagen jedes Mal, dass wir nicht hingehen, aber in letzter Minute geben wir doch nach und kaufen Karten.«

»Und wie ist es?«

»Ach, wie schon … grauenhaft! Harry stolziert herum, als hätte er die Welt von der Hungersnot befreit oder so. Es gibt immer eine riesige Glasschüssel mit einem echt ekligen nichtalkoholischen Punsch. Und der DJ ist überheblich und weigert sich, Musikwünsche zu spielen, blablabla …«

»Warum geht ihr immer hin, wenn es euch nicht gefällt?«

»Keine Ahnung. Irgendwie haben wir jedes Jahr die zarte Hoffnung, dass es diesmal vielleicht anders sein könnte. Bescheuert, oder?«

Leo runzelt die Stirn. »Gibt es richtige Dates und so?«

»Viele machen das, ja.«

Leo räuspert sich. »Komm, beenden wir jetzt die Gleichung. Du hast die Lösung ja gleich.«

Als wir unsere Sachen einpacken, rutscht Leo sein Portemonnaie aus der Hand, und ich bücke mich danach. Es ist aufgegangen, und in einem Fach sehe ich das Foto eines gutaussehenden jungen Manns mit mittelblonden Haaren, wie Leo.

»Wer ist das?«, frage ich und spähe darauf.

»Mein Dad«, sagt Leo und streckt seine Hand aus. Widerstrebend reiche ich ihm das Portemonnaie.

»Du siehst ihm ähnlich«, sage ich und stehe auf.

Leo nickt leicht.

»Siehst du ihn oft?«, frage ich.

Leo schüttelt den Kopf und schiebt den Geldbeutel tief in seine Hosentasche.

»Zu Weihnachten?«

»Bezweifle ich.«

»Wieso nicht?«

»Er ist weggegangen, als ich noch klein war, und seitdem hab ich ihn nicht mehr gesehen.«

Jetzt verstehe ich, warum Leo sich so komisch verhalten hat, als ich ihn neulich nach seinem Vater gefragt hatte.

»Aber du musst doch wenigstens wissen, wo er ist?«, frage ich.

»Nope.«

»Muss er nicht Unterhalt bezahlen oder so was?«

»Keine Ahnung«, sagt Leo und schwingt seinen Rucksack über eine Schulter.

»Hast du versucht, ihn zu finden? Übers Internet vielleicht? Er ist doch bestimmt bei Facebook oder so.«

»Klar hab ich das«, fährt Leo mich an. »Hältst du mich für blöde?«

»Entschuldige.«

Leo seufzt. »Alles, was ich von ihm weiß, ist sein Name und dass er Schreiner war. Ich weiß nicht mal seinen Geburtstag.«

»Das ist ja wohl ein Scherz ...«

»Nope.«

»Wow.«

»Genau«, sagt Leo mit tonloser Stimme.

»Vermisst du ihn?«, frage ich.

Leo sieht nachdenklich aus. »Jeden Tag.«

Sobald er das gesagt hat, macht er den Eindruck, als bedauere er es, als hätte er bereits zu viel gesagt.

»Bescheuert, was?«, fügt er mit einem bitteren Lachen hinzu.

»Finde ich gar nicht«, sage ich schnell. »Eher menschlich.«

Leo zuckt mit abwesendem Blick die Schultern.

»Warum ist er denn weggegangen?«, frage ich.

Leo schneidet eine Grimasse. »Sie gehen alle irgendwann. Ausnahmslos. Das liegt an meiner Mutter, ist ihr besonderer Zaubertrick.«

Ich will noch mehr Fragen stellen, aber Leo schaut auf die Uhr.

»Ich muss los, ins Sekretariat. Wir sehen uns.«

Mit schnellen Schritten verlässt er die Bibliothek.

Während ich meine Sachen einpacke, versuche ich mir vorzustellen, mein Dad hätte mich als Kind verlassen, aber es gelingt mir nicht. Ich habe die endlosen Fotoalben gesehen – wie er im Krankenhaus strahlt, als er sein erstgeborenes Kind in den Armen hält, oder wie er auf dem Sofa schläft, während ich winzig und verschrumpelt auf seiner Brust zusammengerollt liege. Er hätte mich und Mum nie verlassen können, niemals. Was muss Leos Mutter wohl getan haben, um den Vater ihres Kindes zu vertreiben, so dass er nie zurückkam, frage ich mich. Etwas Furchtbares. Etwas Unverzeihliches. Ich schaudere.

Als ich nach der Schule aus dem Auto steige, stößt Mum einen kleinen Schrei aus.

»Deine Hose hängt ja schon halb an den Knöcheln, David«, stellt sie fest.

Sobald wir zu Hause sind, renne ich die Treppe hoch und verschließe meine Tür. Mum hat recht. Ich bin in weniger als vierzehn Tagen volle zwei Zentimeter gewachsen. Erst denke ich, dass das unmöglich ist, also messe ich mich noch einmal. Und noch mal. Aber die Bleistiftstriche lügen nicht. Als ich das in mein Notizbuch schreibe, zittern meine Hände, und die Buchstaben werden ganz wacklig. Wenn ich innerhalb von zwei Wochen zwei Zentimeter wachsen kann, wie viele sind es dann in sechs Wochen? Oder in zehn?

Am Samstagvormittag besteht Mum darauf, mit mir in die Stadt zu fahren, um neue Hosen zu kaufen.

»Du wächst so schnell«, meint sie kopfschüttelnd, während wir zum Parken in die Tiefgarage fahren. »Pass nur auf, du wirst noch größer werden als dein Vater!«

Dad war wohl immer einer der Kleinsten in der Klasse, bis er mit fünfzehn einen irren Wachstumsschub hatte und quasi über Nacht auf einen Meter neunzig hochschoss. Das ist okay, wenn man ein Junge ist. Für ein Mädchen ist es eine Katastrophe.

Mum und ich steuern auf das Kaufhaus zu. Der Laden ist zu warm und viel zu voll.

Im Aufzug steht ein Buggy mit Zwillingen darin. Ein Junge und ein Mädchen.

»Wie alt sind sie denn?«, fragt Mum die Eltern.

»Bald elf Monate«, antwortet die Mutter.

»Oh, in diesem Alter machen sie so viel Freude!«, sagt Mum. »Sie sind zuckersüß.«

»Sie sind anstrengend!«, wirft der Vater ein, und alle lachen, als hätte er gerade einen guten Witz gemacht. Ich mustere die Kinder. Das Mädchen schläft. Es ist ganz in Rosa gekleidet. Der Junge ist wach und kaut an einem durchgeweichten Reiskeks. Er trägt eine Latzhose aus Jeansstoff mit einem Traktor auf der Tasche und hält in der anderen Hand ein Spielzeugauto. Müde mustert er mich. Ich wette, seine Eltern sehen in ihm bereits den typischen Jungen. Sie meinen, seine Lieblingsfarbe wird Blau, Schwarz oder Rot sein, er wird Fußball spielen und Autos und Laster mögen. Und natürlich wird er eines Tages heiraten und Kinder haben. Und selbst wenn er kein typischer Junge ist, weil er vielleicht Ballett mag und gern Kuchen backt oder Jungs statt Mädchen küsst, werden sie sich immer noch vorstellen, wie ihr kleiner Junge zu einem Mann heranwächst. Wieso auch nicht? Als wir den Aufzug verlassen, sehen der Junge und ich uns an, bis er davongeschoben wird.

In der Abteilung für Schuluniformen geht Mum die Hosen durch, hält mir immer wieder probeweise eine Hose an und murmelt vor sich hin.

Ich gehe weiter, zu dem Ständer mit Schulröcken – plissiert oder Glockenrock, lang und kurz. Ich strecke die Hand aus und fahre mit den Fingern darüber, gebe mich desinteressiert, nur für den Fall, dass Mum zu mir blickt.

In den Umkleidekabinen probiere ich vier identische blaue Hosen an.

»Er hat einen Wachstumsschub«, höre ich Mum der Verkäuferin

überlaut zuflüstern, während sie auf der anderen Seite des Vorhangs wartet.

Das Licht in der Umkleidekabine ist gnadenlos grell, im Gegensatz zu dem abgedunkelten Licht, das ich zu Hause für meine Inspektionen wähle. Beim Umziehen drehe ich die ganze Zeit über meinen Rücken zum Spiegel.

Danach gehen wir noch Sushi essen. Wir sitzen nebeneinander auf den Barhockern vor dem Förderband, und ich verbessere Mums Technik mit den Essstäbchen. Sie sagt, ich kann mir ruhig zwei Portionen Schoko-Mochi nehmen.

»Das macht Spaß«, schwärmt Mum und füllt ihr Glas mit Mineralwasser aus dem Hahn, der vor uns in die Theke eingebaut ist. »Das sollten wir öfter machen.«

Mein Mund ist so voll, dass ich nur nicke.

»Wir haben immer alle so viel zu tun«, fährt sie fort, »Dad und ich mit der Arbeit, du und Livvy mit der Schule. Ich habe das Gefühl, wir beide haben uns schon seit ewigen Zeiten nicht mehr in Ruhe unterhalten. Du weißt schon, richtige Mutter-Sohn-Zeit.«

Sie setzt ihr Glas ab, und ich spüre, wie sie mich mustert. Ich tupfe die Schokolade an meinen Mundwinkeln mit einer Serviette ab.

»Es ist doch alles in Ordnung im Moment, Liebling, oder?«, fragt sie langsam.

»Klar. Wieso fragst du?«, antworte ich und behalte eine Portion Gurken-Maki im Auge, die sich auf dem Förderband um die Bar bewegt.

»Du scheinst in letzter Zeit oft mit den Gedanken ganz woanders zu sein.«

»Ach, ich muss nur grad echt viel für die Schule machen«, erkläre ich lahm.

»Du würdest es mir doch sagen, wenn etwas nicht stimmt oder wenn du was auf der Seele hast, nicht wahr? Dein Dad und ich, wir würden es auf jeden Fall verstehen, das weißt du hoffentlich.«

Ich schlucke. Hier ist sie: meine Gelegenheit, mich zu outen. Fünf kurze Wörter: Ich – möchte – ein – Mädchen – sein. Aber sie kommen nicht heraus. Sie bleiben mir einfach im Hals stecken und verdammen mich zum Schweigen. Denn das, was Mum aus mir herauskitzeln will, ist nicht das, worauf sie sich vorbereitet hat. Mum erwartet, dass ich mich als schwul oute. Ich vermute, sie hat schon seit Jahren auf diesen Moment hingearbeitet, schon seit ich mir meine erste Barbie zu Weihnachten gewünscht habe, oder zum ersten Mal mit Feenflügeln im Haus herumgetrippelt bin. Seit ich ein Handtuch um meinen Kopf geschlungen und so getan habe, als sei es eine lange Haarmähne. Sie hat ihre Antwort auf mein Outing wahrscheinlich schon seit Monaten geübt, indem sie vor dem Spiegel die richtige Mischung aus Überraschung und Akzeptanz einstudiert hat. Genügend Andeutungen hat sie ja schon gemacht. Zum Beispiel, als sie beim Essen eine Debatte über gleichgeschlechtliche Ehen angeleiert hat. Und sie erzählt ständig von Craig, ihrem schwulen Cousin zweiten Grades, der mit seinem Freund Aaron in Cardiff wohnt. Aber sie und Dad haben meine Signale falsch verstanden, genau wie Leo neulich. Ich bin nicht schwul. Ich bin einfach nur ein Mädchen, das blöderweise im Körper eines Jungen steckt. Aber wie soll ich ihnen das erklären?

»David?«, fragt Mum hoffnungsvoll mit großen Augen nach.

»Nein, Mum«, antworte ich, als ich schließlich meine Stimme wiederfinde. »Alles bestens, ehrlich.«

Im ersten Moment sieht sie enttäuscht aus, verbirgt es jedoch schnell, indem sie mir eine Haarsträhne hinters Ohr streift.

»Tja, schön das zu hören.« Sie tätschelt meine Hand.

Als wir bezahlen, sehe ich aus dem Augenwinkel etwas aufblitzen. Ich schiele rüber zu dem Schnellrestaurant auf der gegenüberliegenden Seite. Alicia Baker, Ruby Webber und ein paar andere Mädchen aus der Elften haben sich in eine Sitznische gequetscht, umgeben von jeder Menge Einkaufstüten. Alicia hat ein glitzerndes goldenes Top aus einer Tüte geholt und hält es an ihren Oberkörper, während die anderen Mädchen begeistert nicken.

»Wollen wir gehen?«, fragt Mum fröhlich.

»Klar«, antworte ich und löse meinen Blick von Alicia und ihren Freundinnen.

An diesem Abend bin ich allein zu Hause. Livvy schläft bei ihrer Freundin Cressy. Mum und Dad sind bei einem von Dads Kollegen zum Essen eingeladen. Essie und Felix haben ein Date.

»Nichts Kitschiges oder Romantisches«, versichert Essie mir über Skype, während Felix hinter ihr auf dem Bett herumlümmelt, »nur ein wenig Beziehungszeit, du weißt schon.«

Aber ich weiß es nicht. Nicht wirklich. Ich hatte noch nie so eine Beziehung mit jemandem. (Außer ich zähle die drei Tage, in denen ich mich mit Leila Shilton getroffen habe. Tue ich aber nicht. Wir waren sechs.) Ich habe noch nie jemanden geküsst. Ich habe noch nicht einmal Händchen gehalten. Mit Zachary habe ich in den letzten Jahren wahrscheinlich ganze zehn Worte gewechselt. Ich bin völlig beziehungsunerfahren. Dass heute Becky Somervilles Party stattfindet, macht meinen Abend auch nicht gerade besser. Auf der anderen Seite der Stadt, in Cloverdale, macht Leo sich gerade fertig, um Alicia abzuholen, und ich habe das Gefühl, dass jeder auf der ganzen Welt eine Beziehung hat außer mir.

Mum hat eindeutig Schuldgefühle, mich allein zu lassen, denn sie hat mir eine riesige extrascharfe Salamipizza bestellt und Dad außerdem noch losgeschickt, um mir mein Lieblingseis von *Ben and Jerry's* zu holen. Als sie gehen, winke ich ihnen von der Tür aus zu und warte noch zehn Minuten, bevor ich die Treppe hochgehe.

In meinem Zimmer ziehe ich die große Kiste heraus, die ich immer unter dem Haufen von Schuhen und Jacken unten in meinem Schrank verstecke. Darin befinden sich die Errungenschaften von jahrelangem ausgeklügeltem »Organisieren«. Ganz unten sind die Dinge, die mir nicht mehr passen, die ich aber trotzdem nicht wegwerfen kann – zum Beispiel die Feenflügel, die Tante Jane mir gekauft hat, als ich fünf war (ich habe sie eine ganze Woche lang getragen), oder das rosa Nachthemd, das ich einmal an Weihnachten unter dem Kopfkissen meiner Cousine Keira hervor geklaut habe, und Essies verhasstes Firmkleid, weiß und voller Rüschen, das sie mir nur allzu gern überlassen hat. Darüber liegen Fundstücke aus Secondhandläden, die ich unter meinem Mantel ins Haus geschmuggelt habe. Dann kommen Cocktailkleider und Hosenanzüge aus Polyester aus den achtziger Jahren, die ich im Schutz der Dunkelheit von ganz hinten aus Mums Schrank gefischt habe. Schließlich noch ein paar abgelegte Sachen von Essie.

Heute Abend wähle ich ein Kleid, das Essies Mutter gehörte, als sie Mitte der Neunziger, vor Essies Geburt, ihre Hippiephase hatte. Es ist lang, fließend und nicht nur gebatikt, sondern auch noch mit winzigen Spiegeln besetzt. Ich ziehe meine Jungsklamotten aus und lasse sie in einem unordentlichen Haufen auf dem Boden zurück, dann ziehe ich das Kleid über den Kopf. Ich hebe den Rockteil an meine Nase und atme tief ein. Er riecht immer noch nach Räucherstäbchen, irgendwie warm, wie Lebkuchen, gemischt mit Parfüm und Meersalz.

Als Nächstes setze ich meine Perücke auf. Ich habe sie Anfang des Jahres online gekauft, von dem Geld, das ich zu Weihnachten bekommen hatte. Als sie geliefert wurde, bin ich damit nach oben gerannt, noch bevor Mum oder Livvy fragen konnten, was in der geheimnisvollen Schachtel unter meinem Arm war. Es ist ein glänzender schulterlanger Bob, einen Ton dunkler als mein echtes braunes Haar. Ich liebe diese Perücke.

Jetzt setze ich mich an meinen Schreibtisch und hole meine Kosmetiktasche heraus. Das meiste darin habe ich von meinem Taschengeld gekauft, manches habe ich von Mum geklaut oder von Essie geerbt. Ich leere die Tasche und reihe alles ordentlich auf meinem Schreibtisch auf. In letzter Zeit habe ich mir online viele Make-up-Tipps und Kurse angesehen. Ich stelle meinen Laptop daneben und suche nach meinem Lieblingsclip. Er stammt von einem Mädchen aus Texas namens CeeCee, das wie eine lebende Barbiepuppe aussieht. Sie gibt ihre Tipps in einem fast hypnotisch wirkenden breiten Südstaatenakzent. Zusammen tragen wir Schritt für Schritt Foundation, Concealer, Rouge, Eyeliner und rauchigen Lidschatten auf. Besonders die »Smokey Eyes« sind schwieriger, als sie aussehen. Vier Versuche sind nötig, bevor ich mein rechtes Auge genauso hinbekomme wie mein linkes. Ich lehne mich zurück und mustere mein ganzes Gesicht – die gleichmäßige Haut, die Andeutung von mädchenhaftem Rouge, meine Augen, verrucht und geheimnisvoll. Zum Abschluss trage ich meinen Lieblingslippenstift – *Diva Red* – auf.

Es klingelt an der Tür, und ich zucke zusammen. Vom Schlafzimmer meiner Eltern aus spähe ich durch die Vorhänge. Es ist der Pizza-Lieferdienst. Den hatte ich völlig vergessen. Einen Augenblick lang überlege ich, ob ich nicht so, wie ich bin, an die Tür gehe, als Mädchen. Aufregung und Furcht machen sich bei dem Gedanken breit.

Aber die Furcht siegt, und schnell fahre ich mir mit dem Handrücken über die Lippen. Meine Hand ist blutrot verschmiert. Während ich die Treppe runtergehe, ziehe ich mir den Bademantel übers Kleid, reiße mir die Perücke ab und schiebe sie in meine Tasche. Die Haustür öffne ich nur einen Spalt, gerade weit genug, um den Geldschein rauszureichen und meine Pizza entgegenzunehmen. Dabei lasse ich den Kopf gesenkt, damit der Lieferant mein geschminktes Gesicht nicht sehen kann. Sobald die Tür geschlossen ist, setze ich die Perücke wieder auf und ziehe meinen Bademantel aus, hänge ihn einfach übers Geländer.

Ich bringe die Pizza in die Küche, hole Servietten und gieße mir ein Glas Cola ein. Normalerweise genieße ich es, wenn ich mein Spiegelbild im Toaster oder im Wasserkocher sehe und wenn ich spüre, wie der Stoff meine Beine umspielt. Aber aus irgendeinem Grund macht es mir heute keinen Spaß. Ich esse meine Pizza vor dem Fernseher und gleich danach das Eis, den ganzen Becher auf einmal. Doch ich werde das Gefühl einfach nicht los, dass es kein echter Genuss ist, dass ich mir etwas vormache. Ich habe nicht viele Gelegenheiten, mich zu Hause ungestört umzuziehen und zu schminken. Wenn ich mich dann mal als Mädchen bewegen kann, tue ich dabei am liebsten etwas ganz Alltägliches, wie den Geschirrspüler einzuräumen, mir einen Toast zu machen oder fernzusehen. Aber nicht heute Abend. Heute fühle ich mich merkwürdig – als sei alles aus dem Gleichgewicht geraten, als sei ich nichts als ein Hochstapler. Während ich mit bleiernem, müdem Körper den Geschirrspüler einräume, spüre ich eine dicke Träne über meine Wangen rollen. Entsetzt wische ich sie weg. Sie hinterlässt einen wässrigen schwarzen Fleck auf meiner Hand. Es ist erst neun Uhr, und es wird noch Stunden dauern, bis meine Eltern nach Hause kommen. Dennoch schleppe ich mich nach oben, ziehe das Kleid aus und nehme die Perücke ab. Ich schrubbe mein Gesicht sauber, die Überreste des Make-ups verschwinden in einem schmutzigen Regenbogen im Abfluss. Im abgedunkelten Badezimmer dusche ich, ziehe einen frischen Pyjama an und gehe ins Bett.

Beinahe hätte ich auf Skype versucht, Essie und Felix zu erreichen, aber im letzten Moment fällt mir ein, dass es ihr Date-Abend ist und sie sich wahrscheinlich im Moment nackt im Bett wälzen und ganz sicher nicht an mich denken.

Als ich da in der Dunkelheit liege, tauchen unerwünscht Bilder von Beckys Party vor meinem geistigen Auge auf. In meiner Phantasie ist es dort dunkel und verraucht, voller schwitzender Körper, die sich in langsamen Bewegungen aufreizend aneinanderdrängen und tanzen. In meinem Bauch sitzt ein dumpfer Schmerz. Ich merke, dass mein Kopfkissen feucht ist, und drehe mich auf die Seite, so dass ich zur Wand schaue. *Was stimmt nicht mit dir?*, frage ich mich wütend. Schlagartig wird es mir klar: Ich bin einsam! Ich bin so einsam, dass es körperlich weh tut. Nach dieser Erkenntnis geht es mir noch schlechter. Als hätte ich mich die ganze Zeit selbst belogen. Ich rolle mich auf die andere Seite, ziehe mir das Kissen über den Kopf und sage mir in Gedanken immer und immer wieder Französischvokabeln vor, bis ich schließlich irgendwann einschlafe.

Zweiundzwanzig

Leo

»Was machst du, Leo?«

Ich drehe mich um. Tia steht in der Türöffnung zum Badezimmer und trägt den *Hello-Kitty*-Schlafanzug, in dem sie schon den ganzen Tag herumläuft.

Es ist Samstagabend. In zwei Stunden fängt Beckys Party an.

»Wonach sieht's denn aus? Ich mache mir die Haare.«

»Aber du machst dir nie die Haare.«

Ich ignoriere sie und nehme eine Tube von Spikes Haargel. Zögernd rieche ich daran, bevor ich etwas davon auf meine Finger drücke und damit durch mein Haar fahre.

Tia setzt sich auf den Badewannenrand. Ihre Zehen reichen nicht ganz bis zum Boden.

»Wohin gehst du?«

»Auf eine Party.«

»Kann ich mitkommen?«

»Nein.«

»Warum nicht?«

»Weil es eine Party für Erwachsene ist.«

»Aber du bist nicht erwachsen. Du bist erst fünfzehn.«

»Okay, dann ist es eine Party für junge Leute, für Leute in meinem Alter.«

»Oh. Spielt ihr auch Topfschlagen?«

»Nein.«

»Gibt es Wackelpudding und Eis?«

»Bezweifle ich.«

»Wie kann es eine Party sein, wenn es keinen Wackelpudding und kein Eis gibt?«

Ich ignoriere sie. Mit Spikes Haargel sehen meine Haare total fettig aus. Ich stecke den Kopf unter den Wasserhahn und wasche es wieder aus.

»Leo?« Tia zupft an meinem Ärmel.

»Was?«, rufe ich über den laufenden Wasserhahn hinweg.

»Wenn es doch Wackelpudding und Eis gibt, bringst du mir dann was davon mit?«

Ich drehe den Wasserhahn ab und richte mich auf. Wasser tropft über meine Stirn, und ich schaue in ihr hoffnungsvolles kleines Gesicht.

»Klar.«

Auf dem Weg aus dem Badezimmer laufe ich Mam über den Weg. Sie kommt gerade von ihrer Schicht in der Wäscherei und sieht ziemlich müde aus.

»Was ist denn mit dir los?«, fragt sie, und es klingt vorwurfsvoll.

»Was meinst du?«, frage ich.

»Dieses fröhliche Getue!« Sie mustert mich aus zusammengekniffenen Augen, als sei es eine Todsünde, fröhlich zu sein.

»Keine Ahnung, was du meinst.« Ich drücke mich an ihr vorbei.

Es stimmt allerdings, ich hatte die ganze Woche gute Laune. Dinge, die mich normalerweise nerven – wenn Amber morgens das ganze heiße Wasser aufbraucht, dass Tia ihre Cornflakes-

Schüssel in der Spüle lässt, wenn Spike singt, und so ziemlich alles, was Mam macht – all das lässt mich völlig kalt.

Als ich meinen Hoodie anziehe und noch ein letztes Mal in den Spiegel sehe, meldet sich diese vertraute kleine Stimme im Hinterkopf, die mich warnt, nicht übermütig zu werden. Ich ignoriere sie. Denn Alicia ist anders, davon bin ich überzeugt. Sie ist nicht wie die Mädchen von Cloverdale, die bitter und gemein geworden sind durch alles, was sie schon erlebt haben. Nein, Alicia ist fröhlich und optimistisch. Und heute kann ich den ganzen Abend mit ihr verbringen.

Alicias Haus liegt an der Hauptstraße, aber leicht zurückgesetzt, hinter einem massiven Tor. Es ist groß und symmetrisch, hat viele Fenster und eine riesige Eingangstür, die doppelt so breit ist wie unsere. Als ich die Einfahrt hochlaufe, scheint das Haus immer größer zu werden, bis es einschüchternd vor mir aufragt. Ich strecke die Hand aus, um zu klingeln, und merke, dass sie leicht zittert. Daraufhin schüttele ich sie einmal heftig. Ich darf jetzt nicht nervös sein. Heute muss ich ruhig, cool und tough sein.

Ein großer Mann, der wohl Alicias Dad sein muss, öffnet die Tür. Seine dunkle Haut ist glatt und glänzend, und seine Zähne blitzen weiß, ganz wie bei Alicia. Wie das Haus ragt auch er fast bedrohlich vor mir auf.

»Ja bitte?«, fragt er mit tiefer, samtiger Stimme.

Ich räuspere mich, aber als ich spreche, klinge ich trotzdem komisch. »Ich bin hier, um Alicia abzuholen.«

»Tut mir leid, junger Mann, aber das muss ein Missverständnis sein. Meine Tochter darf sich nicht mit Jungen verabreden, bevor sie nicht mindestens einundzwanzig ist. Bitte gehen Sie wieder«, sagt er und macht eine abwehrende Handbewegung, um die Tür zu schließen.

»Oh, in Ordnung, tut mir leid«, stammle ich völlig verwirrt.

»Dad!«, kreischt Alicia. Ich sehe über seine Schulter, und da ist Alicia. Sie steht auf der Treppe hinter ihm, die Hände in die Seiten gestemmt, in einer dunkelblauen Jeans und einem goldenen Top.

»Glaub ihm kein Wort«, ruft sie.

Ihr Dad grinst jetzt breit. »War nur Spaß, Leo!«, sagt er lachend und versetzt mir einen Schlag auf die Schulter. »Komm rein, komm rein!«

Ich werde in einen riesigen Flur geführt. Wir haben zu Hause nicht einmal einen richtigen Flur, nur den Platz am Ende der Treppe, der immer mit Schuhen und ungeöffneter Post übersät ist. Alicias Diele ist jedoch so groß wie unser Wohnzimmer, wenn nicht sogar noch größer. Ich achte darauf, mir die Füße sorgfältig abzustreifen, um nicht den cremefarbenen Teppich schmutzig zu machen. Alicias Mutter kommt aus der Küche. Sie trägt eine gestreifte Schürze und sieht aus wie eine typische Mutter aus der Fernsehwerbung – lächelnd und perfekt. Sie fasst mich an den Schultern, gibt mir rechts und links ein Küsschen und versichert mir, wie sehr sie sich freut, mich kennenzulernen.

Ich bin verblüfft, dass Alicias Eltern meinen Namen kennen, es bedeutet, dass Alicia zumindest von mir erzählt haben muss.

»Leo, bitte entschuldige meine superpeinlichen Eltern. Sie halten sich fälschlicherweise für witzig«, sagt Alicia, während sie ihren Mantel anzieht und mich zur Haustür drängt.

»Bis Mitternacht zurück, bitte«, sagt ihr Dad und tippt auf seine Uhr.

»Ja, Dad«, antwortet Alicia und verdreht die Augen.

In all dem Durcheinander hatte ich gar keine Gelegenheit, Alicia genau anzusehen. Erst jetzt, als sie auf der Türschwelle steht und einen langen pinkfarbenen Schal um den Hals schlingt, bekomme ich die Gelegenheit dazu. Sie hat ihr Haar hochgesteckt und ein paar Locken herausgezupft, so dass sie ihr dezent geschminktes Gesicht umrahmen. Sie sieht umwerfend aus.

»Du siehst wirklich gut aus«, sage ich.

Sie lächelt. »Du ebenso, Leo Denton.«

Ich habe Schmetterlinge im Bauch.

Verdammt.

Es ist keine Frage, in welchem der Häuser in Beckys Straße die Party stattfindet. Aus Nummer sechsundzwanzig schallt Musik, und ich kann schattenhafte Umrisse von Partygästen hinter den Vorhängen erkennen. Als wir ankommen, steht Becky im Flur und begrüßt jeden einzelnen ihrer Gäste mit einem hohen Quietschen und manchmal auch noch einer parfümreichen Umarmung. Sie trägt ein glitzerndes pinkfarbenes Kleid, in dem sie aussieht wie kitschiger Weihnachtsschmuck. Bei uns kreischt sie besonders laut.

»O mein Gott! Ich freue mich ja so, dass du da bist!«, ruft sie in einem merkwürdigen Akzent, so ähnlich wie Tia, wenn sie zu viele amerikanische Serien geguckt hat. Mich begrüßt sie mit einem lässigen »Hi, Leo« und mustert mich mit dem Ansatz eines Lächelns von oben bis unten.

»Kommt, lasst mich eure Jacken nehmen.« Sie streckt die Arme aus.

Auch wenn ich vor Hitze fast umkomme, lasse ich meinen Hoodie an. Alicia legt ihren Schal und ihren Mantel ab und reicht alles Becky.

»Wow, ich liebe dein Top«, schwärmt Becky. »Zeig mal von hinten.«

Alicia vollführt eine kleine Drehung. Das Top ist ein Neckholder und enthüllt ihren glatten braunen Rücken. Soweit ich sehen kann, trägt sie keinen BH. Ich schlucke.

»Geht durch zur Küche«, sagt Becky und wedelt mit der Hand. »Meine Mutter hat ungefähr zwanzig Pizzen bestellt.«

Beckys Mutter ist das Ebenbild von Becky, mit dem gleichen Mondgesicht und den aufgemalten Augenbrauen. Auf sämtlichen Oberflächen in der Küche stapeln sich Pizzaschachteln. Ich helfe Alicia dabei, ein vegetarisches Stück zu finden, bevor ich mir eines mit Schinken und Champignons nehme.

»Und jetzt seht zu, dass ihr euch bei Beckys Dad einen Drink holt!«, fordert uns Beckys Mutter auf. »Wir haben Bier, Wein, Alkopops … was ihr wollt. Ich bin keine von diesen strengen Müttern. Ich war auch einmal jung, ob ihr es glaubt oder nicht.«

Becky taucht in der Tür auf.

»Mum!«, sagt sie mit zusammengebissenen Zähnen. »Wolltest du nicht bald mit Dad gehen?«

»Beruhige dich, Liebes. Ich sorge nur dafür, dass alle etwas zu essen und zu trinken bekommen.«

»Tja, beeil dich!«

Alicia und ich grinsen einander an.

Beckys Dad steht hinter der Küchentheke und spielt Barkeeper. Verschiedene Spirituosen und Cocktailzutaten stehen auf der Arbeitsfläche, und jede Menge Bierdosen und Alkopops, wie Smirnoff Ice, liegen in einer Plastikschüssel voller Eis in der Spüle.

»Ein Smirnoff Ice, bitte«, sagt Alicia fröhlich.

»Ein Bier«, ergänze ich.

»Kommt sofort«, sagt Beckys Dad und zwinkert Alicia zu. Er macht eine große Show daraus, die Flasche in die Luft zu werfen und wieder zu fangen, als sei er ein professioneller Barkeeper. Er öffnet sogar den Kronkorken mit den Zähnen, spuckt ihn in den Eimer und macht eine Pause, als erwarte er, dass wir klatschen. Die ganze Zeit lässt er Alicia nicht aus den Augen.

»Zum Wohl, Liebes«, sagt er und reicht ihr die Flasche. Fast als sei es ihm im letzten Moment noch eingefallen, schiebt er mir eine Bierdose zu, den Blick immer noch auf Alicia gerichtet.

Wir bahnen uns den Weg aus der Küche und balancieren unsere Pizza auf wackeligen Papptellern. Das Wohnzimmer ist gedrängt voll mit Gästen. Aus den Lautsprechern schallt Kanye West. Es ist komisch, die Leute aus der Schule alle ohne Uniform zu sehen. Das ist das erste Mal, dass ich sie privat erlebe. Unwillkürlich stoßen wir alle immer wieder gegeneinander, während Alicia und ich uns einen Weg durchs Wohnzimmer bahnen. Manche starren uns beim Vorbeigehen offen an und tuscheln.

Alicia steuert auf den Wintergarten zu, wo es etwas ruhiger ist. Wir stellen unsere Getränke auf einen Plastikgartentisch in der Ecke, bleiben aber stehen, Alicia schwingt zur Musik hin und her. Bei meinem ersten Bissen von der Pizza läuft Tomatensoße an der Seite herunter und landet auf meinem Hoodie.

»Vorsicht, Leo!«, ruft Alicia.

Ich fluche verhalten, während Alicia in ihrer Tasche nach einem Taschentuch sucht. Sie erwischt das meiste von der Soße und tupft den Rest vorsichtig ab. Als sie fertig ist, macht sie zufrieden einen Schritt zurück und lächelt mich an – die weichere Version ihres normalerweise strahlenden Lächelns. Und einen Moment lang ist es, als seien wir die einzigen beiden Menschen auf der Party. Aber dann werden wir von Alicias Freundinnen unterbrochen. Sie umarmen sie und machen ihr Komplimente zu ihrem Top oder wie sie ihr Haar trägt – und sie bilden nur den Anfang.

Während Alicia ihre Fangemeinde empfängt, setze ich mich auf einen Gartenstuhl und sehe ihr nur zu – wie sie über Witze lacht, die nicht lustig sind, wie sie sich vorbeugt und aufmerksam zuhört, wenn kleine Geheimnisse ausgeplaudert werden. Dabei nickt sie nachdenklich und sagt immer das Richtige. Einmal fängt sie meinen Blick auf und deutet ein Schulterzucken an, als wolle sie sich entschuldigen.

Gegen neun Uhr gehen Beckys Eltern schließlich und machen auch daraus wieder eine große Show.

»Wir sind gleich gegenüber, falls du uns brauchst! Und um Mitternacht sind wir zurück!«, ruft Beckys Mutter, während Becky sie praktisch aus der Tür schiebt.

»Becky hat solches Glück!«, meint Alicia, als wir schließlich allein sind. »Meine Eltern würden mich nie im Leben eine Party feiern lassen, wenn sie nicht zu Hause sind. Und sie würden mich auf keinen Fall diesen ganzen Alk auf der Party haben lassen.«

»Nee, meine Mutter auch nicht!«, sage ich.

»Beckys Dad war ein bisschen komisch, oder?« Alicia verzieht das Gesicht.

»Ja, ich mochte ihn nicht. Er war echt creepy.«

»Meinst du? Ich fand ihn auch eher grenzwertig, aber ich war mir nicht ganz sicher.«

»Nee, es war absolut nicht okay«, sage ich. »Wie er dich angesehen hat! Er muss doch wissen, dass du erst fünfzehn bist.«

Alicia beugt sich vor, so dass ihr Atem mein Ohr streift.

»Fast sechzehn«, flüstert sie.

Ich schlucke und glaube, Alicia hat es gemerkt, weil sie anfängt zu kichern und mich anstupst.

»Du bist ein richtiger Gentleman, weißt du das, Leo Denton?«

Ich will gerade antworten, als ein Song von Rihanna gespielt wird und Alicia einen aufgeregten kleinen Schrei ausstößt. Sie springt auf und fasst mich an der Hand. Ich habe inzwischen zwei Dosen Bier getrunken und fühle mich beim Aufstehen ein bisschen benebelt. Alicia scheint jedoch keine Probleme zu haben, sie nimmt einen Schluck von ihrem mittlerweile dritten Smirnoff Ice, während sie mich zur Tanzfläche zieht.

»Ich tanze eigentlich nicht«, sage ich, doch entweder hat Alicia das nicht gehört, oder sie wollte es nicht hören. Wir sind jetzt mitten im Wohnzimmer, schwitzende Körper um uns herum. Jemand hat die Musik aufgedreht, und man hat das Gefühl, das Haus wölbt sich nach außen und bricht unter dem wummernden Bass gleich auseinander. Alicia springt auf und ab, weitere Locken lösen sich aus ihrer Frisur und fliegen um ihr Gesicht.

»Komm schon, Leo!«, ruft sie über die Musik hinweg. »Tanz mit mir!«

Ich schaue mich um. Alle tanzen, werfen die Arme in die Luft und lachen. Ich weiß nicht mal, wie ich anfangen soll.

»Mach einfach, was ich mache!« Alicia fasst meine Hände. Vielleicht ist es das Bier oder weil ich mit ihr zusammen bin, jedenfalls fange ich an zu tanzen. Und es ist gar nicht so schlecht. *Ich* bin gar nicht so schlecht. Ich fange gerade an, mich darauf einzulassen, als ein neuer Song gespielt wird. Es ist auch R&B, aber diesmal langsamer, heißer. Sofort fängt Alicia an, sich gegen mich zu drücken, ihr Po reibt gegen meinen Schritt. Ich weiche zurück, und sie dreht sich überrascht und stirnrunzelnd zu mir. Schnell frage ich: »Willst du einen Drink?«, und sie entspannt sich wieder und nickt mit einem Lächeln, bevor sie weitertanzt.

Ich gehe zuerst ins Badezimmer, erleichtert, dass es gerade frei ist. Neben der Toilette hängt ein bodentiefer Spiegel. Was soll das denn?, denke ich. Wer ist so gestört, sich auf dem Klo im Spiegel zu betrachten? Bestimmt Beckys perverser Vater. Ich wasche mir die Hände. Meine Wangen sind gerötet und ich spritze mir kaltes Wasser ins Gesicht, um mich abzukühlen.

Als ich ins Wohnzimmer zurückkomme, neue Getränke in der Hand, hat Becky die Musik runtergedreht und steht mitten im Zimmer – ziemlich wackelig auf ihren glitzernden rosa Stöckelschuhen.

»Zeit für Partyspiele!«, ruft sie und versucht, alle in einen Kreis zu bekommen. Alicia sitzt bereits im Schneidersitz auf dem Boden. Sie klopft auf den Platz neben sich, doch bevor ich noch einen Schritt zu ihr machen kann, lässt sich ihre Freundin Ruby neben sie fallen. Alicia zuckt entschuldigend mit den Schultern. Ich setze mich da, wo ich gerade stehe, zwischen Matt und irgendein Mädchen mit lockigen braunen Haaren, die ich aus der Schule kenne, aber deren Namen ich nicht weiß. Auf einmal hat Becky eine leere Weinflasche in der Hand, und alle rufen »Oooohhh!«, wie im Theater.

»Dieses Spiel muss wohl kaum erklärt werden«, ruft Becky. »Es ist der absolute Retro-Party-Klassiker: Flaschendrehen, Leute!«

Lautes Gejohle ertönt.

»Ihr kennt die Regeln: Wenn die Flasche auf dich zeigt, bist du dran!«

Noch mehr Gejohle.

»Ich bin das Geburtstagskind, also darf ich als Erste drehen.«

Becky kriecht in die Mitte, wobei man ihren Slip sehen kann. Ich trinke nervös einen Schluck Bier und stehe auf.

»Wo willst du denn hin, Denton?«, fährt Becky mich an.

»Ich passe«, sage ich.

»O nein, das tust du nicht«, sagt sie. »Die Teilnahme ist Pflicht, stimmt's, Alicia?«

Alicia wird rot.

Widerstrebend setze ich mich. Auf der anderen Seite des Kreises lächelt Alicia mich an. Ich zwinge mich zurückzulächeln.

Becky dreht die Flasche. Währenddessen klatschen und johlen einige. Ich halte die Luft an und bete, dass sie an mir vorbeidreht. Sie hält vor einem Jungen aus meiner Klasse namens Liam. Er rutscht auf seinem Hintern in die Mitte. Becky packt seinen Kopf mit beiden Händen und schiebt ihm ihre Zunge bis in den Hals. Alle kreischen. Ich versuche, Alicias Blick zu erhaschen, aber sie ist zu sehr damit beschäftigt, auch zu kreischen, die Finger halb über den Augen. Schließlich lässt Becky wieder los. Beider Münder sind vor lauter Knutschen und verschmiertem Lippenstift rot, wie von Clowns.

»Nicht schlecht«, erklärt Becky in die Runde. »Sechs von zehn, vielleicht.«

Liams Gesicht wird fast so rot wie der Lippenstift auf seinem Kinn. Jetzt muss er drehen. Ich starre auf die Flasche und bete, dass sie nicht bei Alicia hält.

Paar um Paar versammelt sich in der Mitte, die Mädchen bewerten die Jungs wie bei einer Prüfung: Von »Hat sich wenigstens bemüht« über »acht von zehn« bis »muss noch üben« ist alles dabei. Die Jungen schieben sich triumphierend oder gedemütigt auf ihre Plätze zurück. Bei jedem Drehen bete ich, dass die Flasche nicht bei mir oder Alicia landet und halte die Luft an, wenn sie knapp an uns vorbeisaust. Die ganze Zeit sage ich mir, dass sich alle bald langweilen werden und die Party wieder normal weitergehen kann.

»Noch ein letztes Mal!«, verkündet Becky wie als Antwort auf mein geheimes Gebet.

Ich wage es, mich etwas zu entspannen, überzeugt, dass das Glück auf meiner Seite ist. Deshalb fühlt es sich wie ein böser Traum an, als die anderen plötzlich meinen Namen rufen. Als ich nach unten blicke, zeigt der Flaschenhals direkt auf mich, wie der Lauf einer Pistole. Ich blinzle und blicke hoch. Ruby kniet in der Mitte des Kreises, den Kopf zur Seite gelegt.

»Ich warte nicht die ganze Nacht«, sagt sie schmollend. Ich nicke, und wie in Zeitlupe rutsche ich auf den Knien in den Kreis. Die ganze Zeit rufen alle anderen »Leo, Leo!«, und ich habe das Gefühl, als wäre ich im römischen Kolosseum. Statt den Löwen zum Fraß vorgeworfen zu werden, werde ich Ruby Webber vorgeworfen. Sie beugt sich nach vorn, und ich kann in ihr Top schauen. Mir sind ihre Titten vorher noch nie aufgefallen – wie groß und rund sie sind und wie sie fast aus ihrem Top fallen, wenn sie sich vorbeugt. Aber das ist mir völlig egal, denn auch wenn Ruby gut aussieht, sie ist einfach nicht Alicia. Ich krieche weiter, jemand beugt sich vor und fährt mir durchs Haar, sagt, ich solle endlich loslegen.

Ich schaue zur Seite, und da ist sie. Die wunderbare Alicia. Sie kaut an ihrem Daumennagel. Wir sehen uns einen Moment lang an, und sie lächelt tapfer, als wolle sie sagen, dass es okay ist. Um mich herum grölen jetzt alle. Ruby lächelt und schließt die Augen. Ich nutze meine Chance und gebe ihr einen ganz schnellen, flüchtigen Kuss, bei dem unsere Lippen sich kaum berühren. Sie öffnet die Augen.

»Das war's?«, fragt sie und klingt sowohl verärgert als auch amüsiert.

Um sie herum wird laut gebuht.

Ich zucke mit den Schultern und blicke zu Alicia. Sie sitzt aufrecht da und beißt sich auf die Unterlippe. Becky kommt in den Kreis und legt die Hände auf meine Schultern.

»Ich habe das Gefühl, dass unser Loverboy Leo sich für jemand Bestimmtes aufheben will«, verkündet sie triumphierend. Unter den Mädchen bricht Gekicher aus.

Becky klatscht in die Hände. »Also gut, es wird Zeit, das Ganze etwas aufzupeppen. Ein neues Spiel!«

Sie geht in den Flur und öffnet mit einer theatralischen Geste den Schrank unter der Treppe.

»Wir drehen wieder, und das glückliche Paar bekommt zehn himmlische Minuten … hier drin!«, verkündet Becky.

Sie kommt zurück ins Wohnzimmer, als alle sich wieder im Kreis versammeln. »Du bist an der Reihe, Leo.«

Ich hole tief Luft und drehe die Flasche. Sie scheint sich eine Ewigkeit zu drehen. Wie in Zeitlupe wird sie langsamer und hält dann plötzlich an, direkt vor Becky. Alle fangen an zu johlen. Becky übertönt sie und hebt abwehrend die Hände.

»Sorry, Leute, ich bin von dieser Runde befreit, das sind die Geburtstagskind-Regeln und so. Das bedeutet, ich gebe nach links weiter, und was für ein Zufall: Wer sonst sitzt zu meiner Linken als Miss Alicia Baker!«

Alicia wird knallrot. Becky zieht sie auf die Füße und schleppt uns praktisch im Polizeigriff in den Flur, während alle klatschen, johlen und unsere Namen rufen.

»Rein mit dir, mein Sohn!«, sagt Matt mit großen Augen begeistert. Ich bringe ein freches Grinsen zustande.

»Also rein mit euch!«, herrscht uns Becky an. Wir zwängen uns zwischen all die Gegenstände in den Abstellraum. Es riecht feucht und muffig, nach nicht völlig getrockneter Campingausrüstung und müffelnden Schlafsäcken.

»Viel Spaß!«, wünscht uns Becky in einem Singsang, während sie die Tür zuknallt und das Licht ausmacht. Wir bleiben in der Dunkelheit zurück. Einen Augenblick später setzt die Musik wieder ein, der Bass wummert wie zuvor. Alicia und ich versuchen, uns ein wenig zu bewegen und es uns bequem zu machen.

»Alles okay?«, frage ich schroff.

»Ja. Bei dir auch?«

»Yep.«

Stille. Alicia bricht sie schließlich.

»Ich bin froh, dass du Ruby nicht richtig geküsst hast.«

Ich schlucke. »Ich auch.«

Wieder Schweigen. Ich höre, wie sie tief Luft holt.

»Falls du es noch nicht gemerkt haben solltest, ich mag dich wirklich, Leo Denton.«

Ich spüre dieses irre Gefühl in meiner Brust.

»Und ich mag dich auch wirklich, Alicia Baker.«

Ich stelle mir vor, wie Alicia in der Dunkelheit lächelt, wie ihre Grübchen tiefer werden, und plötzlich möchte ich sie unheimlich gern berühren und jede Stelle von ihr erkunden. Ich taste in der Dunkelheit nach ihrer Hand, und sie schlingt ihre Finger fest um meine. Und dann küssen wir uns. Einfach so. Unsere Lippen ziehen sich magnetisch an. Es ist toll. Nicht nur das, es ist auch so einfach, das Normalste auf der Welt. Und wahrscheinlich das Schönste. Zuerst ist die Berührung ganz leicht, ein wenig zögernd, als ob unsere Lippen sich nur höflich austauschen, aber dann wird das Ganze dringender, hungrig, als ob wir nicht genug voneinander bekämen. Ich lege meine Arme um Alicia und sie ihre um mich. Dann vergesse ich alles andere. Ich vergesse, dass mir ein Bügelbrett in den Rücken drückt, ich vergesse Becky und alle anderen auf der Party, nur ein paar Meter von uns entfernt, ich vergesse Mam und Tia und Spike und Amber, genau wie Harry Beaumont und David Piper und seine verrückten Freunde. Ich vergesse sogar Dad. Alles, woran ich denken kann, ist, dass ich Alicia küsse und meine Hände auf ihrem nackten Rücken liegen und dass dies der absolut schönste Moment in meinem Leben ist. Sie macht *Mmmmmm*, küsst meinen Hals und seufzt »Oh, Leo«, und mein Gott – ich bin so scharf, es ist überirdisch. Dann legt sie meine Hand auf ihren Busen, und ich habe das Gefühl zu explodieren. Es fühlt sich so unglaublich an, und die Tatsache, dass sie meine Hand dorthin gelegt hat, dass sie meine Hand dort haben will, lässt mich fast durchdrehen. Jetzt arbeiten sich ihre Hände durch meine ganzen Lagen, unter meinen Hoodie, dann unter mein Hemd, mein T-Shirt, bis zu meiner Haut.

»Du hast ja den totalen Waschbrettbauch, Leo, ein richtiges Sixpack!«, flüstert sie, die Erregung in ihrer Stimme ist herauszuhören. Ihre Hände fühlen sich warm an meinem Bauch an. All die Sit-ups haben sich ausgezahlt. Ich möchte ihre Reaktion genießen, aber ich kann die vertraute Nervosität in mir nicht ignorieren. Obwohl ich versuche, sie abzublocken, baut sie sich weiter auf, immer schneller, als wolle sie mir zuvorkommen. Mein ganzer Körper verspannt sich, und ich ziehe mich zurück.

»Leo, ist alles okay?«, fragt Alicia.

»Klar«, lüge ich.

»Nein, ist es nicht. Was ist denn los?«

»Nichts.«

»Gefall ich dir nicht, oder was?«

»Klar gefällst du mir!« Ich werde etwas lauter, denn der Gedanke, dass sie nicht merkt, wie sehr sie mir gefällt, ist total absurd. »Du bist unglaublich!«

»Und warum hast du dann aufgehört?«

»Es liegt nicht an dir«, fange ich an.

»Was? Kommst du mir jetzt etwa mit: ›Es liegt nicht an dir, sondern an mir‹?«, sagt Alicia.

»Das ist nicht nur eine blöde Ausrede«, sage ich und nehme ihre Hände fest in meine. »Hör mal, ich mag dich so sehr, dass ich fast wahnsinnig werde, und ich möchte alles Mögliche mit dir tun. Mein Gott, ich möchte wirklich alles mit dir tun. Aber nicht hier, nicht in Becky Somervilles beschissenem Wandschrank unter der Treppe. Dafür bist du zu besonders«, sage ich. Die Worte strömen in wilder Panik über meine Lippen.

Schweigen. Ich beiße mir auf die Lippen.

»Du schwörst, dass du mich magst?«, sagt Alicia mit dünner Stimme.

»Alicia, ich mag dich so sehr, dass es mich völlig durcheinanderbringt.«

Anscheinend war das die richtige Antwort, denn Alicia kichert total niedlich.

Da klopft es an der Schranktür.

»Noch eine Minute!«, ruft Becky.

Ich beuge mich vor, um Alicia zu küssen. Sie küsst mich zurück. Wir umarmen uns. Ich merke, wie meine Beklemmung nachlässt. Ich habe wieder alles unter Kontrolle.

Den restlichen Abend sind Alicia und ich unzertrennlich. Eine Weile tanzen wir, aber die meiste Zeit sitzen wir nur auf dem Sofa, Alicia hat ihre Beine über meine gelegt, und wir reden. Alicia erzählt mir, dass sie Sängerin werden möchte, aber ihre Eltern wollen, dass sie Ärztin wird. Sie erzählt von ihrem alten Leben in London und davon, und wie sehr sie ihren kleinen Bruder liebt, der das Downsyndrom hat. Ich erzähle ihr davon, dass ich mir ein Zimmer mit Amber teile, von den komischen Sachen, mit denen Tia manchmal ankommt, von meiner Großmutter, die starb, als ich zwölf war, und wie sehr ich sie vermisse. Irgendwie fühlt es sich gut an, Dinge mit Alicia zu teilen, selbst wenn ich sie ein wenig zurechtbiege.

Später bringe ich Alicia nach Hause. Wir küssen uns auf der Türschwelle, als die Standuhr im Haus zwölf schlägt. Als wir uns voneinander lösen, sagt Alicia: »Leo, du weißt doch vom Weihnachtsball, oder?«

»Ja.«

»Hör mal, ich weiß, es ist noch ewig hin, aber hast du Lust, mit mir hinzugehen?«

»Ähm, ja«, sage ich. »Warum nicht.«

Sie strahlt mich an und küsst mich. Und alles ist wieder einfach unglaublich.

»Alicia«, ruft eine Männerstimme von drinnen.

»Mein Dad«, sagt Alicia und verdreht die Augen. »Überpünktlich.«

Sie küsst mich noch einmal, bevor sie ins Haus schlüpft.

Ein paar Sekunden stehe ich noch wie angegossen da und versuche zu verdauen, was gerade geschehen ist.

Alicia mag mich. Sie mag mich *wirklich*. Ich habe das Gefühl, mein ganzer Körper vibriert. Es ist der Wahnsinn, als ob all meine Nervenenden glühen. Die vertraute leise Stimme in meinem Hinterkopf versucht zu unterbrechen, erinnert mich daran, worauf ich mich da einlasse, wie gefährlich das ist und wie sehr das alles schiefgehen könnte. Aber heute Abend ignoriere ich sie, ertränke sie in Gedanken an Alicia. Und es klappt, denn die ganzen fünf Meilen nach Hause denke ich an nichts und niemand anders.

Dreiundzwanzig

David

Es ist Sonntagabend. Ich soll eigentlich meine Mathehausaufgaben machen, aber ich kann mich nicht konzentrieren. Stattdessen liege ich auf meinem Bett und schaue mir YouTube-Videos auf meinem Laptop an. Das, was ich mir gerade ansehe, zeigt einen Jungen, der in Amerika lebt. Er hat eine raue Stimme und Bartstoppeln am Kinn, und man würde nicht in einer Million Jahren erraten, dass er früher ein Mädchen war, bis er sein T-Shirt hochzieht und etwas präsentiert, das Brustbinder heißt und aussieht wie ein dickes weißes bauchfreies Top, das seine Brüste flach hält. Er wartet auf seine Brustoperation, die er erst mit achtzehn haben darf. Es ist verrückt – unter diesem Binder hat er genau das, was ich mir wünsche. All das, was ich an meinem Körper hasse, würde er auf der Stelle mit mir tauschen. Wenn wir das nur könnten!

Ich höre ein Geräusch aus dem Badezimmer, drücke auf Pause und lausche.

Es ist Livvy, die nach Mum ruft, zuerst nur kurz, doch dann immer dringender. Ich stehe auf und gehe auf den Flur. Vorsichtig klopfe ich an die Badezimmertür.

»Mum?«, fragt Livvy.

»Nein, ich bin's, Liv. Alles okay?«

»Hol Mum.«

»Was ist denn los?«

»Hol einfach Mum!«, schreit sie mich an.

Ich laufe hinunter und finde Mum auf dem Sofa, wo sie sich mit Dad eine Kochsendung ansieht.

»Livvy will, dass du kommst. Sie ist im Badezimmer«, sage ich atemlos.

Mum runzelt die Stirn und steht auf. Ich folge ihr die Treppe hinauf.

Sie klopft an die Badezimmertür.

»Livvy, Liebes?«, ruft sie. »Ich bin's, Mummy.«

Livvy öffnet die Tür einen Spalt, und Mum quetscht sich hindurch, lässt mich vor der Tür zurück. Nach ein paar Sekunden höre ich Mum einen aufgeregten kleinen Schrei ausstoßen, und Livvy kichert. Die Tür wird geöffnet, und Mum taucht wieder auf, ihr Gesicht ist gerötet, aber sie sieht zufrieden aus.

»Mum, was ist denn los?«, frage ich.

»Nichts, David. Mach einfach weiter deine Hausaufgaben«, sagt sie und scheucht mich fort.

Ich bleibe trotzdem auf dem Treppenabsatz, während Mum in ihr Zimmer läuft und kurz darauf mit einer grünen Packung Damenbinden in der Hand zurückkommt.

Da kapiere ich es. Livvy, meine kleine Schwester, hat ihre Periode bekommen.

Mum schlüpft ins Badezimmer und schließt hinter sich ab. Ich höre, wie sie leise etwas zu Livvy sagt. Einen Augenblick später höre ich, wie Livvy noch einmal laut kichert. Langsam weiche ich zurück, hin- und hergerissen zwischen dem Wunsch zu lauschen und so weit wie möglich wegzulaufen.

Ich schließe meine Zimmertür und setze mich auf den Bettrand. Wie viele ähnliche Momente muss ich wohl noch erleben? Private, weibliche Momente, von denen ältere Brüder automatisch ausgeschlossen sind. Ich versuche, mich daran zu erinnern, was Essie mir über ihre Periode erzählt hat – die Bauchschmerzen, Pickel und fettiges Haar und dass sie dann immer so gereizt und wütend auf Felix ist. Aber das hilft mir auch nicht besonders.

Später gehe ich nach unten und sehe, wie Livvy auf dem Sofa liegt, eine Wärmflasche auf dem Bauch, während Mum ihr übers Haar streicht. Ich entschuldige mich damit, dass ich müde bin, und verlasse das Wohnzimmer.

In dieser Nacht kann ich nicht schlafen. Alles, woran ich denken kann, ist, dass ich niemals diese Erfahrung machen werde, die Livvy heute Abend gemacht hat. Es ist eine biologische Unmöglichkeit, die so unfair ist, dass es mir körperliche Schmerzen bereitet.

Am nächsten Morgen gibt es nicht wie üblich Cornflakes oder Toast zum Frühstück. Mum macht Pfannkuchen mit Erdbeeren und Ahornsirup »Livvy zu Ehren«. Meine Schwester sitzt an der Stirnseite des Tisches wie eine Königin und lächelt huldvoll ihren Untertanen zu. Ihr Haar glänzt, und ihre Haut ist makellos – sie zeigt nicht eines der schrecklichen Symptome, die mir Essie beschrieben hat. Typisch Livvy, selbst die Pubertät absolviert sie vorbildlich.

»Meine Kleine wird erwachsen«, strahlt Mum, während sie Livvy ein zweites Glas Orangensaft einschenkt, der ebenfalls zur Zeremonie gehört.

Dad gibt Livvy einen Kuss auf die Wange. »Das heißt aber hoffentlich nicht, dass du schon bald hier mit einem Freund antanzt!«, sagt er mit einem Grinsen und einem verschwörerischen Zwinkern in meine Richtung.

Livvy verdreht die Augen. »Daaad, sei nicht albern.«

Aber ich merke, dass sie sich geschmeichelt fühlt.

»Möchtest du noch Pfannkuchen, David?«, fragt Mum und registriert zum ersten Mal meine Anwesenheit am Tisch. Und obwohl ich immer noch hungrig bin und mindestens noch mal zwei davon essen könnte, lehne ich ab und entschuldige mich vom Tisch, damit niemand die Tränen in meinen Augen sieht.

Essie und Felix merken, dass etwas nicht stimmt, sobald sie mich in der Schule sehen.

»David, was ist denn los?«, fragt Essie.

Ihre Frage öffnet bei mir sämtliche Schleusen. Schnell gehen Essie und Felix mit mir um die Ecke zum alten verlassenen Fahrradschuppen, wo ich mich auf eines der Geländer setze und losheule wie ein kleines Kind.

»Was ist denn passiert?«, fragt Essie und kniet sich vor mich, während Felix meine Schulter reibt.

Zuerst kann ich vor lauter Heulen gar nicht reden, aber schließlich schaffe ich es, einen Abriss meines entsetzlichen Wochenendes zu geben, gekrönt von Livvys Periode.

»Ach, David!« Essie steht auf und umarmt mich.

»Auf einmal war mir klar«, stoße ich abgehackt zwischen Schluchzern hervor, »dass nicht alles auf wundersame Weise gut werden wird. Es wird alles nur noch viel, viel schlimmer.«

»Nicht unbedingt«, sagt Felix. »Du kannst ja nicht wissen, was passiert.«

»Doch, das weiß ich. Ich bin ein abscheulicher Mutant, der nur noch abscheulicher und mutantenmäßiger werden wird. Wisst ihr, dass ich schon Schuhgröße zweiundvierzig habe?«

»Kate Winslet hat Schuhgröße zweiundvierzig«, wirft Felix schnell ein.

»Woher zum Teufel weißt du das?«, fragt Essie ihn.

»Keine Ahnung, ich weiß es einfach. Paris Hiltons Füße sind angeblich sogar noch größer.«

»Langsam wirst du mir unheimlich«, sagt Essie. »Was glaubst du denn, wie ich mich da fühle?«

Ihre kleinen Sticheleien helfen mir diesmal sogar, mich zu beruhigen.

»Ich fühle mich einfach so … einsam«, sage ich.

»Sag doch so was nicht. Du hast schließlich uns!« Essie zieht an meiner Krawatte.

Sie hat recht, das habe ich. Aber die beiden haben außerdem einander.

Mittags treffe ich Leo in der Bibliothek. Auch wenn es mir ein wenig geholfen hat, mit Essie und Felix zu reden, sorgt mein unglaublich beschissenes Wochenende dafür, dass ich mich immer noch total komisch und ausgelaugt fühle. Als wäre ein Teil von mir kaputt- oder verlorengegangen. Ich bin jedenfalls ganz sicher nicht in der Stimmung für Trigonometrie. Neben mir wartet Leo geduldig darauf, dass ich die nächste Aufgabe löse. Er scheint entspannter als sonst. Ich frage mich, warum.

»Wie war die Party am Samstag?«, frage ich.

»Welche Party?«, erwidert er langsam und wendet den Blick nicht vom Papier.

»Die von Becky Somerville. Warst du nicht dort? Ich dachte, die ganze elfte Klasse war da.«

»Ach *die* Party. War ganz okay«, sagt er mit einem Schulterzucken. »Nichts Besonderes.«

»Oh«, sage ich und kritzele einen Stern auf mein Blatt Papier, »ist ja komisch.«

»Wieso?«

»Ich habe gerade erst gehört, dass sie richtig gut gewesen sein soll.«

Ich beobachte ihn genau, suche nach Hinweisen, denn ganz sicher erzählt er mir nicht alles.

»David?«

»Ja?«

»Die Hypotenuse?«

»Was?«

»Welche Seite des Dreiecks ist die Hypotenuse?«, fragt er und klopft mit dem Ende seines Stifts auf das Papier.

»Ähm, die da«, sage ich und deute ziellos.

»Nein, das ist die Ankathete. Komm schon, du weißt das doch, David.«

»Offensichtlich weiß ich es nicht«, sage ich, und Frust baut sich in mir auf.

Leo seufzt.

»Sieh es dir noch einmal an.«

Ich versuche, mir die Seite anzusehen, aber ich kann mich einfach nicht konzentrieren. Je mehr ich es versuche, desto mehr verschwimmt die Seite vor meinen Augen, die Zeichen und Umrisse fangen an, vor meinen Augen zu tanzen. Ich kann nicht anders, ich bin sauer auf Leo, auch wenn er gar nichts getan hat. Das macht es irgendwie nur noch schlimmer.

»Welches ist die Hypotenuse?«, wiederholt Leo.

»Weiß ich nicht«, antworte ich und merke zu meinem Entsetzen, dass sich vor meinen Augen ein Tränenfilm bildet.

»Doch, du weißt es. Du gibst dir bloß keine Mühe. Bleib einfach locker und konzentrier dich.«

Aber es geht nicht. Wilde Frustration hat mich im Griff, und ich kann meine Gedanken nicht sammeln.

»Komm schon, David. Es ist voll leicht.«

»Ich sagte, ich weiß es nicht«, fahre ich ihn an und werfe meinen Stift hin. »Ich weiß es einfach nicht, okay?«

Ich erwarte, dass Leo zusammenzuckt, doch er bleibt völlig ruhig, sein Gesicht ist ausdruckslos.

»David«, sagt er müde, als sei ich ein Kleinkind, das einen Wutanfall hat.

Ich stehe auf, packe meine Bücher und schiebe sie in meinen Rucksack.

»David, sei kein Idiot und setz dich wieder.«

»Warum sollte ich? Anscheinend bin ich ein Idiot. Das hast du gerade selbst gesagt.«

»Nein, hab ich nicht. Kommt, wir versuchen es noch mal. Ganz von vorn.«

»Ich hab einfach keinen Kopf dafür, okay? Lassen wir es einfach für heute.«

Ich werfe einen Fünf-Pfund-Schein auf den Tisch und sehe zu, dass ich aus der Bibliothek komme.

Leo hält mich nicht auf.

Vierundzwanzig

Leo

Der restliche Oktober vergeht wie im Flug. Auch wenn David einmal aus der Mathe-Nachhilfe gestürmt ist, machen wir weiter. Wir haben kurz darüber gesprochen, aber er ist anders – stiller und zerstreuter. Manchmal habe ich ein schlechtes Gewissen, weil ich für meine Nachhilfe Geld nehme. Allerdings ist klar, dass er es sich leisten kann. Außerdem habe ich dadurch die Kohle, um Alicia einzuladen.

Das Nachsitzen ist irgendwann auch zu Ende. Inzwischen hat sich die ganze Aufregung darüber, dass ich Harry eine verpasst habe, wieder gelegt. Harry raunzt mich zwar immer noch im Flur an, aber nur, wenn er nicht allein ist. Ausnahmsweise scheint in meinem Leben alles ruhig zu verlaufen. *Ich* bin ruhig.

Es ist der Freitag vor Halloween, und Alicia muss mit ihrer Familie zu Abend essen. Ich laufe ruhelos und ungeduldig daheim durchs Haus, zähle die Minuten, bis ich sie morgen wiedersehen kann.

»Kannst du vielleicht mal aufhören, so auf und ab zu marschieren, Leo?«, fragt Amber. »Du bist ja wie ein Tiger im Käfig oder so was.«

»Sorry«, stoße ich hervor und lege mich aufs Bett.

Dort kann ich aber genauso wenig ruhig bleiben, und nach

einem Moment schiebt sich Ambers Kopf nach unten, ihr Haar streift gegen den Rahmen des Stockbetts.

»Was ist denn los, Leo?«, fragt sie. »Du verhältst dich in letzter Zeit echt komisch.«

»Gar nichts ist los«, lüge ich und schlage mit der Hand nach ihrem Pferdeschwanz.

Mein Handy piept.

»Wer ist das?«, will sie wissen.

»Geht dich nix an«, antworte ich.

Amber kneift die Augen zusammen, kehrt aber auf ihr Bett zurück.

Schnell drehe ich mich auf die Seite, damit ich mein Handy aus meiner Arschtasche holen kann. Es ist eine SMS von Alicia:

Vermisse dich xxx

Ich rolle mich auf den Rücken und muss völlig albern vor mich hingrinsen. Zum Glück kann Amber mich nicht sehen. Denn dieses Grinsen würde mich sofort verraten. Meine Schwester hat natürlich recht, ich verhalte mich komisch. Ich kann nicht anders.

Ich habe Amber erzählt, dass ich an den Abenden, an denen ich mich mit Alicia treffe, David Nachhilfe gebe. So brauche ich nichts zu verraten. Ich weiß auch nicht, warum, aber mit jemandem über Alicia zu sprechen fühlt sich verkehrt an, als könnte ich einen Fluch heraufbeschwören. Ich möchte Alicia und mich wie in einer geschützten Blase halten, sicher vor der Außenwelt – zumindest vorläufig. Aber abgesehen davon, kann ich ein nagendes Schuldgefühl nicht unterdrücken. Meistens schaffe ich es, nicht daran zu denken. Aber manchmal, wenn Alicia mich anlächelt oder mir irgendein kleines Geheimnis anvertraut, überfallen mich die Schuldgefühle so heftig, dass es mir fast den Atem verschlägt. Ich weiß, dass ich mich auf dünnem Eis bewege, aber gleichzeitig schaffe ich es einfach nicht, damit aufzuhören.

Am folgenden Abend, Samstag, gehen wir ins Kino, um eine Halloween-Vorstellung von irgendeinem verrückten Horrorfilm aus den 1970er Jahren anzuschauen. Den ganzen Film durch hält Alicia meine Hand ganz fest, und bei den gruseligen Szenen graben sich ihre Nägel in meine Hand. Nach einer Weile tut es weh, aber das ist mir egal.

Später bringe ich sie nach Hause, auch wenn es in Strömen regnet. Bis wir bei ihrer Haustür angekommen sind, sind wir völlig durchnässt. Aber keinem von uns fällt es auf.

»Weißt du, was ich heute Abend gedacht habe?«, fragt sie, »Wenn ich nicht gerade wie eine Fünfjährige losgeschrien habe, meine ich.«

Vom Regen durchnässt sieht sie unglaublich gut aus.

»Nein. Was denn?«, frage ich.

»Dass du ganz anders bist als die Typen, mit denen ich mich sonst getroffen habe.«

Ich erstarre. Auch wenn ich weiß, dass Alicia sich mit anderen getroffen hat, möchte ich darüber nicht nachdenken. Ich muss mir immer vor Augen halten, dass sie jetzt mit mir zusammen ist, aber es ist schwer, weil sie ganz sicher jeden haben könnte.

Ich runzle die Stirn.

»Das ist etwas Gutes«, erklärt sie. »Ich mag es, dass du einfach du selbst bist. Dir ist es egal, ob du beliebt bist oder wie du rüberkommst und du spielst dich nicht auf. Du bist anders. Und ich mag Anderssein. Sehr sogar.«

Sie reibt ihre feuchte Nase in einem Eskimokuss an meiner. Da habe ich dieses komische Déjà-vu-Gefühl. Auf einmal fällt es mir ein: Mam hat das früher bei Amber und mir gemacht, wenn sie uns abends ins Bett brachte. Das hatte ich völlig vergessen, bis jetzt.

»Möchtest du reinkommen?«, fragt Alicia, und ihre Stimme ist plötzlich ganz heiser und klingt erwachsen. »Meine Eltern sind nicht zu Hause.«

Ich löse mich von ihr und mache eine große Show daraus, auf meinem Handy nach der Zeit zu sehen.

»O Gott, ich würde so gern, du kannst dir nicht vorstellen wie gern. Aber es wird langsam spät. Meine Mutter dreht ab, wenn ich nicht bald nach Hause komme.«

Das ist gelogen. Mam ist heute mit Spike aus, und weiß der Himmel, wann sie wieder heimkommt. Aber das weiß Alicia ja nicht. Sie nickt leicht enttäuscht.

»Aber du stehst noch auf mich, oder?«, fragt sie, halb Ernst, halb im Spaß.

Ich stöhne. »Und wie! Ich möchte nur, dass es besonders ist, verstehst du?«

Alicia schmollt ein wenig, aber nickt.

»Du hast recht«, sagt sie. »Ich mag dich eben wirklich sehr, sehr, sehr, Leo.«

»Und ich dich erst!«, antworte ich grinsend.

Sie wird rot und kichert. Vorerst bin ich gerettet.

Wir küssen uns noch einmal, bevor wir uns schließlich verabschieden.

Obwohl ich immer noch wie elektrisiert bin, kommt mir auf dem Heimweg ein Gedanke immer wieder und wieder und ruiniert meine Stimmung: Wie lange kann ich das noch durchhalten?

Am Donnerstag sage ich meine Mathestunde mit David ab, damit ich Zeit habe, mich daheim umzuziehen, bevor ich mich mit Alicia zum jährlichen Guy-Fawkes-Feuer und Feuerwerk im Eden Park treffe. Da war ich noch nie. Bis zu diesem Jahr war Eden Park für mich ein weit entferntes Land, von dem ich keine richtige Vorstellung hatte, außer dass ich nicht dorthin gehörte. Wahrscheinlich unterscheidet sich das, was dort abläuft, ziemlich von der inoffiziellen Feier in Cloverdale. Dort rennen die Kids durch die Gegend und bewerfen sich mit Knallern, und im Hintergrund sind ständig die Sirenen der Feuerwehr zu hören.

Remember, remember, the fifth of November. Dieser bekannte Kinderreim zum Guy-Fawkes-Jahrestag fällt mir ein, als ich im Park ankomme. Alicia ist bereits dort. Sie trägt eine rote Bommelmütze, mit der sie richtig süß aussieht, und wedelt mit einer Wunderkerze. Als sie mich sieht, lässt sie die Wunderkerze fallen, kommt zu mir gelaufen und wirft ihre Arme um meinen Hals. Es verblüfft mich immer wieder, wenn sie das tut – wie es ihr völlig egal ist, wer uns sieht, als wäre sie stolz, mit mir zusammen zu sein.

Obwohl ich ziemlich sicher bin, dass niemand aus Cloverdale hier sein wird, ziehe ich mir meine blaue Beaniemütze tief ins Gesicht.

In der Mitte des Parks brennt ein riesiges Feuer. Selbst von hier kann ich seine Wärme auf meinen Wangen spüren. Links davon ist ein kleiner Jahrmarkt mit ein paar Imbissbuden aufgebaut.

»Gehen wir zum Riesenrad!«, sagt Alicia und zieht mich mit.

Sie bezahlt für unsere Tickets, und wir steigen ein paar wackelige Stufen hoch in die erste leere Gondel. Ein Junge, nicht viel älter als wir, nimmt unsere Tickets und zieht den Bügel runter. Beinahe sofort schwingen wir nach oben. Alicia quietscht laut auf und fasst meinen Arm.

»Tut mir leid, dass ich so kindisch bin«, sagt sie mit glänzenden Augen. »Aber ich liebe das alles.«

Unsere Gondel fährt höher hinauf, und der Lärm von unten wird immer schwächer. Ich blicke auf die Köpfe der Leute, die unter uns herumwuseln. Neben mir schaut auch Alicia fasziniert hinunter. In dieser Sekunde weiß ich, dass ich sie tagelang ansehen könnte, ohne dass es mir langweilig würde.

Ganz oben schwingt unsere Gondel leicht, als unten weitere Gäste zusteigen oder andere herausgelassen werden, und Alicia stößt einen Seufzer aus.

»Es ist so friedlich hier oben«, sagt sie. »Ich liebe es.«

»Ich weiß, was du meinst«, antworte ich. »Hier oben kann man richtig durchatmen. Verstehst du?«

»Ich verstehe es total«, sagt Alicia, nimmt meine bloße Hand und steckt sie im Handschuh unter ihre.

Wir drehen noch ein paar Runden. Aber ganz oben gefällt es mir am besten. Dort kann ich mir wenigstens für ein paar Sekunden vorstellen, Alicia und ich wären die einzigen Menschen auf dem Planeten.

»Wo ist Cloverdale von hier aus?«, fragt sie.

Ich drehe mich um und versuche, mich zu orientieren.

»Kein Plan, ähm, dort drüben, denke ich«, sage ich und deute nach rechts.

»Nimmst du mich irgendwann mal mit dorthin?«

»Wohin? Nach Cloverdale? Du willst Cloverdale nicht kennenlernen, glaub mir.«

»Doch das will ich«, widerspricht sie und zupft an meinem Arm. »Ich möchte wissen, wo du wohnst, dein Zimmer sehen, deine Geschwister kennenlernen, deine Mutter.«

»Da gibt's nicht viel zu sehen«, sage ich leichthin. »Und meine Mutter, na ja, die arbeitet viel und ist selten zu Hause …«

»Du schämst dich doch nicht für mich, Leo?«

Ich verziehe das Gesicht. »Spinnst du? Wieso das denn?«

»Was ist dann das Problem?«

»Es gibt keins.«

Ich versuche, mir Alicia in unserem kleinen Wohnzimmer vorzustellen, wie sie auf dem Sofarand sitzt und eine Tasse Tee trinkt. Plötzlich drängt Mam sich ins Bild, schwankt mit einer Kippe zwischen den Fingern und einer Dose Cidre in der anderen Hand vorbei. Dann hat Spike seinen Auftritt, schlendert mit nichts als seinen Comic-Boxer-Shorts rein, rülpsend, furzend und sich kratzend. Und bevor ich mich versehe, ist auch Tia da. Sie sieht zu Alicia hoch, als wäre sie eine ihrer geliebten Disney-Prinzessinnen, und stellt ihr jede Menge bescheuerte Fragen. Alle drei sind wie tickende Zeitbomben, die alles jederzeit ohne Vorwarnung ruinieren könnten. Und dabei habe ich noch nicht einmal Amber mitgezählt.

»Sie wissen doch von mir, oder?«, fragt Alicia und zieht sich ein wenig von mir zurück.

»Klar«, lüge ich. »Ich rede ja dauernd nur von dir!«

Sie entspannt sich wieder, lächelt und kuschelt sich an mich.

»Erzähl mir mehr von deiner Mutter, Leo. Du redest nie über sie.«

Ich runzle die Stirn und kratze mich am Kopf, überlege, wie ich meine Katastrophenmutter am besten beschreiben soll.

»Sie ist schwierig«, sage ich schließlich.

»Was meinst du mit schwierig?«

»Sie gehört zu den Leuten, deren Stimmung sofort das ganze Haus beeinflusst, verstehst du? Wenn sie zum Beispiel gute Laune hat, können wir alle relaxed sein. Aber wenn sie schlechte Laune hat, dann bekommt es jeder voll zu spüren.«

»Wieso ist sie denn so, was glaubst du? Ich meine, es muss ja einen Grund geben, warum sie sich so verhält, oder?«

Ich zucke mit den Schultern. »Keine Ahnung. So war sie schon immer. Tia tut mir am meisten leid, zumindest wenn sie mich nicht gerade in den Wahnsinn treibt. Sie weiß nie, was Sache ist, weil unsere Mutter eben mal so und mal so ist.«

»Hört sich kompliziert an«, sagt Alicia und streichelt meine Hand.

»Es ist schon okay. Ich meine, es könnte schlimmer sein. Sie schlägt uns ja nicht und lässt uns auch nicht verhungern oder so. Sie ist einfach nicht die typische Mutter, würde ich sagen.«

Das ist die Untertreibung des Jahres. Meine Wangen glühen plötzlich. Ich werde immer nervös, wenn ich das Gefühl habe, ich könnte zu viel erzählt haben. Ein paar Sekunden sitzen wir schweigend da, der Rauch des Feuers hängt schwer in der Luft.

»Leo?«, sagt Alicia, während unsere Gondel schaukelt.

»Ja?«

»Hast du Lust nach dem Feuerwerk noch mit zu mir zu kommen?«

Ich schlucke. »Sind denn deine Eltern nicht da?«

Alicia grinst triumphierend. »Nein. Sie sind bei einem Wohltätigkeitsessen und kommen erst spät zurück. Und mein Bruder übernachtet bei meiner Oma, also haben wir das ganze Haus für uns.«

Sie beugt sich zu mir, so dass ihr Atem meine Ohrläppchen kitzelt. »Also, was sagst du?«

Statt ihr eine Antwort zu geben, küsse ich sie. Und es ist ein toller Kuss, voller Sehnsucht und Leidenschaft und Gefühlen und all das. Aber da ist noch etwas anderes. Furcht.

Nach dem Riesenrad kaufen wir Hotdogs und rosa Zuckerwatte. In der Schießbude treffe ich alle Hütchen und gewinne für Alicia einen riesigen Plüschkanarienvogel.

Als wir auf dem Weg zum Feuer sind, unsere Münder und Finger klebrig von der Zuckerwatte, höre ich, wie jemand meinen Namen ruft. Mein erster Instinkt lässt mich erstarren, voller Angst, dass es jemand aus Cloverdale ist. Aber dann erkenne ich die Stimme. Es ist David.

»Hey«, sage ich, als David sich durch die Menge zu uns schlängelt, Essie und Felix sind hinter ihm. In Röhrenjeans, einem Parka mit Fellbesatz und einem gestreiften Schal in Regenbogenfarben, der bis auf den Boden reicht, sieht er anders aus als in Schuluniform – weniger linkisch.

»Hi, Leo. Wie findest du's?«, fragt er. Er wirkt nervös.

»Gut, danke. Und gefällt's dir auch?«

»Ja, klar.«

Er sieht von mir zu Alicia und wieder zurück. Ich räuspere mich.

»Ähm, Leute, das ist Alicia. Alicia, das sind David, Essie und Felix.«

Alicia nickt begeistert.

»Ich habe euch schon in der Schule gesehen«, sagt sie. »Schön, euch mal mit Namen kennenzulernen.«

Schweigen breitet sich aus, noch spürbarer durch den Trubel um uns herum.

»Tja, das ist jetzt nett und peinlich zugleich«, stellt Essie fest und beugt sich nach vorn, um mir eine Handvoll Zuckerwatte zu klauen. David versetzt ihr einen Stoß mit dem Ellbogen.

Alicia dreht sich zu mir und zupft an meinem Hoodie.

»Wir müssen los, wenn wir einen guten Platz kriegen wollen«, sagt sie.

»Okay«, antworte ich. »Ähm, wir sehen uns in der Schule, ja?«

»Ja, bis dann«, kommt die Antwort wie aus einem Munde.

Alicia hakt sich bei mir unter. Als wir losgehen, blicke ich über meine Schulter. Essie und Felix sind zu der Bude gegangen, wo man Enten angeln muss, aber David blickt immer noch in unsere Richtung, die Stirn leicht gerunzelt. Einen Moment treffen sich unsere Blicke. Er lächelt gezwungen, bevor er sich beeilt, seine Freunde einzuholen.

Um acht Uhr beginnt das Feuerwerk. Ich habe mir nie etwas daraus gemacht, aber vielleicht habe ich so was auch nie richtig betrachtet. Denn heute Abend, als ich höre, wie Alicia begeistert seufzt und nach Luft schnappt, als die bunten Lichter über unseren Köpfen explodieren, werde ich ein Riesenfan.

Es reicht beinahe aus, um mich von meiner Nervosität abzulenken, die keine Anstalten macht, wieder wegzugehen.

Fünfundzwanzig

»Bist du sicher, dass sie nicht früher zurückkommen?«, frage ich, als Alicia die Haustür aufschließt.

»Versprochen! Sie gehen jedes Jahr zu diesem Abendessen, und jedes Jahr kommen sie erst total spät zurück. Dad hat sich sogar für morgen freigenommen. Da wird jede Menge getrunken und so. Ehrlich, wir haben stundenlang Zeit.«

»Okay«, sage ich, folge Alicia in den dunklen Flur und schleppe den Plüschkanarienvogel mit.

Ich hatte Alicia fast überzeugt, mit Ruby und Liam und ein paar anderen aus unserem Jahrgang noch zum Thailänder zu gehen. Nicht, dass ich besonders gern dorthin wollte, aber ich wusste, bis wir dort waren, bestellt, gegessen und uns über die Rechnung gestritten hätten, wäre es wahrscheinlich zu spät, um noch mit zu Alicia zu kommen. Aber Alicia war fest entschlossen. Sie flüsterte Ruby noch etwas ins Ohr, bevor sie mich mit sich zog, weg aus der sicheren Umgebung der Gruppe.

»Möchtest du was trinken?«, fragt sie und zieht ihre Jacke aus.

»Ähm, ja, bitte. Wasser wäre super, oder Cola, falls du welche hast.«

Sie verdreht die Augen. »Ich meinte einen richtigen Drink.«

Sie nimmt meine Hand und führt mich ins Wohnzimmer. Sobald sie Licht gemacht hat, öffnet sie einen großen Glasschrank, in dem sich mindestens zwanzig Flaschen mit verschiedenem Alkohol befinden.

»Ist Wodka okay?«, fragt Alicia und späht auf das Etikett einer der volleren Flaschen.

»Klar.«

Sie gießt jedem von uns ein Glas der farblosen Flüssigkeit ein. Wir nehmen gleichzeitig einen Schluck. Es brennt in meiner Kehle, und ich unterdrücke ein Husten.

»Nehmen wir die Flasche einfach mit«, schlägt Alicia vor und gibt zu verstehen, dass ich ihr die Treppe hoch folgen soll.

Es ist nicht das erste Mal, dass ich Alicias Zimmer betrete. Aber es ist das erste Mal, dass ich es tue, ohne dass ihre Eltern unten herumlaufen und die Regel »Tür offen, Licht an« gilt.

Alicia schließt die Tür und knipst eine Lampe an, die einen weichen, rosa Schein wirft. Sie dreht sich um und bückt sich, um ihren iPod ins Dock zu stellen. Sekunden später ist der Raum von sanfter, jazziger Musik erfüllt. Mein Herz klopft schneller.

»Ella Fitzgerald«, sagt sie lächelnd und stellt ihr leeres Glas ab.

Ich nicke.

Sie streckt die Arme aus. Wortlos gehe ich auf sie zu. Unsere Lippen begegnen sich, meine brennen vom Alkohol. Das ist gut. Küssen lenkt ab und ist sicher. Nur, dass Alicia ihr Bein um meines legt und mich dann zu ihrem Bett führt.

»Ich habe immer noch meine Schuhe an«, sage ich.

»Ist doch egal«, murmelt Alicia, lässt sich aufs Bett fallen und zieht mich mit sich.

»Aber sie sind dreckig.«

»Ich hab gesagt, es ist egal.«

Ich versuche, mich wieder aufs Küssen zu konzentrieren, umfasse ihr Gesicht mit meinen Händen und achte nur darauf, wie unglaublich sich ihre Lippen anfühlen, wie weich ihre Haut ist, und höre ihre kleinen Seufzer.

»Leo«, flüstert sie zwischen unseren Küssen. »Hast du … ein … du weißt schon?«

»Ähm, nein, hab ich nicht, tut mir leid«, sage ich, und Erleichterung durchströmt mich. »Ich dachte nicht …«

»Schon okay, ich hab bestimmt was da.«

»Super«, lüge ich, und die Erleichterung verschwindet so schnell, wie sie gekommen war.

Wir küssen uns weiter. Alicias Hände schlüpfen unter meinen Hoodie und mein T-Shirt. Sofort spannt sich mein Körper an. Und plötzlich ist es, als wären wir wieder in Beckys Wandschrank unter der Treppe. Mein Atem geht schneller. Ich fühle mich benommen und bin total angeturnt, als Alicias Finger weiter nach oben wandern. Schwer atmend setze ich mich auf.

»Was ist denn los?«, fragt sie.

»Nichts. Ich hab nur Durst«, antworte ich.

Sie gießt mir ein zweites Glas Wodka ein. Als ich einen Schluck nehme, schlängelt sich Alicia aus ihrem Top und den Jeans, so dass sie nur noch ihren BH und Slip trägt, beide pink und seidig. Sie drapiert sich auf der Decke. Ich betrachte sie. Sie ist so sexy, einfach unglaublich. Ich will sie berühren, riechen, bei ihr sein. Aber ich weiß, ich kann nicht.

Ich lasse mich von ihr wieder aufs Bett ziehen. Sie krabbelt auf mich, und zuerst küssen wir uns nur, aber dann tastet sie nach den Knöpfen meiner Jeans. Ich schiebe sie weg und setze mich auf, mein Herz schlägt wie verrückt.

»Ist es dein erstes Mal? Liegt es daran? Für mich ist es das auch. Wir sind in der gleichen Situation«, sagt Alicia und kniet sich aufs Bett. Sie sieht so schön aus, dass ich heulen könnte.

»Darum geht es nicht«, sage ich.

»Was ist es dann? Denn jedes Mal, wenn ich dich berühre, wirst du so komisch. Du behauptest, du stehst auf mich, aber immer wenn es etwas mehr zur Sache geht, schiebst du mich weg.«

»Ich stehe auf dich, Alicia. Verdammt, Alicia, vielleicht liebe ich dich sogar.«

»Und ich liebe dich vielleicht auch. Also, was ist dann das Problem?«

Das ungeheure Ausmaß dessen, was sie gerade gesagt hat, macht mich völlig fertig. Ich liebe Alicia. Alicia liebt mich. Ich sollte jetzt im siebten Himmel sein. Aber das bin ich nicht. Denn ich weiß, dass ich kurz davor bin, alles kaputtzumachen.

»Es gibt kein Problem«, sage ich verzweifelt. »Ich kann einfach nicht. Nicht heute Abend.«

»Aber warum?«, fragt sie. »Was ist das große Geheimnis? Wir sind ein Paar, du solltest mir alles sagen können.«

»Selbst wenn das bedeutet, dass du mich hassen wirst?«

»Sei nicht albern«, sagt sie. »Ich könnte dich nie hassen, Leo.«

»Ach, das weißt du nicht.«

»Doch, das weiß ich.«

Ich starre sie an, die schöne Alicia, deren Augen voller Furcht und Hoffnung sind.

»Sag es mir einfach, Leo. Ich möchte nicht, dass wir Geheimnisse voreinander haben.«

Mein Herz schlägt so schnell, als wollte es mir gleich aus der Brust springen.

»Du weißt nicht, worauf du dich einlässt«, fange ich an.

»Um Himmels willen, Leo, ich bin schon groß«, unterbricht sie mich. »Was immer es ist, ich komme damit klar. Sag es mir einfach.«

»Vielleicht solltest du dich vorher anziehen«, schlage ich vor.

Alicia runzelt die Stirn, aber sie steigt aus dem Bett und zieht einen türkisfarbenen Morgenmantel mit einem chinesischen Drachen auf der Rückseite an. Sie bindet den Gürtel um ihre Taille und setzt sich im Schneidersitz auf das Bett. Ich zögere, bevor ich mich neben sie auf den Bettrand setze. Sie rutscht ein Stück, so dass wir uns berühren.

»Was ich dir jetzt sage, wird ziemlich verrückt klingen«, sage ich und schaue geradeaus. »Also versprich mir bitte, dass du mich zu Ende reden lässt, okay?«

Ich wage es, sie anzusehen. Ihr Gesicht ist ernst, ausnahmsweise einmal liegt kein Lächeln in ihren Augen.

»Okay?«, wiederhole ich.

Sie schaut mir in die Augen. »Ich habe es dir schon gesagt, Leo, was immer es ist, ich komme damit klar.«

Ich könnte immer noch weglaufen, aber wenn ich das mache, dann verliere ich sie auf jeden Fall, das ist klar. Und vielleicht, nur vielleicht, gibt es eine winzige Chance, dass sie nicht völlig ausflippt bei dem, was ich ihr erklären werde.

Ich schließe die Augen und höre Alicia neben mir atmen. Ich merke, dass sie nervös ist.

»Du weißt ja, dass ich mich zurückgezogen hab und so, wenn wir, du weißt schon, intimer werden«, fange ich an.

Intimer. Dieses Wort hört sich auf einmal völlig bescheuert an. Steif und formell. Ich könnte nie im Leben beschreiben, wie ich mich fühle, wenn ich mit Alicia zusammen bin, sie anfasse und so weiter. Alicia nimmt meine Hand. Ich muss mich zusammenreißen, um sie nicht wegzuziehen. Stattdessen versuche ich zu ignorieren, dass Alicias Daumen sanft meine Handfläche reibt, als ich weiterspreche.

»Na ja, es gibt einen Grund, warum ich mich so verhalten habe, mich zurückgezogen habe und so. Und du musst mir glauben, dass es absolut nichts mit dir zu tun hat, okay?«

Alicia drückt ermutigend meine Hand, und ich weiß, ich kann es nicht länger aufschieben. Plötzlich ist mir so schwindlig, als ob sich Alicias Zimmer rasend schnell um mich dreht, wenn ich hochblicke. Ich hole tief Luft.

»Also gut, der Grund, warum ich mich so komisch verhalte, ist, dass ich nicht der bin, für den du mich hältst.«

Ich merke, wie Alicias Griff um meine Hand schwächer wird.

Ich muss es jetzt sagen, ganz schnell, wie wenn man ein Pflaster abreißt, bevor ich meine Meinung noch mal ändern kann.

»Ich wurde nicht als Leo geboren«, sage ich und meine Stimme wird leiser und leiser, so dass ich beinahe flüstere.

Ella Fitzgerald hat aufgehört zu singen. Im Zimmer ist es still.

»Ich wurde als Mädchen geboren.«

Ich halte meine Augen geschlossen, als Alicia ihre Hand abrupt aus meiner zieht.

Sechsundzwanzig

David

Am Tag nach dem Feuerwerk in Eden Park sehe ich Leo während der Mittagspause in der Cafeteria nicht.

»Also ist er nun mit Alicia Baker zusammen oder nicht?«, überlegt Essie, während sie mit ihrer Gabel die Karotten aus ihrer Hühnchenpastete pickt.

»Woher soll ich das wissen?«, antworte ich.

»Gestern Abend sah es jedenfalls ganz danach aus«, sagt sie. »Sie konnten ja die Finger nicht mehr voneinander lassen.«

»Wie gesagt, ich weiß es nicht«, erwidere ich gereizt.

Essie und Felix tauschen Blicke aus. Ich tue so, als merkte ich es nicht.

Als Mum an diesem Nachmittag Livvy und mich von der Schule abholt und wir an der Bushaltestelle vorbeifahren, ist Leo nirgendwo zu sehen.

Auch am folgenden Montag sehe ich ihn nicht.

Am Dienstag warte ich bis fünf in der Bibliothek, aber Leo kommt nicht zu unserer Mathestunde.

Während der ersten Pause am nächsten Tag entdecke ich Alicia Baker mit Ruby Webber und Becky Somerville vor dem Kiosk.

»Alicia?«

Zuerst hört sie mich nicht. Ich hüstele und wiederhole ihren Namen, diesmal lauter.

Sie dreht sich zu mir. Ihre Augen sind gerötet.

»Ja?«, sagt sie und sieht durch mich hindurch, als sei ich ein Geist.

»Ähm, geht es Leo nicht gut? Ich habe ihn die ganze Woche nicht gesehen.«

Becky Somerville legt beschützend einen Arm um Alicias Schulter.

»Sie hat ihn genauso wenig gesehen. Und sie will es auch gar nicht.«

»Becky, nicht!«, sagt Alicia leise.

»Warum denn? Was hat er getan?«, frage ich und blicke von Alicia zu Becky.

»Oh, nur meiner besten Freundin das Herz gebrochen!«, wirft Ruby ein und drückt Alicia ein Snickers in die Hand.

»Leute, hört auf damit«, sagt Alicia und schaut auf den Boden.

»Was ist denn passiert?«, frage ich.

»Als ob sie dir das sagen würde! Sie kann's ja noch nicht mal uns erzählen«, fährt Ruby mich an und streicht Alicia übers Haar. »So schlecht geht es ihr.«

»Aber wenn sie so weit ist«, sagt Becky, »dann wird sich Leo Denton wünschen, er wäre nie geboren.«

Alicia schließt die Augen.

»Leute, ich habe gesagt, ihr sollt damit aufhören«, bittet sie leise.

»Nicht, dass dich das irgendetwas anginge«, faucht Ruby in meine Richtung. »Und jetzt entschuldige uns.«

Sie wirft ihr Haar zurück. Mit Becky zusammen hakt sie sich bei Alicia ein, und sie führen sie weg.

Ich starre ihnen nach. Das letzte Mal, als ich Leo und Alicia beim Feuerwerk gesehen habe, waren sie total verknallt.

Das macht alles keinen Sinn.

Nach der Schule gehe ich ins Sekretariat, wo Miss Clay, eine der Schulsekretärinnen, mir bestätigt, dass Leo seit letztem Donnerstag nicht mehr in der Schule war – dem Tag, an dem das Feuerwerk stattfand.

Ich gehe in die Bibliothek, setze mich an unseren gewohnten Tisch und versuche, ein paar Matheaufgaben zu lösen, an denen wir zuletzt gearbeitet hatten, aber ich kann mich nicht konzentrieren. Ohne Leo verdrehen sich die Zahlen ständig und halten mich zum Narren. Nach zwanzig Minuten gebe ich auf und gehe nach Hause.

Ich würde ihn ja anrufen, aber ich habe seine Handynummer nicht. Ich hatte schon einige Male vorgeschlagen, unsere Nummern auszutauschen, aber er hatte immer eine Ausrede, oder er hat das Thema gewechselt. Ich überlege, Alicia danach zu fragen, aber als ich sie am nächsten Tag in der Schule sehe, wird sie wieder von Becky und Ruby flankiert – ihren inoffiziellen Bodyguards.

Und so finde ich mich am Donnerstag nach der Schule im Bus Nummer vierzehn nach Cloverdale wieder. Zum Glück denkt Mum, ich treffe mich mit Leo zur Nachhilfe, also habe ich ein paar Stunden Zeit, bevor sie einen Suchtrupp losschickt.

Die Fahrt dauert eine halbe Ewigkeit, auch wenn wir die begrünten Straßen von Eden Park bald hinter uns gelassen haben, auf dem Weg ins Unbekannte. Schließlich fahren wir an der Schule von Cloverdale vorbei, die dunkel und leer aussieht. Das Gebäude wirkt wie ein Bürohaus, das einfach mitten auf einen betonierten Parkplatz gesetzt wurde. Hinter der Schule kann ich ein paar Bäume ausmachen, das einzige Grün weit und breit. An der nächsten Haltestelle steigt eine Gruppe Schüler ein, rennt an mir vorbei und die Treppe hoch. Unwillkürlich bin ich froh, dass ich mich nach unten, in Fahrernähe, gesetzt habe.

Ein paar Minuten später verkündet eine Stimme vom Band, dass der nächste Halt Cloverdale-Ost ist. Ich habe keine Ahnung, in welchem Teil von Cloverdale Leo wohnt, also denke ich, dass ich genauso gut auch hier aussteigen kann, und drücke auf den Signalknopf.

Obwohl mindestens noch fünf andere Leute mit mir an der Haltestelle aussteigen, sind sie sofort verschwunden, in irgendwelchen Gassen oder wartenden Autos – von der Siedlung verschluckt. Innerhalb einer Minute bin ich ganz allein.

Cloverdale wirkt noch verlassener, als ich es in Erinnerung habe. Bevor ich mein iPhone heraushole, schaue ich mich um und warte auf das GPS-Signal. Dann tippe ich den Namen von Leos Straße ein – Sycamore Gardens – und folge dem pulsierenden blauen Cursor auf dem Display. Der Weg führt mich an einer Reihe kleiner Läden vorbei, manche sind bereits geschlossen, dicke Metallgitter vor ihren Fenstern. Andere stehen völlig leer, sind nur trostlose Hüllen mit verblassten Schildern und zugeklebten Fenstern. Der einzige Laden, der noch geöffnet zu haben scheint, ist ein kleiner Supermarkt am anderen Ende des Platzes. Die Hälfte seiner Fenster ist mit Brettern vernagelt, zerbrochenes Glas glitzert auf dem Beton des Gehsteigs wie Weihnachtsglitter.

Vor dem Laden blödeln ein paar Jungs in der Cloverdale-Schuluniform herum – graue Hosen und blaugelbe Sweatshirts. Sie johlen und bewerfen sich mit Chips. Ich vergewissere mich, dass mein Eden-Park-Jackett unter meinem Anorak nicht zu sehen ist, und schiebe das iPhone in meine Tasche. Plötzlich bedauere ich, dass ich meine Mission nicht bis zum Wochenende aufgeschoben habe. Da hätte ich wenigstens bei Tageslicht und mit Phil an meiner Seite herkommen können. Er ist zwar nicht gerade ein sehr effektiver Wachhund und im Bus wird ihm immer schlecht, aber trotzdem hätte ich mich vielleicht etwas sicherer gefühlt.

Es ist dunkel, als ich Sycamore Gardens schließlich erreiche. Ich erkenne Leos Haus sofort am verwilderten Garten und der kaputten Gartentür. Zu meiner Erleichterung brennt Licht im Wohnzimmer, und während ich durch das hohe Gras zur Haustür gehe, höre ich leise den Fernseher. Ich suche nach einer Klingel. Es gibt keine, also rüttle ich an dem rostigen Briefkasten und warte. Ein paar Sekunden später höre ich Schlüssel klappern, gefolgt vom Klicken des Schlosses. Die Tür wird ein paar Zentimeter geöffnet, gehalten von der Sicherheitskette, und ein kleines Mädchen mit blassem Gesicht späht durch den Spalt. Sie hat wässrige blaue Augen und etwas Dunkles, vielleicht Schokolade, ist um ihren Mund verschmiert.

»Was willst du?«, fragt sie.

»Ähm, ist Leo zu Hause?«, frage ich.

»Nee.«

»Tia, wer ist da?«, fragt eine weibliche Stimme.

»Keine Ahnung, jemand für Leo«, ruft das kleine Mädchen, das anscheinend Tia heißt, zurück.

Noch ein paar Sekunden vergehen, bevor ein zweites Gesicht über Tia erscheint. Darin erkenne ich ein Paar sehr vertraute Augen. Sie mustern mich einen Augenblick, bevor die Sicherheitskette gelöst und die Tür ganz geöffnet wird. Vor mir steht ein Mädchen in Leos Alter mit aufgetürmten blondierten Haaren. Sie trägt einen Jumpsuit mit Leopardenmuster.

»Kann ich dir helfen?«, fragt sie und verschränkt die Arme.

»Ich möchte zu Leo«, stammle ich und spähe hinter ihr ins Wohnzimmer. Ich sehe eine orangefarbene Couchgarnitur, die den kleinen Raum fast erdrückt, und die Hälfte eines riesigen Fernsehers. Das Mädchen bemerkt meinen Blick und lehnt sich an den Türrahmen, um mir die Sicht zu versperren.

»Und du bist?«, fragt sie.

»Ähm, David, ein Freund von Leo aus der Schule.«

Sie hebt die Augenbrauen. »Der, mit dem er dauernd irgendwas gelernt hat?«

»Ich schätze schon, ja.«

»Ich bin seine Schwester, Amber.«

»Freut mich, dich kennenzulernen«, sage ich und strecke meine Hand aus. Sie lässt die Arme verschränkt und starrt mich an, als wolle sie sagen: Ernsthaft? Ich lasse meine Hand fallen und reibe sie verlegen an meiner Hose.

»Leo ist nicht hier«, erklärt Amber.

»Nein? Oh. Tja, weißt du vielleicht, wo er ist?«

»Unten beim Bad, denke ich.«

Ich verziehe fragend das Gesicht. »Entschuldige bitte, wo unten?«

»Beim Bad! Beim alten Schwimmbad. Unten an der Renton Road?«

Ich schüttle den Kopf.

Amber verdreht wieder die Augen. »Du bist nicht von hier, was?«

»Ähm, nein.«

»Das war übrigens eine rhetorische Frage«, sagt sie.

»Oh.«

»Tia!«, ruft sie.

Inzwischen ist Tia zurück ins Wohnzimmer gelaufen und in eine lautstarke Episode einer Comedy-Serie vertieft.

»Ja?«, ruft Tia zurück.

»Ich bin mal 'n paar Minuten weg. Mach niemandem die Tür auf.«

»Okay.«

Amber nimmt eine Jacke von dem Stoß, der über dem Treppengeländer hängt, und zieht sie über ihren Jumpsuit.

»Ich möchte keine Umstände machen«, sage ich schnell. »Wenn

du mir den Straßennamen sagst, finde ich das bestimmt auf meinem Handy.«

Amber schlüpft in ein Paar pinkfarbene Kunstfellstiefel und richtet sich wieder auf.

»Nimm's mir nicht übel, aber ein Typ wie du wird hier lebendig verspeist. Ehrlich gesagt, wundere ich mich, dass du es überhaupt so weit geschafft hast. Nee, am besten bring ich dich hin.«

Und damit schlägt sie die Haustür hinter uns zu und läuft los. Ich habe keine andere Wahl, als ihr hinterherzurennen.

Amber läuft schnell, der weißblonde Haarturm auf ihrem Kopf wippt auf und ab.

»Leo hat mir gar nicht erzählt, dass er eine ältere Schwester hat«, sage ich, als ich neben ihr herrenne.

»Wahrscheinlich weil er keine hat«, antwortet sie.

»Aber du hast gesagt …«

»Wir sind Zwillinge.«

»Echt?«, sage ich überrascht. »Das hat er nie erwähnt.«

Amber zuckt mit den Schultern.

»Das erklärt es natürlich«, sage ich.

»Erklärt was?«, fragt Amber scharf.

»Deine Augen. Du hast die gleichen Augen wie Leo.«

»Ach ja?«, murmelt sie, bevor sie scharf nach rechts abbiegt und mich durch eine schmale Gasse führt. Wir kommen auf eine Hauptstraße.

»Dort drüben ist es«, sagt sie und deutet über die Straße auf ein großes Gebäude, das von einem hohen Wellblechzaun umgeben ist. Nur ein gewölbtes Dach ist hinter dem Zaun noch sichtbar. Wir überqueren die Straße. Amber führt mich am Zaun entlang. Alle paar Meter sind große Schilder mit »Privatbesitz – Unbefugtes Betreten wird geahndet« am Zaun befestigt. So ziemlich alle sind mit Graffiti beschmiert.

»Was ist das hier noch mal?«, frage ich und verschränke leicht zitternd meine Arme vor der Brust.

»Das alte Schwimmbad«, antwortet Amber. »Ist noch aus viktorianischer Zeit. Vor ein paar Jahren haben sie es dichtgemacht.«

»Warum?«

»Aus Sicherheitsgründen, glaube ich.«

»Und jetzt verfällt es einfach?«

»So ziemlich, ja. Ne Weile hieß es, dass sie es in Luxuswohnungen verwandeln, aber bis jetzt ist nix passiert. Wahrscheinlich haben sie sich gedacht, dass jeder mit genug Kohle für so 'ne Luxuswohnung ganz bestimmt nicht nach Cloverdale zieht.«

Als wir die Rückseite des Gebäudes erreichen, weg vom Schein der Straßenlampen, ist die Dämmerung in richtige Dunkelheit übergegangen. Amber holt ihr Handy heraus und leuchtet damit den Zaun entlang.

»Ah, da.« Sie lockert eine Zaunlatte, um ein kleines, rechteckiges Loch freizulegen. Da soll ich durchschlüpfen. Zögernd lasse ich mich auf die Knie fallen und krieche durch das schmale Loch. Ich drehe mich um und erwarte, dass Amber mir nachkommt, aber stattdessen zieht sie die Latte wieder zurück an ihren Platz.

»Hey, warte! Kommst du nicht auch rein?«, frage ich, und Panik schwingt in meiner Stimme mit.

Sie geht in die Hocke, um durch das Loch zu spähen, und schaut mich an, als sei ich verrückt geworden.

»Wohl kaum.«

»Aber wo soll ich denn jetzt hin? Wo ist Leo?«, frage ich.

»Irgendwo da drin«, sagt sie mit einer vagen Handbewegung.

»Du musst vielleicht dein Handy anmachen, um was zu sehen. Es ist ziemlich dunkel.«

»Oh, klar. Na ja, ähm, danke, dass du mich hergebracht hast.«

»Gern geschehen«, sagt sie.

Und damit ist Amber auch schon wieder verschwunden, lässt mich ganz allein in der Dunkelheit zurück, wo ich wahrscheinlich gleich abgemurkst werde. Ich richte mich auf und wische meine schmutzigen Hände an der Hose ab, bevor ich in der Tasche nach meinem Handy suche. Dann rücke ich die Träger meines Rucksacks zurecht und gehe los, um den Eingang zu suchen. Ich zittere wie verrückt, und einige Male wäre ich fast über irgendwelchen Schutt gestolpert. Als ich es wage, mich genauer umzusehen, bemerke ich, dass das alte Schwimmbad aus schönen roten Backsteinen gebaut und mit aufwendigen Steinreliefs verziert ist. An der Vorderseite entdecke ich eine Steintreppe, die zu einem bogenförmigen Eingang mit vier breiten Säulen führt. Seufzend gehe ich die Treppe hinauf und drücke gegen die Tür. Ich erwarte nicht, dass sie nachgibt, doch sie tut es, und ich falle vornüber ins Foyer, lande auf Händen und Knien auf dem Marmorboden. Als ich mich wieder auf die Füße stemme, rieche ich Chlor. Dann fällt mir die absolute Stille auf. Es ist, als ob all der Lärm der Welt weggesaugt worden wäre, abgesehen von dem Geräusch meines ungleichmäßigen Atems.

Ich stehe auf und laufe weiter, meine Beine zittern. Mit meinem Handy beleuchte ich den Eingangsbereich. Rechts ist ein alter Eintrittschalter mit Kasse und Drehstuhl. Links steht ein leerer, kaputter Getränkeautomat. Vor mir sehe ich eine Reihe von Drehkreuzen. Ich gehe hindurch und laufe weiter. Jetzt komme ich zu den Umkleidekabinen – Damen links, Herren rechts. Gewohnheitsmäßig gehe ich zu den Herren und bete, dass mich das zum Pool und hoffentlich zu

Leo führt. Schon jetzt habe ich keine Ahnung mehr, an welchem Teil des Zauns ich hereingekommen bin, und die Aussicht, die Nacht gefangen in einem verlassenen viktorianischen Schwimmbad zu verbringen, erfüllt mich nicht gerade mit Begeisterung.

Es ist stockdunkel. Mein Handy piept und informiert mich, dass der Akku bald leer ist. Ich entscheide, den Akku zu schonen, und schiebe es zurück in meine Tasche. Nun bin ich darauf angewiesen, mir den Weg zu ertasten. Mit den Händen fahre ich über die Metallschränke, in deren Schlössern teilweise noch die Schlüssel stecken. In einem offenen Schrank liegt ein vergessenes, steifes Handtuch. Nach und nach gewöhnen sich meine Augen an die Dunkelheit, und ich kann die Bänke und Kleiderhaken an den Wänden erkennen, dann die Duschen und die Urinale. Ich biege um die Ecke und werde von einem schwachen Lichtschein begrüßt. Darauf gehe ich zu.

Als ich hinaustrete, erkenne ich, dass ich in der Schwimmhalle stehe, am Rand des Beckens. Draußen haben sich die Wolken verzogen. Die Mondsichel wirft ihren Schein durch das Dach, das – wie ich jetzt sehen kann – aus Glas ist. Der Mondschein badet die ganze Halle in silbernes Licht. Reihen von hochgeklappten Holzsitzen ziehen sich an jeder Seite des Beckens entlang. Am einen Ende befindet sich ein dreistöckiger Sprungturm, am anderen fünf Fenster, hoch und schmal. Ich gehe ein Stück weiter und spähe nach unten. Das Becken ist leer. Natürlich. Und doch bin ich irgendwie enttäuscht. Ich setze mich an den Rand, lasse meine Beine über die Seite baumeln und staune, wie weit weg der Boden zu sein scheint, wenn kein Wasser den Blick einschränkt. Ich hole mein fast leeres Handy heraus und leuchte damit zum tiefen Ende des Beckens.

»Hey!«

Vor Schreck lasse ich das Telefon fallen. Es klappert laut, als es auf die Kacheln fällt.

Das war's. Ich werde sterben.

»Hey!«, ruft die Stimme wieder. In meiner Panik kann ich nicht erkennen, aus welcher Richtung sie kommt, und es dauert ein paar Sekunden, bis ich eine schattenhafte Gestalt wahrnehme, die ganz oben auf dem Sprungbrett steht. Einen Augenblick später trifft mich ein schmaler Strahl aus einer Taschenlampe im Gesicht. Ich stehe auf, kneife die Augen zusammen und schirme meine Augen ab.

»David?«, sagt die Stimme.

»Leo?«

Ein leiser Seufzer ist zu hören und etwas, was nach ungefähr zehn Schimpfwörtern klingt, aneinandergereiht zu einem einzigen Fluch. Dann ist das Scheppern von Metall zu hören, während Leo die Leiter heruntersteigt. Als er den Boden erreicht, hat sich mein Herzschlag zumindest wieder annähernd normalisiert.

Leo kommt auf mich zugelaufen, einen Arm ausgestreckt, die Taschenlampe zielt auf meinen Kopf.

»Nicht schießen«, witzele ich.

Leo lacht nicht.

»Wie kommst du hierher?«, will er wissen, und seine Augen blitzen zornig.

»Deine Schwester hat mich hergebracht«, stottere ich. »Amber. Hey, du hast mir nie erzählt, dass du eine Zwillingsschwester hast.«

Er geht nicht weiter darauf ein.

»Sie hätte dich nicht herbringen sollen.«

»Es ist nicht ihre Schuld. Ich habe sie gefragt, wo du bist.«

»Wie auch immer«, murrt Leo und senkt die Taschenlampe.

»Dieser Ort hier ist echt cool«, sage ich. »Gruselig, aber cool. Bist du früher hier geschwommen? Als das Bad noch geöffnet war, meine ich?«

Leo antwortet nicht.

»Du solltest nicht hier sein, David«, sagt er.

»Aber ich habe mir Sorgen um dich gemacht. Du warst die ganze Woche nicht in der Schule.«

»Ich war krank. Ich bin immer noch krank.«

Ich mustere sein Gesicht im schwachen Mondlicht.

»Du siehst nicht krank aus«, wende ich ein.

Er ignoriert mich, dreht sich um und leuchtet mit der Taschenlampe über den Beckenboden.

»Soll ich es holen?«, fragt er und nickt nach unten.

»Wie bitte?«

»Dein Handy.«

»Nein, das schaffe ich schon.«

Er ignoriert mich wieder und springt nach unten, hebt das Handy auf und wirft es mir zu. Ich bin selbst überrascht, dass ich es fange.

»Wann kommst du zurück?«, frage ich, als Leo zur Metallleiter geht. Seine Turnschuhe quietschen auf den Fliesen. Er antwortet nicht.

»Du kannst nicht mit der Nachhilfe aufhören«, fahre ich fort. »Ich habe beim letzten Test eine Drei bekommen. Mr Steele ist fast vom Stuhl gefallen, so verblüfft war er. Und das habe ich nur dir zu verdanken.«

Leo klettert hoch und setzt sich auf die oberste Treppensprosse, die Arme um die Griffe geschlungen.

»Wer sagt denn, dass ich überhaupt zurückkomme?«, murrt er.

»Du musst«, sage ich.

Auch wenn Leo erst seit wenigen Monaten an unserer Schule ist, kann ich sie mir nicht mehr ohne ihn vorstellen.

»Sagt wer?«, fragt Leo.

»Weiß nicht. Ich. Die Schulbehörde.«

Er schnaubt.

Ich setze mich neben ihn, meine Arme um meine angezogenen Beine geschlungen.

»Was ist denn passiert, Leo?«, frage ich. »Warum warst du nicht mehr in der Schule?«

Er schüttelt einfach nur den Kopf.

»Hat es etwas mit Alicia Baker zu tun?«

Er dreht sich abrupt zu mir.

»Warum? Was hat sie gesagt?«

»Gar nichts. Ruby Webber und Becky Somerville haben das Reden für sie übernommen.«

»Und was haben die gesagt?«, will er wissen.

»Auch nicht sehr viel«, gebe ich zu. »Sie vermuten, dass Alicia zu unglücklich ist, um ihnen zu erzählen, was passiert ist.«

Leo atmet tief aus, runzelt die Stirn und nickt.

»Was ist denn passiert, Leo?«

»Nichts«, murrt er und sieht wieder weg.

»Es kann unmöglich nichts sein. Sonst würdest du dich ja nicht hier verstecken.«

»Ich verstecke mich nicht«, sagt er und springt wieder nach unten ins Becken. Ich nehme an, dass er schlecht aufkommt, denn er flucht leise und humpelt einen Moment lang im Kreis.

»Alles in Ordnung?«, rufe ich und klettere die Leiter hinunter.

»Bestens«, fährt er mich an.

»Es kann unmöglich nichts sein«, wiederhole ich. »Die Sache mit Alicia, meine ich. Ich habe euch zusammen beim Feuerwerk gesehen, ihr wart total verliebt, und jetzt ist alles vorbei?«

»Das geht dich einen Scheiß an, David.«

»Aber ich möchte dir helfen«, sage ich und blicke nach oben, die Beckenwände ragen steil neben mir auf.

»Glaub mir, das kannst du nicht«, antwortet Leo.

»Lass es mich doch versuchen«, sage ich und baue mich vor ihm auf. Er sieht mich kurz an, dann schüttelt er den Kopf und schiebt mich sanft weg.

»Geh einfach nach Hause, David«, sagt er mit müder Stimme.

»Nein.«

»Was?«

Ich hole tief Luft.

»Nein«, wiederhole ich. »Die andern fallen vielleicht auf dein Macho-Getue rein, aber ich nicht. Ich habe keine Angst vor dir, Leo, überhaupt nicht.«

Leo baut sich vor mir auf.

»Ach nein?«, sagt er.

»Nein«, erwiderte ich, ohne zurückzuweichen. »Und ich gehe auch nirgendwohin, bis du mit mir geredet hast.«

Leo sieht mich wütend an, sein Blick ist kühl und durchdringend.

»Ich bin ein Freund, Leo«, füge ich hinzu.

Er schnaubt wieder.

»Du kennst mich doch kaum, David«, sagt er.

Aber er täuscht sich. Ich kenne ihn doch. Und ich möchte ihn noch besser kennenlernen. Ich habe keine Ahnung, warum. Ich weiß nur, dass ich mich zu ihm hingezogen fühle, auf eine Art, die ich nicht erklären kann. Und ich habe das merkwürdige Gefühl, dass er mich insgeheim auch versteht und irgendwie mag.

»Doch, ich kenne dich«, fahre ich vorsichtig fort. »Ich weiß, dass du freundlich, mitfühlend und geduldig bist.«

Leo verdreht die Augen.

»Wirklich!« Ich lasse nicht locker. »Bitte erzähl mir, was passiert ist. Ich stehe hinter dir, egal, worum es geht, ich verspreche es dir.«

Leo lacht bitter auf. »Das hat die auch gesagt.«

»Wer?«, frage ich. »Alicia?«

»Vergiss es.«

Er setzt sich auf den Boden, den Rücken zu mir. Plötzlich sieht er verletzlich aus, wie ein Kind. Ich kauere mich neben ihn. Ich möchte ihm helfen, alles in Ordnung bringen, aber ich weiß nicht, wie.

»Leo«, flüstere ich. »Wenn ich dir etwas erzähle, ein Geheimnis über mich, das nur Essie und Felix kennen, versprichst du dann, es niemandem zu erzählen?«

Er schüttelt den Kopf und lacht.

»Ich weiß, was du vorhast«, sagt er. »Du erzählst mir irgendein bescheuertes Geheimnis, und dann erwartest du von mir, dass ich dir meine ganze Scheiße umgekehrt auch erzähle, stimmt's?«

»Nein. Ehrlich nicht. Es ist etwas, was ich dir erzählen *möchte*. Du musst mir umgekehrt gar nichts erzählen, wirklich nicht.«

Und es ist mein Ernst, wird mir selbst klar. Plötzlich möchte ich, dass er es weiß. Ich möchte mich ihm gegenüber öffnen und alles preisgeben, ohne große Erwartungen.

Leo zuckt nur mit den Schultern.

»Also, versprichst du es?«, flüstere ich.

»Was denn?«, sagt er in einem übertriebenen Flüstern, als wolle er sich über mich lustig machen.

»Niemandem zu verraten, was ich dir erzähle?«, sage ich.

»Hör mal, David, dein blödes Geheimnis ist mir echt total egal, okay?«

»Versprich es!«, wiederhole ich laut.

»O Mann! Also, meinetwegen, versprochen«, murrt er und verdreht die Augen, ohne mich direkt anzusehen.

Ich setze mich auf den Boden und drehe mich zu ihm. Der Boden des Pools fühlt sich kalt und hart an durch den dünnen Stoff meiner Schulhose.

»Was, wenn ich dir erzähle, dass ich gar nicht schwul bin?«

»Aber du bist es doch, das hast du selbst gesagt. Du stehst auf diesen Wikinger, wie heißt er gleich noch … Olsen.«

Ich seufze. Ich muss anders ansetzen.

»Hm, noch mal von vorn. Erinnerst du dich noch an unser erstes gemeinsames Nachsitzen, als du mich gefragt hast, warum Harry mich Freakshow nennt?«

»Ja.« Leo zupft an seinen Schnürsenkeln herum.

»Na ja, ich habe dir nicht die ganze Wahrheit gesagt.«

Er zuckt wieder mit den Schultern.

»Was wolltest du werden, als du klein warst?«, frage ich.

Er zuckt mit den Schultern. »Keine Ahnung.«

»Du musst doch auch irgendeinen Wunsch oder eine Vorstellung gehabt haben.«

»Ich sag doch, keine Ahnung«, entgegnet er gereizt. »Was hat das denn damit zu tun, ob du schwul bist oder nicht?«

Trotz der Kälte werden meine Handflächen schweißnass. Ich wische sie an meiner Hose ab, aber das scheint nicht viel zu nützen. Ich räuspere mich.

»Okay, als ich acht Jahre alt war, sollten wir in der Schule aufschreiben, was wir mal werden wollen.«

Ich schließe die Augen, und es ist, als wäre ich wieder im Klassenzimmer von Miss Box, der Geruch von übriggebliebenem Pausenessen, Schweiß und frisch gemähtem Gras schwebt über unseren gesenkten Köpfen, während wir schreiben. Meine Zunge lugt im Mundwinkel hervor, als ich voller Konzentration meinen Stift übers Papier führe, begeistert von der Aufgabe, die ich bekommen habe, und ohne dass mir bewusst ist, was mir bevorsteht.

Ich öffne die Augen. Leo runzelt leicht die Stirn.

»Nachdem wir mit Schreiben fertig waren«, fahre ich langsam fort, »ging Miss Box, unsere Lehrerin, im Klassenzimmer herum und rief die Schüler dem Alphabet nach auf. Jeder musste aufstehen und vorlesen, was er werden wollte. Die anderen Kinder wollten Fußballspieler, Schauspieler oder so etwas werden, und ich bekam dieses Gefühl, das man manchmal nach einer Prüfung hat. Man kommt raus, und am Anfang ist man noch ganz zuversichtlich, aber dann diskutieren alle ihre Antworten, und plötzlich wird dir klar, dass du es völlig versaut hast. Weißt du, was ich meine?«

Leo nickt halbherzig.

»Tja, als Miss Box im Klassenzimmer umherging, war es genau so. Denn ich hatte nicht geschrieben, dass ich Fußballer, Schauspieler oder Arzt werden wollte, wie alle anderen. Nichts in der Art. Ich hatte das aufgeschrieben, was ich in Wahrheit sein wollte.« Ich merke, wie mein Gesicht knallrot anläuft. »Was ich auch wirklich bin.«

Leo sieht mich jetzt an, aufmerksam. Mir ist schwindlig.

»Ich schrieb, ich möchte ein Mädchen sein«, sage ich, und meine Stimme kiekst bei dem Wort »Mädchen«.

Als Leo nichts sagt, rede ich einfach weiter. Ich erzähle ihm von meinem Scrapbook, meiner Schachtel mit Klamotten, den unzähligen Briefen an meine Eltern, die ich zwar geschrieben, aber ihnen nie gegeben hatte. Ich erzähle ihm von all den Nachforschungen im Internet, den Webseiten und Foren, auf denen ich unterwegs war. Von den YouTube-Videos, die ich mir pausenlos angesehen habe. Ich erzähle ihm sogar von meinen wöchentlichen Inspektionen und wie es sich anfühlt, in den Spiegel zu sehen und zu merken, dass das Innere und Äußere überhaupt nicht zusammenpassen, nicht einmal annähernd.

Die ganze Zeit unterbricht er mich nicht. Er starrt mich nur an, blinzelt kaum, sein Gesichtsausdruck ist nicht zu entschlüsseln.

»Manchmal«, sage ich, »blicke ich in den Spiegel, und der Junge, der mich anschaut, ist für mich wie ein Fremder, fast wie ein Alien. Ich weiß, dass mein echtes Ich irgendwo da drin ist, aber im Augenblick bin ich in diesem merkwürdigen Körper gefangen, den ich jeden Tag immer weniger wiedererkenne. Kannst du das verstehen?«

Leo öffnet den Mund, als wolle er etwas sagen, doch es kommt kein Laut heraus.

»Natürlich nicht«, sage ich traurig. »Wie auch?«

»Wieso erzählst du mir das alles?«, fragt Leo schließlich, und seine Stimme klingt irgendwie heiser.

»Ich weiß nicht«, gestehe ich. »Vielleicht wollte ich einfach etwas Wichtiges mit dir teilen. Etwas wirklich Wichtiges.«

»Okay.«

Stille entsteht zwischen uns. Leo fummelt an den ausgefransten Enden seiner Jeans herum. Vermutlich habe ich ihn jetzt völlig verschreckt, und er will nichts mehr davon hören. Es war dumm von mir zu denken, dass er anders reagieren würde. Schließlich passiert es einem nicht jeden Tag, dass jemand zu dir kommt und dir erzählt, dass er ein anderes Geschlecht haben möchte. Und schon gar nicht irgendein Typ, den du gerade mal ein paar Monate kennst.

»Wahrscheinlich hältst du mich jetzt auch für einen Freak«, sage ich, und meine Stimme klingt zittrig und traurig.

Leo sieht mich scharf an. Wir sehen uns in die Augen. Leos bernsteinfarbene Flecken schimmern im Mondlicht.

»Ich halte dich nicht für einen Freak, David«, sagt er leise und langsam.

»Nicht?«

Seine Augen schimmern, wie von einem gläsernen Film. Keine Tränen (ich kann mir gar nicht vorstellen, dass Leo Denton weinen könnte), aber etwas in der Art.

»Nein«, sagt er. »Ich glaube, ich kann das verstehen.«

Ich seufze.

»Das ist lieb von dir, Leo, aber ich denke, du verstehst es nicht, das kannst du überhaupt nicht.«

Er sieht mich einen Augenblick an, bevor er verhalten flucht und aufsteht. Zuerst denke ich, er will damit andeuten, dass das Gespräch beendet ist und wir gehen sollen. Ich mache einen Ansatz, ebenfalls aufzustehen. Doch dann wird mir klar, dass er nicht weggeht, sondern seinen Hoodie auszieht. Das macht absolut keinen Sinn, denn hier ist es eiskalt, mein Hintern ist schon völlig taub. Ich starre Leo verwirrt an.

Er lässt seinen Hoodie fallen. Sein Haar steht kreuz und quer ab. Er zieht sein Sweatshirt aus, dann sein Hemd. Die ganze Zeit sagt er kein Wort, aber sein Gesichtsausdruck ist entschlossen. Schließlich trägt er nur noch sein weißes T-Shirt. Auf seinen Armen bildet sich sofort eine Gänsehaut. Er macht eine kurze Pause, bevor er das Shirt anhebt, nicht über seinen Kopf, nur bis zum Kinn. Statt seiner Haut sehe ich etwas um seine Brust, was für jeden anderen wie ein hautenges bauchfreies weißes Top aussieht. Aber nicht für mich. Ich weiß genau, was Leo trägt. Und Leo weiß, dass ich es weiß. Es ist, als ob die Puzzle-Stücke, die während der letzten Monate in meinem Kopf herumschwirrten, plötzlich zusammengefügt wurden und ein Bild ergeben.

Siebenundzwanzig

Leo

»Du bist ein Mädchen?«, flüstert David, so leise, dass ich ihn kaum hören kann.

Ich lasse mein T-Shirt wieder nach unten fallen. Plötzlich trifft mich die Kälte scharf und eisig, und ich spüre ein Schaudern über mein Rückgrat kriechen. David springt auf, packt meine Klamotten und drückt sie mir in die Hände.

»Schnell, zieh dich wieder an, sonst frierst du dich ja zu Tode«, sagt er, ohne mich direkt anzusehen. Seine Stirn ist gerunzelt, als hätte er große Mühe, wirklich zu begreifen, was er gerade gesehen hat.

Während ich meine einzelnen Lagen wieder überstreife, merke ich, wie er jede meiner Bewegungen beobachtet. Wahrscheinlich sucht er nach all den Hinweisen, die ihm entgangen waren, verräterische Zeichen, die er übersehen hatte.

Ich ziehe meine Kapuze hoch und verschränke die Arme vor der Brust.

»Du siehst aus, als hättest du einen Geist gesehen«, sage ich.

David nickt schwach. Wahrscheinlich trifft es das ganz gut.

»Du bist ein Mädchen«, wiederholt er. Diesmal ist es keine Frage, sondern eher eine Feststellung.

»Tja, ich bevorzuge den Ausdruck ›weiblich geboren‹ oder

noch besser ›biologisch weiblich‹, wenn es schon sein muss«, sage ich.

»Aber du siehst aus wie ein Junge«, sagt David verblüfft, »absolut wie ein Junge, total.«

»Was soll ich sagen, ich habe eben genügend Erfahrung.«

Da haben wir's. Ich klinge wieder mal wie ein Klugscheißer. Aber David scheint es nicht aufzufallen, oder es ist ihm egal. Er studiert mein Gesicht und umkreist mich wie eine Skulptur in einer Kunstgalerie. Fast erwarte ich, dass er mich mit dem Finger pikst, nur um sich zu vergewissern, dass ich echt bin.

»Nimmst du Hormone und so Zeug?«, fragt er.

»Hormonblocker«, antworte ich. »Sie stoppen die Pubertät.«

»Ich habe darüber im Internet gelesen«, sagt David. »Wie lange kriegst du die schon?«

»Inzwischen fast ein halbes Jahr.«

»Eine Spritze?«

»Yep, alle drei Monate.«

»Tut es weh?«

Ich schüttele den Kopf.

»Und wie fühlt es sich an? Anders?«

»Denke schon.«

»Das heißt, du hast keine Periode mehr?«

Ich erstarre unwillkürlich. »Ja. Du stellst wirklich 'ne Menge Fragen, weißt du das?«

»Was passiert danach?«, will er wissen. »Nach den Hormonblockern, meine ich.«

»Nächstes Jahr soll ich mit Testosteron anfangen.«

»Testosteron«, wiederholt er, betont jede Silbe, als wolle er das Wort ausprobieren.

»Wow, gleich zwei Transgender an einer Schule«, stelle ich fest. »Wer hätte das gedacht, was?«

In dem Moment begreife ich, dass ich so etwas bei David vielleicht schon die ganze Zeit vermutete und es mir nur nicht eingestehen wollte. Denn aus irgendeinem Grund bin ich überhaupt nicht überrascht. Um genau zu sein, macht es absolut Sinn, auch wenn ich ihm jetzt sein großes Comingout völlig verdorben habe, indem ich mein T-Shirt hochgeschoben habe. Verdammt! Habe ich das wirklich getan?

»Irgendwo habe ich mal gelesen, dass es an den meisten Schulen mindestens zwei Schüler gibt, die Transgender sind«, sagt David. »Ich habe das immer für eine erfundene Statistik gehalten, mit der Schüler wie ich getäuscht werden sollen, um sich weniger wie Freaks zu fühlen. Nicht in einer Million Jahren hätte ich gedacht, dass du der andere sein könntest.«

Ich lächle schwach.

»Denkst du, es gibt eine Transgender-Version von *Gaydar*, du weißt schon: wie bei Homosexuellen, dass sich auch Transgender gegenseitig unbewusst erkennen?«, fragt mich David. »Wenn ja, funktioniert meins nicht.«

Mit einem Seufzer schaue ich weg. »Tja, ich *wollte* schließlich auch nicht, dass es jemand erfährt. Es sollte ein Geheimnis bleiben.«

Davids Blick bohrt sich in mich, als wolle er mich unbedingt durchschauen.

»Du hast es Alicia erzählt, stimmt's?«, sagt er langsam. »Deshalb will sie nicht mit dir reden. Und deshalb bist du auch nicht mehr in die Schule gekommen.«

»Gut erkannt«, erwidere ich grimmig.

Mir wird schon übel, wenn ich Alicias Namen nur höre.

»Was ist passiert?«, fragt er.

»Was glaubst du denn, hä?«

David sieht weg. »Tut mir leid.«

»Schon okay«, murre ich und zucke mit den Schultern. Wenn ich so tue, als sei es mir egal, vielleicht ist mir dann wirklich alles egal.

»Bist du deshalb von der Cloverdale weg?«, fragt David.

Ich antworte nicht.

»Es war deswegen, stimmt's?«

Ich seufze. »Ja, deswegen bin ich von da weg.«

»Was ist passiert? Hast du dich dort auch immer verkleidet?«

»Verkleidet?«, wiederhole ich. »Das ist doch kein Kindergartenspiel!«

Er wird rot. »Entschuldige, aber ich habe noch nicht die richtigen Begriffe drauf. Außerdem stehe ich immer noch unter Schock, wegen … na ja, eben«, sagt er und deutet auf mich.

»Man nennt es *stealth leben*, also *getarnt leben*«, erkläre ich. »Und in Cloverdale konnte ich das natürlich nicht. Mit der Hälfte der Schüler war ich schon in der Grundschule, sie kannten mich also alle als Megan.«

»Megan«, ruft David. »Natürlich. Mann, bin ich doof.«

»Was meinst du?«

»Ich habe dich bei Google eingegeben, und da kam alles Mögliche über ein Mädchen namens Megan Denton raus. Hey, warst du nicht so was wie ein Schwimmstar? Kommst du deswegen so gern hierher?«

»Etwas in der Art«, murre ich. Ich rede nicht gern über mein Leben als Megan.

»Und wie war es?«, fragt David. »In der Schule, meine ich?«

Ich schließe meine Augen und suche nach einer passenden Beschreibung, um mein Leben an der Cloverdale zusammenzufassen.

»Hölle auf Erden?«, sage ich und öffne die Augen wieder.

»Inwiefern?«

Ich schüttle nur den Kopf.

»Ist irgendetwas Bestimmtes passiert? Weshalb du gegangen bist?« David lässt einfach nicht locker.

Mir wird heiß und kalt, so wie immer, wenn das Gespräch auf das kommt, was im Februar passiert ist.

»Ich will nicht darüber reden.«

Wenn es ein Thema gibt, das ich noch mehr vermeiden will als Alicia Baker, dann ist es das.

»Bitte?«, drängt David.

»Nein, David, echt nicht.«

»Bitte! Ich muss es wissen. Ich möchte es verstehen. Vielleicht … kann ich ja doch irgendwie helfen?«

Ich habe keine Ahnung, ob es daran liegt, dass ich ihm schon so viel erzählt habe und denke, ich habe sowieso nichts mehr zu verlieren. Oder ob es an den Wolken liegt, die den Mond verdunkeln und das Schwimmbad in völlige Dunkelheit tauchen, oder was auch immer. Aber aus irgendeinem Grund fange ich an zu erzählen.

Achtundzwanzig

Es ist ein bitterkalter Tag im Februar, einer von diesen grauen Wintertagen, an denen die Sonne es nie hoch genug an den Himmel zu schaffen scheint. Aber das ist mir egal. Denn heute treffe ich mich nach der Schule im Wald mit Hannah Brennan.

Schon seit Wochen hat sie mich auf so eine bestimmte Art angesehen. Zuerst war es nur ein kurzer Blick im Flur oder ein Lächeln in der Schulkantine. Ich hatte mich schnell umgesehen, um mich zu vergewissern, dass sie nicht jemand anders meinte. Aber sie meinte anscheinend tatsächlich mich. Dann wurden ihre Blicke immer länger und verführerischer. Erst kürzlich hatte sie sich vielsagend über die Lippen geleckt, während sie mich angesehen hatte. In den Schulstunden fand sie immer Gründe, um mit mir zu reden. Sie lieh sich Papier oder sonst was, und wenn ich ihr dann einen Stift oder ein Lineal reichte, ließ sie ihre Finger stets ein wenig zu lange über meine streifen.

Ich hatte Hannah nie besonders attraktiv gefunden, jedenfalls nicht mehr als andere Mädchen an der Schule. Aber in den letzten Wochen hatte ich bemerkt, wie gut ihr Hintern in ihrem engen Rock aussah und wie der Spitzenbesatz ihres BHs durch ihre Bluse schimmerte. Irgendwann hatte ich überlegt, wie es wäre, sie zu küssen. Sie war eine Weile Alex Bonners Freundin gewesen, aber zwischen ihnen ist schon seit ein paar Monaten Schluss. Hannah hat den Ruf, ziem-

lich wild zu sein. Es heißt, sie hätte was mit einem Referendar gehabt und dass bei einem Schulausflug nach London mit Übernachtung etwas mit Clare Conroy gelaufen sei … Amber meint, Hannah ist eine Schlampe. Allerdings ist das Ambers Standardmeinung von allen, die sie nicht mag.

Jedenfalls war ich gestern unterwegs zur Geographiestunde, als Hannah aus dem Nichts auftauchte und mich in diese kleine Nische vor den Kunsträumen zerrte. Sie drückte sich mit dem ganzen Körper gegen mich, ihre Titten rieben gegen meine Brust, ihr billiges Parfüm stieg mir in die Nase und machte mich ganz benommen.

»Triff dich mit mir morgen nach der Schule«, sagte sie atemlos.

»Wo?«

»Im Wald. Vier Uhr.«

»Aber warum?«

Sie lächelte mich unglaublich sexy an.

»Komm einfach, und ich zeig dir, warum.«

Dann war sie verschwunden.

Ich überlege den ganzen Tag, ob ich mich nun mit Hannah treffen soll oder nicht, aber als die Schule rum ist, sage ich zu Amber, ich würde länger bleiben, um noch was für Mathe zu machen. Sie kneift misstrauisch die Augen zusammen, hakt aber nicht nach. Ich gehe auf die Behindertentoilette in der Nähe des Lehrerzimmers und mustere mich im Spiegel. Ich stecke mir zwei Pfefferminz auf einmal in den Mund. Es ist erst zwanzig vor vier. Es kommt mir vor, als sei kein Mensch mehr in der Schule. Ich gehe in die Bibliothek, ohne mir wirklich ein Buch anzusehen, nur um Zeit totzuschlagen. Um fünf vor vier mache ich mich auf den Weg und gehe über den Parkplatz in den Wald.

Wald ist ein ziemlich hochgestochener Begriff für das Durchein-

ander von Büschen und Bäumen hinter der Schule. Offiziell ist das Gelände gesperrt. Nicht, dass das irgendwer beachtet. In den Pausen hängen dort meistens Alex Bonner und seine Clique ab. Wild und überwuchert, wie es dort ist, treiben sich nach Einbruch der Dunkelheit auch gern Kiffer, Fixer und Säufer herum. Als ich durch das Dickicht laufe, entdecke ich zwei weggeworfene Spritzen und ein benutztes Kondom. Ich gehe zu der kleinen Lichtung in der Mitte, weil ich annehme, dass Hannah dort wartet.

Niemand ist da, als ich ankomme. Eine alte Holzkiste liegt herum. Ich setze mich und schaue zum Himmel. Das Tageslicht verschwindet langsam.

Fünf nach vier. Im Dickicht raschelt es. Ich stehe auf und merke, dass mein Herz rast. Zuerst denke ich, dass ich wegen Hannah nervös bin, aber dann wird mir klar, dass es nicht die Nerven sind. Es ist Angst. Denn auf einmal kommt mir alles merkwürdig vor. Das Geräusch ist zu laut, klingt zu schwer, als dass es von einem einzigen Mädchen stammen könnte.

Da fange ich an zu laufen.

»Sie haut ab!«, schreit jemand. Es ist Robert Marriott, Alex Bonners Kumpel.

»Hinterher!«, ruft Alex.

Ich renne weiter. Aber ich weiß, ich kann nicht geradeaus rennen, denn da ist der Schulzaun. Ich muss nach links oder rechts abbiegen, wenn ich hier rauskommen will, ohne dass sie mich kriegen. Sie kommen näher, ihr Johlen wird mit jeder Sekunde lauter. So wie es sich anhört, sind es mindestens acht, vielleicht mehr. Die ganze Clique. Ich biege scharf nach links ab, doch ich bin nicht weit genug vor ihnen, als dass sie es nicht merken. Ich kann schnell rennen, aber einer von ihnen ist Tyler Williams, der die hundert Meter bei den Bezirks-

meisterschaften läuft, und er ist es auch, der mich einholt. Gekonnt schlängelt er sich zwischen den Bäumen hindurch und kann meine plötzlichen Haken problemlos abfangen. Auf einmal hat er mich, packt mein Sweatshirt und reißt mich zurück. Er hält mich fest, bis die größeren, stärkeren Jungs uns eingeholt haben und mich zu Boden werfen. Sie ziehen mir die Jacke aus und schmeißen sie zur Seite. Alex ist natürlich dabei. Er holt eine Rolle blauer Plastikschnur aus seiner Tasche und schneidet zwei Stücke mit einem Teppichmesser ab. Den Jungs an meinen Füßen und am Kopf reicht er jeweils eins. Erst schaffen sie es nicht, mich zu fesseln, weil ich mich zu heftig wehre. Daraufhin versetzt mir Alex einen Faustschlag in den Magen. Ich krümme mich vor Schmerzen. Die beiden Teams machen sich sofort daran, die Schnur fest um meine Handgelenke und Knöchel zu schlingen. Alex steht über mir.

»Wenn du heute nicht aufgetaucht wärst, hätten wir dich in Ruhe gelassen«, sagt er. »Aber du hast es zu weit getrieben. Du dachtest, du könntest deine dreckigen Transenfinger an meine Freundin legen, und dafür wirst du bezahlen.«

»Freundin?«, stottere ich.

»Warte mal, du dachtest doch nicht, dass Hannah wirklich auf dich steht, oder? Ich muss dich enttäuschen, Kumpel, sie steht auf echte Männer.«

Die anderen hinter ihm lachen höhnisch.

»Also los«, bellt er.

Er marschiert voran und überlässt es den vier größten Jungs, mich hochzuziehen. Ich wehre mich, so gut ich kann, aber die Schnur schneidet immer tiefer in meine Haut. Ich werde zurück zur Lichtung geschleppt und an den größten Baum gebunden. Die Schnur drückt sich in meinen Bauch.

»Höchste Zeit, dich daran zu erinnern, was du wirklich bist«, sagt Alex. Er holt das Teppichmesser aus seiner Tasche und schiebt die Klinge vor.

Ich beschließe, die einzige Waffe einzusetzen, die ich habe. Ich schreie. So viele Jahre lang habe ich meine Stimme absichtlich gesenkt – ich bin gar nicht sicher, ob ich sie überhaupt heben kann. Das erste Geräusch, das ich von mir gebe, ist eher ein rasselndes Quieken. Aber dann nimmt es an Lautstärke zu, und wird zu einem Schrei, von dem ich nicht einmal wusste, dass ich ihn von mir geben könnte. Die Jungen weichen erschrocken zurück.

»Klebt ihr den Mund zu!«, schreit Alex. Tyler wühlt in seiner Tasche, bevor er mit einer Rolle Klebeband herüberkommt. Er reißt einen Streifen mit seinen Zähnen ab und klebt ihn über meinen Mund. Einen Moment lang treffen sich unsere Blicke. Tyler und ich haben früher im Kindergarten zusammen gespielt. Ich versuche wieder zu schreien, aber der Schrei wird von dem Band unterdrückt.

»Also, wo war ich?«, sagt Alex.

Ich kann seinen Atem in der Luft sehen. Er kommt auf mich zu, seine Augen und das Teppichmesser blitzen. Warum kann er mich nicht einfach nur zusammenschlagen, denke ich. Ich habe genug Schläge eingesteckt, damit kann ich umgehen. Was ist schon noch ein blaues Auge? Aber mich zusammenzuschlagen wäre ja langweilig.

Er nimmt das Teppichmesser und schneidet durch mein Sweatshirt, vom Hals an nach unten, vorsichtig, damit er nicht die Schnur durchschneidet, die mich am Baum hält. Er setzt erneut an. Der Stoff löst sich, Teile davon landen zu meinen Füßen. Meinem Schulhemd ergeht es genauso, so dass ich nur noch in meinem weißen T-Shirt und dem Binder dastehe. Es ist so eisig kalt, dass meine Haut brennt.

Dann schneidet Alex durch mein T-Shirt, und ich merke, dass ich weine, heiße Tränen laufen über mein Gesicht. Ich schließe meine Augen. Wenn sie das tun, was ich denke, dass sie als Nächstes tun, dann will ich ihre Gesichter nicht sehen. Als ich höre, wie der Stoff meines T-Shirts von meinem Körper gerissen wird, höre ich alle johlen. Dann sägt Alex durch meinen Binder, das Teppichmesser stockt kurzzeitig an dem dicken Material.

»Halt still!«, befiehlt er.

Ich schließe meine Augen, mein Körper zuckt, es sind keine Tränen mehr übrig.

»Alex Bonner!«

Die Stimme von Mrs Hale, der Konrektorin, ist unverkennbar.

Das Messer schlägt gegen mein Knie, als es zu Boden fällt. Aber ich kann meine Augen nicht öffnen. Ich halte sie geschlossen, während ich losgebunden werde, während das Klebeband vorsichtig von meinem Mund gelöst wird und während Mrs Hale meine Arme in ihren Mantel steckt und mit ihrem Handy Hilfe anfordert. Erst als ich zurück zur Schule geführt werden soll, öffne ich meine Augen wieder langsam. Das Letzte, was ich sehe, sind meine zerschnittenen Klamotten auf dem Boden und das Funkeln von Alex' Messer, das darauf liegt.

Ich erfahre, dass es der Hausmeister war, der Mrs Hale verständigt hatte. Er sah Alex und seine ganze Gang in den Wald laufen und wurde misstrauisch. Später höre ich noch, dass einige der Jungs weglaufen wollten, aber sie wurden schnell gefasst, zusammen mit Hannah.

Ich bekomme irgendeine Schuluniform aus der Fundstücke-Kiste. Alles ist viel zu groß. Mam kommt mit Tia im Schlepptau, um mich abzuholen. Als Mrs Hale klarwird, dass wir kein Auto haben, fährt sie uns nach Hause. Mam sagt kein Wort, sondern hat nur die ganze Fahrt über diesen grimmigen Gesichtsausdruck.

Ich spreche eine ganze Woche nicht.

An die Schule in Cloverdale gehe ich nie mehr zurück.

»Und was ist danach passiert? Mit Alex und den anderen?«, flüstert David in die Stille hinein.

Ich fahre mit beiden Händen durch meine Haare. Es ist das erste Mal, dass ich das jemandem so erzählt habe. Selbst Jenny hat nie die ganze Geschichte, sondern nur kleine Teile davon gehört. Ich fühle mich völlig erschöpft, aber eigenartig erleichtert.

»Sag schon!«, drängt David.

»Alex wurde von der Schule geschmissen. Die anderen wurden für eine Woche suspendiert.«

»Das war alles?«

»Was hätten sie denn tun sollen? Zehn Schüler auf einmal von der Schule werfen?«

»Stattdessen musstest du gehen?«

»Man hat mir empfohlen, die Schule zu wechseln. Zu meiner eigenen Sicherheit, hieß es. Ich schätze, sie kamen einfach mit den ganzen Schwierigkeiten nicht klar. Für das restliche Schuljahr kam ein Tutor zu uns nach Hause. So hätte es von mir aus bleiben können, aber dann bekam ich den Platz an der Eden Park. Es sollte ein Neustart sein. Was für ein Witz, oder?«, sage ich, und mein Mund verzieht sich zu einem aufgesetzten Grinsen.

»Es ist noch nicht zu spät. Du kannst immer noch zurückkommen«, sagt David mit hoffnungsvollem Gesicht.

»Nein, kann ich nicht.«

»Aber du darfst jetzt nicht gehen.«

»Jetzt ist genau der Zeitpunkt für mich zu gehen. Bevor es noch mehr Leute erfahren.«

»Wäre das so schlimm?«

»Hast du nicht kapiert, was ich dir gerade erzählt habe? Die Welt ist nicht unbedingt nett zu Leuten wie mir.«

»Leuten wie uns, meinst du?«, sagt David.

Wir sehen uns einen Moment lang an. Davids Augen sind weit aufgerissen, und sein Blick ist total intensiv. Fast muss ich wegsehen.

»Eden Park ist nicht Cloverdale. Es wird anders sein«, sagt David.

»Ach ja? Harry macht dir das Leben wegen etwas zur Hölle, was du vor Jahren geschrieben hast, als du noch ein kleines Kind warst. Er hasst mich jetzt schon. Stell dir vor, was er macht, wenn er erfährt, was ich dir gerade erzählt habe. Er würde es zu seiner Lebensaufgabe machen, mich zu zerstören. Das weißt du, und ich wette, er wäre dabei nicht allein.«

David schluckt. »Alicia erzählt es vielleicht nicht. Du könntest es immer noch geheim halten.«

Ich schüttele den Kopf.

»Ruf sie doch an«, sagt David.

»Glaubst du vielleicht, das habe ich nicht schon versucht? Ihr Handy ist abgeschaltet. Sie will nicht einmal meine Stimme hören, geschweige denn mit mir reden.«

David senkt den Blick, und ich habe ein schlechtes Gewissen, weil ich so schroff war.

»Sorry«, murre ich.

Es gibt eine lange Pause.

»Leo, kann ich dich was fragen?«

Ich zucke mit den Schultern.

»Wie hat deine Mutter reagiert? Als du ihr zum ersten Mal erzählt hast, dass du als Junge leben willst?«

Ich seufze. »So einen Moment gab es nie. Ich war schon immer so, wie ich eben war, praktisch von Geburt an. Sie hat am Anfang natürlich abgeblockt, als ich dauernd meinte, dass die im Krankenhaus einen großen Fehler gemacht haben müssten. Sie sagte dann immer, ich soll die Klappe halten. Aber irgendwann hat sie meine Nerverei wohl sattgehabt und ging mit mir zu einem Arzt. Als der das ernst genommen hat und mich an einen Spezialisten überwies, hat sie auch angefangen, es ernst zu nehmen. Eine Weile waren wir eigentlich ziemlich eng, aber die letzten Jahre sind wir ständig aneinandergeraten. Zurzeit können wir uns kaum im gleichen Zimmer aufhalten, ohne dass einer von uns beiden zu viel kriegt.«

»Du hast trotzdem Glück«, meint David leise, »dass sie dich einfach so akzeptiert, auch wenn ihr euch nicht mehr so gut versteht.«

Ich schüttele den Kopf. »Glück ist nicht gerade das Wort, das mir als Erstes einfällt, wenn ich an meine Mutter denke.«

Schweigen. David kaut an einem Fingernagel und sieht mich an, als warte er darauf, dass ich noch etwas sage.

»Also, was hast du denn jetzt vor?«, fragt er schließlich. »Wegen allem.«

Darauf habe ich keine Antwort.

Neunundzwanzig

David

Leo bringt mich zur Bushaltestelle. Mir dreht sich total der Kopf.

Leo ist wie ich. Ich bin wie er.

Ich möchte ihm Tausende von Fragen stellen, weiß aber gar nicht, wo ich anfangen soll. Außerhalb der sicheren Dunkelheit des Schwimmbads schweigt Leo wieder. Ich mustere ihn weiter aus den Augenwinkeln, suche nach den Hinweisen, die ich übersehen habe. Meine Blicke wandern seinen Körper auf und ab. Aber er ist immer noch der alte Leo – ruppig, mürrisch und kompliziert.

Als wir die Bushaltestelle erreichen, hat es angefangen zu nieseln, und ein grauer Nebelschleier hängt in der Luft.

»Können wir vielleicht unsere Nummern austauschen?«, frage ich.

Leo runzelt die Stirn.

»Außer du willst, dass ich jedes Mal, wenn irgendwas ist, hier auftauche und an deine Tür klopfe«, sage ich.

Das überzeugt ihn, und er nennt mir widerstrebend seine Nummer. Ich rufe sofort an. Leos Handy leuchtet in seiner Jeanstasche auf, sein Klingelton ist blechern und schrill.

»Und jetzt hast du meine«, sage ich. »Falls du mich mal brauchst«, füge ich schnell hinzu.

»Okay«, murrt er, ohne mich anzusehen. »Du, ist es okay, wenn du allein hier wartest?«

»Oh. Ja, klar.«

Er nickt. Wir stehen noch einen Moment verlegen da, nach der Dunkelheit des Schwimmbads plötzlich den hellen Lichtern der Bushaltestelle ausgesetzt.

»Dann gehe ich jetzt.« Er dreht sich um.

»Warte«, stoße ich hervor.

»Werde ich dich wiedersehen?«, frage ich.

Die Worte kommen mir albern vor, sobald ich sie ausgesprochen habe – viel zu dramatisch und kitschig, wie ein Satz aus einem Film oder Theaterstück.

Leo zuckt nur mit den Schultern und stößt mit dem Fuß nach einer leeren Coladose. Die Scheinwerfer eines sich nähernden Busses kommen in Sicht. Er deutet mit dem Kopf darauf.

»Gutes Timing«, kommentiert er.

»Ja«, stimme ich zu und fische in meiner Tasche nach Kleingeld für den Bus.

»Manchmal wartet man hier ewig«, fügt Leo hinzu, den Blick weiter auf die Straße gerichtet.

Ich strecke meine Hand aus, um dem Busfahrer ein Zeichen zu geben, und er wird langsamer.

Ich hole tief Luft und sage es ganz schnell.

»Weißt du, es wäre wirklich schade, wenn du nicht wieder in die Schule kommen würdest.«

Leo sagt kein Wort, sondern fixiert eine Stelle irgendwo über meinen Augenbrauen.

»Ich würde dich echt vermissen«, füge ich hinzu und werde auf der Stelle rot.

Leo antwortet immer noch nicht.

Der Bus hält an, und die Tür geht auf. Ich steige ein und lege meine Münzen hin. Bis ich mich auf meinen Platz setze, ist Leo verschwunden, verschluckt von Cloverdale.

Während der Bus durch die Stadt Richtung Norden fährt, sehe ich immer wieder den Moment vor mir, wie Leo sein T-Shirt hebt, um seinen Brustbinder zu zeigen. Das Ganze überfordert mich ein wenig. Mein Kopf explodiert beinahe vor Aufregung und unbeantworteten Fragen. Dann wird es mir schlagartig bewusst: Endlich bin ich nicht mehr allein. Es gibt jemanden, der *genau* versteht, wie ich mich fühle. Bei dieser Erkenntnis möchte ich am liebsten noch im Bus laut losjubeln und singen.

»Wie war Mathe?«, fragt Mum, als ich nach Hause komme.

»Mathe war toll«, antworte ich und werfe mich aufs Sofa.

»Wow!«, sagt sie. »Ich hätte nie gedacht, dass ich mal höre, wie du die Worte ›Mathe‹, und ›toll‹ in einem Satz verwendest. Leo muss wirklich ein guter Lehrer sein.«

»Das ist er«, stimme ich leise zu. »Er ist der beste.«

Bevor ich schlafen gehe, schicke ich ihm eine SMS:

Sehe ich dich in der Schule? Dx

Er antwortet nicht. Der Gedanke, dass er nicht mehr da sein könnte, macht mich ganz fertig. Er muss unbedingt zurück in die Schule kommen, er muss einfach. Jetzt mehr denn je.

Dreißig

Leo

Als ich nach Hause komme, sitzt Tia im Schneidersitz auf dem Boden und Amber auf dem Sofa hinter ihr, die Stirn vor Konzentration in Falten gelegt. Sie versucht, aus Tias dünnen Haaren einen französischen Zopf zu zaubern. Als sie mich hereinkommen sieht, hebt sie eine Augenbraue.

»Was war denn los?«, fragt sie.

»Geht dich nix an«, murre ich.

»Leo will nicht reden. Was für eine Überraschung«, sagt sie zu niemand Bestimmten.

Ich ignoriere es und lasse mich erschöpft neben sie aufs Sofa fallen.

Sie befestigt Tias Zopf mit einer Haarspange und tippt ihr auf die Schulter.

»Fertig, Tia.«

Tia strahlt sie an, bevor sie die Fernbedienung unter dem Couchtisch aufhebt.

»Wo ist Mam?«, frage ich.

»Unten im Pub mit Spike. Sie feiern.«

»Feiern? Was feiern sie denn?«, frage ich.

»Spike zieht ein.«

»Ist er das nicht schon?«

»Anscheinend nicht offiziell.«

Ich schnappe mir eine alte Zeitung von der Sofalehne und tue so, als würde ich lesen. Die ganze Zeit spüre ich, wie Amber mich beobachtet.

»Du kannst nicht dein ganzes Leben zu einem riesigen Geheimnis machen, Leo«, sagt sie.

»Warum nicht?«, erwiderte ich und überfliege weiter die gedruckten Wörter, ohne eines davon wirklich aufzunehmen.

»Weil du es dann nie genießen kannst. Du bist nämlich viel zu beschäftigt damit, dich dauernd umzusehen und dir ständig Sorgen zu machen, dass die Leute es rausfinden. Das ist doch kein Leben.«

»Und was soll ich dann deiner Meinung nach tun?«, frage ich und senke die Zeitung. »Denn die Wahrheit hat bei mir bis jetzt nicht besonders gut funktioniert.«

»Keine Ahnung, Leo, aber du könntest ja damit anfangen, dass du mir erzählst, warum du dich die ganze Woche krank gestellt hast.«

Ich werfe die Zeitung zur Seite und stehe auf.

»Ich gehe noch mal weg.«

»Aber du bist doch gerade erst reingekommen.«

»Ich bin irgendwie nicht in Stimmung für Gesellschaft.«

Ich knalle die Haustür hinter mir zu.

Den Freitag und Samstag verbringe ich auf dem Sofa und sehe mir mit Tia DVDs an. Ich tue alles, um nicht denken zu müssen. Denn denken bedeutet, Entscheidungen zu treffen. Und Entscheidungen treffen heißt, man hätte eine Wahl. Und im Augenblick habe ich keine Wahl. Dafür habe ich gesorgt, als ich mich auf Alicia einließ.

Wir sind mitten in *König der Löwen*, als mein Handy piept. Ich greife sofort danach und denke, hoffe, es ist vielleicht Alicia, aber es ist David.

Habe mit A. gesprochen. Alles okay. Sie wird nichts sagen. Dx

Habe mit A. gesprochen. Was meint er? Im gleichen Moment wird es mir auch schon klar. A. steht für Alicia.

Ich schreibe zurück, meine Finger bewegen sich schnell über die Buchstaben.

Was meinst du? Was hast du zu ihr gesagt?

Unmittelbar darauf kommt Davids Antwort.

Hab sie gefragt, ob sie es jemand gesagt hat, und sie sagte nein. Wird sie auch nicht. Gute Nachrichten!!! Dx

Ich schlage mit den Fäusten aufs Sofa, schrecke Tia aus ihrer Disney-Versunkenheit auf, und sie zuckt zusammen. Wie kann David es wagen, seine Nase in meine Angelegenheiten zu stecken, und einfach mit Alicia reden? Was, wenn ihn jemand belauscht hat?

»Bist du böse, Leo?«, fragt Tia ängstlich, die Augen weit aufgerissen.

»Nein, nein, Tia. Tut mir leid, wenn ich dich erschreckt habe«, murre ich gedankenverloren.

Mein Handy piept wieder.

Bist du noch da? Freust du dich nicht? Sie wird niemandem was sagen! Es kann doch ein Geheimnis bleiben! Dx

Er meint anscheinend wirklich, dass es so einfach ist. Vielleicht war es ein Fehler, es ihm zu erzählen.

Ich checke mein Handy-Guthaben. Fast aufgebraucht. Ich nehme den Hörer des Festnetztelefons und bin erleichtert, das

Freizeichen zu hören. Mam hat wenigstens daran gedacht, die Rechnung zu bezahlen. Ich nehme das Telefon mit in den Flur, schließe die Wohnzimmertür hinter mir und wähle Davids Nummer.

»Hallo?«, meldet er sich neugierig.

»Hier ist Leo«, sage ich mürrisch und setze mich auf die Treppe.

»Oh, hey Leo! Ist das dein Festnetz oder was?«

»Was zur Hölle hast du dir gedacht?«, motze ich ihn an. »Warum redest du einfach mit Alicia?«

»Was meinst du?«, fragt er und klingt eingeschüchtert und verletzt.

»Du hattest kein Recht, das zu tun, David, überhaupt kein Recht!«

Auf der anderen Seite der Tür kann ich Tia bei *Hakuna Matata* mitsingen hören, wobei sie jede der Stimmen imitiert. Ich decke mein freies Ohr mit der anderen Hand ab und drehe mich zur Wand, um die Geräusche abzublocken.

»Aber es ist doch okay, sie wird es keinem erzählen. Sie hat es versprochen«, sagt David. »Ich dachte, du wärst erleichtert.«

Ich lasse ein Stöhnen los. »Sag mir einfach, was sie gesagt hat.«

»Sie meinte, sie hätte es niemandem gesagt und würde es auch in Zukunft nicht tun.«

»Das war's?«

»Wir hatten nicht viel Zeit. Ich musste sie quasi stalken, um sie überhaupt einmal allein zu erwischen. Ruby und Becky klebten die ganze Woche an ihr.«

Ich atme aus. Also wird Alicia nicht reden. Dennoch verspüre ich keine Erleichterung, nicht einmal annähernd.

»Leo?«, sagt David. »Bist du noch da?«

»Ja.«

»Ich dachte wirklich, du wärst froh.«

»Sie schämt sich«, sage ich schneidend. »Das ist der einzige Grund, warum sie es für sich behält.«

»Das weißt du doch nicht«, fängt David an.

»O doch«, unterbreche ich ihn entschieden.

Schweigen. Ich höre Phil im Hintergrund bellen.

»Tut mir leid, dass ich das gemacht habe, ohne dich zu fragen«, entschuldigt David sich leise.

»Und mir tut's leid, dass ich dich so angeschnauzt habe, okay?«, sage ich mit einem Seufzer. »Ich mag es nur einfach nicht, wenn andere Leute ihre Nase in meine Angelegenheiten stecken.«

»Ich wollte dir helfen.«

»Ich weiß, ich weiß. Es ist nur ...« Ich beende den Satz nicht.

Keine Ahnung, was ich denken soll. Das Einzige, was ich genau weiß, ist, dass Alicia mich hasst. Dass sie nicht vorhat, irgendjemandem von der Sache zu erzählen, ändert nichts daran.

»Kommst du dann wieder in die Schule?«, fragt David hoffnungsvoll.

»Was?«

»In die Schule? Du musst ja irgendwann zurückkommen.«

Ich fahre mir mit der Hand durchs Haar und versuche mir vorzustellen, wie ich durchs Schultor gehe und in der Mittagspause in der Cafeteria esse. Wie ich in Englisch hinter Alicia sitze. Mit den ersten beiden Punkten komme ich klar. Mit dem dritten ...

»Du hast doch bald deine Probeklausuren, oder?«, fügt David

hinzu. »Die kannst du doch nicht alle verpassen, Leo, das weißt du, oder?«

Ich hasse ihn dafür, dass er recht hat. Gute Probeklausuren sind mein Ticket raus aus Cloverdale. Wenn ich gut abschneide, könnte ich die Oberstufe an irgendeinem großen, anonymen College in der Stadt absolvieren. Danach kann ich an eine Uni gehen, weit weg – vielleicht in Schottland oder Cornwall oder sonst wo. Vielleicht könnte ich sogar im Ausland ganz von vorn anfangen. Aber nichts davon ist ohne die Probeklausuren möglich. Und dafür muss ich zurück an die Eden Park.

Ich muss Alicia gegenübertreten.

Ich seufze tief. David springt sofort darauf an.

»Heißt das, dass ich dich am Montag in der Schule sehe?«, fragt er.

»Kein Plan. Vielleicht. Also, ich muss jetzt Schluss machen.«

Ich lege auf, lehne meinen Kopf gegen die Wand und schließe die Augen.

Im Wohnzimmer singt Tia immer noch.

Einunddreißig

David

Am Montagmorgen warte ich an der Bushaltestelle vor der Schule auf Leo. Gegenüber parken zwei Busse. Ihre Motoren summen leise, die Fahrer stehen auf dem Gehsteig, unterhalten sich und rauchen. Anscheinend ist heute irgendwo ein Ausflug angesagt.

Ich sehe auf meinem Handy nach der Uhrzeit. Der Bus Nummer vierzehn hat Verspätung. In der Ferne ertönt zum ersten Mal die Schulglocke. Ich sehe, wie der Pausenhof sich allmählich leert. Von weitem kann ich gerade noch Essie und Felix erkennen. Essies frisch gefärbtes rotes Haar leuchtet grell.

Ich stelle mich auf die Zehenspitzen und spähe die Straße hinab, halte Ausschau nach Leos Bus und genieße die Wintersonne auf meinem Gesicht und den strahlend blauen Himmel über mir. Der Morgen fühlt sich frisch an, und unwillkürlich erfüllt mich die Hoffnung, dass bei Leo doch noch alles in Ordnung kommt.

Mir schwirrt immer noch der Kopf von allem, was er mir letzte Woche erzählt hat. Ehrlich gesagt, habe ich kaum an etwas anderes gedacht. Ich habe so viele Fragen, dass ich platzen könnte, aber ich spüre, dass Leo erst nach und nach bereit sein wird, sie alle zu beantworten.

Endlich kommt der Bus in Sicht. Ich kann Leo nicht entdecken, und einen Moment lang fürchte ich, er kommt doch nicht. Aber dann sehe ich ihn als Letzten aussteigen. Er sieht müde aus. Sein

Haar ist verfilzt, als sei er gerade erst aus dem Bett gestiegen, und er hat dunkle Ringe unter den Augen, die blauen Flecken ähneln und geradezu schmerzhaft aussehen. Als er mich entdeckt, runzelt er die Stirn.

»Was tust du denn hier?«, fragt er und wechselt seinen Rucksack von einer Schulter auf die andere.

»Ich dachte, du freust dich vielleicht über etwas moralische Unterstützung«, sage ich fröhlich.

»Ich komme gut allein klar, danke.« Er blinzelt in die Sonne und schirmt sein Gesicht mit der Hand ab.

»Das weiß ich«, antworte ich sofort. »Ich wollte dich nur sehen und hallo sagen.«

»Tja, dann hallo«, antwortet er und verdreht die Augen.

In der Ferne läutet es zum zweiten Mal.

Er seufzt. »Also dann, komm.«

Wir überqueren die Straße, gehen durchs Tor und weiter über den verlassenen Pausenhof.

»Wie war der Rest deines Wochenendes?«, frage ich.

»Okay.«

Er erkundigt sich nicht nach meinem.

Ich werfe ihm einen Blick von der Seite zu. Auch wenn er absolut fertig aussieht, steht ihm das. Dadurch sieht er noch kantiger, fast gefährlich aus. So könnte ich niemals aussehen.

Er drückt die Eingangstür auf, und es gibt einen merkwürdigen Moment, als mir klarwird, dass er sie für mich offen hält und den Gentleman spielt.

»Kommst du nun, oder was?«, fragt er, als ich zögere.

»Klar«, sagte ich und schlüpfe unter seinem Arm durch.

Leo biegt sofort nach links ab zu den Klassenzimmern der Elften.

»Wenn du mich heute brauchst, egal weswegen, ruf mich einfach an«, rufe ich ihm nach.

Er schüttelt leicht den Kopf und läuft weiter.

Ich komme bei unserem Klassenlehrer an, als alle anderen gerade gehen. Harry drängt sich an mir vorbei. Mr Collins runzelt die Stirn, als er mich sieht, und macht eine große Show daraus, einen schwarzen Verspätungsvermerk neben meinen Namen ins Klassenbuch einzutragen. Ich entschuldige mich und mache mich gleich auf den Weg zu Bio.

Als ich eintreffe, sind Essie und Felix schon dort. Sie sitzen nebeneinander auf unserer üblichen Bank, die Köpfe zusammengesteckt.

»Hey«, sage ich und ziehe mir einen Stuhl heran.

»David, wir haben dich schon gesucht!« Essie setzt sich aufrecht. »Wo warst du denn heute Morgen?«

»Musste was erledigen«, sage ich, stelle meinen Rucksack auf meine Knie und hole die Stifte heraus.

Es fühlt sich komisch an, nichts zu erzählen, aber es ist besser, gar nichts davon zu erwähnen. Schließlich ist es Leos Geheimnis, das darf ich nicht weitersagen.

»Heißt das, du hast es noch nicht gehört?«, fragt Felix.

»Was gehört?«

Die beiden tauschen bedeutungsvolle Blicke aus.

»Über Leo«, sagt Essie.

»Wovon redet ihr denn?«, frage ich, nicht in der Stimmung für ihre Ratespiele.

»Was, du weißt wirklich nichts?«, fragt Felix.

Ich sehe mich um. Die ganze Klasse ist irgendwie aufgedreht, ihr lautes Geplapper unterbrochen durch gelegentliches Nach-Luft-Schnappen oder Gelächter. Ich drehe mich zu Essie und Felix zurück.

»Was genau ist denn los?«

»Also«, sagt Felix und räuspert sich, »es scheint, dass Leo Denton nicht ganz der ist, der er sagt.«

»Was meinst du?«, frage ich und lege meine Hand um die Bank, um mich festzuhalten.

»Becky Somerville hat einen Typ von der Cloverdale School auf Facebook angeschrieben«, sagt Essie. »Ein Cousin von einem Cousin oder so was, und sie haben Becky genau erzählt, warum Leo abgegangen ist.«

Ich schlucke. Mehr muss Essie nicht sagen.

»Da ist er!«, ruft Lexi und deutet aus dem Fenster auf der anderen Seite des Klassenzimmers.

Die Hälfte der Klasse rennt hinüber.

»Meinst du nicht, da ist *sie*?«, erwidert Tom unter einem Chor grausamen Gelächters.

Ich laufe hinüber und schiebe mich hindurch. Neben mir sind die Nasen meiner Klassenkameraden praktisch gegen die Scheiben gepresst, ihre Gesichter glühen vor Aufregung und Klatschsucht.

Unter uns läuft Leo über den Pausenhof, ohne sich seines Publikums bewusst zu sein. Er geht auf die Busse zu, die ich heute früh gesehen hatte.

Dr. Spiers betritt das Klassenzimmer und befiehlt uns ärgerlich, sofort vom Fenster wegzugehen und uns auf unsere Plätze zu setzen. Widerstrebend lösen wir uns und kehren auf unsere Plätze zurück.

Zitternd setze ich mich. Ich ziehe mein Handy heraus. Vielleicht kann ich ihn warnen, wenn ich schnell genug bin. Ich habe etwa die Hälfte getippt, als Dr. Spiers' Hand auf meinen Tisch donnert, nur Zentimeter von meiner Hand entfernt.

»Her damit.«

»Aber, Sir, es ist ein Notfall.«

»Kein Handygebrauch während der Stunde. Keine Ausnahmen. Jetzt her damit.«

»Bitte, Sir«, bettle ich.

»Geben Sie mir das Handy, Mr Piper«, sagt Dr. Spiers mit gelangweilter Stimme, den Arm ausgestreckt. »Bevor ich die Geduld verliere.«

Mit meinem kleinen Finger schaffe ich es, die unvollständige Nachricht abzuschicken, bevor ich das Handy in Dr. Spiers' offene Hand lege. Ich sehe zu, wie er es in die Schublade des Pults legt.

»Du kannst es nach der Schule wieder abholen«, sagt er.

Ich weiß, dass es keinen Sinn hat, auch nur zu versuchen, mit ihm zu reden.

Als Dr. Spiers den Unterricht beginnt, schließe ich die Augen und stelle fest, dass ich etwas tue, was ich nicht mehr getan habe, seit ich ein kleines Kind war und mir nichts sehnlicher zum Geburtstag wünschte als ein Barbiehaus.

Ich bete.

Ich bete für Leo.

Zweiunddreißig

Leo

Als ich in meinem Klassenzimmer ankomme und es leer vorfinde, gehe ich zurück über den Spielplatz, wie von Mrs Craig angewiesen.

Mir fällt ein, dass ich irgendwann im Oktober einen Brief über einen Ausflug mit nach Hause bekommen habe. Es geht um irgendeine Galerie in der Stadt; eine »Belohnung«, bevor wir uns auf die Probeklausuren vorbereiten müssen. Ich hatte vergessen, Mam den Erlaubnisschein unterschreiben zu lassen, und musste ihre Unterschrift noch im Bus fälschen.

Vor mir sehe ich eine Reihe Schüler warten, um in einen der Busse einzusteigen. Ich werde langsamer. Es sieht so aus, als wäre es der ganze Jahrgang. Na toll. Ich blicke mich nach Alicia um. Ich kann nicht anders, meine Augen suchen nach ihr, bevor mein Verstand es verhindern kann. Als ich sie entdecke, schlägt mir das Herz bis zum Hals. Sie steht mit Ruby da, die Lippen vorgeschoben und die Arme vor der Brust verschränkt. Ihre schwarzen Locken werden mit einem silbernen Stirnband aus ihrem Gesicht gehalten.

Ich bleibe zurück, will nicht, dass sie mich entdeckt, und warte ab, in welchen Bus sie steigt, bevor ich den anderen nehme.

Ich bin der Letzte, der einsteigt, Mr Toolen hakt meinen Namen von einer Liste, als ich die Stufen nach oben nehme.

»Willkommen zurück, Leo«, sagt er. »Geht's dir wieder besser?«

»Ja, danke, Sir«, antworte ich, ohne ihn anzusehen.

Ich zögere, suche nach einem einzelnen Platz.

»Komm schon, Leo, wir haben nicht den ganzen Tag Zeit«, sagt Mr Toolan. »Es gibt jede Menge Plätze.«

Zögernd wähle ich einen Platz weiter vorne, neben einem Mädchen aus meiner Französischklasse – Serena heißt sie, glaube ich. Sie gehört zu den stillen Schülern und redet nur, wenn sie von Madame Fournier gefragt wird, also wird sie sicher nicht versuchen, sich während der Fahrt mit mir zu unterhalten. Als ich mich setze, bekommt sie große Augen und sieht dann schnell weg. Da ich meinen Rucksack nicht unter den Sitz vor mir schieben kann, stehe ich auf und stecke ihn in das Gepäckfach über uns. Als ich die Riemen hineinschiebe, spüre ich wieder Serenas Blick auf mir, aber sie dreht sofort den Kopf, um aus dem Fenster zu sehen, bevor ich sie dabei erwische. Ich schaue wieder nach vorn. Mr Toolan redet mit dem Fahrer. Als ich mich setze, stelle ich fest, dass Serena sich ganz von mir weggedreht hat, ein Bein über das andere geschlagen, so dass sie praktisch mit dem Rücken zu mir sitzt. Was hat die denn für ein Problem?

Der andere Bus fährt zuerst los, überholt uns links. Ich suche in den Fenstern nach Alicia, aber die Scheiben sind getönt, und ich kann nur undeutliche Umrisse erkennen.

Das Handy in meiner Tasche vibriert. Ich hole es heraus. Es ist eine SMS von David. Anscheinend will er sich wieder mal nach mir erkundigen.

Leo – was immer du tust, steig nicht in den Bus. Ich glaube

Ich starre darauf. Die Nachricht hört einfach auf. Er glaubt was? Vielleicht hat er erfahren, dass ich Alicia unerwartet bei dem Ausflug sehen könnte, und wollte mich warnen. Zu spät. Ich versuche, die Wellen von Übelkeit zu ignorieren, und schließe meine Augen.

Als unsere Busse sich durch den Berufsverkehr quälen, versuche ich abzuschalten. Ich muss erst einmal den heutigen Tag hinter mich bringen. Über morgen mache ich mir Gedanken, wenn es so weit ist. Ein Schritt nach dem anderen. Sobald wir in der Galerie sind, kann ich mich hoffentlich abseits halten und allen aus dem Weg gehen, bis es Zeit für die Heimfahrt ist. Ich fange langsam an, mich besser zu fühlen.

Da höre ich es. *Megan.*

Meine Augen öffnen sich schlagartig, und ich lausche angestrengt. Ich sage mir, dass ich mir das eingebildet haben muss, aber ich bin mir nicht sicher. Ich blicke zu Serena. Sie trägt eine knallrosa Version der Kopfhörer, die Alicia immer trägt. Sie hört Popsongs, welche, bei denen Tia immer mitjault. Ich wünschte, ich hätte einen iPod und eigene Kopfhörer, um alles andere auszublenden.

Ich schließe wieder die Augen, aber diesmal kann ich das Gefühl der Übelkeit nicht mehr ignorieren.

Etwa eine halbe Stunde später kommen wir vor der Galerie an. Sie ist modern und sieht wie ein riesiger Zuckerwürfel aus – viereckig und weiß. Als wir aus den Bussen ins Foyer geschleust werden, begegne ich Alicia. Sie hat geweint, da bin ich mir sicher. Ihre Augen sind gerötet, ihr Gesicht ist fleckig. Unsere Augen treffen sich für einen Moment. Ihre werden vor Panik groß, und sie blickt sofort wieder weg. Ich möchte am liebsten zu ihr gehen und sie in den Arm nehmen, dafür sorgen, dass alles wieder gut wird, aber ich weiß, das kann ich nicht.

Wir werden in vier Gruppen aufgeteilt. Es macht mich fertig, als ich merke, dass ich in der gleichen Gruppe bin wie Alicia. Ich überlege, in eine der anderen Gruppen zu wechseln, aber Miss Jennings hat mich im Auge.

Wir werden von unserem Tourguide, einem lebhaften Chinesen mit amerikanischem Akzent, in die erste Galerie geführt. Der Raum ist lang, weiß und hell erleuchtet. Die Gemälde an den Wänden sind riesig und genau die Art von Kunst, die ich hasse. Meiner Meinung nach sehen sie aus, als stammten sie von einem Kleinkind. Trotzdem versuche ich, auf das zu hören, was man uns erzählt, um mich von der Tatsache abzulenken, dass eine tränenüberströmte Alicia nur ein paar Schritte von mir entfernt steht.

»Freak.«

Das Wort trieft nur so vor Gehässigkeit, und auch wenn ich es nicht weiß, bin ich ziemlich sicher, dass ich gemeint bin. Ich versuche, ruhig zu bleiben, und kämpfe gegen den Drang an, mich umzudrehen, herauszufinden, wem die Stimme gehört, und denjenigen dafür bezahlen zu lassen.

Vor mir wedelt der Tourguide mit den Händen, als er über die Inspiration für das Gemälde vor uns redet. Ich gebe einen Scheiß darauf, es sieht für mich einfach nur nach roter und blauer Farbe aus, die über die Leinwand gegossen wurde. Aber ich versuche mich trotzdem auf seine Worte zu konzentrieren, bewege mich weiter an die Spitze der Gruppe, weg von der gehässigen Stimme. Währenddessen steigt Panik in mir auf. Denn all das kann nur eines bedeuten: Alicia hat mein Geheimnis verraten.

»Transe.«

Diesmal weiß ich, wem die Stimme gehört. Miss Große Klappe höchstpersönlich, Becky Somerville. Ich wirble herum, um ihr ins Gesicht zu sehen. Sie grinst selbstgefällig.

»Wie hast du mich genannt?«, frage ich und baue mich vor ihr auf.

»Transe«, antwortet sie betont unschuldig. »Wie schön, dass du dich angesprochen fühlst.«

Sie lächelt weiter, während sie meine zu Fäusten geballten Hände mustert.

»Du wirst doch nicht etwa ein Mädchen schlagen, oder? Ach, wie blöd von mir, ich habe ganz vergessen, dass es ja ein fairer Kampf wäre. Na los doch. Wir werden sehen, wie lange du an der Eden Park durchhältst.«

Ich hole tief Luft und zwinge mich, keine Faust mehr zu machen. Mein Gott, wie ich sie hasse.

Alicia streckt die Hand aus und zieht Becky zurück. Becky dreht sich um und sieht sie wütend an.

»Was? Sie verdient es, nach allem, was sie dir angetan hat«, sagt Becky und legt besondere Betonung auf *sie*. »Sie ist eine dreckige verlogene Perverse.«

Die andern um sie herum murmeln zustimmend. Ihre Gesichter verschwimmen vor mir. Mir wird schwindlig.

»Also, Alicia?«, ruft ein Junge namens Charlie. »Wie war es denn so am anderen Ufer?«

»Ach, fuck off!«, sagt Alicia.

Ich habe Alicia noch nie vorher fluchen gehört. Es gehört zu den Dingen, die mir an ihr am besten gefallen, dass sie es nicht nötig hat, so eine Show abzuziehen. Nicht, dass sie jetzt eine Show abzieht – ihr Gesicht ist gerötet vor Scham.

»Sie ist nicht vom anderen Ufer, du Idiot«, sagt Ruby wütend. »Es ist nicht ihre Schuld! Leo, oder sollte ich sagen Megan, hat sie ausgetrickst.«

»Scht!«, ermahnt uns Miss Jennings und sieht uns böse an.

Ruby macht eine Pause, dann senkt sie ihre Stimme.

»Alicia ist hier das Opfer.«

»Halt die Klappe, Ruby«, sagt Alicia.

»Aber es stimmt doch!«

»Ich sagte, halt die Klappe!«

Die ganze Hin und Her scheint in Stereo abzulaufen, und ich habe das Gefühl, die Wände stürzen auf mich ein. Ich möchte sie alle anschreien, total durchdrehen und um mich schlagen, aber ich kann nicht. Mein Verstand wird von einem einzigen Gedanken beherrscht.

Alicia sagte, sie würde es niemandem erzählen. Sie hat es versprochen. Sie ist doch nichts Besonderes. Sie ist genau wie alle anderen, genau wie Hannah.

Ich muss hier raus. Sofort.

Der Tourguide geht weiter zum nächsten Gemälde. In dem Augenblick, in dem Miss Jennings den Kopf dreht, ducke ich mich hinter einer Schülergruppe und verlasse die Galerie, so schnell ich kann.

Dreiunddreißig

Es ist fast zwei Uhr, als ich zurück nach Cloverdale komme. Von der Galerie aus musste ich drei verschiedene Busse nehmen. Für den dritten Bus hatte ich nicht mehr genügend Geld, so dass ich mich reinmogeln musste.

Den ganzen Heimweg geht es in meinem Kopf total drunter und drüber. Bilder von Alicia vermischen sich mit den Flashbacks vom Wald und von der Galerie. Es wird sich nie ändern. Solange es die Möglichkeit gibt, dass es herausgefunden wird, werde ich mich nie sicher fühlen können. Ich werde immer in Alarmbereitschaft sein müssen. Ich muss hier weg, und zwar schnell.

Während ich mich unserem Haus nähere, kann ich das entfernte Summen des Staubsaugers hören.

Mam ist zu Hause.

Ich überlege umzukehren. Andererseits sterbe ich vor Hunger, und ich weiß, dass Mam und Spike erst kürzlich zum Supermarkt gefahren sind. Das heißt, dass der Kühlschrank zum ersten Mal seit Wochen wieder richtig gefüllt ist. Außerdem weiß ich, dass Mams Schicht in der Wäscherei um drei beginnt. Sobald sie weg ist, kann ich – wenn ich mich beeile – aus dem Haus sein, ohne Amber oder Tia über den Weg laufen zu müssen.

Ein unerwünschte Vorstellung von Tia taucht plötzlich in

meinem Kopf auf: Sie merkt, dass ich abhaue, und ihre Unterlippe fängt an zu zittern, ihre Wimpern sind feucht von den ersten Tränen. Sofort verdränge ich diese Vorstellung.

Sobald ich meinen Schlüssel ins Schloss stecke, höre ich, wie der Staubsauger abgestellt wird. Ich schließe die Tür hinter mir, ziehe mein Jackett aus und werfe es übers Geländer. Es landet mit dem Schulmotto nach oben. *Fairness und Initiative?* Sicher! Klar! Verarschen kann ich mich selbst!

Ich gehe ins Wohnzimmer. Mam steht mit den Händen in die Seiten gestemmt da, als hätte sie auf mich gewartet. Lautlos läuft der Fernseher mit irgendeiner amerikanischen Realityshow.

»Was machst du denn um diese Zeit hier?«, will Mam wissen und deutet auf die Uhr.

Sie trägt eine alte Jeans und ein ausgewaschenes T-Shirt von Spike. Um den Kopf hat sie ein Geschirrtuch wie ein Stirnband geschlungen. Mir gefällt es besser, wenn sie so natürlich aussieht. Sie wirkt dann jünger und ist hübscher – nicht, dass sie das glauben würde, wenn man es ihr sagt.

»Also?«, fragt sie nach und folgt mir in die Küche.

Ich nehme mir zwei Scheiben Brot. Die Margarine steht geöffnet auf der Anrichte, Toastkrümel hängen am Rand.

»Halber Schulungstag für die Lehrer«, antworte ich und spüle ein Messer ab.

»Du lügst«, entgegnet sie sofort.

Langsam drehe ich mich zu ihr.

»Du lügst, Leo«, wiederholt sie. »Du lügst mir glatt ins Gesicht. Eben erst hat mich dieser Mr Toolan angerufen. Er sagt, du bist einfach weggelaufen.«

»Und? Was juckt es dich?« Ich schmiere weiter Margarine auf mein Brot.

»Willst du schon wieder die Schule wechseln, Leo? Willst du in so einer blöden Erziehungseinrichtung landen?«

Eine Erziehungseinrichtung. Der Ort, wo die landen, die sonst keiner haben will. Die ultimative Drohung. Von dort gibt es keine Rückkehr mehr, egal, was sie dir erzählen.

»Ehrlich, ich kann diesen Kram nicht noch einmal mitmachen«, sagt sie. »Ich schaff das einfach nicht.«

Klappernd fällt das Messer auf die Anrichte, und ich drehe mich zu Mam um.

»Welchen Kram denn? Alles, was du gemacht hast, war zu einer Besprechung zu kommen und ein paar Formulare zu unterschreiben. Den Rest hat Jenny erledigt.«

»Oh, entschuldige, das habe ich natürlich vergessen. Gepriesen sei die heilige Jenny!« Mam hebt die Hände in die Luft. »Mit ihren ganzen schicken Uni-Abschlüssen im verdammten Bevormunden. Sie redet die meiste Zeit mit mir, als wär ich eine bescheuerte Fünfjährige.«

»Und was glaubst du, warum das so ist, Mam, hä?«

Sie kommt näher, so dass ihr Gesicht nur noch Zentimeter von meinem entfernt ist. Ich kann die einzelnen Poren auf ihrer Nase und den Wangen erkennen.

»Du hältst dich für verdammt schlau, was?«, zischt sie. »Du meinst, dass du genau weißt, was bei allen hinter den Kulissen vorgeht, ja?«

Demonstrativ drehe ich ihr den Rücken zu und marschiere rüber zum Kühlschrank. Ich hole Mayo, Schinken und Tomaten raus und knalle alles auf die Theke.

»Aber du weißt nichts, Leo«, redet sie wütend weiter, »du weißt gar nichts!«

»Ich sage dir, was ich weiß«, antworte ich und löffle mit zitternden Händen eine dicke Lage Mayo auf jede Brotscheibe. »Ich weiß schon jetzt, mit fünfzehn Jahren, dass mein ganzes Leben, meine Vergangenheit, meine Gegenwart und die Zukunft, ein einziger Haufen Scheiße war, ist und immer bleiben wird!«

Ich werfe den Schinken aufs Brot und fange an, die Tomaten zu zerschneiden, aber das Messer ist stumpf, und zum Schluss habe ich nur einen Haufen Brei. Ich schaufele trotzdem alles auf mein Sandwich. Es ist mir egal, wie es aussieht, und es ist mir sogar egal, wie es schmeckt.

»Das ist nicht meine Schuld, Leo!«, schreit Mam. »Ich weiß, du denkst dauernd, alles wäre meine Schuld. Bei manchem stimmt das vielleicht sogar, aber du kannst mir nicht die Schuld für jede beknackte Scheiße in deinem Leben geben!«

Im nächsten Moment breche ich in Tränen aus.

Das schockiert mich selbst noch mehr als Mam. Ich bin nicht jemand, der weint. Schon als Kleinkind habe ich kaum geweint. Ich werde wütend, ich schreie und werfe mit Sachen, aber ich weine nicht. Und zurzeit bin ich der Meister des Pokerface. Doch jetzt schaffe ich es nicht, den Fluss der Tränen zurückzuhalten. Ich kann nur noch dastehen, überwältigt von Schluchzern, die meinen Körper schütteln.

»Was soll ich denn machen, Leo? Was?«, fragt Mam verzweifelt. »Verdammt, was willst du denn von mir? Dass ich alles wie durch ein Wunder gutmache? Wenn ich wüsste, wie das geht, dann säßen wir nicht in der ganzen verfluchten Scheiße, keiner von uns.«

Ich bekomme keine Luft, um zu antworten.

»Mein Gott, ich kann mich jetzt echt nicht darum kümmern, Leo, ich schaff das einfach nicht!«, sagt Mam und geht auf und ab.

Nach einem Blick auf die Uhr flucht sie verhalten.

»Mist, ich muss los.«

Sie reißt sich das Geschirrtuch vom Kopf, schnappt sich ihre Handtasche und die Schlüssel.

Ich weine immer noch und zittere am ganzen Leib. Alles, was ich will, ist, dass sie stehen bleibt und mich umarmt, mir sagt, dass alles gut wird, genau so, wie sie es früher immer gemacht hat. Stattdessen trägt sie Lippenstift auf, sucht nach ihrem Feuerzeug und den Kippen und weigert sich, mich anzusehen. Die ganze Zeit zittern ihre Hände.

»Hör mal, Leo, reiß dich einfach zusammen, okay?«, sagt sie. »Bitte! Und wenn's geht, dann räum noch auf.«

Ein paar Sekunden später schlägt die Haustür hinter ihr zu, und ich bin allein.

Ich werfe mein Sandwich an die Wand. Es trifft mit einem Klatschen an die Fliesen, das billige Weißbrot klebt einen Moment daran, bevor alles zusammen die Wand herunter in die Spüle rutscht.

Meine Tränen verwandeln sich in unglaubliche Wut. Ich drehe mich um und rase die Treppe hinauf. Zuerst gehe ich in mein Zimmer und werfe Klamotten in eine alte Sporttasche. Ich ziehe den Reißverschluss zu und trage sie nach unten. Dann kehre ich in die Küche zurück und schaue in die Haushaltsdose. Es liegt weniger als ein Fünfer drin, aber ich stecke das Geld trotzdem ein. Doch ich brauche mehr, viel mehr. Ich gehe zurück in Mams Zimmer. Die Vorhänge sind immer noch geschlossen, und das Bett ist nicht gemacht. Der ganze Raum riecht nach Schlaf und abgestandenem Parfüm. Ich ziehe die Schubladen auf. Darin herrscht ein einziges Durcheinander von Unterwäsche und Leggins, aber ich bin sicher, dass Mam hier irgendwo noch Bargeld haben muss. Ich brauche nur genug für einen Zug oder Bus, der mich weit genug von Cloverdale wegbringt. Was ich dann mache, überlege ich mir später. Ich knie mich auf den Boden und durchsuche die unterste Schublade. Darin ist lauter Krimskrams: zerknitterte Quittungen, Batterien, Reste von Geschenkpapier, alte Geburtstagskarten. Bloß kein Geld. Frustriert reiße ich an der Schublade. Sie rutscht komplett heraus, und fällt mir auf die Finger. Fluchend hebe ich sie an und versuche, sie wieder reinzuschieben. Aber sie ist sehr schwer, und ich habe Probleme, sie in die Schienen zu kriegen.

Da bemerke ich etwas golden glitzern.

Ich halte inne und stelle die Schublade auf das Bett hinter mir. Jetzt lege ich mich auf den Bauch. Der Teppich ist übersät mit Mams Haaren, blond und gekräuselt. Eklig. Ich greife in die Lücke, wo die Schublade saß, und schnell wird mir klar, dass die Schubladen nicht so tief hineinreichen, wie der Rahmen ist. Meine linke Hand tastet umher, bis sie auf etwas Kühles aus Metall trifft. Ich ziehe es heraus. Es ist ein rechteckiges Kästchen, rot mit Goldrand. Irgendwie kommt es mir vertraut vor. Es hat rundherum Dellen, als sei es bei mehr als einer Gelegenheit fallen gelassen oder geworfen worden. Der Deckel schließt nicht richtig, und zu meinem Glück ist das Schloss kaputt. Ich stelle das Kästchen auf meine Knie und hebe den Deckel an.

Darin befinden sich hauptsächlich Fotos. Einige davon hatte ich Mam gebeten wegzuräumen, als ich mich von Megan in Leo verwandelte: Amber und ich als Babys in identischen rosafarbenen Strampelanzügen, wir beide als Brautjungfern in pfirsichfarbenen Satinkleidern, Amber strahlend, während ich das Gesicht verzogen hatte und die Situation ganz offensichtlich hasste. Ein Foto von uns vieren – Mam, Amber, ich und Tia als Baby, wie wir auf dem Sofa sitzen, Tia schrie wie am Spieß, und der Rest von uns lachte. Wenn ich mir die Bilder jetzt ansehe, ist es, als blicke ich auf den Geist irgendeines Mädchens, das ich früher mal kannte. Ich lege die Fotos weg.

Da sind die Armbänder, die wir als Babys im Krankenhaus getragen haben, winzig, nicht viel größer als mein Daumen; von allen Kindern der Handabdruck als Baby – rote Farbe auf weißem Papier, Haarlocken von uns auf ein Stück Pappe geklebt. Unter diesen Dingen sind einige Papiere. Ich falte den ersten Zettel auseinander. Es ist Tias Geburtsurkunde, auf der Tony, der Trottel, als ihr Vater angegeben ist. Arme Tia.

Mir fällt auf, dass ich noch nie meine Geburtsurkunde gesehen habe, das war nie nötig. Schnell falte ich das nächste Papier auseinander. Es ist meine Urkunde.

Ich verziehe das Gesicht, als ich meinen Geburtsnamen lese, Megan Louise Denton, und mein Geschlecht als weiblich eingetragen sehe. Da steht es schwarz auf weiß. Mein Blick gleitet über die Seite. Dann bleibt er an etwas hängen. Das kann nicht stimmen.

Mein Vater ist als Jonathan Denton aufgeführt. Jonathan? Aber der Name meines Vaters ist Jimmy. Jimmy Denton.

Dann wird es mir klar.

Ich hatte immer angenommen, Jimmy wäre die Abkürzung für James. Auf Jonathan bin ich nie gekommen.

Ich habe nach dem Falschen gesucht.

Einunddreißig

David

Der elfte Jahrgang kommt gegen drei zurück in die Schule, als ich Sport habe. Zitternd stehe ich auf dem Fußballplatz und sehe die Busse ankommen. Ich friere im Tor fast zu Tode, aber ich bin zu weit weg, um Leo in dem stetigen Strom von Leuten, die aus den Bussen steigen, zu erkennen.

Nach dem Sport muss ich in den naturwissenschaftlichen Trakt, um mein Handy bei Dr. Spiers abzuholen. Bevor er es mir gibt, hält er natürlich noch einen Vortrag über das grundsätzliche Übel von Mobilfunkgeräten. Er findet kein Ende, und ich muss gegen den Drang ankämpfen, es ihm aus der Hand zu reißen. Sobald ich draußen im Flur bin, sehe ich nach, ob ich Nachrichten von Leo bekommen habe. Nichts. Ich kann nur vermuten, dass er kein Guthaben mehr hat. Ich rufe ihn an, aber es geht sofort die Mailbox ran. Weil ich nicht weiß, was ich sagen soll, lege ich auf.

»Entschuldige, dass ich so spät dran bin«, sage ich, als ich mich nach der Schule auf den Rücksitz des Autos setze.

»Kein Problem«, antwortet Mum und lässt den Motor an.

An der Bushaltestelle halte ich nach Leo Ausschau, aber das Wartehäuschen ist leer.

Livvy dreht sich zu mir um.

»O mein Gott, hast du das über den Jungen aus der Elften gehört?«, fragt sie.

»Welchen Jungen?«, sage ich vorsichtig.

»Du weißt schon! Der, den sie aus der Cloverdale rausgeworfen haben!«

»Cloverdale? Ist das nicht ein Freund von dir, David?«, fragt Mum und beobachtet mich im Rückspiegel. »Leo?«

Livvy starrt mich voller Abscheu an. »Du bist mit Leo Denton befreundet?«

»Ich wusste nicht, dass er von der Cloverdale *geflogen* ist«, sagt Mum stirnrunzelnd.

»Ist er auch nicht«, sage ich und werde stellvertretend für Leo wütend. »Es war nicht seine Schuld. Sie haben ihm zu seiner eigenen Sicherheit nahegelegt, zu gehen.«

»Und seit er an der Eden Park ist, hat er so getan, als wäre er ein Junge, aber eigentlich ist er ein Mädchen namens Megan!«, schließt Livvy triumphierend.

Mum hebt die Augenbrauen. »Stimmt das, David?«

Ein Teil von mir will Leo verteidigen und seine Seite der Geschichte erzählen, aber die andere Hälfte weiß, dass ich mich hier auf gefährlichem Gebiet bewege. Ich lasse diese Hälfte gewinnen.

»Woher soll ich das wissen?«, erwidere ich gereizt. »Wir sind ja nicht einmal richtig befreundet. Er gibt mir Mathenachhilfe, das ist alles. Und wahrscheinlich ist das ganze Gerede nur Klatsch.«

Ich drehe mich so, dass ich direkt aus dem Fenster sehe, aber ich kann Mums Blick spüren. Ich bin froh, dass sie das Thema nicht vertieft und stattdessen das Radio aufdreht.

Nach dem Abendessen liege ich auf meinem Bett und schaue mir Zacharys Facebookseite auf meinem Laptop an, als mein Handy piept. Sofort schnappe ich es mir und hoffe, dass es Leo ist. Als ich seinen Namen auf dem Display sehe, stoße ich einen erleichterten Seufzer aus. Seine Nachricht ist kurz.

triff mich @schwimmbad, 8 uhr

Ich möchte gern mehr wissen und rufe ihn an, aber sofort geht wieder die Mailbox ran. Ich erzähle Mum, dass ich rüber zu Essie gehe, Phil mitnehme und bis halb zehn zurück bin. Sie runzelt die Stirn, lässt mich aber gehen unter der Bedingung, dass ich ihr eine SMS schicke, sobald ich angekommen bin, und auch, wenn ich mich auf den Heimweg mache. Bevor ich losgehe, schnappe ich mir die Taschenlampe, die wir für Notfälle unter der Spüle deponiert haben, und stecke sie in meinen Rucksack.

Als ich im Bus sitze, Phil liegt zu meinen Füßen, überlege ich, was Leo wohl von mir will. Und auch wenn ich hoffe, dass es ihm gutgeht, fühle ich mich doch geschmeichelt, dass er mich anruft, wenn er Hilfe braucht.

Eine entfernte Kirchenglocke läutet acht Uhr, als ich mich durch das Loch im Zaun quetsche. Phil winselt ein wenig, als ich ihn mit mir zerre.

»Tut mir leid, Kumpel«, flüstere ich. »Wir sind gleich da, versprochen.«

Ich knipse die Taschenlampe an und suche mir – beruhigt durch ihren breiten Strahl – meinen Weg durch all den Schutt.

Drinnen entdecke ich Leo auf dem unteren der drei Sprungbretter sitzend, seine Beine baumeln vom Rand.

»Hi!«, rufe ich und gehe auf ihn zu.

Leo hebt stumm die Hand. Neben mir schlittern Phils Pfoten über die rutschige Oberfläche. Ich binde ihn an die Metallleiter, bevor ich nach oben klettere und dann auf Händen und Knien das Sprungbrett vorkrieche, die Taschenlampe unters Kinn geklemmt.

Leo dreht sich um und grinst, als er mein vorsichtiges Vorantasten beobachtet.

»Alles okay?«, fragt er, die leichte Belustigung in seiner Stimme ist nicht zu überhören.

Das ignoriere ich und manövriere mich neben ihn auf den Rand. Unsere Schultern berühren sich.

Ich knipse die Taschenlampe aus und lege sie hinter mich. Dann wage ich es, ein klein wenig nach vorn zu rutschen, umfasse aber das Brett und versuche, nicht an die Entfernung zwischen mir und dem harten Boden des leeren Pools unter mir zu denken.

Leo bewegt sich unruhig neben mir hin und her, ein Bündel nervöser Energie.

»Danke fürs Kommen«, sagt er.

»Kein Problem«, antworte ich und sehe, wie seine Beine im Mondlicht auf und ab schwingen. Das ist nicht der Leo, den ich kenne. Der Leo Denton, den ich kenne, ist ruhig und unnahbar.

»Also, was ist los?«, frage ich verwirrt.

Leo dreht sich zu mir. Sein Blick ist ebenso unruhig.

»Ich habe ihn gefunden«, sagt er.

»Wen gefunden?«, frage ich.

»Meinen Vater. Jimmy.«

Begeistert hole ich tief Luft.

»Das ist ja super! Aber wie? Hat er dich kontaktiert?«

»Das nicht.«

»Wie denn dann?«, frage ich. Auch Leos Füße beginnen zu zappeln, seine Zehen wippen hoch und runter. Die Unruhe hat seinen ganzen Körper erfasst.

»Welcher Name wird mit Jimmy abgekürzt?«, fragt er.

»James«, antworte ich automatisch.

»Ja, aber es ist auch die Abkürzung für Jonathan, wusstest du das? Ich hab das nämlich, verdammt nochmal, nicht gewusst. Die ganze Zeit habe ich nach dem falschen Typen gesucht.«

»Du machst Witze!«

»Nein! Ich habe meine Geburtsurkunde gefunden, und da stand es schwarz auf weiß. Ich bin sofort in die Bibliothek und hab seinen Namen bei Google eingegeben, und da war er. Gleich an vierter Stelle. Jonathan Denton & Co., Schreinerei in Tripton-on-Sea.«

»Und du bist sicher, dass es der Richtige ist?«

»Sein Foto ist auf der Website. Er ist es auf jeden Fall.«

Ich hole mein iPhone aus der Tasche und tippe »Jonathan Denton Schreinerei« bei Google ein. Sekunden später blicke ich auf ein Foto von Leos Vater. Er trägt ein rotes Sweatshirt mit »Jonathan Denton & Co.« vorne aufgedruckt und lächelt genauso wie auf dem alten Foto, das ich von ihm gesehen habe. Leo beugt sich zu mir, um aufs Display zu schauen.

»Genau, das ist er«, sagt er, und Stolz klingt in seiner Stimme mit. »Das ist mein Dad.«

»Wo ist denn Tripton-on-Sea?«, frage ich. »Davon habe ich noch nie gehört.«

»In Kent. Irgendein kleiner Badeort. Was bedeutet, dass meine Tante Kerry recht hatte. Er ging an die Küste, nachdem er Cloverdale verlassen hatte.«

»Und was jetzt?«, frage ich.

»Was glaubst du denn? Ich werde zu ihm fahren.«

»Wie meinst du das? Du kannst doch nicht einfach vor seiner Tür stehen.«

»Warum denn nicht?«, fragt Leo, deutlich verärgert, dass ich es wage, seinen fehlenden Plan zu bemängeln.

»Na ja, vielleicht solltest du ihn zuerst anrufen? Ihn warnen?«

»Ihn warnen? Vielen Dank auch!«

»So habe ich das nicht gemeint.«

Leo schüttelt entschlossen den Kopf. »Nein, nein! Das muss ich persönlich machen. Am Telefon könnte es ja jeder Spinner sein. Aber wenn er mich in Fleisch und Blut vor sich stehen sieht, dann weiß er genau, dass ich sein Kind bin. Du hast selbst gesagt, wie sehr wir uns ähnlich sehen.«

»Wahrscheinlich«, murmele ich, nicht ganz überzeugt.

»Kapierst du das denn nicht?«, sagt Leo und verändert seine Position, so dass er mir seitlich gegenübersitzt, wodurch das ganze Sprungbrett wippt. »Es war quasi Bestimmung. Ich stehe kurz davor, nach wer-weiß-wohin abzuhauen, da finde ich meine Geburtsurkunde und erfahre, wer mein Vater ist. Ich meine, ich glaube ja normalerweise nicht an so was wie Schicksal und so weiter, aber es muss doch was zu bedeuten haben, oder?«

»Moment, du hattest vor, abzuhauen? Ohne es mir zu sagen?«

»Du erwartest doch wohl nicht im Ernst, dass ich hierbleibe, nach allem, was in der Schule passiert ist? Falls es dir entgangen sein sollte: Alle wissen Bescheid, David. Es ist wieder genau wie in Cloverdale.«

»Aber du kannst nicht gehen, nicht jetzt.«

»Hörst du mir nicht zu? Ich werde die Schule nie wieder betreten.«

»Aber Leo ...«

»David, es ist egal, darauf kommt es jetzt gar nicht mehr an. Das Wichtige ist, dass ich meinen Vater gefunden habe, und da kommst du ins Spiel.«

»Ich?«

»Genau. Pass auf, die Sache ist die, ich wollte dich fragen, ob du mir vielleicht ein wenig Geld leihen könntest. Wirklich nur geliehen, bis ich in Tripton Fuß gefasst habe.«

Der Gedanke, dass Leo weggeht, fühlt sich wie ein Schlag ins Gesicht an. Endlich habe ich jemanden gefunden, der ganz genau versteht, wie es mir geht, und im nächsten Moment ist er schon wieder weg.

»David?«, fragt Leo nach.

Mir wird klar, dass ich nicht geantwortet habe.

»Äh, ja, klar«, sage ich und reiße mich zusammen. »Wie viel brauchst du denn?«

»Na ja, die Zugfahrkarte nach Tripton kostet neunundsiebzig Pfund. Dann brauche ich noch ein bisschen was extra, damit ich nicht ganz mit leeren Händen dastehe. Zweihundert Pfund vielleicht? Nur damit ich klarkomme, bis ich weiß, wie es weitergeht.«

Ich versuche, mich zu erinnern, wieviel ich auf meinem Sparkonto hatte, als ich das letzte Mal nachgesehen habe. Mit dem Geburtstagsgeld müssten es mindestens vierhundert Pfund sein. Mehr als genug. Ich blicke hinüber zu Leo. Auch wenn er direkt neben mir sitzt, merke ich, wie er mir entgleitet. In Gedanken ist er bereits in diesem Tripton und denkt nur noch an Jonathan Denton.

»Ich sag dir, was ich mache«, antworte ich.

Leo nickt eifrig.

»Ich leihe dir das Geld unter einer Bedingung: Dass du mich mitkommen lässt.«

Leo verzieht schlagartig das Gesicht. »Was?«

»Tja, du kannst nicht allein hinfahren.«

»Wie kommst du denn darauf?«

»Weil eben. Du brauchst moralische Unterstützung.«

»Ich komme klar«, sagt Leo und verschränkt die Arme.

»Ich bezweifle ja nicht, dass du klarkommst. Aber man kann nie vorsichtig genug sein. Was, wenn sich rausstellt, dass dein Vater ein verrückter Axtmörder ist oder so was?«

»Ist er nicht. Er ist mein Vater.«

»Aber was ist, wenn irgendwas anderes passiert, wenn die Dinge eben nicht ganz nach Plan verlaufen«, sage ich leise. »Dann brauchst du einen Freund.«

Leo zuckt bei meiner Verwendung des »F«-Wortes zusammen. »Ich komme gut allein zurecht«, entgegnet er bestimmt. »Was immer auch passiert, ich bin dafür bereit.«

»Kann sein, aber das ist meine Bedingung«, antworte ich. »Wenn du da hinfährst, komme ich auf jeden Fall mit.«

Er starrt mich an. »Ist das dein Ernst?«

Ich nicke ernst. »Ich will für dich da sein, Leo. Bitte.«

Ich greife nach seiner Hand. Er zögert, bevor er es zulässt.

»Bitte …«, wiederhole ich.

Es herrscht Schweigen, bevor er einen tiefen Seufzer ausstößt.

»Also gut, aber sobald wir da sind, geht es nach meinen Regeln.«

»Kein Problem.«

»Und du sagst es niemandem.«

»Nicht einmal Essie und Felix?«

»Ganz besonders nicht Essie und Felix. Das bleibt unter uns beiden, klar?«

»Abgemacht.«

Fünfunddreißig

Ich warte bis zum letzten Moment damit, es Essie und Felix zu sagen, und tue es dann auch noch unpersönlich über Skype. Es ist Donnerstagabend, und Leo und ich wollen gleich morgen früh nach Tripton. Leo war die ganze Woche nicht in der Schule und hat den Freund seiner Mutter überredet, in der Schule anzurufen und zu sagen, er hätte Grippe.

»Du willst *was* von uns?«, fragt Essie nach, ihr Bild auf dem Computerbildschirm ist leicht verzerrt. Schließlich wird es klarer und zeigt sie und Felix zusammen auf Felix' Bett. Felix sitzt im Schneidersitz, Essie hinter ihm. Ihr Kinn ruht auf seiner Schulter, ihre Beine sind um seinen Körper geschlungen, und ihre Arme baumeln über seine Schultern. Es erinnert mich an eine Tierdoku über Froschpaarung, die ich mal gesehen habe.

Ich seufze und wiederhole meine Anweisungen noch einmal.

»Wenn meine Mutter aus irgendeinem Grund dieses Wochenende einen von euch anruft, müsst ihr mich decken und sagen, dass ich bei euch bin, aber gerade nicht ans Telefon kann. Und wenn morgen irgendjemand in der Schule nach mir fragt, dann bin ich krank zu Hause. Abgesehen von Livvy. Redet auf gar keinen Fall mit Livvy.«

»Aber warum?«, will Felix wissen. Seine Stimme ist nicht ganz synchron mit seinen Lippen. »Wohin in aller Welt willst du?«

»Ich habe Geheimhaltung geschworen.«

»Wem?«

»Das kann ich nicht sagen.«

»Aber wir sagen einander alles, David«, jammert Essie. »Du weißt Dinge über mich, die kein menschliches Wesen über irgendjemanden wissen sollte.«

»Ich weiß«, gebe ich zögernd zu. »Und es tut mir leid. Aber das kann ich euch eben einfach nicht sagen.«

»Du willst doch nicht etwa jemanden aus dem Internet treffen, oder?«, fragt Essie. »Hast du nicht diese Sendungen gesehen, wo vor allen möglichen Perversen gewarnt wird?«

»Wenn ich euch sage, wohin ich fahre, werdet ihr dann aufhören, Fragen zu stellen, und mir einfach vertrauen?«

»Ja«, sagt Felix zur gleichen Zeit, als Essie »Nein« sagt. Felix stupst sie an.

Ich hole tief Luft.

»Ich fahre übers Wochenende nach Tripton-on-Sea. Aber das ist alles, was ich verrate.«

»Tripton-on-Sea? Ist das nicht so ein Badeort in Kent?« Felix schiebt seine Brille die Nase hoch. Typisch Felix, er weiß einfach alles.

»Und du triffst dich wirklich nicht mit einem zwielichtigen Kerl aus dem Internet?«, bohrt Essie nach. »Denn, entschuldige bitte, aber das klingt echt nach was Versautem!«

»Es ist niemand aus dem Internet. Ich habe mein Handy dabei«, sage ich, »und schicke euch ab und zu eine Nachricht, damit ihr wisst, dass ich am Leben bin.«

Essie runzelt weiter die Stirn.

»Und wenn ihr gar keine Nachrichten bekommt, dann dürft ihr mich auch anrufen«, füge ich hinzu.

»Wie großzügig!«, erwidert sie beleidigt.

»Essie, bitte …«

»Okay, okay«, gibt sie nach. »Aber wenn du nicht rangehst, dann kommen wir und suchen dich.«

Am Freitagmorgen setzt Mum meine Schwester und mich wie immer vor der Schule ab. Livvy gibt Mum ein Küsschen auf die Wange, bevor sie zu ihren Freundinnen rennt.

»Vergiss nicht, dass ich bis Sonntag bei Felix bin«, sage ich beim Aussteigen.

Ich habe meinen Eltern erzählt, dass Felix, Essie und ich das ganze Wochenende intensiv an einem Schulprojekt arbeiten.

»Bist du sicher, dass es seinen Eltern nichts ausmacht, wenn du zwei ganze Nächte dort bist?«, fragt Mum.

»Ich habe doch schon gesagt, dass das okay ist.«

»Soll dich Dad nicht doch lieber am Sonntag abholen?«

»Nein!«, rufe ich aus.

Sie sieht mich leicht verblüfft an.

»Nein«, wiederhole ich, diesmal ruhig. »Der Vater von Felix hat schon alles geplant.«

»Also gut. Dann viel Spaß! Und lass dich nicht von Felix' Mutter zu einer Überdosis Quinoa oder Goji-Beeren zwingen oder was für supergesundes Essen sie auch immer zurzeit auf dem Speiseplan hat.«

»Geht klar. Tschüs, Mum.«

Ich schlage die Tür zu und sehe meiner Mutter nach, als sie losfährt.

Erst bücke ich mich, um meine Schnürsenkel zu binden, dann biege ich scharf nach rechts ab, statt durchs Schultor zu gehen, und halte mich nah am Zaun.

In der Ferne kann ich die Schulglocke hören. Das nehme ich als Startzeichen für einen kurzen Sprint. Eine Minute später erreiche ich die relative Sicherheit des Gebüsches an der Ecke des großen Zauns, der das Schulgelände umgibt. Zuerst schiebe ich meinen Kopf hinein, um mich zu überzeugen, dass niemand da ist. Das Gebüsch bietet in der Mitte eine kleine Aushöhlung, die bei Pärchen recht beliebt ist. Hier findet man, zu einem gewissen Grad, eine Art Privatsphäre und Schutz – solange man nichts dagegen hat, dass vielleicht noch sechs andere Leute da sind. Es riecht nach Zigarettenrauch und billigem Aftershave, und der Boden ist mit Kippen und Bonbonpapierchen bedeckt. Ich stelle meinen Rucksack ab und ziehe mein Jackett aus. Stattdessen ziehe ich einen blauen Hoodie über mein Schulhemd. Als Nächstes ersetze ich meine Schulschuhe durch Sneaker, dann stecke ich alles zusammen mit der Krawatte und dem zusammengerollten Jackett in den Rucksack. Jetzt hole ich mein Handy heraus, und mit unwillkürlich zitternden Fingern rufe ich beim Schulsekretariat an. Bei den Optionen wähle ich die zweite – Fehlen entschuldigen – und warte. Es tutet einige Male, bevor ich mit Miss Clay verbunden werde.

»Hallo, hier spricht Jo Piper. Ich möchte gern meinen Sohn, David Piper, für heute entschuldigen«, sage ich, genau wie ich es gestern Abend geübt habe. Mit angehaltener Luft wappne ich mich gegen Miss Clays sofortigen Verdacht, doch es stellt sich heraus, dass meine Stimmübungen sich ausgezahlt haben, denn sie bedankt sich lediglich für meinen Anruf und legt auf.

Ich verlasse das Gebüsch so unauffällig wie möglich, bevor ich die Straße entlanggehe und nicht wage, mich umzudrehen. Erst als ich sicher im Bus zum Bahnhof sitze, kann ich mich entspannen.

Bei meiner Ankunft wartet Leo unter der Uhr in der Haupthalle. Er sieht nervös aus und schaut sich immer wieder um, als würde er eine Bombe am Körper tragen.

Als ich mich ihm nähere, bemerkt er mich und nickt mir steif zu.

»Morgen, Kumpel«, grüße ich.

»Morgen«, antwortet er undeutlich, ohne mir in die Augen zu sehen.

Während wir uns für die Fahrkarten anstellen, sagt Leo kein Wort. Ohne auch nur einmal zu blinzeln, schaut er weiter auf die Abfahrtsanzeigen über uns.

Unsere reservierten Plätze befinden sich vorne im Zug.

»Du weißt aber, dass du nur für zwei Nächte verreist, oder?«, sagt Leo, als wir über den Bahnsteig laufen, und deutet auf meinen überquellenden Rucksack. »Was zur Hölle hast du denn da drin? Eine Leiche?«

Ich sehe mich kurz um und senke meine Stimme.

»Mädchenzeug«, flüstere ich.

»Mädchenzeug?«, wiederholt er und legt seine Stirn noch stärker in Falten.

»Du hast doch hoffentlich nichts dagegen, oder? Ich dachte, dass das die ideale Gelegenheit ist, weil es total unwahrscheinlich ist, jemandem über den Weg zu laufen, der mich kennt.«

»Gelegenheit wofür genau?«

»Etwas Erfahrung im echten Leben«, sage ich, »ich glaube, es heißt Alltagstest.«

Ich habe alles über diesen »Alltagstest« im Internet gelesen. Manche der spezialisierten Ärzte verschreiben einem keine Medikamente, bevor man nicht beweisen kann, dass man tatsächlich mit dem gewählten Geschlecht leben kann. Und bisher habe ich es gerade mal zu Hause bis in den Garten geschafft. Aber jetzt habe ich ein ganzes

Wochenende in einer Stadt vor mir, in der mich niemand kennt. Es ist eine zu gute Gelegenheit, um sie zu versäumen. Auch wenn der Ausdruck auf Leos Gesicht nicht unbedingt auf Einverständnis schließen lässt.

»Ich dachte, du könntest das noch am ehesten verstehen«, sage ich leicht beleidigt.

Leo verzieht das Gesicht. »Kann ich ja auch. Ich will nur an diesem Wochenende nicht zu viel Aufmerksamkeit auf uns ziehen. Es soll ja schließlich um meinen Vater gehen, verstehst du?«

»Und das wird es auch, versprochen«, versichere ich ihm. »Ich habe nur ganz normale Sachen mitgebracht. Ganz bestimmt stolziere ich nicht in Tripton wie eine Dragqueen herum, falls du dir darüber Sorgen machst.«

Er runzelt immer noch die Stirn, sagt aber nichts weiter. Ich überrede ihn, vorzugehen und unsere Sitzplätze zu suchen. Ich selbst gehe im hinteren Zugbereich an Bord und in die nächste Toilette. Nervös sehe ich mich in beide Richtungen um, erleichtert, dass meine Mitreisenden entweder die Zeitung lesen oder in Handys quatschen. Niemand scheint auf den mageren Jungen zu achten, der vor der Toilette steht.

Sobald der Zug aus der Station rollt, drücke ich auf den Knopf, und die Toilettentür gleitet auf. Ich schlüpfe hinein, schließe die Tür hinter mir und überprüfe das auch noch dreimal. Ich stelle meinen Rucksack auf den Boden, ziehe meine Hose herunter und setze mich auf den Toilettensitz. Das Metall ist kalt an meinem Po. Ich versuche zu pinkeln, aber mein Inneres ist vor Nervosität wie zusammengezogen. Ich gebe auf und ziehe meine Unterhose wieder hoch, bevor ich meine Schuhe, Socken und die Hose ausziehe. Die Luft ist kalt, und ich bekomme eine Gänsehaut. Zuerst hole ich eine Strumpfhose aus meiner Tasche. Ich raffe sie erst in meiner Hand, bevor ich sie über meine Beine ziehe und weiter hoch bis über den Bauchnabel. Dann fische ich einen BH aus meiner Tüte, lege ihn mir um, drehe ihn und ziehe die Träger über meine Schultern. Die linke Seite muss ich noch korrigieren, damit das kleine Polster, das ich vorsichtig in jedes Körbchen genäht habe, flach an meiner Brust und auf gleicher Höhe wie das rechte liegt.

Ich hole mein Outfit heraus, ein grünes Hemdblusenkleid mit einem Gürtel – auch etwas Abgelegtes von Essie (aus ihrer sehr kurzen adretten Phase), und ziehe es über den Kopf. Es ist ein wenig verknittert, weil es zusammengerollt unten in meinem Rucksack lag, aber es wird schon gehen. Ich stecke meine Füße in ein Paar graue Ugg-Boots, das einzige Schuhwerk, das ich in meiner Größe finden konnte.

Vorsichtig stelle ich meine Schminktasche auf den Waschbeckenrand. Der Spiegel ist aus einem Material, das definitiv kein Glas ist. So etwas findet man oft in öffentlichen Toiletten, das Spiegelbild sieht darin aus wie ein Gespenst. In dem trüben Spiegel erkenne ich von mir nur verschwommene Umrisse – das Haar ist ein dunkler Schatten, das Kleid eine grüne Silhouette, und das Gesicht ein weißer Klecks. Um mein Make-up aufzutragen, benutze ich den Spiegel in meiner Puderdose. So gut es mir gelingt, halte ich ihn hoch, während ich Make-up, Rouge und Mascara auftrage. Immer wieder schwankt der Zug heftig hin und her. Seufzend entscheide ich mich gegen den Eyeliner.

Schließlich bücke ich mich, um meine Perücke aus ihrer kleinen Nylontasche zu holen. Der Waggon schlingert plötzlich, und ich muss mich an dem Griff über mir festhalten. Danach setze ich die Perücke auf meinen Kopf. Es fühlt sich anders an, sie hier aufzusetzen, und nicht im Schutz meines Zimmers. Jetzt ist es kein Verkleiden mehr, jetzt ist es echt.

Ich lege meine Jungsklamotten zusammen und stecke sie in den Rucksack. Dann mustere ich mich noch einmal im Spiegel meiner Puderdose, und mir wird klar, dass ich keine Ahnung habe, ob ich wie ein Mädchen aussehe oder nicht. Ich habe mich so oft und über so viele Stunden hinweg genau im Spiegel betrachtet und gemustert, dass ich nicht mehr sicher bin, welche Gesichtszüge männlich sind und welche nicht. Ich wünschte, ich könnte mich selbst so sehen wie ein Fremder. Ich denke an Leo, der am anderen Ende des Zugs sitzt, und wie ich wohl auf ihn wirken werde. Mein Herz schlägt etwas schneller.

Da klopft es scharf an der Tür und ich zucke zusammen.

»Gleich fertig!«, rufe ich. Meine Stimme klingt, als gehöre sie nicht zu mir.

Ich werfe einen letzten Blick in den Spiegel, auf das geisterhafte Mädchen, das zurückblickt.

Es klopft erneut an der Tür, diesmal drängender. Ich nehme meinen Rucksack und öffne die Tür. Eine junge Frau mit einem übellaunigen Kleinkind auf einem Arm und einer großen, rosafarbenen Tasche zum Windelnwechseln über dem anderen Arm steht davor. Ich sehe ihr nicht in die Augen, während ich mich vorbeiquetsche. Auf dem Weg zu meinem Platz warte ich dauernd darauf, dass die Leute mich kritisch mustern. Fallen ihnen nicht meine überdurchschnittlich großen Füße auf? Was ist mit meinem Kinn, dem falschen Glanz meiner Perücke, irgendetwas, was mich verraten könnte? Versehentlich stoße ich mit meinem Rucksack gegen den Arm eines Mannes. Er blickt deutlich verärgert hoch, nur um dann verständnisvoll zu reagieren.

»'tschuldigung«, stoße ich hervor.

»Nicht so schlimm, Kleine«, erwidert er lächelnd und vertieft sich wieder in seine Zeitung.

Während ich weiter durch den Zug gehe, fangen meine Handflächen an zu schwitzen, und mein Herz schlägt wie verrückt, so dass ich unwillkürlich an diese alten Comics denke, wo der Figur wirklich das Herz aus dem Körper springt. Aber dennoch wird all meine Furcht und Nervosität von einem reinen Glücksgefühl überlagert.

Kleine. Dieser Mann, ein völlig Fremder, hat mich »Kleine« genannt!

Endlich erreiche ich den ersten Waggon. Er ist als Ruhezone ausgewiesen. Ich schleiche mich an Geschäftsleuten vorbei, die in Laptops tippen oder ein Nickerchen machen. Am vorderen Ende des Wagens entdecke ich Leos Kopf, er sieht in die andere Richtung. Wir haben Plätze an einem Tisch. Uns gegenüber hat sich ein ältliches Ehepaar über ein Kreuzworträtsel gebeugt.

Als ich mich auf meinen Platz neben Leo setze, blickt er verblüfft auf. Ich merke, wie meine Wangen knallrot werden.

»Sehe ich okay aus?«, flüstere ich.

»Klar«, flüstert er zurück, bevor er die Augen schließt.

Während der restlichen Fahrt schläft er entweder oder gibt es zumindest vor. Er sieht friedlich und irgendwie jünger aus. Ich versuche zu lesen, muss aber den gleichen Absatz immer wieder von vorn beginnen.

Schließlich fährt der Zug in London ein. Sobald wir ausgestiegen sind, geht Leo voraus. Selbstbewusst läuft er durch die Station und auf den U-Bahn-Eingang zu.

»Wieso kennst du dich hier so gut aus?«, frage ich, als wir uns in eine überfüllte U-Bahn quetschen.

»Ich hatte hier schon öfter Termine bei Spezialisten«, antwortet er leise.

»Kommt deine Mutter da auch mit?«, will ich wissen.

»Früher schon. Inzwischen nur selten.«

»Aber bist du gar nicht nervös? Ganz alleine hierherzukommen?«, frage ich.

Leo sieht mich an. »Nein, nie.«

Jedes Mal, wenn ich aus dem Augenwinkel den grünen Stoff sehe, der um meine Beine streicht, oder eine Strähne des langen Haares, meines Haares, begeistert es mich genauso, wie es mir Angst macht.

Nach zweimaligem Umsteigen verlassen wir die U-Bahn und steigen in einen zweiten, weniger besetzten Zug. Nach etwa fünfundvierzig Minuten führt die Strecke die Küste entlang.

»Schau mal«, sage ich und deute hinaus. »Das Meer.«

Leo nickt mit ausdruckslosem Gesicht.

Ich lege meine Stirn gegen das kalte Glas. Wir haben Ebbe, was weite Flächen von Schlamm und Schlick in der gleichen grauen Farbe wie der des trüben Himmels freigelegt hat.

Leo erklärt den Plan für den restlichen Tag. Dabei schaut er auf eine Stelle auf meiner Stirn, als könne er es nicht über sich bringen, mich geradewegs anzusehen. Vielleicht habe ich ihm nicht genügend Vorlaufzeit gegeben, um sich an meinen Anblick in Mädchenkleidung zu gewöhnen. Trotzdem bin ich von seiner Reaktion etwas enttäuscht. Er schlägt vor, dass wir erst zu dem Bed-and-Breakfast gehen, das wir übers Internet gebucht haben. Dort können wir unsere Sachen lassen, bevor wir uns was zu essen besorgen und anschließend zum Auskundschaften – wie Leo es nennt – zu Jimmys Haus gehen. Morgen kehren wir dann dorthin zurück, und dann will Leo sich seinem Vater vorstellen. Sobald ich mich überzeugt habe, dass er nicht in kleine Stücke gerissen und im Garten vergraben wird, kehre ich allein ins B&B zurück, bevor ich dann am Sonntag wieder nach Hause fahre.

»Was ist, falls er zu Hause ist, wenn wir nachher vorbeigehen?«, frage ich. »Meinst du nicht, dass du dann in Versuchung kommst, gleich bei ihm anzuklopfen, statt bis morgen zu warten?«

»Nein«, entgegnet Leo entschieden. »Ich halte mich an den Plan.«

Während der restlichen Fahrt versuche ich, Leo dazu zu überreden, Spiele zu spielen, aber er weigert sich, schließt die Augen und dreht sich weg. Ich merke aber, dass er nicht richtig schläft, und bin irgendwie sauer. Seit der Entscheidung, zu fahren, hatte ich mir ein filmreifes Abenteuer voller Selbstentdeckung, enger Freundschaft und Momenten, die das Leben neu definieren, vorgestellt. Doch bis jetzt macht Leo einfach nicht mit. Eine halbe Stunde später verkündet eine geisterhafte Stimme über den Lautsprecher:

»Nächster Halt: Tripton-on-Sea.«

Tripton-on-Sea ist eine kleine Station mit nur zwei Bahnsteigen, und Leo und ich sind die Einzigen, die hier aussteigen. Auch wenn es noch nicht einmal halb drei ist, sieht es schon so aus, als ob es bald dunkel wird.

Leo holt einen ausgedruckten Stadtplan aus seiner Hosentasche und dreht ihn ein paarmal, bis er sich orientiert hat.

»Ich denke, das B&B ist in dieser Richtung.« Er deutet auf eine steile Kopfsteinpflasterstraße. Wir gehen die Straße hinunter bis zur Uferpromenade, wo wir einen Moment stehen bleiben. Der Strand breitet sich grau und leer vor uns aus. Das Meer direkt vor mir zu sehen löst immer noch etwas von der aufgeregten Erwartung aus, die ich früher in den Ferien verspürt habe. Rechts von uns befindet sich ein Pier. Er ist nicht wie der Pier in Brighton, mit seinem Jahrmarkt, den Arkaden und der Leuchtreklame. Der Pier von Tripton-on-Sea ist leer und trostlos und scheint sich meilenweit ins Wasser zu erstrecken.

»Der sechstlängste Pier in Großbritannien«, sagt Leo.

Ich sehe ihn fragend an.

»Wikipedia.«

»Verstehe, Mr Wiki.«

Weiter vorne am Ufer gibt es einen kleinen Vergnügungspark, der über den Winter geschlossen ist. Er besteht hauptsächlich aus einer kleinen Achterbahn. Die geschwungenen Metallbahnen sind in knalligen Farben gestrichen, die gegen den grauen Himmel übertrieben bunt wirken. Die kleineren Fahrgeschäfte sind mit Plastikplanen abgedeckt.

Wir biegen nach links ab und laufen am Ufer entlang. Einige Eisbuden und Andenkenläden haben ihre Metallrollos unten.

»Ich hasse es, wenn alles so verrammelt ist«, sage ich. »Ich weiß, es sind nur Gebäude, aber trotzdem finde ich es immer so deprimierend. Weißt du, was ich meine?«

Leo antwortet nicht, sondern studiert weiter den Stadtplan. Dazwischen blickt er immer wieder hoch zu den Straßenschildern. Ich schlurfe neben ihm her, meine Ugg-Boots schleifen übers Pflaster. Die Spitzen werden langsam feucht, dunkle Halbmonde bilden sich darauf.

»Meine Schwester hat auch solche«, sagt Leo und nickt in Richtung meiner Füße. »Ihre sind allerdings fake.«

»Die waren das Einzige, was mir passt«, gestehe ich.

»Welche Größe hast du denn?«, fragt Leo.

»Zweiundvierzig«, seufze ich, »und sie wachsen dauernd weiter. Und du?«

»Neununddreißig«, antwortet Leo.

»Wollen wir tauschen?«

Er bringt ein kurzes Lächeln zustande.

Wir biegen links ab und laufen eine andere steile Straße entlang. *Sea View*, wo wir gebucht haben, ist ein hohes, schmales Haus in der Mitte einer Häuserfront. Wir klingeln und werden von einer älteren Frau mit silbergrauem Haar empfangen. Sie trägt eine gestreifte Schürze und hat einen lustlosen Gesichtsausdruck – die Art, die Erwachsene exklusiv für Teenager auf Lager haben. Es ist eine Mischung aus Misstrauen und Ungeduld. Sie stellt sich als Mrs Higgins vor.

»Ich habe reserviert«, sagt Leo. »Ein Twin-Bett-Zimmer auf den Namen Leo Denton?«

Mrs Higgins sieht uns beide kurz an, bevor sie hinter die Empfangstheke geht, um in ihrem Buch nachzusehen. Wir folgen ihr in den schmalen Flur. Die Tapete ist rosa und kitschig und steht an den Rändern leicht ab.

»Ein Twin-Bett-Zimmer, sagen Sie?«, näselt Mrs Higgins. »Das haben Sie beim Buchen aber nicht extra angegeben.«

»Ich bin mir ziemlich sicher, dass ich das getan habe«, erwidert Leo.

Mrs Higgins nimmt ihre Brille ab.

»Ich darf Ihnen versichern, wenn Sie ein Twin-Bett-Zimmer angegeben hätten, dann hätte ich Ihnen auch ein solches Zimmer reserviert«, antwortet sie hochnäsig.

Einen Moment lang fürchte ich, dass Leo ausrastet und sie anschreit. Ich bemerke seine Wut an der Art, wie sein Körper steif wird und er seine Finger streckt, wie eine Katze, die ihre Krallen ausfährt, kurz bevor sie springt. Aber er bleibt ruhig, und wenn Mrs Higgins seinen schwelenden Ärger bemerkt, dann schafft sie es, das gut zu verbergen.

»Tja, haben Sie noch Twin-Zimmer verfügbar?«, fragt er mit funkelnden Augen.

»Nein. Das Familienzimmer ist noch frei, das hat drei Betten, aber das würde Sie noch einmal fünfunddreißig Pfund extra pro Nacht kosten.«

»Machen Sie Witze?«, antwortet Leo. »Wenn Sie etwas verwechselt haben, wieso sollen wir dann dafür bezahlen?«

Mrs Higgins sieht ihn lange und nachdrücklich an.

»Ich fürchte, das ist die einzige Alternative, junger Mann. Abgesehen davon bin ich heute Nacht völlig ausgebucht.«

Leo flucht verhalten.

»Schon in Ordnung, Bruderherz«, sage ich leise und zupfe an seinem Ärmel. »Wir haben ja lange genug ein Zimmer geteilt, um damit zurechtzukommen.«

Leo wirft mir einen scharfen Blick zu und ist von meiner Rolle als Schwester offensichtlich nicht begeistert.

»Bezahlung vorab.« Mrs Higgins streckt ihre Hand aus.

Als ich meinen Geldbeutel heraushole und die Scheine herausziehe, spüre ich ihren Blick auf mir. Wahrscheinlich sucht sie vergeblich nach der Familienähnlichkeit zwischen Leo und mir. Als ich ihr das Geld reiche, macht sie eine große Show daraus, es nachzuzählen.

»Zimmer neun. Die Treppe hoch bis ganz nach oben, dann links. Kein Lärm nach zehn, keine Geruchsbelästigung durch Essen in den Zimmern. Frühstück gibt es von sieben bis neun im Frühstücksraum.«

Sie reicht uns einen Schlüssel, an dem ein übergroßer Plastikanhänger befestigt ist, bevor sie wieder ins Büro verschwindet.

»Angenehmen Aufenthalt!«, rufe ich ihr in breitem amerikanischem Akzent nach. Ich drehe mich grinsend zu Leo, aber er ist bereits die halbe Treppe hoch.

Zimmer neun ist klein und quadratisch. Es ist mit einem winzigen Schrank, einer Kommode und einem Doppelbett ausgestattet. Über dem Doppelbett liegt eine Tagesdecke mit Blumenmuster. Das Zimmer riecht nach einer Duftmischung und Desinfektionsmittel. Wir stehen einen Moment da und starren beide auf das Bett.

»Tut mir leid«, murrt Leo und lässt seine Tasche auf den Boden fallen. »Ich bin mir sicher, dass ich ein Twin-Zimmer reserviert habe.«

»Das glaube ich dir sofort«, sage ich. »Die dumme Kuh da unten konnte uns schon nicht leiden, als wir durch die Tür gekommen sind. Mach dir keine Gedanken, wir können schließlich Kissen in die Mitte legen oder so was.«

Ich öffne das Fenster und beuge mich hinaus. Das Zimmer geht zu den Mülleimern hinaus.

»Seeblick! Von wegen!« Ich lache laut auf. »Guck dir das an!«

Aber Leo bleibt, wo er ist.

»Sehen wir einfach zu, dass wir hier rauskommen«, schlägt er vor.

Wir gönnen uns ein spätes Mittagessen, *Fish and Chips*. Zum Mitnehmen ist billiger, also setzen wir uns auf eine Bank, von der aus man auf den Vergnügungspark blicken kann. Jeder von uns balanciert einen mickrigen Behälter aus einer Art Styropor auf seinem Schoß, während wir mit winzigen Holzgabeln unser Essen aufspießen. Die ganze Zeit sagt Leo kein Wort, sondern starrt nur aufs Meer hinaus.

Sechsunddreißig

Leo

Neben mir lässt David seine Beine hin und her baumeln und futtert das Essen in sich hinein. Ab und zu macht er eine Bemerkung über die Kälte, um die Stille zu überbrücken.

Ich kriege jedes Mal einen Schock, wenn ich ihn ansehe. Nicht, dass er doof aussieht, nein, gar nicht. Aber ich kann mich einfach nicht daran gewöhnen, dass er so … na ja, eben so angezogen ist. Das Merkwürdige ist, dass er gar nicht schlecht aussieht. Die Klamotten stehen ihm sogar, viel besser als alles andere, in dem ich ihn bis jetzt gesehen habe. Er wirkt sicherer, scheint sich wohler in seiner Haut zu fühlen. Ich bekomme bereits Schuldgefühle, weil ich ihn in Gedanken immer noch als »er« bezeichne.

Ich schaudere und ziehe mir meine Beanie-Mütze über die Ohren. Als ich auf das Pflaster unter meinen Füßen blicke, frage ich mich plötzlich, ob Dad vielleicht auch schon auf genau diese Stelle getreten ist. Oder ob er vielleicht genau dort gesessen hat, wo ich jetzt sitze. Bei dem Gedanken, dass er tatsächlich ganz in der Nähe ist, macht sich mein Magen bemerkbar. Ich stelle mein Essen weg, obwohl ich es kaum angerührt habe.

»Willst du das nicht mehr?«, fragt David und sieht mich überrascht an.

»Nee, bin nicht wirklich hungrig. Du kannst es haben.«

David nimmt begeistert mein Tablett und hat die Portion in weniger als fünf Minuten verputzt. Sobald er seinen letzten Bissen kaut, stehe ich auf.

»Wir sollten dann los, das Haus von meinem Dad checken, bevor es dunkel wird.«

Wir werfen unsere leeren Essensbehälter und Getränkedosen in den Mülleimer und laufen weiter am Ufer entlang, in Richtung Dads Haus.

Als wir in die Marine Avenue einbiegen, verschwindet das letzte Licht des Nachmittags hinter den Häusern. Dad wohnt in Nummer achtzehn. Wir zählen von Nummer zwei an, mein Herz schlägt bei jedem Schritt schneller. Und zum ersten Mal an diesem Tag bin ich froh, dass David bei mir ist. Nicht, dass ich ihm nicht für das geliehene Geld dankbar bin. Aber seine Anwesenheit bringt mich einfach durcheinander und raubt mir irgendwie den Blick auf das Wesentliche. Doch jetzt, nur noch wenige Meter von Dads Haus entfernt, bin ich erleichtert, dass er bei mir ist. Und das ist eine echt merkwürdige Erfahrung, wenn man sich die meiste Zeit seines Lebens nach dem Alleinsein gesehnt hat.

»Achtzehn«, murmeln David und ich wie aus einem Munde und bleiben langsam auf dem Gehsteig stehen.

Das Haus ist groß, weiß gestrichen und steht dunkel da. Ich bin erleichtert, dass ich nicht in Versuchung komme, meinen Plan für morgen zu vergessen und stattdessen sofort zur Tür zu marschieren und wie ein Irrer mit meiner Geburtsurkunde zu wedeln. Nein, ich habe einen Plan, an den ich mich halte. Ich werde mich ruhig und erwachsen verhalten und den Vulkan in mir nicht ausbrechen lassen.

Ich löse meinen Blick von der Haustür.

»Komm«, sage ich zu David, »gehen wir.«

Wir kehren um. Nach etwa zehn Minuten biegen wir in eine Straße ein, die anscheinend die Hauptstraße ist. Filialen der großen Ladenketten wechseln sich mit Fastfood-Lokalen ab. Dazwischen gibt es einen Souvenirladen mit verblassten Ansichtskarten und herzförmigen Lutschern, auf denen »I Love Tripton« steht.

»Ooooh, sieh mal, eine Bingohalle!«, ruft David und unterbricht meine Gedanken. »Ich wollte schon immer mal Bingo spielen.«

Ich blicke in die Richtung, in die er deutet. Die Bingohalle ist in einem Gebäude untergebracht, das früher mal ein altes Kino oder ein Theater gewesen sein muss.

»Meine Mutter spielt Bingo«, sage ich lustlos.

»Bist du mal mitgegangen?«, fragt David.

»Nein.«

Als würde ich so was tun.

»Dann ist es für uns beide das erste Mal!«, sagt er, fasst meinen Arm und bugsiert mich in Richtung Eingang.

Ich schüttle ihn ab.

»David, ich will nicht Bingo spielen. Gehen wir einfach zurück an die Uferpromenade oder so.«

»Aber da waren wir doch schon. Komm schon, das wird lustig.«

»Ich will nicht, hab ich gesagt. Außerdem habe ich kein Geld.«

»Ich zahle.«

»Nein, du zahlst sowieso schon alles.«

»Aber es macht mir nichts aus, ehrlich.«

In diesem Moment fällt ein Regentropfen auf meine Nase, und ich blicke nach oben. Der Himmel ist noch dunkler geworden. Es herrscht ein Augenblick der Stille, bevor er unvermittelt seine Schleusen öffnet und es in Strömen regnet. David zieht sich den Mantel über den Kopf, um seine Haare zu schützen, und beeilt sich, ins Foyer der Bingohalle zu kommen. Widerstrebend folge ich ihm.

»Wir sind zu jung«, zische ich. »Man muss über achtzehn sein, guck doch!«

Ich deute auf das Schild hinter ihm. Er zuckt nur mit den Schultern, und mir fällt auf, dass die weibliche Version von David viel mutiger ist als der Junge, den ich bis jetzt kannte. Es ist, als ob die Perücke, das Kleid und die Ugg-Boots magische Kräfte hätten.

»Ich hätte nicht gedacht, dass du so ein Musterknabe bist«, sagt er. »Hör mal, wenn sie uns rauswerfen, dann werfen sie uns eben raus, und wenn schon? Hast du einen besseren Vorschlag?«

Hinter uns prasselt der Regen herunter, die Hauptstraße ist im Nu menschenleer, weil sich alle irgendwo unterstellen.

»Meinetwegen«, gebe ich murrend nach und schiebe meine Hände in die große Tasche meines Hoodies.

David geht zur Kasse. Der Typ dahinter schaut kaum von der Zeitung auf und gähnt ungeniert, während er Davids Geld nimmt.

David tänzelt mit einem Set Bingokarten für jeden und zwei Stiften zurück.

»Sieh mal, sie haben richtig professionelle Bingostifte!«, sagt er, zieht die Hülsen ab und mustert fasziniert die flachen, dicken Spitzen.

»Kenne ich schon«, antworte ich. Tia hat genügend davon in ihrer Stiftesammlung – Mitbringsel von Mam.

Sobald wir durch eine Flügeltür getreten sind, stehen wir in einer riesigen Bingohalle. Die gelangweilte Stimme des unsichtbaren Conférenciers hallt von den Wänden. Es ist nicht viel los. Eine Gruppe älterer Frauen hat sich ziemlich weit vorne versammelt, und überall verteilt sitzen noch ein paar Solospieler, die Köpfe über ihre Bingokarten gebeugt.

Wir schieben uns in eine Sitzecke. David schaut sich um und klatscht in die Hände wie ein Kind bei einer Geburtstagsparty.

Ein gelangweilt aussehendes Mädchen Anfang zwanzig (Langeweile scheint das heimliche Motto der Veranstaltung zu sein) mit einem Namensschild, auf dem Kayleigh steht, kommt mit einem Block und Stift zu uns.

»Möchtet ihr was trinken?«, fragt sie.

»Eine Cola, bitte«, bestellt David.

Ich überfliege die klebrige Getränkekarte und habe auch gleich das billigste Bier entdeckt.

»Ein kleines Foster's, bitte«, sage ich und denke, es ist einen Versuch wert.

Kayleigh notiert es, ohne zu blinzeln.

David blickt überrascht auf.

»Oh, dann würde ich auch gern ein Foster's nehmen«, sagt er.

Kayleigh nickt und geht weiter. Ein paar Minuten später kehrt sie mit unseren Bieren zurück. Sie schwappen etwas über, als sie die Gläser auf den abgenutzten Plastiktisch stellt.

»Soll ich es aufschreiben?«, fragt sie.

»Oooh, ja bitte«, antwortet David. Kayleigh reicht uns einen Plastikchip mit der Nummer siebzehn darauf.

»Das macht ja *solchen* Spaß«, sagt David mit funkelnden Augen, sobald Kayleigh außer Hörweite ist.

Ich schüttle den Kopf und sehe zu, wie er sich nach vorne beugt und an seinem Bier nippt – besser gesagt, am Schaum. Im nächsten Moment verzieht er das Gesicht.

»Igitt, schmeckt das scheußlich!«, stößt er hervor.

»Was? Hast du noch nie Bier getrunken?«

»Nein«, antwortetet er und tupft sich mit einer Serviette über den Mund.

»An den Geschmack muss man sich wahrscheinlich gewöhnen«, gebe ich zu und nehme einen tiefen Schluck. Das letzte Mal, als ich Bier getrunken habe, war bei Beckys Party. Mit Alicia.

Nach dem, was David erzählt hat, war es Becky, die alles herausgefunden und an die große Glocke gehängt hat, nicht Alicia. Macht allerdings keinen großen Unterschied. Sie hasst mich trotzdem.

David rümpft die Nase und nimmt noch einen vorsichtigen Schluck.

Der Conférencier verkündet, dass das nächste Spiel gleich anfangen wird. Widerstrebend nehme ich meinen Stift. David sitzt bereits in Wartestellung, sein Stift schwebt erwartungsvoll über der Karte, die »Augen nach unten«, wie der Conférencier alle instruiert.

Das Spiel beginnt. David genießt einfach alles. Er markiert die Zahlen mit seinem Spezialstift und kichert bei jedem Schluck vom inzwischen warmen, wässrigen Bier über die üblichen Bingorufe, wie »die Supersechs« oder »die wilde Dreizehn«.

Das erste Spiel gewinnt ein Einzelspieler. Er hebt ruhig die

Hand und wirkt völlig unbeeindruckt. Das zweite Spiel wird von einer der alten Damen weiter vorne gewonnen. Sie schreit »Hier!« und wedelt mit einem Taschentuch über ihrem Kopf. Beim dritten Spiel versuchen wir, den Jackpot, das »House«, zu knacken. Das Spiel scheint ewig zu gehen. Mir verschwimmt schon der Blick. Einmal schreit eine der alten Damen »House«, aber es stellt sich als falscher Alarm heraus, und sie erntet jede Menge Kopfschütteln und missbilligende Zungenschnalzer der anderen Spieler. Wir spielen weiter, und die Nummern kommen bald schneller und schneller.

»Komm schon, sechsunddreißig, sechsunddreißig«, sagt David vor sich hin. »Wie viele brauchst du noch?«, flüstert er mir zu.

»Ähm, nur eine. Zweiundfünfzig«, antworte ich und reibe meine Augen.

Noch mehr Zahlen. Noch ein falscher Alarm.

»Dann: … zweiundfünfzig.«

»Zweiundfünfzig«, wiederholt David. »Sie haben gerade die zweiundfünfzig aufgerufen, Leo! House!«, ruft er und wedelt mit den Armen in der Luft. »House! Hier drüben!«

Mein Gewinn beläuft sich auf einhundert Pfund. So viel Geld hatte ich noch nie. Ich kehre von der Kasse im Foyer zurück. Die Geldscheine in meiner Hand fühlen sich neu und gut an, und ich kann immer noch nicht fassen, dass sie wirklich ganz offiziell mir gehören.

Ich deute auf unsere leeren Biergläser.

»Noch eins?«

Wir spielen noch ein paar Runden Bingo. David bekommt eine Straße und gewinnt einen Zehner. Die alten Damen in der ersten Reihe werfen uns böse Blicke zu, woraufhin David so heftig lachen muss, dass er nicht mehr aufhören kann. Und ich weiß nicht, ob es das Bier ist oder was, aber plötzlich kichere ich auch. Es ist nicht einmal so lustig, und irgendwie müssen wir deswegen noch mehr lachen. Ein Lachkrampf, so was hatte ich nicht mehr, seit ich ein kleines Kind war. Wo man sich so richtig den Bauch hält und nach Luft schnappt. Schließlich lachen wir so sehr, dass wir unsere Bingokarten einfach liegenlassen und rausgehen auf die Straße, wo es endlich aufgehört hat zu regnen.

Wir sind am Ende der Hauptstraße und biegen in die Uferstraße ein, als David sich die Hand vor den Mund schlägt und nach Luft schnappt.

»Was ist denn?«, frage ich.

»Ich habe unsere Rechnung nicht bezahlt!«

Da drehen wir völlig ab. Wir halten uns aneinander fest, so sehr müssen wir lachen.

Mir wird klar, dass ich auf jeden Fall betrunken bin.

Für einen Freitagabend sind die Straßen von Tripton ziemlich leer. In der Ferne hören wir Musik und gehen darauf zu. Irgendwann hakt David sich bei mir unter, und bis ich es merke, ist es zu spät, seinen Arm abzuschütteln. Als wir näher kommen, stellen wir fest, dass die Musik aus einem Pub namens *Mermaid Inn* herausschallt.

Ich stoße die Tür auf. In der Ecke der Kneipe steht eine ziemlich große Frau auf einer winzigen Bühne und schmettert *Beautiful* von Christina Aguilera. Hinter ihr funkelt ein silberner Glitzervorhang. Als wir auf die Bar zugehen, folgen uns die Blicke der Gäste. Zum ersten Mal seit wir in Tripton angekommen sind, merke ich, dass David nervös wird – wie er meinen Arm fasst und seine Fingernägel sich fast in meine Haut drücken, selbst durch meine vielen Klamotten.

Ich führe ihn zu einem freien Tisch am Fenster.

»Schauen die Leute?«, flüstert er, die Augen groß und ängstlich.

»'türlich nicht.«

»Sehe ich okay aus?«

»Bestens.«

Ich hole einen Zwanzigpfundschein aus meinem Geldbeutel.

»Nein, meine Runde«, sagt David. »Ich bestehe darauf.«

Ich öffne meinen Mund, um zu protestieren, aber dann schließe ich ihn wieder. Ich brauche dieses Geld schlicht und ergreifend. Wenn ich bei Dad leben will, kann ich nicht mit völlig leeren Händen kommen, ich muss etwas beitragen, meinen Unterhalt verdienen.

»Danke. Ich nehme noch ein Halbes.«

»Hier!« David drückt mir den Geldschein in die Hand. »Geh du.«

»Nein, du«, sage ich und gebe ihm den Schein zurück. »Du hast bessere Chancen, bedient zu werden.«

»Wieso das denn?«

»Jeder weiß, dass es als Mädchen einfacher ist.«

Ein strahlendes Lächeln breitet sich auf Davids Gesicht aus.

»Was? Wieso grinst du denn so?«

»Du hast mich gerade als Mädchen bezeichnet«, sagt er erfreut, und seine Wangen laufen rosa an.

Und das habe ich wohl irgendwie wirklich getan.

»Du hast mich als Mädchen bezeichnet«, wiederholt David, und seine Augen glänzen, so dass ich schon befürchte, er fängt womöglich an zu heulen.

»Also los dann, hol die Getränke, ich habe Durst«, sage ich schnell und stoße mit meinem Fuß gegen sein Schienbein. Er beißt sich auf die Lippen und nickt, bevor er tief Luft holt und an die Bar geht.

Meine Blicke wandern im Pub umher. Es ist eine dieser altmodischen Kneipen mit dunkler Holzverkleidung und Messingverzierungen überall. Auch wenn es erst November ist, haben sie bereits weihnachtlich dekoriert. Auf der Bar steht ein wackeliger Plastikbaum, und an die Fenster ist Kunstschnee gesprüht. Drüben auf der Bühne steht ein älterer Mann, der eindeutig ein Toupet trägt und gerade in Weihnachtsstimmung kommt. Wenn man nach dem Intro gehen kann, singt er jedenfalls gleich *The Fairy Tale of New York*.

David kommt mit einem Bier in jeder Hand und mindestens fünf Tüten Chips unter den Armen zurück, ein breites Lächeln im Gesicht.

»Er hat nicht einmal nach meinem Ausweis gefragt«, berichtet er. »Und er hat mich ›Süße‹ genannt!«

Ich lache. »Hab ich dir doch gesagt«, antworte ich und nehme ihm mein Glas ab. David setzt sich auf seinen Hocker und reißt die Chipstüten auf.

»Cheers!« Ich hebe mein Glas.

David blickt lächelnd hoch.

»Cheers«, erwidert er. »Auf … worauf denn?«

»Keine Ahnung. Muss es denn was Bestimmtes sein?«

»Klar muss es das!«, ruft er.

Er denkt einen Moment nach. »Ich würde sagen, auf uns! Auf Leo und David!«

Ich verdrehe die Augen, stoße aber trotzdem mit ihm an.

Der alte Typ auf der Bühne ist beim Refrain angelangt, und da die meisten Gäste einstimmen, tue ich es auch. David schaut mich überrascht an.

»Es ist mein Lieblingsweihnachtslied«, sage ich mit einem Schulterzucken und spiele mit einem Bierdeckel herum.

»Echt? Findest du es nicht ein wenig deprimierend?«

»Nee, mir gefällt es«, sage ich. »Außerdem ist das Leben doch deprimierend, oder etwa nicht? Es ist nachgewiesen, dass die Selbstmordrate an Weihnachten immer ansteigt.«

»Aber das ist doch furchtbar! Weihnachten sollte eine Zeit der Wunder sein!«

Ich schüttele den Kopf. »Du bist manchmal ganz schön kitschig, weißt du das? Als Nächstes erzählst du mir, dass du noch an den Weihnachtsmann glaubst.«

David streckt mir die Zunge raus und trinkt einen Schluck Bier. Sein Mund hinterlässt einen Lippenstiftabdruck am Glas. Er hält es hoch und bewundert den Abdruck.

»Was ist denn dein Lieblingsweihnachtslied?«, frage ich.

»Rate mal.«

Ich überlege kurz, dann schnippe ich mit den Fingern.

»Mariah Carey, *All I Want for Christmas is You*«, rate ich.

David lächelt.

»Falsch. Es ist *Have Yourself a Merry Little Christmas*, in der Version von Nat King Cole.«

»Von wem?«

»Siehst du? Du weißt noch lange nicht alles über mich, Leo

Denton«, sagt David und wackelt mit dem erhobenen Zeigefinger.

Dass David meinen vollen Namen ausspricht, genau wie Alicia, erinnert mich an sie. Meine Gedanken driften ab, und ich bin wieder in ihrem Zimmer am Abend des Feuerwerks. Das ist erst eine knappe Woche her, aber es fühlt sich viel länger an.

»Also, wie sehe ich aus?«, fragt David, als der Song zu Ende ist und der Karaoke-Moderator den nächsten Sänger ankündigt.

»Äh?« Ich zwinge mich und meine Gedanken wieder ins Hier und Jetzt im *Mermaid Inn* zurück.

»Wie ich aussehe?«, wiederholt David.

»Hab ich dir doch schon gesagt, gut.«

»Geht es vielleicht auch etwas genauer?«

»Du siehst … gut aus«, sage ich.

»Aber *wie* gut? Gehe ich durch?«

»Durchgehen?«, frage ich.

»Na, du weißt schon! Gehe ich als weiblich durch?«

»Ach so. Tja, das ist schwer zu sagen.«

Davids Mundwinkel sacken nach unten.

»Was ich meine, ist, dass das für mich schwer zu sagen ist, weil ich dich eben als Jungen kenne. Aber wenn ich ein Fremder wäre und dich auf der Straße sehen würde, dann würde ich sicher annehmen, dass du ein Mädchen bist.«

»Echt?«, hakt David mit staunendem Blick nach.

»Klar«, sage ich.

Er beißt sich auf die Lippen, um ein Grinsen zurückzuhalten, das sich zweifellos auf seinem Gesicht ausbreiten will.

»Du wirkst nämlich total wie ein Junge«, sagt er, »und du klingst auch noch wie einer.«

Ich blicke mich schnell um, erleichtert, alle Leute um uns herum in ihre eigenen beschwipsten Unterhaltungen vertieft zu sehen.

»Das ist Übungssache«, erkläre ich mit einem Schulterzucken. »Ich weiß eben, was funktioniert.«

»Hast du schon viele Leute wie uns getroffen?«, fragt David.

Ich schüttle den Kopf.

»Was? Keinen?«

»Nope.«

»Aber wie kann das sein? Was ist mit der Spezialklinik, in die du gehst? Die in London?«

Ich zucke mit den Schultern. »Man kann den anderen Patienten leicht aus dem Weg gehen. Meine Therapeutin will mich immer dazu überreden, mich irgendwelchen Gruppen anzuschließen und so, aber das ist einfach nicht mein Ding.«

»Wieso nicht?«

»Ist halt so. Ich stecke in diesem Körper fest, zumindest im Augenblick, also was nützt es, sich darüber bei anderen Leuten auszujammern? Nichts!«

»Aber findest du das nicht hilfreich?«, fragt David.

»Was?«

»Na ja, zum Beispiel, mit mir darüber reden zu können und nichts verbergen zu müssen. Ist das nicht irgendwie eine Erleichterung?«

Ich zögere und will das Gespräch von mir weglenken.

»Erzähl lieber mal, was dein Mädchenname ist«, fordere ich ihn auf. »Das weiß ich auch noch nicht.«

»Wie bitte?«

»Na, du musst doch einen Mädchennamen haben, oder? Du

kannst doch nicht ernsthaft erwarten, dass die Leute dich weiter David nennen, wenn du so aussiehst.«

»Wahrscheinlich nicht«, sagt David, blickt nach unten und glättet vorsichtig sein Kleid.

»Und welcher ist es? Du hast doch bestimmt schon darüber nachgedacht.«

»Klar habe ich das«, bestätigt David. »Ich nehme das ernst, verstehst du, es ist nicht einfach ein Spiel.«

»O Mann, das weiß ich doch«, sage ich und trinke einen Schluck. »Jetzt komm schon, spann mich nicht auf die Folter.«

»Versprichst du, dass du nicht lachst?«

»Klar doch.«

David holt tief Luft.

»Also gut. Es ist Kate.«

»Kate? Wie Kate Middleton?«

»Ja, aber deswegen habe ich den Namen nicht ausgesucht«, sagt er schnell, »auch wenn ich sie echt toll finde.«

»Also warum dann?«

David beugt sich vor, seine Ellbogen ruhen auf dem Tisch.

»Ich habe meine Eltern einmal gefragt, wie sie mich genannt hätten, wenn ich ein Mädchen gewesen wäre, und sie sagten, es war ein knappes Rennen zwischen Kate und Olivia. Olivia konnte ich nicht nehmen, denn so heißt meine kleine Schwester, also habe ich mich für Kate entschieden.«

»Kate«, wiederhole ich. »Kate Piper.«

»Was? Gefällt er dir nicht?«, fragt David.

»Nein, nein, ich meine – doch. Ich dachte nur, dass du dir vielleicht was aussuchst, was … keine Ahnung, schräger ist.«

»Schräger?«

»Okay, vielleicht ist schräger der falsche Ausdruck. Keine Ahnung, irgendwas Ungewöhnliches, Ausgefallenes. Aber Kate ist gut. Passt zu dir.«

»Ehrlich?«

»Klar.«

»Danke«, strahlt er mich an. »Was ist mit dir? Wie bist du auf deinen Namen gekommen? Leo.«

Ich antworte nicht sofort, sondern nehme mir die Zeit, eine der leeren Chipstüten zu falten, kleiner und immer kleiner, bis es nicht mehr geht und meine Finger vor lauter Salz und Fett klebrig sind.

»Also?«, hakt David nach.

»Meine Mutter hat mir geholfen, ihn auszusuchen«, sage ich und wische mir die Hände an meiner Jeans ab. »Leo steht für mein Sternzeichen, den Löwen, auch wenn ich nicht an so was glaube. Aber meine Mam hatte es vorgeschlagen, und irgendwie hat es gepasst.«

»Finde ich toll«, sagt David. »Ich kann mir so eine Unterhaltung mit meiner Mutter überhaupt nicht vorstellen. Wie hast du es denn geschafft, dass alle dich so nennen?«

»Ich habe mich einfach geweigert, auf etwas anderes zu hören. Und irgendwann funktionierte es. Ich war sowieso nie eine richtige Megan.«

Es herrscht eine lange Pause. Obwohl wir keinen Fuß auf den Strand gesetzt haben, befindet sich Sand unter meinen Fingernägeln.

»Was wirst du Jimmy denn sagen?«, fragt David leise.

»Was meinst du?«, frage ich.

»Du weißt schon, darüber, dass du jetzt ein Junge bist?«

»Ich werde es ihm direkt sagen«, antworte ich kühn.

»Hast du eine Rede vorbereitet?«, fragt David.

»Ich brauche keine Rede.«

Die Wahrheit ist, es gibt so viele Dinge, die ich sagen möchte, dass ich sie nicht einmal ansatzweise sortieren kann. Immer, wenn ich mir das Gespräch von morgen vorstelle, komme ich ins Stocken, weil so vieles von meinem Vater abhängt.

Dann bekommt David einen Schluckauf, richtig heftig, und ich bin froh über die Ablenkung. Wenn ich an morgen denke, bekomme ich Kopfschmerzen. Davids Schluckauf ist so laut, dass die ersten Leute zu uns sehen. Ich überrede ihn, von der gegenüberliegenden Seite seines Glases zu trinken, aber er schüttet sich nur was über sein Kleid, und der Schluckauf hört nicht auf, sondern wird nur noch lauter.

Zwischen dem Schluckauf reden wir weiter über alles Mögliche – Musik, Filme, Fernsehen. Im Hintergrund geht die Karaoke weiter. Ein Song nach dem anderen wird geschmettert, manchmal mehr schlecht als recht. Und für eine Weile kann ich die Ungewissheit ausblenden und einfach nur in der Gegenwart leben. Es ist eine gute Gegenwart – wir haben Spaß, und ich fühle mich auf eine ganz neue Weise beinahe frei. Nach einer Weile verstehe ich, dass David recht hatte (nicht, dass ich ihm das jemals verraten würde): Es liegt daran, dass ich nicht lügen muss. Ausnahmsweise einmal kann ich mit jemandem reden, ohne jeden Satz genau abwägen zu müssen, um mich nicht zu verraten. Mit Alicia zusammen zu sein war aufregend und romantisch und so weiter, aber ich hatte dauernd diese insgeheime Furcht, immer das Gefühl, mich nahe am Abgrund zu bewegen und jederzeit abstürzen zu können.

Unsere Unterhaltung dreht sich jetzt um die Schule, und David redet über Zachary, den blonden Jungen, in den er verliebt ist, und darüber, dass der in der letzten Woche praktisch sämtliche Bezirkswettkämpfe gewonnen hat.

»Du bist echt in ihn verknallt, was?«, stelle ich fest.

David wird sofort rot.

»Ja«, gibt er zu und fährt mit dem Finger um den Rand seines Glases. »Aber es ist hoffnungslos.«

»Bist du sicher?«

»Klar. Glaubst du wirklich, dass jemand, der so beliebt und toll ist wie Zachary, für jemanden wie mich was übrighaben könnte? Genau das ist manchmal so frustrierend … *so* zu sein. Es schließt so viele Möglichkeiten von vornherein aus.«

»Muss ja nicht sein …«, entgegne ich, aber als ich abbreche, ist an meiner Stimme deutlich zu hören, dass ich selbst nicht daran glaube. Schließlich war es genau das – *so* zu sein –, was dazu geführt hat, dass mit Alicia Schluss war.

»O doch«, widerspricht David. »Das ist halt die Realität. Mein Gott, ich wünsche mir manchmal so sehr, einfach nur normal zu sein und normale Sachen zu machen.«

»Was denn zum Beispiel?«

»Ach, nichts Besonderes. Einfach … keine Ahnung, vielleicht mit einem Jungen beim Weihnachtsball zu tanzen oder so was.«

Der Ball an Weihnachten! Zu dem hätte ich mit Alicia gehen sollen.

»Aber normal ist so ein beknacktes Wort«, sage ich, und plötzlich steigt Wut in mir auf. »Was bedeutet es denn überhaupt?«

»Es bedeutet, dazuzugehören«, antwortet David.

»Und das ist es, was du wirklich willst? Dazugehören?«

»Vielleicht nicht immer. Aber oft schon, ja, ich glaube, es ist viel leichter, wenn man einfach in der Masse untergehen und dazugehören kann. Genau deswegen erzählst du es doch den Leuten nicht, oder?«

»Das ist was anderes.«

»Meinst du?«

Ich antworte nicht.

»Was ist mit Alicia?«, fragt David. »Denkst du, du kannst die Sache mit ihr klären?«

»Bestimmt nicht. Es ist vorbei«, sage ich, schnippe meinen Bierdeckel am Tischrand nach oben und sehe zu, wie er hoch in die Luft fliegt, bevor ich ihn wieder auffange. »Total und endgültig.«

»Bist du sicher?«

»Absolut«, sage ich und trinke den Rest meines Biers aus.

Dann muss David zur Toilette, und ich bin froh darüber, denn es bedeutet, dass wir nicht weiter über Alicia reden. Reicht schon, dass ich jetzt wieder an sie denken muss. Ich schaue auf mein Handy, für den unwahrscheinlichen Fall einer SMS oder eines verpassten Anrufs von ihr. Aber da ist nichts, und auch wenn ich nicht überrascht bin, spüre ich einen scharfen Stich der Enttäuschung.

Als David zurückkehrt, die Lippen frisch nachgezogen, hat er neue Getränke in den Händen und grinst mich vielsagend an.

»Alter Verwalter!«, staune ich, als ich ihm die Getränke abnehme und auf den Tisch stelle. »Was ist das denn?«

Ich rieche an der nicht zu identifizierenden Flüssigkeit im Glas vor mir und pikste mich fast mit dem Schirmchen, das zur Verzierung darinsteckt, ins Auge.

»Ich habe den Barkeeper gebeten, uns eine Überraschung zu

mixen«, sagt David. Er lässt sich schwer auf seinen Hocker fallen und kippt beinahe um. Was immer im Glas ist, es ist süß und stark und steigt mir geradewegs in den Kopf. Davids Gesicht scheint irgendwie länger, dann schmaler und schließlich wieder größer zu werden, wie im Spiegelkabinett auf dem Jahrmarkt. Seine Stimme wechselt auch ständig zwischen laut und leise, laut und leise. Im nächsten Moment lachen wir beide, ich weiß nicht mal, worüber, aber es ist ansteckend, und wir können nicht aufhören. Bald lachen die Leute an den Tischen um uns herum auch. David bittet jemanden, mit seinem iPhone ein Foto von uns beiden zu machen.

»Nein«, protestiere ich. »Ich sehe echt scheiße auf Fotos aus.«

Aber es ist zu spät. David legt seinen Arm um meine Schulter und ruft »Cheese«, als der Blitz superhell aufzuckt. Weiße Pünktchen tanzen vor meinen Augen.

Irgendwann fällt David sogar wirklich von seinem Hocker. Er kippt vom Rand und landet auf dem Boden. Ich muss darüber so lachen, dass ich es kaum schaffe, ihm wieder hochzuhelfen. Als ich mich auf meinen eigenen Stuhl setze und mir vor Lachen Tränen über die Wangen rollen, höre ich, wie mein Name gerufen wird.

»Leo? Kann Leo bitte auf die Bühne kommen?«, ruft der Ansager, ein rundlicher kleiner Mann in einer Glitzerweste hoffnungsvoll ins Mikro.

»Hier drüben!«, meldet sich David. »Er ist hier!«

»Nein! Auf keinen Fall, David«, wehre ich schleppend ab und versuche zurückzuweichen.

»Bitte!«, bettelt David und legt die Hände zusammen wie zum Gebet. »Bitte, bitte, Leonardo!«

»So heiße ich nicht«, sage ich.

»Komm schon, Kumpel, enttäusch deine Freundin nicht«, drängt ein Typ links von mir.

»Sie ist nicht meine Freundin!«, will ich sagen, aber meine Stimme wird verschluckt, während ich durch die Menge geschoben werde. Der Pub ist plötzlich knallvoll, als ob die ganze Bevölkerung von Tripton-on-Sea aufgetaucht ist, um meinen ersten Bühnenauftritt zu verfolgen.

Ich habe keine Ahnung, wie ich auf die Bühne komme, aber irgendwie kriege ich von dem Ansager das Mikro in die Hand gedrückt, und schon beginnt das Lied. Ich blinzle ins Publikum. David hat es geschafft, sich von hinten nach vorne zu drängeln. Er sitzt auf einem Hocker und klatscht aufgeregt in die Hände.

»Los, Leo!«, schreit er.

Ich versuche, mich auf den Bildschirm vor mir zu konzentrieren, doch die Worte darauf tanzen umher. Ich kenne den Text der Strophe nicht, also lese ich einfach nur die Worte vor und folge dem weißen Cursor, der über den Bildschirm hüpft. Aber dann setzt der Refrain ein, und ich erinnere mich an die Melodie. Auf einmal stehe ich total neben mir, ich singe lauter und lauter. Als das Publikum zum zweiten Mal beim Refrain mitsingt, schmettere ich die Worte hinaus und stolziere die Bühne auf und ab wie ein Möchtegern-Rockstar.

»Right now, the time is ours! So let's fly higher!«, singe ich. »Light the stars on fire! Together we'll shine!«

Und plötzlich holen ein paar ältere Typen Feuerzeuge heraus, und ein paar Sekunden später sind mindestens fünf Feuerzeuge in der Luft und werden geschwenkt. Die Leute schwingen hin und her zur Musik. Und ich bin betrunken, total betrunken. Die ganze Zeit johlt David wie blöde, und das Ganze ist so bizarr, dass ich anfange zu lachen und schließlich halb lachend und halb singend den Song zu Ende bringe. Dann ist es vorbei, und David zieht mich von der Bühne und umarmt mich.

»Du warst da oben genau wie Justin Bieber!«, ruft er in mein Ohr.

»Ach, verpiss dich!«, sage ich und schiebe ihn weg.

Aber wir lachen beide dabei und stolpern zurück zu unserem Tisch. Die anderen Gäste klopfen mir auf den Rücken und gratulieren mir zu meinem Auftritt.

»Ich sollte dich dafür umbringen«, sage ich.

»Tust du aber nicht, oder?« David grinst. Und er hat recht. Denn ich grinse auch.

»Du bist dran!« Ich beuge mich über den Tisch neben uns, um mir die Liste mit den Songs zu schnappen.

»Auf keinen Fall!« David reißt mir das Ding aus der Hand. »Glaub mir, mich will keiner singen hören. Ich bin total unmusikalisch.«

»Nein, bist du nicht.«

»O doch. Das habe ich schon mit neun Jahren gemerkt, als man mich taktvoll aus dem Schulchor geworfen hat.«

»Diese Bastarde«, schimpfe ich.

»Genau! Es war ziemlich deprimierend. Bis dahin war ich überzeugt, dass ich eine Karriere als weiße Beyoncé vor mir habe.«

Ich lache so sehr, dass ich dabei grunze.

»Ich mache aber niemandem einen Vorwurf«, erzählt David weiter. »Ich klang ziemlich grauenhaft, und das tue ich immer noch.«

»Und wovon träumst du jetzt?«, frage ich. »Was willst du jetzt werden, wo die nächste Beyoncé nicht mehr zur Debatte steht?«

»Irgendwas mit Mode«, antwortet er. »Vielleicht Designer.«

»Kann ich mir eigentlich ganz gut vorstellen«, murmele ich.

»Und was ist mit dir?«

»Mit mir?«

»Ja, was willst du mal machen?«

»Boah, kein Plan.«

»Aber du musst doch irgendeine Vorstellung haben?«

Doch die Zukunft ist für mich so wie immer – verschwommen und voller Hindernisse.

»Mir ist irgendwie ziemlich heiß, ich muss frische Luft schnappen«, sage ich und stehe auf.

David springt ebenfalls auf. »Ich komme mit.«

Wir gehen hinaus in die Kälte, an den Rauchern vorbei, die sich vor der Tür um einen Stehtisch gedrängt sammeln.

»Ich habe die beste Idee aller Zeiten«, flüstert David mir ins Ohr, sein Atem ist warm vom Alkohol. »Gehen wir schwimmen!«

»Spinnst du? Es ist November!«

»Und? Wo ist dein Abenteuersinn? Du bist doch der Verrückte von uns beiden, weißt du nicht mehr? Der Metallsägenkiller!«, nuschelt er und stößt mir seinen Zeigefinger in die Brust.

»Klappe!«, zische ich. »Die Leute schauen schon.«

Ich fasse ihn am Arm und führe ihn weg vom Pub. David schüttelt mich ab und packt stattdessen meinen Arm. Er zerrt mich über die Straße auf den Strand zu. Vor lauter Alk bin ich zu schlapp, um mich zu wehren, und stolpere über den nassen Sand hinter ihm her. Die Flut ist hereingekommen, und es sind nur noch ein paar Meter vom Strand übrig. David lässt sich atemlos auf den Boden fallen und zieht seine Ugg-Boots aus, bevor er sich aus seiner Strumpfhose schält. Ich drehe den Kopf weg.

»Komm schon, Leo«, schreit er und zieht mich hinunter in den Sand. Ohne nachzudenken, ziehe ich meine Turnschuhe und die Socken aus, rolle meine Jeans hoch bis zu den Knien und folge David zum Wasser.

Er nimmt meine Hand und schaut mich an, seine Augen glänzen.

»Auf drei?«

»Das ist verrückt. Du bist verrückt.«

»Scht! Auf drei?«

Ich merke, wie ich nicke.

»Eins, zwei, drei!«

Wir rennen in die Brandung, das eisige Wasser trifft unsere Knöchel.

Wir schreien beide gleichzeitig auf.

»Das ist ja arschkalt!«, schreie ich.

»O mein Gott! O mein Gott!«, kreischt David, hält sich an meinen beiden Händen fest und hüpft von einem Fuß auf den anderen.

»Du bist offiziell geistesgestört!«, schreie ich.

»Gut!«, ruft er zurück.

Wir planschen noch vielleicht fünf Minuten, und alle paar Sekunden kreischen wir um die Wette, wie kalt es ist, bis eine unerwartete Welle uns trifft und fast bis zum Bauch durchnässt. Daraufhin geben wir uns geschlagen und stolpern zurück ans Ufer.

Wir lassen uns in den Sand fallen und suchen zitternd in der

Dunkelheit nach Socken, Strumpfhose und Schuhen. David holt sein Handy heraus und leuchtet damit über den Sand.

»Oh, sieh dir nur deine Füße an!«, sagt er und leuchtet mit dem Handy darauf, wie mit einem Scheinwerfer. »Die sind ja so winzig!«

Ich schlage seine Hand weg.

»Hey, ich hab ja nur geschaut!«, sagt er. »Die sind wirklich hübsch.«

»Hör auf damit, okay?«, sage ich und schiebe ihn weg. Darauf war er nicht vorbereitet und fällt hin. Er kichert und rollt sich auf den Rücken.

»Schau, ich bin ein Sandengel!«, jubelt er und fächert mit seinen Armen und Beinen.

Ich stehe auf.

»Komm schon, Kate«, sage ich und verschränke die Arme vor der Brust. »Ich sterbe gleich an Unterkühlung.«

Er hört auf, mit den Armen zu fächern, und sieht zu mir hoch.

»Was?«, frage ich. »Wieso schaust du mich denn so an?«

Er schließt die Augen, einen glückseligen Ausdruck im Gesicht.

»Du hast mich Kate genannt.«

Siebenunddreißig

Ich sterbe. Das muss es sein. Es gibt keine andere Erklärung. Mein Kopf pocht, und meine Kehle fühlt sich an, als wäre sie mit Rasierklingen besetzt. Ich stöhne und drehe mich zur Seite. Es dauert ein paar Sekunden, bevor mir klarwird, wo ich bin – nicht in meinem Stockbett in Sycamore Gardens, sondern auf einer klumpigen Matratze in einem B&B in Tripton-on-Sea. Ich öffne die Augen. Die verschlissenen Vorhänge an den Fenstern verhindern nicht, dass Licht ins Zimmer fällt. Ich zucke zusammen und vergrabe meinen Kopf unter dem Kissen, bevor ich es wage, meine Augen noch einmal zu öffnen, diesmal langsamer. Auf der Heizung liegen unsere Sachen – meine Jeans und Socken, Davids Strumpfhose und Kleid –, völlig durcheinander. Ich drehe mich zur Seite. David liegt zusammengerollt mit dem Rücken zu mir da und schnarcht ganz leise. Gestern Abend hatte er mir erklärt, das sei der schönste Abend seines Lebens gewesen, und kurz darauf kotzte er in die Toilette unseres winzigen Badezimmers. Dann stolperte er zurück ins Zimmer, zog sich aus und lief gegen den Kleiderschrank, bevor er schließlich aufs Bett fiel.

Ich taste auf dem Boden nach meinem Handy. Gestern Abend habe ich den Wecker auf sieben Uhr gestellt, damit wir frühstücken und uns um acht auf den Weg machen können. Ich reibe mir die Augen und blinzle auf das Display. Es ist dunkel. Ich runzle die Stirn und drücke auf die Knöpfe. Nichts. Der Akku ist leer.

»David«, sage ich und stoße ihn an. »David, wach auf.«

Er stöhnt und zieht die Decke enger um sich.

»Will nicht«, murrt er und zieht sich ein Kissen über den Kopf.

Panik steigt in mir auf, und ich strecke mich über ihn, um mir sein Handy aus seinem Nachtschränkchen zu greifen. Ich drücke auf den Knopf. Das Display leuchtet auf. 11.46 Uhr. Ich lasse das Handy fallen, springe aus dem Bett und greife nach meinen Klamotten.

Wir haben das Frühstück um fast drei Stunden verpasst, aber das ist auch egal. Ich rase die Treppe runter und an der Rezeption vorbei, David hinter mir her, meinen Namen rufend, während Mrs Higgins missbilligend zischt.

Ich renne zur Uferstraße hinunter und muss dabei immer wieder den Fußgängern ausweichen. Meine Lungen und meine Waden brennen, mein Kopf pocht immer noch vom heftigsten Kater meines Lebens. Ich werde erst langsamer, als ich in Dads Straße einbiege, den Gehsteig entlanglaufe und die Hausnummern abzähle, bis ich Nummer achtzehn erreicht habe. Es steht kein Auto vor dem Haus. Ich presse mein Gesicht gegen das Fenster und suche nach irgendeinem Lebenszeichen.

»Mist!«, rufe ich.

»Wen suchst du denn?«, ruft eine Stimme.

Ich springe vom Fenster zurück.

Ein älterer Mann mit einer Gießkanne steht im Vorgarten des Nebenhauses.

»Ähm, Jimmy, ich meine Jonathan, Jonathan Denton«, sage

ich. Es fühlt sich komisch an, den Namen meines Vaters laut zu einem Fremden zu sagen.

»Du hast ihn knapp verpasst. Ich glaube aber, er kommt bald wieder.«

»Okay, danke.«

Der Mann lächelt und nickt, bevor er in sein Haus zurückkehrt.

Ich warte, bis er außer Sicht ist, bevor ich Dads Tür einen Fußtritt verpasse.

»Du hast gehört, was er gesagt hat, er kommt bald zurück«, sagt David, der mich schließlich eingeholt hat und schwer atmet. »Seitenstechen«, fügt er hinzu und stützt die Hände auf die Knie.

»Das kann der aber gar nicht genau wissen, oder?«, fahre ich ihn an. »Er könnte genauso gut den ganzen Tag und die nächste Nacht weg sein.«

»Aber wahrscheinlich eher nicht«, sagt David und reibt sich weiter die Seite.

Ich starre ihn wütend an. »Ich hätte gestern Abend auf keinen Fall so viel trinken dürfen. Was hab ich mir nur gedacht? Am Abend vor einem so wichtigen Ereignis wie dem hier! Wie blöd kann man sein?«

»Du hattest Spaß, Leo. Es war doch echt ein super Abend, einer der besten, die ich je hatte.«

»Aber so hätte das nicht laufen sollen!«, schreie ich ihn an. »Kapierst du das denn nicht?«

David weicht zurück, und einen Moment lang denke ich, er fängt gleich an zu weinen. Er tut es aber dann doch nicht, sondern rückt sorgfältig seine Perücke zurecht. Sie ist auf einer

Seite, wo er darauf geschlafen hat, plattgedrückt. Sein Make-up von gestern ist verschmiert und krümelig.

»Also, was machen wir?«, fragt er.

»Wir warten.«

Ich setze mich auf die Gartenmauer gegenüber von Dads Haus, David setzt sich zögernd neben mich. Es ist kalt, noch kälter als gestern, und in der Hektik habe ich Handschuhe und Mütze im B&B vergessen. Um uns die Zeit zu vertreiben, versucht David mich dazu zu bringen, mit ihm Spiele zu spielen – *Ich sehe was, was du nicht siehst* und so albernes Zeug –, aber ich weigere mich. Ich bin nicht in der Stimmung. Außerdem bin ich viel zu sauer auf ihn. Wäre ich allein nach Tripton gekommen, dann hätte ich mich niemals so betrunken. Ich wäre heute Morgen Punkt acht Uhr hier gewesen, ausgeruht, vorbereitet und konzentriert. Ich blende Davids Stimme jetzt komplett aus und starre so angestrengt auf Dads Haus, als könnte es sich, wenn ich wegsehe, vielleicht in Luft auflösen. Schließlich gibt David auf, mit mir reden zu wollen, und spielt stattdessen *Candy Crush Saga* auf seinem Handy.

Nach ungefähr einer Stunde fängt mein Magen an zu knurren. Nach zwei Stunden ist das Geräusch fast ohrenbetäubend.

»Wir müssen was essen, Leo«, sagt David leise.

»Ich nicht.«

»Ich weiß, du hältst dich für übermenschlich, aber das bist du nicht. Außerdem, wenn ich nicht bald was esse, kippe ich bestimmt um oder muss reihern.«

»Mach doch, was du willst.«

David steht auf und geht die Marine Avenue ortseinwärts. Kurz darauf kommt er wieder zurück.

»Da ist ein Café gleich am Ende der Straße. Wärm dich wenigstens ein paar Minuten auf, lass uns was essen und dann gestärkt wieder zurückkommen.«

Mein Magen lässt ein weiteres ärgerliches Grummeln hören.

Im Café ist es warm und dampfig. Auf den Tischen liegen rotweiß karierte Tischtücher, darauf stehen Ketchup und Senf in übergroßen Plastikflaschen. Wir bestellen einen Berg Käsetoast und zwei Becher glühend heißer Schokolade. Auch wenn ich vor Hunger fast umkomme, muss ich mich dazu zwingen, das Essen in meinen Mund zu stecken, und schmecke es kaum. Während ich lustlos die letzten Brotrinden auf dem Teller herumschiebe, geht David auf die Toilette, um sein Haar und Make-up zu richten. Er trägt zu viel Rouge auf, aber ich habe nicht die Energie, ihm das zu sagen.

Als wir zum Haus zurückkehren, parkt ein glänzender blauer Volvo davor.

Er ist zurück!

Ich starre das Haus an.

»Bist du bereit?«, fragt David.

Ich gehe über die Straße, er folgt mir. Auch wenn ich mir diesen Moment viele Jahre lang immer wieder in unterschiedlichsten Varianten vorgestellt habe, habe ich keine Ahnung, was ich hinter der Haustür von Nummer achtzehn vorfinden werde. Ich habe natürlich meine Phantasieversion davon, was passieren wird. Dad erkennt mich sofort und umarmt mich voller Freude. Auf der Stelle akzeptiert er, dass sein kleines Mädchen jetzt ein junger Mann ist, und bittet mich, bei ihm zu bleiben. Mein Leben fängt ganz von vorne an, frisch und unbelastet. Das würde passieren, wenn mein Leben ein fröhlicher Familienfilm wäre – einer mit einem kitschigen Klavier-Soundtrack im Hintergrund und Top-Schauspielern. Aber mein Leben hat sich nie nach einem Heile-Welt-Film angefühlt. Nicht einmal annähernd. Also könnte das jetzt mein Moment sein. Vielleicht passiert mir endlich mal was echt Gutes.

Wie eine Marionette öffne ich das Gartentor und werde von einer unsichtbaren Macht den kurzen Weg zur Haustür gelenkt. Es ist beinahe, als ob ich schwebe. Irgendwie schaffe ich es zur Tür. Ich hebe die Hand, um zu klopfen, aber bevor meine Knöchel die Glasscheibe berühren, wird die Tür geöffnet.

Ich erkenne ihn sofort. Es ist, als ob er aus dem Foto in meinem Geldbeutel herausgetreten wäre. Er trägt einen kleinen, ungefähr vierjährigen Jungen huckepack. Unter einem blauen Anorak mit dicken roten Knöpfen hat der Kleine ein Spider-Man-Kostüm an. In all den Jahren hatte ich nie in Erwägung gezogen, dass mein Vater eine neue Familie haben könnte, kein einziges Mal. Mein ganzes Leben lang habe ich mir vorgestellt, er würde rastlos von Ort zu Ort ziehen, ein Freigeist. Jetzt komme ich mir dämlich vor.

»Was kann ich für euch tun?«, fragt er. Seine Stimme ist tief und klingt viel vornehmer, als ich erwartet habe. Ich suche in seinen Augen nach einem Zeichen, dass er mich erkennt, aber da ist nichts.

Ich öffne den Mund, um etwas zu sagen, aber es kommt nichts heraus. David, den ich neben mir ganz vergessen habe, springt ein.

»Sind Sie Jonathan Denton?«, fragt er, auch wenn wir alle die Antwort kennen.

»Ja. Und wer seid ihr?«, fragt Dad mit einem Stirnrunzeln.

So muss es sein, wenn man einen großen Star auf einmal in Wirklichkeit sieht. Man denkt, man kennt diese berühmten Leute, weil man sie im Fernsehen oder in Zeitschriften gesehen hat. Aber wenn man sie dann aus der Nähe sieht, ist es ganz anders. Man denkt immer, man wüsste genau, wie man sich in einem solchen Moment verhält. Aber wenn es tatsächlich so weit ist, dann weiß man nicht, was man machen soll.

Schließlich finde ich meine Stimme wieder, doch sie klingt, als gehöre sie gar nicht zu mir.

»Kannten Sie Samantha Binley?«, frage ich.

Dads Gesicht verändert sich in diesem Moment, irgendwie verdunkelt es sich. Er lässt Spider-Man nach unten rutschen. Der Kleine blickt zu mir hoch. Er hat eine Kleinkind-Version von Dads Augen. Grün mit braunen Flecken. Meine Augen. Mein Halbbruder.

»Schatz, hast du die Schlüssel?«, ruft eine weibliche Stimme. Dad tritt zur Seite, und eine Frau taucht neben ihm auf. Sie ist hübsch, mit gebräunter Haut und dunkelbraunem, lockigem Haar. Dann fällt mir auf, dass sie schwanger ist. Als sie uns auf der Türschwelle sieht, legt sie ihre Hände schützend um ihren Bauch. Ein Ring funkelt an ihrer rechten Hand.

»Worum geht es denn?«, fragt sie, nicht unfreundlich.

»Eine Spendenaktion, nicht wahr?«, sagt Dad, ohne nachzudenken.

»Oh, wofür denn genau?«, fragt die Frau.

»Tiere«, sagt David. »Gefährdete Arten.«

»Bring du mal Archie ins Auto«, sagt Dad zu der Frau. »Ich regele das hier.«

»Okay, Schatz«, sagt sie. »Komm mit, Archie, mein Süßer.«

Archie sieht mich noch einmal neugierig an, bevor er hinter seiner Mutter zu dem glänzenden blauen Volvo läuft. Der Ford Fiesta aus dem Foto ist offensichtlich schon lange Geschichte.

Sobald die Frau uns den Rücken zugewandt hat, lässt Dad die Maske fallen.

»Dann kommt mal rein«, sagt er grimmig und führt uns in den Flur. Ich kann bis zur Küche sehen. Sie ist hell und modern. Der Kühlschrank ist mit Kinderzeichnungen gepflastert, die bestimmt von Archie stammen. Auf allen sind mit bunten Farben gemalte Menschen, die gleiche Gruppe immer und immer wieder – Mum, Dad und Archie. Eine perfekte kleine Familie.

»Ihr seid also wegen Sammy hier?«, fragt er, seine Stimme klingt forsch und geschäftsmäßig. Er richtet seine Frage an David, und ihm ist offensichtlich nicht klar, wer ich bin.

»Sie ist meine Mutter«, stoße ich hervor.

Dads Augen werden schmal, und er schaut mich an.

»Du bist eines von Sammys Kindern?«, fragt er langsam.

Ich nicke. »Ich bin Leo. Leo Denton.«

Als ich Denton sage, zuckt er ein klein wenig zusammen.

»Ich bin einer der Zwillinge«, füge ich hinzu, meine Stimme ist fast nur noch ein Flüstern, »Megan und Amber. Ich bin Megan. Nur, dass ich nicht mehr Megan bin, sondern Leo.«

Ich sage mein Geburtsdatum. Die ganze Zeit bleibt Dads Gesichtsausdruck neutral, allerdings unnatürlich, als gäbe er sich große Mühe, nicht auf das zu reagieren, was ich sage.

»Es tut mir leid, aber ich habe keine Ahnung, wovon du sprichst«, entgegnet er, verschränkt seine Arme vor der Brust und lächelt. Es ist ein aufgesetztes Lächeln. Seine Stimme ist gezwungen ruhig und kalt.

»Aber das müssen Sie. Ich sage die Wahrheit, ich schwöre es. Ich kann Ihnen meine Geburtsurkunde zeigen, wenn Sie wollen.« Ich fange an, in der Tasche meines Hoodie zu suchen. Meine Hände zittern, und ich kann sie nicht finden. Ich muss sie in eine andere Tasche gesteckt haben. Ich fange an, die Tasche nach außen zu kehren, voller Panik, dass ich sie vielleicht verloren haben könnte.

»Das ist nicht nötig«, sagt Dad schnell und entschieden und legt abwehrend seine Hand auf meinen Arm. »Also, ich weiß nicht, warum du hier bist, mein Junge, ob es um Geld geht oder was, aber es interessiert mich nicht.«

Wieder steigt Panik in mir auf.

»Hören Sie, es geht nicht um Geld oder um meine Mutter, wirklich nicht. Sie hat keine Ahnung, dass ich hier bin. Ich bin von Ihnen, ich schwöre es. Ich bin Transgender, das heißt, ich wurde im falschen Körper geboren. Ich bin jetzt Leo, aber ich wurde als Megan geboren, eine der Zwillinge, Ihrer Zwillinge!«

Dad reibt sich die Stirn und flucht verhalten. »Ich glaube, ihr solltet gehen«, sagt er und macht eine Bewegung zur Tür.

»Aber Sie müssen doch sehen, dass er Ihr Kind ist!«, wirft David verzweifelt ein. »Jeder Idiot kann das erkennen. Sehen Sie sich doch nur seine Augen an, die sind genau wie Ihre. Sie sind absolut identisch. Schauen Sie sich einfach mal die Augen an!«

Und für einen Augenblick schaut Dad mich an, und ich kann sehen, dass er es erkennt. Er weiß es! Aber dann hat er seine Gesichtszüge wieder im Griff und schiebt uns zur Tür, seine Hand liegt auf meinem Rücken.

Ich schüttle sie ab und drehe mich um. Blinde Wut baut sich in mir auf, nur dass es diesmal anders ist als sonst. Sie ist durchmischt mit etwas Neuem … Verzweiflung.

»Aber ich bin den ganzen Weg hierhergekommen!«, rufe ich. »Sie müssen doch mit mir reden! Ich komme morgen wieder, wenn Sie wollen. Oder wir treffen uns in der Stadt oder so. Ich will kein Geld, und ich bin auch nicht hier, um Probleme zu machen. Ich möchte Sie nur kennenlernen und dass Sie mich kennenlernen.«

Denn jetzt nehme ich alles, was ich kriegen kann.

Dad packt mich bei den Schultern, und für den Bruchteil einer Sekunde denke ich, er hat seine Meinung geändert.

»Bitte!«, sage ich.

Dads Gesichtsausdruck ist düster und böse, sein Mund wütend zusammengekniffen.

»Hört mal, ich bin das nicht«, fährt er uns grob an. »Also ich sag euch, wie es weitergeht: Ihr zwei kleinen Freaks geht zu dieser Tür hinaus und lasst euch nie wieder blicken. Verstanden?«

Freaks. Das Wort hat er fast ausgespuckt.

»Schatz, ist alles in Ordnung?«, ruft die Frau von draußen.

»Ja, komme gleich«, ruft er zurück. Innerhalb eines Wimpernschlags verwandelt er sich und ist statt eiskalt wieder fröhlich.

Er öffnet die Tür und setzt ein breites Verkäuferlächeln auf. Und da verstehe ich es schlagartig. Diese Frau – seine Frau – hat überhaupt keine Ahnung von mir und Amber, von Mam oder Cloverdale. Natürlich nicht. Dieser Teil von Dads Leben wurde gelöscht.

Das Kind, Archie, sitzt in einem Kindersitz hinten im Auto und hüpft auf und ab. Und in diesem Moment hasse ich es. Ich hasse dieses unschuldige Kind, das überhaupt nichts verbrochen hat. Und ich hasse auch das Baby im Bauch dieser Frau. Ich hasse sie alle so sehr, dass ich platzen könnte.

Dad ist unmittelbar hinter uns und drängt uns aus der Tür, hinaus auf den Weg. Er schließt die Haustür hinter sich zu, geht einfach an uns vorbei und steigt ins Auto. Er startet den Motor und fährt davon, den Blick die ganze Zeit entschlossen nach vorne gerichtet. Er lässt David und mich wie erstarrt in seinem kleinen Vorgarten stehen. Der Einzige, der uns ansieht, ist Archie. Er dreht sich in seinem Sitz und starrt mich an – seine Kleinkindaugen fest auf meine Erwachsenenversion gerichtet –, bis das Auto um die Ecke biegt und außer Sicht ist.

Achtunddreißig

David

»Leo?«, flüstere ich.

Aber Leo sieht mich nicht an. Er steht einfach nur da, völlig unbeweglich, abgesehen von seinen Händen, die sich immer wieder zu Fäusten ballen und dann wieder lockerlassen, langsam zuerst, dann immer schneller und schneller. Einen Moment herrscht völlige Stille, dann stößt er einen entsetzlichen Schrei aus und rennt los, wütet im Garten wie ein wildes Tier. Er packt den Mülleimer, dreht ihn um und verteilt den Abfall über die sauberen Pflastersteine. Als Nächstes sind die Blumentöpfe aus Terrakotta dran, die in einer ordentlichen Reihe auf dem Fensterbrett stehen. Er wirft sie an die Wand, bevor er auf die Rosenbüsche springt und sie zertrampelt. Immer wieder kickt er zwischendurch mit dem Fuß gegen die Haustür, und kurz habe ich Angst, dass er sie wirklich eintreten könnte. Schließlich trommelt er dagegen, hämmert mit den Fäusten gegen das Holz. Und die ganze Zeit schreit er wie wild. Ich bitte ihn aufzuhören, schreie und flehe ihn an. Eine Nachbarin auf der anderen Straßenseite öffnet ihr Fenster. Sie ruft zu uns herüber und droht damit, die Polizei zu holen. Leo hebt den Kopf und beschimpft sie wüst. Sie schnappt nach Luft und schließt ihr Fenster.

»Leo, bitte!«, rufe ich. Er versetzt der Haustür noch einen letzten Tritt, bevor er mich aus dem Weg schubst und auf die Gartentür zurennt. Er reißt sie so heftig auf, dass ich schon fürchte, sie fällt aus den Angeln. Dann läuft er die Straße entlang, in Richtung Meer.

»Leo, warte!«, rufe ich. »Warte!«

Aber er geht weiter, immer schneller und schneller. Er nutzt aus, dass ich wegen meiner blöden Ugg-Boots nicht so schnell laufen kann und dadurch mehr schlurfe als renne.

Schließlich hole ich ihn vor einem verrammelten Geschenkeladen an der Uferstraße ein, meine Brust hebt und senkt sich vor Anstrengung.

»Leo!«, rufe ich atemlos. »Rede mit mir, bitte!«

Er antwortet mir nicht. Er sieht mich nicht einmal an.

»Leo!« Ich fasse seine Hand. Er schüttelt mich ab, läuft aber wenigstens nicht sofort wieder weg, sondern sieht mir in die Augen. Erschrocken zucke ich zurück. Seine Augen blitzen vor Wut – sie sind dunkel und mörderisch. Er hält meinen Blick ein paar Sekunden, dann dreht er sich weg und läuft weiter die Straße entlang. Als ich ihm nachlaufe, wünschte ich fast, er würde weinen. Dann wüsste ich eher, was ich tun soll. Ich könnte ihn umarmen und trösten, irgendwie auffangen. Aber er läuft nur, die Hände tief in die Taschen geschoben, die Augen auf den nassen Boden gerichtet.

»Leo, wo willst du denn hin?«, frage ich, doch er ignoriert mich. Ich kann nur versuchen, ihn nicht aus den Augen zu verlieren, als er das Tempo anzieht.

Zehn Minuten später sind wir am anderen Ende der Promenade angelangt. Leuchtbuchstaben preisen Spielhallen namens »Flamingo« und »Magic Land« an und blinken müde, manche Glühbirnen sind völlig ausgefallen.

Leo läuft durch den Gang der größten Spielhalle. Vor einem Wechselautomaten hält er an und schiebt einen Zehnpfundschein hinein, einen der zehn, die er gestern Nachmittag beim Bingo gewonnen hat. Münzen purzeln heraus. Er nimmt sie und schiebt sie in die Tasche seines Hoodie, dann geht er zu den Spielautomaten. Bei einem bleibt er stehen und schiebt die Münzen in den Schlitz. Ich weiß nicht, wie der Automat funktioniert, also sehe ich einfach zu, wie die blinkenden Lichter aufleuchten, und werfe ab und zu verstohlen einen Blick auf Leos Gesicht. Er starrt so intensiv auf den Automaten, dass seine Augen beinahe wirken, als würden sie glühen und könnten ein Loch ins Gerät brennen, wenn er nur wollte, wie Superman.

Auf einmal fängt der Automat an zu blinken und zu piepsen. Ein paar Sekunden später strömt ein ganzer Schwall von Münzen in die Auffangschale unten am Automaten, so dass sie überläuft. Eine Clique unseres Alters, die sich in der Ecke um irgendein Ballerspiel versammelt hatte, sieht neidisch herüber und mustert gierig die glänzenden Münzen. Normalerweise würde ich jetzt klatschen oder johlen, aber trotz seines Gewinns verzieht Leo keine Miene. Ich kann nur mit ansehen, wie er die Münzen erneut hineinsteckt, jede einzelne, bis das Spiel vorbei ist und die hellen Lichter des Automaten erlöschen. Er umfasst das Gerät so fest, dass seine Knöchel weiß anlaufen. Man könnte meinen, sobald er losließe, würde er in die Atmosphäre gerissen und wäre auf immer verschwunden. Er senkt den Kopf, und ich denke, nun kommen ihm doch die Tränen, aber so ist es nicht. Stattdessen geht er wieder los. Er verlässt die Spielhalle, und ich renne erneut hinter ihm her. Draußen überquert er die Straße, ohne nach rechts oder links zu sehen. Ein Auto muss abrupt bremsen, der Fahrer lässt fluchend das Fenster herunter. Doch Leo blinzelt nicht einmal. Stellvertretend hebe ich entschuldigend meine Hand und renne Leo hinterher.

Als ich die andere Straßenseite erreiche, wird mir klar, dass Leo zum Pier will, der sich weit ins Meer hinaus erstreckt. Auf großen Schildern steht, dass der Zugang Eintritt kostet, doch es ist niemand da, um zu kontrollieren, also gehen wir einfach durch.

»Leo, es wird bald dunkel, und dann schließen sie den Pier«, warne ich ihn. »Wir wollen doch hier nicht eingesperrt werden.«

Keine Antwort. Durch die Spalten zwischen den Holzbrettern unter unseren Füßen sieht man die trübe See über das schlammige Ufer schwappen. Je weiter wir gehen, desto stiller wird es um uns herum. Hinter uns werden die Lichter und Geräusche von Tripton immer schwächer, bis es scheint, als seien Leo und ich die einzigen Menschen im Universum. Mehr als einmal rutsche ich fast aus und muss mich an Leo festhalten, um nicht zu fallen. Er versteift sich bei meiner Berührung, lässt mich aber mein Gleichgewicht wiederfinden, bevor wir weitergehen.

»Leo, wohin gehen wir denn?«, frage ich zum vielleicht zehnten Mal.

Das ist in diesem Moment eine ziemlich dumme Frage, denn wir *können* nirgendwo anders hingehen als bis zum Ende des Piers oder umkehren. Aber entweder hört Leo mich nicht, oder er hat beschlossen, mich zu ignorieren, denn er geht einfach im gleichen Tempo weiter. Es dauert vielleicht zehn Minuten, bis wir am Ende angekommen sind, und die ganze Zeit gibt er kein einziges Wort von sich.

Der Pier verbreitert sich schließlich zu einer rechteckigen Plattform mit Metallbänken und altmodischen Münzferngläsern.

Leo geht bis an den Rand, legt seine Hände auf das Metallgeländer und starrt hinaus aufs Meer. Unsicher bleibe ich hinter ihm. Hier draußen ist das Meer rauer, aber trotzdem ist es unheimlich ruhig, das einzige Geräusch ist das der Wellen, die gegen die Pfosten schlagen. Mir geht unwillkürlich der Gedanke durch den Kopf, dass das Wetter in diesem Moment wilder sein müsste – stürmisch und dramatisch – statt dieser eigenartigen Stille. An eine Metallbank wurden Blumensträuße gebunden, die längst völlig durchweicht sind. Ich frage mich, was wohl Entsetzliches hier geschehen sein könnte, und ziehe meine Jacke enger um mich, während mir eine Gänsehaut über den Rücken läuft.

Wir stehen ein paar Minuten so da – Leo starrt aufs Meer hinaus, während ich hinter ihm stehe.

»Als ich klein war«, beginnt er mit heiserer Stimme, »gab es eine Spielzeuggarage, die ich mir echt total gewünscht habe.«

Ich wage es, mich neben ihn zu stellen.

»Sie hatte ungefähr fünf Stockwerke«, fährt er fort und zeigt mit einer Handbewegung ihre Größe an, »und einen Aufzug. Ich fand sie einfach toll. Ich schnitt ein Foto davon aus einem Spielzeugprospekt aus, klebte es auf das Kopfende meines Bettes und starrte stundenlang nur darauf. Ich glaube, ich habe sogar davon geträumt, so sehr wünschte ich sie mir. Und weil ich sie mir so wünschte, glaubte ich irgendwann, dass alles gut wird, wenn ich sie nur bekommen würde. Es kam mir vor, als ob all der andere Mist sich in nichts auflösen würde, sobald ich diese Garage hätte. Jedenfalls wachte ich am Weihnachtsmorgen auf, lief die Treppe hinunter, und da stand sie unter dem Baum mit einer riesigen roten Schleife darum, das Ding, von dem ich seit Monaten geträumt hatte. Mann, war ich begeistert. Ungefähr zwei Tage lang dachte ich, es hätte funktioniert. Alles käme in Ordnung, weil dieses riesige Plastikteil, das ich mir sehnlichst gewünscht hatte, tatsächlich mir gehörte. Aber dann stolperte Mams damaliger Freund Tony, Tias Vater, darüber. Er zerbrach die Rampe und entschuldigte sich nicht einmal.

Und Tia, die damals noch richtig klein war, steckte dauernd ihre klebrigen Hände überall hinein, sie verlor die Autos und machte den Aufzug kaputt, weil sie zu grob damit umging. Bis Neujahr war das ganze Teil kaputt, und mir wurde klar, dass gar nichts besser geworden war, nicht mal ansatzweise. Und am meisten war ich auf mich selbst wütend, dass ich so dumm gewesen war, überhaupt zu glauben, irgendetwas könnte dadurch besser werden. Aber genau so ist mein Leben. Alles, was ich mir wünsche, geht in die Hose, das müsste ich mittlerweile gelernt haben.«

»Das kannst du doch nicht sagen«, widerspreche ich. »Es gibt auch vieles, was gut läuft, Leo.«

»Erzähl mir doch nichts. Lass mich einfach allein, David.«

Heute bin ich David. Kate ist offensichtlich Geschichte.

»Ich lasse dich nicht allein«, entgegne ich, »nicht, wenn du so drauf bist.«

»Ich werde mich schon nicht übers Geländer stürzen, falls du dir deshalb Sorgen machst«, murrt er düster.

»Das weiß ich«, schwindle ich. »Aber ich gehe trotzdem nicht. Freunde tun das nicht.«

Er wirbelt zu mir herum.

»Wie oft muss ich dir das denn noch sagen? Ich will nicht mit dir oder sonst jemandem befreundet sein. Ich will einfach nur in Ruhe gelassen werden.«

Ich öffne den Mund, um etwas zu entgegnen, aber er spricht zuerst.

»Es ist mein Ernst, hau einfach ab, David, geh endlich!«

Ich bleibe, wo ich bin.

»Geh!«, schreit er, und Tränen steigen in seine Augen. »Lass mich in Ruhe, David, bitte! Verpiss dich einfach!«

Ich mache einen Schritt auf ihn zu.

»Geh weg!«, schreit er ein letztes Mal, bevor er mir den Rücken zuwendet und wütend das Geländer umfasst. Ich gehe noch einen Schritt auf ihn zu, lege meine Hände auf seine Schultern und versuche, ihn zu mir zu drehen. Zuerst hält er dagegen und versucht, mich abzuschütteln. Aber ich lasse mich nicht abschrecken und versuche es wieder, und diesmal merke ich, wie sein erschöpfter Körper langsam nachgibt und in meinen Armen schlaff wird, sein Kopf sinkt auf meine Schulter.

Ich halte ihn ganz fest und lasse ihn weinen.

Schweigend gehen wir zu unserer Unterkunft zurück. Auf dem Weg werfe ich Leo hin und wieder verstohlene Blicke zu. Er schaut nicht zu mir, sondern starrt die ganze Zeit geradeaus. Wir halten an, um uns eine Pizza mitzunehmen, die ich an Mrs Higgins vorbeischmuggeln muss. Wir essen sie im Bett und sehen uns Trash im Fernsehen an, *X-Factor*, dann die Hälfte irgendeines bescheuerten Films aus den Achtzigern mit echt miesen Special Effects. Die ganze Zeit sagt Leo kaum ein Wort.

»Ist es okay, wenn wir jetzt schlafen?«, fragt er beim Nachspann des Films. Das ist sein längster Satz, seit wir vom Pier zurück sind.

»Klar«, antworte ich. »Wie du willst.«

Wir gehen nacheinander ins Bad. Umständlich und verlegen quetschen wir uns in dem kleinen Hotelzimmer aneinander vorbei, unsere Kulturbeutel und Schlafanzüge unterm Arm. Es muss wie ein grotesker Tanz aussehen.

Sobald wir bettfertig sind, knipse ich das Licht aus und schlüpfe unter die Decke. Leo dreht sich zur Seite, weg von mir. Ich drehe mich ebenfalls, aber so, dass ich in die gleiche Richtung sehe, mein Gesicht nur Zentimeter von seinem gekrümmten Rücken entfernt.

Ich möchte ihn so gern berühren, ihn wissen lassen, dass ich für ihn da bin, aber ich habe Angst, mich zu weit vorzuwagen.

»Leo?«, flüstere ich.

»Ja?«

»Alles okay?«

Er gibt einen Laut von sich, den ich nicht entschlüsseln kann.

»Leo, darf ich dir etwas sagen?«

Die Decke raschelt. Ich entschließe mich, das als ein Okay zu verstehen.

»Weißt du, ich finde, du bist der mutigste Mensch, den ich kenne.«

Leo lässt ein zynisches Lachen hören.

»Dann hast du noch nicht allzu viele Leute getroffen.«

»Ich meine es ernst«, sage ich. »Und dass dein Dad nichts mit dir zu tun haben will, ist total gestört, der ist völlig durchgeknallt. Du bist nämlich echt klasse.«

Ich schweige und fürchte, dass ich mit der Erwähnung von Jimmy einen bösen Fehler gemacht habe.

»Bist du sicher, dass du nicht noch betrunken bist?«, sagt Leo nach einem Moment.

Ich nehme seinen Witz als gutes Zeichen und stupse ihn leicht in die Rippen.

»Ernsthaft«, füge ich nach einem Moment hinzu. »Du bist schon jetzt ein beeindruckenderer Mann, als er es jemals sein wird.«

Der Satz hängt in der Luft wie ein Echo.

Schweigen.

»Danke, David«, murmelt Leo schließlich, und seine Stimme ist rau, »das ist echt nett von dir.«

Meine Finger tasten in der Dunkelheit zögernd nach Leos Hand. Ich finde sie und wage es, meine Finger darumzulegen. Ich höre, wie

Leo tief Luft holt, bevor er zulässt, dass seine Hand sich in meiner entspannt. Seine Hände fühlen sich klein und weich in meinen riesigen Pranken an, fast wie die eines Kindes.

Wir liegen eine Weile schweigend da und atmen im gleichen Rhythmus.

»Leo?«

»Ja?«

»Ich denke, ich werde es ihnen sagen.«

»Wem? Deinen Eltern?«

»Ja. Ich denke, ich erzähle es ihnen morgen, wenn ich heimkomme. Als Allererstes.«

»Das ist eine gute Entscheidung.«

»Meinst du?«

»Klar. Deine Mum kam mir sehr vernünftig vor, als sie mich damals heimgefahren hat.

»Das ist sie hoffentlich. Ich habe trotzdem Angst.«

»Wie ist denn dein Dad?«, fragt Leo leise.

»Ich sehe ihm anscheinend ähnlich, was nicht so toll ist, weil er riesengroß ist.«

»Nein, ich meine, wie er als Mensch ist.«

»Ein typischer Dad halt.«

Sobald ich das gesagt habe, bedauere ich es schon.

»Mist, sorry«, sage ich schnell, »so habe ich das nicht gemeint. Verdammt, das war so bescheuert von mir.«

»Schon okay«, sagt Leo. »Red weiter.«

Ich stelle mir meinen Dad vor – groß, albern und peinlich.

»Na ja, er mag Fußball und Golf, Bier und Autos und alles Übliche«, sage ich langsam. »Als ich klein war, wollte er immer, dass ich mit ihm im Garten Fußball spiele und so. Aber als ich ihm erklärte, dass ich auf all das nicht stehe, hat er mich nie unter Druck gesetzt oder mir das Gefühl gegeben, es wäre ein Problem für ihn. Und als ich mir zu Weihnachten Puppen wünschte und mein Zimmer in Mädchenfarben streichen wollte, hat er nie mit der Wimper gezuckt, zumindest nicht mir gegenüber. Er hat mich einfach immer mich selbst sein lassen.«

»Das hört sich ziemlich gut an«, sagt Leo.

»Ja«, murmele ich, und erst nachdem ich ihn so beschrieben habe, wird mir klar, dass das absolut stimmt.

»Warum hast du denn Angst, es ihnen zu erzählen, wenn sie so cool sind?«, fragt Leo und liest damit praktisch meine Gedanken.

»Weil ich ziemlich sicher bin, dass sie das nicht erwarten. Es wird sie kalt erwischen, und ich habe keine Ahnung, wie sie reagieren werden. Ich meine, sie werden wohl kaum Partykracher loslassen und Glückwunsch-Transparente ausrollen, oder?«

»Sie kommen schon klar, da bin ich sicher. Selbst wenn sie erst mal schockiert sind, werden sie es irgendwann verstehen, darauf wette Ich.«

Mein Griff um Leos Hand wird fester.

»Danke, Leo, das tut mir gut.«

Wir liegen schweigend eine Weile da.

»Erzählst du deiner Familie, was heute passiert ist? Amber oder deiner Mutter oder irgendjemandem?«, frage ich.

»Ich weiß nicht. Ich glaube nicht. Was würde das schon bringen? Es ist komisch, Amber hatte ihn von Anfang an richtig eingeschätzt, aber ich war völlig geblendet von dieser Vorstellung von ihm. Jimmy, der Held …«

Leos Stimme bricht ab.

»Also ich bin echt fertig, ich schlafe jetzt«, sagt er.

»Okay.«

»Nacht, David.«

»Nacht, Leo.«

Ich liege eine halbe Ewigkeit da, bevor ich einschlafe. Und obwohl Leo kein Wort mehr sagt, weiß ich, dass auch er noch wach ist. Die ganze Zeit lässt er seine Hand in meiner.

Neununddreißig

Leo

Wir wachen bei Morgendämmerung auf und schleichen uns noch vor dem Frühstück aus dem B&B.

David reist in seinen Jungsklamotten zurück.

»Willst du es ihnen heute immer noch sagen?«, frage ich.

Nach zwei Tagen als Kate sieht er mit Hoodie, Röhrenjeans und Jungenhaarschnitt merkwürdig aus.

»Ja«, antwortet er entschieden.

Allerdings wirkt er dabei ziemlich ängstlich.

Während der restlichen Fahrt reden wir nicht mehr viel. Ich glaube, wir haben in den letzten paar Tagen genug für ein ganzes Leben geredet.

Vor dem Bahnhof, am Taxistand, verabschieden wir uns.

»Sehe ich dich morgen in der Schule?«, fragt David.

»Ich weiß es noch nicht«, gebe ich zu.

»Inzwischen ist der Klatsch über dich bestimmt schon wieder kalter Kaffee«, sagt er aufmunternd.

»Klar«, antworte ich und schneide eine Grimasse, weil ich das keinen Moment lang glaube.

»Sobald irgendjemand in einen Sexvideo-Skandal verwickelt ist, sind wir Schnee von gestern«, fügt er mit einem Grinsen hinzu.

Ich tue so, als würde ich ebenfalls grinsen.

David schaut einen Augenblick lang auf seine Füße. Die Schnürsenkel seiner Chucks sind zu lang und schleifen auf dem Gehsteig.

»Hey, ohne Witz, ich hoffe wirklich, dass du zurückkommst.«

»Ja, okay, wir werden sehen.«

David nickt und zieht seinen Schal enger.

»Tja, also dann … bye«, sage ich.

Ich drehe mich um, da fasst David meine Hand und zieht mich in eine Umarmung. Ich ertappe mich dabei, wie ich sie erwidere. Wir lösen uns und nicken einander zu, bevor wir getrennte Wege gehen. Als ich über die Straße auf die Bushaltestelle zugehe, vermisse ich ihn irgendwie schon.

Während ich durch Cloverdale laufe, kommt es mir vor, als ob sich alles verändert hat. Wieso, kann ich nicht erklären. Ich war nur knappe achtundvierzig Stunden weg, aber es kommt mir viel länger vor. Ich fühle mich auch anders – roh, als ob mir eine Hautschicht abgezogen wurde, und darunter ist alles gerötet und empfindlich.

Es ist nach Mittag, aber ich rechne damit, dass alle noch im Bett liegen. Abgesehen von Tia vielleicht, die immer noch wie ein Kleinkind bei Morgendämmerung aufsteht und wahrscheinlich inzwischen schon seit Stunden vor der Glotze hängt.

Ich suche in meiner Tasche nach meinen Schlüsseln, als die Tür auffliegt und Tia mir ihren schmächtigen Körper entgegenwirft.

»Er ist wieder da!«, schreit sie. »Leo ist wieder da!«

»Ganz ruhig, Tia«, sage ich. »Lass mich doch erst mal ins verdammte Haus kommen.«

Ich streife meine Turnschuhe mit den Füßen ab, da sehe ich

jemand in der Tür zum Wohnzimmer stehen. Zuerst denke ich, es ist Mam. Es dauert einen Moment, bis mir klarwird, dass es Tante Kerry ist, die wütend an einer Zigarette zieht und mich böse mustert.

»Was machst du denn hier?«, frage ich und schäle Tia von mir, die immer noch ihre dünnen Ärmchen um mich geschlungen hat. Auf meinem Hoodie ist ein nasser Fleck von ihren Tränen.

»Tia, geh nach oben«, sagt Kerry.

»Aber ich will mit Leo Zeichentrickfilme schauen«, protestiert Tia und verschränkt ihre Finger mit meinen.

»Ich sagte nach oben!«, schreit Kerry, und Tias Unterlippe fängt an zu zittern.

»Geh schon, Tia«, sage ich.

Tia nickt und geht die Treppe hoch, den Kopf gesenkt.

»Und ruf deine Mam und Spike an«, ruft Kerry ihr hinterher, »und deine große Schwester. Sag ihnen, sie können jetzt heimkommen.«

Sie dreht sich um und geht ins Wohnzimmer. Ich merke, dass sie von mir erwartet, dass ich ihr folge. In der Mitte des Zimmers dreht sie sich um und verpasst mir eine Ohrfeige. Es schockiert mich mehr, als dass es schmerzt.

»Wo, zum Teufel, warst du?«, fährt sie mich an.

»Und wofür, zum Teufel, war das denn?«, rufe ich und halte meine Wange.

»Beantworte meine verdammte Frage, Leo, bevor ich wirklich die Geduld verliere.«

»Weg«, murre ich.

»Weg? Was meinst du mit weg? Wohin, verdammt nochmal, *weg?*«

»Warum denn das Theater?«, frage ich. »Ich hab doch einen Zettel geschrieben.«

»Welchen Zettel? Niemand hat einen Zettel gesehen.«

»Ich habe ihn oben auf den Fernseher gelegt«, sage ich und gehe hinüber zum Fernseher. Aber an der Stelle, wo ich den Zettel hingelegt hatte, liegt nichts. Ich suche darum herum und finde ihn schließlich hinter dem Bildschirm unter dem Heizkörper. Ich fische ihn hervor und reiche ihn Kerry. Aber sie macht sich gar nicht die Mühe, ihn zu lesen, sondern wirft ihn stattdessen auf den Couchtisch.

»Das ist alles? Du treibst dich zwei verdammte ganze Tage irgendwo rum und meinst, ein verfluchter Zettel reicht?«

»Ich dachte, irgendjemand liest ihn«, erwidere ich genervt.

»Weißt du, wo deine Mutter und Spike jetzt gerade sind?«, fragt sie und stößt mit dem Zeigefinger in meine Brust. »Was sie die ganzen letzten zwei Nächte gemacht haben?«

Ich schüttele den Kopf.

»Sie sind rumgefahren und haben dich gesucht, das haben sie gemacht. Tia war seit gestern Morgen in Tränen aufgelöst. Amber und Carl haben ganz Cloverdale nach dir abgesucht. Die Polizei, tja, die war überhaupt keine Hilfe.«

»Die Polizei? Weswegen habt ihr die denn gerufen?«

»Was sollten wir denn machen? Wir hatten keine verdammte Ahnung, wo du warst. Dein Handy war abgeschaltet.«

»Ich hatte mein Ladekabel vergessen«, sage ich und blicke auf den Boden.

Kerry starrt mich nur wütend an.

»Ich dachte, Mam ist es egal«, sage ich. »Ich dachte, sie merkt es nicht einmal.«

Kerrys Gesicht läuft wieder rot an.

»Deine Mam gewinnt vielleicht keine Preise als beste Mutter der Welt, aber ich würde es mir sehr gut überlegen, bevor ich sie beschuldige, nicht zu merken, wenn eines ihrer Kinder verschwunden ist.«

»Sie bemerkt mich ja nicht einmal, wenn ich zu Hause bin, also was soll ich denn groß erwarten?«, erwidere ich.

»Drei Kinder allein aufzuziehen ist kein Zuckerschlecken, verstehst du?!«

»Es ist doch nicht unsere Schuld, dass sie immer alle Typen vergrault.«

Kerry knallt mir wieder eine. Heftig. Diesmal tut es weh.

»Du hast keine Ahnung, Leo«, sagt sie und deutet mit einem zitternden Finger auf mich. »Bis du selbst mal in so einer Lage warst, hast du keine verdammte Ahnung, wie ihr Leben aussieht. Du weißt nicht, wie es war, euch drei allein großzuziehen, also tu nicht so, als wüsstest du es.«

Ich lasse mich aufs Sofa fallen, die Arme vor der Brust verschränkt. Kerry gräbt in der Tasche ihrer Jeans nach einem Päckchen Zigaretten. Sie zieht eine heraus und nimmt ein rosa Plastikfeuerzeug vom Couchtisch, zündet sich die Zigarette mit immer noch zitternden Händen an. Dabei wendet sie keine Sekunde den Blick von mir ab.

»Leo, erinnerst du dich an das Wochenende, als deine Mam mit einem blauen Auge nach Hause gekommen ist?«

Ich runzle die Stirn.

»Es war nach all dem Theater an der Schule«, sagt sie.

All dem Theater. Alle reden komisch verschlüsselt über das, was im Februar passiert ist.

»Ja«, sage ich, »was ist damit?«

»Wie hieß er noch mal? Der Anführer?«, fragt Kerry.

»Alex Bonner«, murmele ich mit ausdrucksloser Stimme. Wenn ich auch nur seinen Namen laut ausspreche, wird mir ganz schwindlig und übel.

»Genau das ist er, der kleine Drecksack. Deine Mam ging los, um Alex die Meinung zu sagen, aber er war nicht daheim. Seine Mam war allerdings da und hat groß die Klappe aufgerissen.«

»Was?«

Ich kenne Alex' Mutter, jeder kennt sie. Sie gehört zu den Leuten in Cloverdale, die man einfach nicht übersehen kann. Sie heißt Annette und sieht genau wie Alex aus, mit dem gleichen pechschwarzen Haar, einem verkniffenen Gesicht und einem Körperbau wie der Terminator.

»Warte mal, Annette Bonner hat Mam das blaue Auge verpasst?«

»Aber du hättest mal Annette sehen sollen. Sie sah um einiges schlimmer aus, als deine Mutter mit ihr fertig war. Die Leute mussten sie zum Schluss von ihr wegziehen.«

Ich starre Kerry an. Ich kann nicht fassen, was ich da höre. Mam hat sich meinetwegen mit Annette Bonner geprügelt?

»Warum hat sie mir das denn nicht gesagt?«, frage ich.

»Weiß der Himmel, warum deine Mutter so ist, wie sie ist.«

Schweigen. Ich spüre, dass Kerry mich beobachtet, während sie pafft.

»Komm schon, jetzt erzähl endlich, wo du warst«, sagt sie, holt tief Luft und verschränkt die Arme. Genau wie Mam ist sie schmal und klein wie ein Spatz. Das macht es noch unglaublicher, dass Mum den Schrank namens Annette Bonner verprügelt hat. Mein Gott!

»Komm, spann mich nicht auf die Folter«, sagt Kerry und nimmt wieder einen tiefen Zug von ihrer Zigarette, der Rauch schwebt zwischen uns in der Luft. »Wo warst du?«

»Du willst es wirklich wissen?«, frage ich.

»Klar will ich das.«

Ich hole tief Luft.

»Ich war in Kent.«

Kerry runzelt verwirrt die Stirn.

»Kent? Aber das ist ja meilenweit weg. Was zur Hölle ist in Kent?«

Ich ziehe meinen Geldbeutel und das Foto von Dad heraus. Sie nimmt es zwischen die Finger, und ihr fallen fast die Augen raus. Sie sieht mich an.

»Wo hast du das her, Leo?«

»Ist das wichtig?«

»Wo hast du das her, Leo?«, wiederholt sie.

»Aus Mams Zimmer. Ich habe es schon seit Jahren.«

»Wir haben das Haus auf den Kopf gestellt, als wir es gesucht haben«, sagt sie leise. »Deine Mam hat zum Schluss gedacht, dass sie es wohl aus Versehen weggeworfen hat.«

Ich blicke hoch. Ich habe immer gedacht, Mam hätte es nie vermisst. Sie hat jedenfalls nie einen Ton deswegen gesagt.

»Das war sein erstes Auto«, sagt Kerry und fährt mit den Fingern darüber.

»Heute fährt er einen nagelneuen Volvo. Mitternachtsblau. Sehr schick«, sage ich.

Kerrys Kopf fährt hoch.

»Du hast ihn gesehen?«

»O ja. Wir hatten eine tolle Unterhaltung, ich und der gute alte Jimmy«, sage ich mit einem bitteren Lachen.

Sie starrt mich nur an, ihr Mund steht leicht offen.

»Es hat ihm nicht besonders gefallen, dass ich einfach vor seiner Tür stand«, sage ich. »Es hat ihm ganz und gar nicht gefallen, um genau zu sein. Du hast es dir wahrscheinlich sowieso schon gedacht, oder?«

Kerry sinkt auf das Sofa, das Foto flattert auf den Boden.

»Wie hat er ausgesehen?«, fragt sie.

»Wie auf dem Foto, nur älter«, sage ich und beuge mich vor, um das Foto aufzuheben.

»Amber und ich, wir haben seine Augen«, sage ich noch.

»Ich weiß«, sagt Kerry.

»Er hat jetzt eine Frau und andere Kinder«, erzähle ich weiter. »Schickes Haus und so.«

»Hat er das jetzt, ja?«, murmelt sie mit kreidebleichem Gesicht. Es war allerdings keine richtige Frage.

»Wollte natürlich nichts von mir wissen. Hat mich einen Freak genannt.«

»Ach, Leo.«

Ich zerknülle das Foto in meiner Hand und lasse es fallen. Aber ich weine nicht. Ich habe nicht vor, auch nur noch eine einzige Träne wegen Jonathan Denton zu vergießen.

»Was ist denn passiert, Kerry? Warum ist er weggegangen?«

»Du meinst, was deine Mam getan hat, damit er ging?«, fährt sie mich an. »Das denkst du doch, Leo.«

Ich blicke auf meine Füße. Denn sie hat recht, das ist genau das, was ich denke.

»Ich und deine Mam, wir wissen schon, dass sie für dich immer die Böse und dein Dad der Held war«, redet Kerry weiter. »Wir waren vielleicht nicht besonders gut in der Schule und so, aber das haben wir kapiert.«

Sie nimmt ihre Zigarette wieder auf. Die ist runtergebrannt. Kerry schüttelt den Kopf und zündet sich eine neue an.

»Dann erzähl mir doch die Wahrheit«, sage ich.

Sie hebt die Augenbrauen.

»Die Wahrheit, ja? Du willst die Wahrheit?«

Ich nicke.

»Bist du sicher?«

»Verdammt, Kerry.«

Sie nimmt einen langen Zug an ihrer Zigarette und schließt die Augen beim Ausatmen. Ihre Augenlider sind bleich und glänzen. Sie öffnet sie wieder.

»Deine Mam hat Jimmy kennengelernt, als sie einundzwanzig war. Er war dreiundzwanzig und einfach der Hammer. Alle Mädchen in Cloverdale standen auf ihn, aber er hat deine Mam ausgesucht. Jedenfalls waren sie ein halbes Jahr zusammen, als sie erfahren hat, dass sie mit Zwillingen schwanger ist. Zuerst war Jimmy total begeistert und hat es jedem erzählt. Er hat ihr sogar einen Antrag gemacht und einen tollen Ring gekauft. Jeder in der Siedlung war grün vor Neid, sogar ich.«

»Und was ist dann passiert?«

»Er hat sich immer mehr zurückgezogen, blieb abends lange weg. Deine Mam hat es darauf geschoben, dass ihn die Geldsorgen gestresst haben. Jedenfalls, eines Tages, ungefähr sechs Wochen vor dem Geburtstermin, kam deine Mam vom Einkaufen nach Hause und fand einen Zettel auf dem Couchtisch.«

Ich blicke auf meinen Zettel, der zwischen den Aschenbechern und Tassen liegt.

»Wir dachten zuerst, es ist ein blöder Scherz«, erzählt Kerry weiter. »Aber dann gingen wir nach oben, und all seine Klamotten waren aus dem Schrank verschwunden. Er ging auch nicht mehr ans Telefon. Ich dachte, er hätte einfach nur kalte Füße bekommen und würde zurückkommen, aber das tat er nicht. Deine Mam hat nie wieder von ihm gehört.«

»Aber das kann nicht stimmen. Ich erinnere mich an ihn. Ich erinnere mich, wie er meine Windel gewechselt hat«, sage ich.

Kerry schüttelt den Kopf.

»Unmöglich, Leo. Er war schon über einen Monat weg, bevor du auf die Welt gekommen bist.«

Ich kneife die Augen zusammen und versuche, das Bild in meinem Kopf heraufzubeschwören, wie Dad sang, während er sich über mich beugte.

»Das muss mein Ex, Chris, gewesen sein, an den du dich erinnerst. Er hat öfter ausgeholfen, als du und Amber klein wart. Oder vielleicht auch dein Opa, bevor er starb.«

Ich schüttele entschieden den Kopf.

»Nein, ich bin sicher, dass er es war, Kerry. Ich kann sein Gesicht vor mir sehen.«

Doch es verschwindet bereits, seine Gesichtszüge verschwimmen mit jeder Sekunde mehr.

Kerry legt ihre Zigarette weg, nimmt meine Hand und sieht mir in die Augen. Ihre Finger sind rau und eiskalt.

»Er war es nicht, Leo. Glaub mir, er war es nicht.«

Ich starre konzentriert auf den Teppich, so sehr, dass ich alles nur noch verschwommen sehe.

»Warum hat sie es uns denn nicht einfach gesagt?«

»Was? Kleinen Kindern sagen, dass ihr Dad abgehauen ist, bevor sie überhaupt geboren waren? Leichter gesagt als getan, Leo.«

»Besser jedenfalls, als uns gar nichts zu sagen.«

»Deine Oma hat deiner Mam immer geraten, sie soll dir und Amber sagen, dass er tot ist, aber das hat sie einfach nicht über sich gebracht. Und außerdem, sobald du reden konntest, warst du von dem Gedanken an ihn ja regelrecht besessen. Es war einfacher, dich träumen zu lassen, leichter für deine Mam, die Böse zu sein, die ihn fortgetrieben hat.«

»Hat sie ihn geliebt?«, frage ich.

Kerry seufzt und schüttelt langsam den Kopf.

»Das hat sie wirklich, dieses dumme Huhn.«

Ich starre auf den Teppich.

»Ich habe immer gedacht, sie hat ihn vergrault, genau wie sie es mit allen anderen gemacht hat.«

»Nein, Leo.«

»Aber deshalb tut sie es wahrscheinlich«, flüstere ich.

»Tut sie was?«

Ich blicke hoch. Jetzt macht alles auf eine gewisse, völlig gestörte Weise Sinn.

»Die Männer vergraulen. Damit sie von ihnen nicht verlassen wird, wie von Jimmy.«

Nicht *Dad*. Nicht mehr. Nur noch *Jimmy*.

Kerry stößt einen tiefen Seufzer aus.

»Du und deine Mam, ihr habt euch von diesem Mann viel zu lange beherrschen lassen. Es ist langsam Zeit, einen Schnitt zu machen und von vorn anzufangen, Leo, für euch alle beide.«

Vierzig
David

Vorsichtig stecke ich den Schlüssel ins Schlüsselloch und öffne die Haustür. Der Flur ist leer. Ich schleiche mich weiter hinein und lege mein Ohr an die Küchentür.

Ich kann meine Familie auf der anderen Seite hören – das Rascheln der Zeitung, unterdrückte Stimmen, gelegentliches Klirren von Gläsern und Besteck, das Radio spielt im Hintergrund. Eine perfekte Familienszene. Und ich bin im Begriff, alles kaputtzumachen.

Ich gehe nach oben in mein Zimmer, wo ich meinen Rucksack auf den Boden fallen lasse und meine Jacke ausziehe. In meinem Schreibtisch suche ich nach dem Brief an meine Eltern, den ich damals im August beinahe unter ihrer Schlafzimmertür durchgeschoben hätte. Ich hole ihn aus seinem Umschlag und lese ihn durch, bevor ich ihn glätte und vorsichtig auf die nächste freie Seite in meinem Scrapbook klebe.

Mum und Dad sehen überrascht auf, als ich die Küche betrete.

»Du bist aber früh zurück«, sagt Dad. »Wir hatten dich nicht vor dem Abendessen erwartet.«

»Du siehst voll scheiße aus«, bemerkt Livvy.

»Livvy!«, schimpft Mum. »Nicht solche Ausdrücke!«

»Aber es stimmt doch!«, protestiert Livvy und deutet mit ihrem Joghurtlöffel auf mich.

»Das ist noch lange kein Grund.«

Livvy lässt den Löffel klappernd fallen und steht vom Tisch auf.

»Entschuldige mal, Fräulein, in diesem Haushalt räumen wir unser Geschirr selbst ab«, sagt Dad.

Livvy verdreht die Augen, aber sie trägt ihre Sachen zum Geschirrspüler und räumt sie lautstark ein, dann geht sie ins Wohnzimmer und stellt den Fernseher an. Die ganze Zeit stehe ich nur da und umklammere mein Scrapbook so fest, dass meine Finger schon taub werden.

Mum späht zu mir hoch.

»Du siehst allerdings ein wenig müde aus, David«, meint sie. »Wahrscheinlich warst du die halbe Nacht wach und hast gequatscht, hm? Also, möchtest du Rühreier oder so? Es könnte sogar noch ein wenig Räucherlachs da sein, wenn du Glück hast.«

Ich sage gar nichts.

Ich mache einfach einen Schritt nach vorn, lege mein Scrapbook auf den Tisch und gehe wieder hinaus, schließe die Küchentür hinter mir.

Langsam gehe ich nach oben, rolle mich auf meinem Bett zusammen und warte.

Es dauert nur etwa eine Stunde, bevor es an der Tür klopft, aber es kommt mir vor, als seien Tage vergangen. Obwohl ich darauf gewartet habe, zucke ich zusammen.

»Herein«, sage ich und setze mich auf.

Mum und Dad kommen rein, das Scrapbook steckt unter Dads Arm, und ihre Gesichter sind ernst.

Ich starre zu ihnen hoch und merke, dass mein ganzer Körper zittert. Ich frage mich, ob mein Körper jemals das tun wird, was ich möchte.

Dad räuspert sich.

»David«, sagt er, »bevor wir weiterreden, möchten wir, dass du etwas ganz Wichtiges weißt. Deine Mutter und ich lieben dich sehr. Das haben wir immer getan, und das werden wir auch in Zukunft. Aber wir brauchen ein klein wenig Zeit, um das hier zu verdauen, okay?«

Ich nicke.

»Also, bist du denn sicher, dass es wirklich das ist, was du möchtest, David?«, fragt Mum und kommt einen Schritt weiter. »Du bist nicht nur durcheinander?«

»Nein, ich bin mir sicher, Mum. Ich bin mir inzwischen schon seit ewigen Zeiten sicher.«

»Verstehe«, sagt sie leise und senkt den Blick.

Als sie durchs Zimmer geht, kann ich förmlich sehen, wie all die Pläne, die sie für meine Zukunft hatte, sich in ihrem Kopf langsam auflösen und zu Staub zerfallen.

»Wieso hast du es uns denn nicht früher erzählt?«, fragt sie, und Tränen schimmern in ihren Augen, als sie sich neben mich aufs Bett setzt. Dad streckt den Arm aus und drückt ihre Hand.

»Ich weiß nicht«, antworte ich. »Ich hatte wohl Angst. Ich habe mir Sorgen gemacht, dass ihr mich vielleicht verstoßt oder so was.«

Da fängt Mum richtig an zu weinen. Natürlich muss ich jetzt ebenfalls weinen und dann auch Dad. Und das ist an sich schon ein Wunder, denn ich habe Dad seit dem Tod seiner Eltern wegen nichts mehr fassungslos gesehen, was nicht mit Fußball zu tun hat. Wir schluchzen so laut, dass Livvy hereinstürmt und denkt, Oma muss gestorben sein. Mum schickt sie aus dem Zimmer und versichert ihr, dass Oma noch am Leben und gesund ist. Schließlich bringt sie Livvy für den Nachmittag zu Cressy, damit wir drei ungestört reden können.

Wir blättern mein Scrapbook durch, Seite um Seite. Ich zeige

Mum und Dad die Videos, die ich mir auf YouTube angesehen habe, die Foren, die ich besucht habe, die Websites, die ich studiert habe. Ich erzähle ihnen von der Spezialklinik in London, die Leo besucht. Ich registriere ihre Gesichter aus den Augenwinkeln, während sie staunend auf den Computerbildschirm starren. Ich kann beinahe sehen, wie sich die Rädchen in ihrem Kopf mit hundert Umdrehungen pro Sekunde drehen, während sie versuchen, alles zu verarbeiten, was sie sehen und hören. Bei manchen der etwas konkreteren Beschreibungen runzeln sie die Stirn und verziehen leicht das Gesicht. Mum kämpft wieder gegen Tränen an. Aber sie lesen, schauen und hören weiter zu. Ständig muss ich mich daran erinnern, dass ich selbst quasi mein ganzes Leben lang Zeit hatte, mich an den Gedanken zu gewöhnen, während sie erst ein paar Stunden hatten.

Dad geht los, um Tee zu kochen. Er kommt mit einem Tablett zurück, auf dem Teegebäck steht (das gute, das wir normalerweise nur anbieten, wenn wir Gäste haben), Käsesandwiches und große Becher mit Tee. Wir setzen uns im Dreieck auf den Boden und machen eine Art Picknick, unsere Knie berühren sich.

»Es tut mir leid«, sage ich, während wir den Tee schlürfen, meine Kehle ist ausgetrocknet, meine Tränendrüsen fühlen sich wund an.

Mum runzelt die Stirn. »Was meinst du denn, David?«

»Dass ich nicht normal bin. Ich weiß, es wäre leichter für alle, wenn ich normal wäre.«

Sie und Dad tauschen einen Blick aus.

»Ich will nicht lügen«, sagt Mum. »Natürlich wäre es mir lieber, wenn alles unkomplizierter wäre. Ich liebe dich, und ich möchte nicht, dass du es unnötig schwer hast. Und der Weg, der vor dir liegt – wenn es wirklich der ist, den du gehen willst …«

»Auf jeden Fall«, werfe ich entschieden ein.

»Tja, dann wird es kein einfacher Weg. Er wird lang, schmerzhaft und frustrierend sein, und du wirst Leuten begegnen, die es nicht verstehen. Ich bin mir ja nicht einmal selbst sicher, ob ich es richtig verstehe.«

»Ich weiß. Aber ich bin bereit, wirklich.«

»Was ich damit sagen möchte, David«, erklärt sie, »ist, dass wir dich lieben und dich unterstützen werden.«

»Außerdem«, sagt Dad, »wer will denn schon normal sein? Stell dir das mal auf deinem Grabstein vor. ›Hier liegen Sowieso und Soundso. Sie waren völlig normal.‹«

Ich lächle. Aber ich weiß wohl, dass er mit der gespielten Fröhlichkeit lediglich gute Miene zum bösen Spiel macht. Es erinnert mich daran, wie es war, als seine Mutter gestorben ist und er beim Traueressen total ruhig und freundlich war. Er brachte jedem was zu trinken und machte sogar kleine Scherze. Später hörte ich ihn dann allein im Badezimmer weinen.

Das Telefon klingelt. Mum und Dad sagen beide, es müsse wohl für sie sein, und lassen mich mit den Überresten unseres Picknicks allein.

Als Livvy nach Hause kommt, essen wir alle zusammen zu Abend, und Mum und Dad tun, als ob sich nichts geändert hätte, auch wenn in Wirklichkeit drei von uns vieren wissen, dass sich alles verändert hat.

Ich gehe früh schlafen. Mum deckt mich zu, das hat sie seit Jahren nicht mehr gemacht. Sie hat noch einmal geweint, das merke ich, denn ihr Gesicht ist wieder fleckig.

»Kann ich dir etwas zeigen?«, frage ich, als sie sich zur Tür umdreht.

»Aber klar«, sagt sie, auch wenn sie etwas ängstlich aussieht.

Ich scrolle auf meinem Handy durch die Fotos, bis ich die Aufnahme von Leo und mir an dem Abend in Tripton finde. Trotz seiner Proteste grinst Leo in die Kamera, seine Augen funkeln. Neben ihm strahle ich um die Wette, mit rosigen Wangen, aufgedreht vom Alkohol und dem neuen Leben. Ich reiche Mum das Handy und halte die Luft an. Sie starrt ewig auf das Display.

»Wann wurde das denn aufgenommen?«, fragt sie, ohne den Blick davon zu wenden.

»Noch nicht lange her«, antworte ich und beiße mir auf die Lippen.

Ich versuche, ihren Gesichtsausdruck zu entschlüsseln, aber ich werde nicht ganz schlau daraus.

»Du siehst wirklich glücklich aus«, meint sie schließlich.

»Danke«, flüstere ich.

Sie betrachtet das Foto genauer, und ihr Gesichtsausdruck, ihr Stirnrunzeln, verändert sich. »Wurde das etwa in einem Pub aufgenommen?«, fragt sie.

»Natürlich nicht«, schwindle ich. »Du weißt doch, dass ich keinen Alkohol trinke.«

Einundvierzig

Leo

Am nächsten Tag gehe ich wieder in die Schule.

David ignoriert meine Proteste und wartet an der Bushaltestelle auf mich. Als ich durch das Schultor trete, starren mich die anderen Schüler mit offenen Mündern an, wie Goldfische. Ich weiß jetzt ganz genau, wie Tiere im Zoo sich fühlen müssen. In der Mittagspause schreit Essie jeden an, der in unsere Richtung schaut, »sich um seinen eigenen Scheiß zu kümmern«, was meiner Meinung nach nicht unbedingt hilft. Aber ich weiß ihre Bemühungen zu schätzen.

Am Dienstag habe ich Englisch. Alicia ist nicht in der Klasse, weil sie bei den Proben für *West Side Story* ist. Der Anblick ihres leeren Stuhls reicht, um mir Bauchschmerzen zu verursachen.

Am Mittwoch esse ich mit David, Essie und Felix in der Cafeteria. Harry kommt zu unserem Tisch und nennt uns »die Mutantin, den Geek und die zwei Superfreaks«. Er fragt, ob wir unseren eigenen Wanderzirkus eröffnen wollen. Essie sagt ihm, er soll »sich verpissen und am besten gleich tot umfallen«. Ich will aufstehen, aber David fasst mich am Handgelenk und zieht mich wieder auf den Stuhl. Harry marschiert grinsend davon.

Am Donnerstag nennt Becky mich im Klassenzimmer ständig Megan. Ich beiße nicht an und starre weiter nach vorn, bis es läutet und ich entkommen kann.

Später am selben Vormittag gehe ich allein den Flur entlang, als mich irgendein Sechstklässler anhält und fragt, ob ich nicht ins Mathe-Challenge-Team einsteigen will. Zuerst denke ich, es ist ein blöder Trick und dass er mir gleich irgendeine bescheuerte Beleidigung an den Kopf wirft, aber stattdessen gibt er mir einen Flyer.

»Wir brauchen frisches Blut«, sagt er, »und Mr Steele hat dich empfohlen. Denkst du darüber nach?«

Ich ertappe mich dabei, dass ich es ihm verspreche.

Am Freitag schaffe ich es den Flur runter, ohne dass irgendjemand was Gemeines sagt. Es ist nur ein kleiner Triumph, aber einer, den ich gern genieße.

Im Grunde läuft es darauf hinaus: Ich überlebe diese Woche. Und wenn ich eine Woche überleben kann, dann schaffe ich die anderen auch.

Als ich von der Schule nach Hause komme, holt Mam Amber und mich ins Wohnzimmer. Zuerst sagt sie gar nichts, raucht nur eine nach der anderen, während sie an ihren Kreolen herumspielt und uns nicht in die Augen schaut. Schließlich legt sie ihre Zigaretten und ihr Feuerzeug weg, holt tief Luft und fängt an zu reden.

Und endlich bekommen wir alles zu hören, ganz von Anfang an, ohne irgendwelche Lücken – Mams Geschichte in ihren eigenen Worten.

Zweiundvierzig

David

Vier Wochen später

Es ist der letzte Freitag in der Schule vor den Weihnachtsferien, und Essie und Felix haben sich die ganze Woche schon merkwürdig benommen. Sie flüstern miteinander, wenn sie denken, ich merke es nicht, und lächeln mich an, wenn sie meinen Blick bemerken. Zuerst dachte ich, es muss Beziehungskram sein, aber ich habe das Gefühl, dass mehr dahinter steckt.

Heute ist definitiv der Höhepunkt ihrer Geheimniskrämerei. In Geschichte ist Essie völlig gestört und plappert in einer Tour. Selbst Felix scheint nervös zu sein.

»Was ist denn los, Leute?«, frage ich – mindestens zum hundertsten Mal diese Woche.

»Nichts«, antworten sie wie aus einem Munde.

»Der heutige Abend steht noch, oder?«, frage ich.

»Klar«, antwortet Esse. »Wieso denn auch nicht?«

»Hab ja nur gefragt«, erwidere ich mürrisch.

Wir haben beschlossen, den Weihnachtsball diesmal wirklich zu boykottieren. Stattdessen wollen wir bei mir abhängen, Pizza essen (jedenfalls Essie und ich, während Felix seine eigene Blumenkohl-Alternative genießen wird) und uns Weihnachtsfilme ansehen. Und auch wenn ich weiß, dass wir Spaß haben werden, und obwohl der

Weihnachtsball jedes Jahr der enttäuschendste Abend des Jahres gewesen war, verspüre ich doch ein kleines bisschen Bedauern, dass er heute ohne mich stattfinden wird.

Die letzte Stunde vor der Mittagspause haben wir Mathe. Mr Steele macht ein Mathe-Quiz mit uns. Ich habe den leisen Verdacht, dass »Quiz« nur eine nette Umschreibung für »Test« ist, aber zu meiner Überraschung schlage ich mich gar nicht so schlecht – nicht gut genug für einen Preis, aber okay. Danach gehe ich in die Cafeteria. Ich räume gerade die Sachen von meinem Tablett auf den Tisch, als ich jemanden neben mir wahrnehme. Ich blicke hoch. Es ist Leo.

Nach seiner Rückkehr an die Schule haben die Lehrer ziemlich schnell herausgefunden, was genau los war, und mehrere Sonderversammlungen wurden einberufen. Man erklärte Leos Situation und was es bedeutet, Transgender zu sein. Es wurde betont, dass jegliches Mobbing harte Strafen nach sich ziehen würde. Auch wenn die Beleidigungen und das gemeine Geflüster nicht völlig aufhörten, hat es doch stark abgenommen.

Leo und ich unternehmen jetzt öfter mal was zusammen. Wir waren ab und zu im Kino, manchmal danach noch bei McDonald's oder irgendwo anders. Er war auch ein paarmal bei mir und hat meine Mum mit seinem Charme um den Finger gewickelt und – zu meiner Überraschung – auch Livvy. Ein paarmal in der Woche isst er mit Essie, Felix und mir zu Mittag. Er sagt nie sehr viel, hört nur zu und gibt ab und zu einen sarkastischen Kommentar ab. Anfang der Woche gingen wir alle vier in die Schulaufführung von *West Side Story* in der Aula. Alicia spielte mit. Sie sah unglaublich schön aus und sang zweimal ein Solo. Während sie sang, sah Leo ganz verträumt und traurig aus.

Er hat seiner Therapeutin, Jenny, eine Mail geschickt, in der er von mir erzählt hat, und sie hat ihm ein paar Infos über Selbsthilfegruppen gegeben, die mir vielleicht helfen könnten. Währenddessen warte ich darauf, dass meine Überweisung an die Spezialklinik in London angenommen wird. Leo verspricht, im neuen Jahr mit mir hinzugehen. Auch wenn ich mir nicht sicher bin, ob er es wirklich macht, wenn es so weit ist. Er weicht dem Thema wann immer möglich aus, selbst mir gegenüber.

»Hey«, sage ich und öffne meine Coladose.

Ich sehe, dass er gar nichts zu essen hat.

»Erzähl mir nicht, dass dich der trockenste Truthahn auf der Welt nicht in Versuchung geführt hat«, sage ich und deute auf meinen Teller, als sei er der erste Preis in einer Spielshow.

»Ich kann nicht bleiben«, antwortet er. »Ich bin nur vorbeigekommen, um dir das hier zu geben.«

Er reicht mir einen Zettel.

Ich runzele die Stirn und falte ihn auseinander. Essies krakelige Schrift ist sofort zu erkennen.

Wenn irgendjemand fragt, du weißt nicht, wo wir sind. Wir sehen uns dann heute Abend bei dir. E & F x

Ich sehe Leo an.

»Weißt du, was los ist?«, frage ich.

»Kein Plan. Sie haben mich nur gebeten, dir den Zettel zu geben. Warum, was steht denn drauf?«

»Dass sie blaumachen«, sage ich. »Aber sie machen nie blau.«

Auch wenn Essie immer behauptet, sie sei eine Rebellin, fehlt sie in der Schule nie, außer sie ist todkrank.

Leo zuckt mit den Schultern. »Keine Ahnung. Wie gesagt, sie haben nichts weiter verraten.«

Er steht auf und will gehen.

»Hey!«, rufe ich ihm nach. »Gehst du heute Abend auf den Ball?«

»Was glaubst du denn?«

»Essie, Felix und ich hängen bei mir zu Hause ab, wenn du Lust hast …?«

»Danke für das Angebot, aber ich denke, ich bleibe heute Abend einfach zu Hause.«

Ich merke, dass ich ein wenig enttäuscht bin.

»Schade. Das heißt, wir sehen uns erst nach den Ferien?«

»Wahrscheinlich.«

»Dann fröhliche Weihnachten.«

Er lächelt.

»Ja, fröhliche Weihnachten.«

Ich blicke ihm nach.

An diesem Nachmittag werden die normalen Unterrichtsstunden gestrichen und durch DVDs oder Spiele ersetzt, was das Verschwinden von Essie und Felix noch merkwürdiger macht.

Im Auto spielt Mum Weihnachtslieder, als wir heimfahren.

Auf dem Rücksitz hüpft Livvy unruhig auf und ab.

»Dein erster Ball, Liv, bist du schon aufgeregt?«, frage ich über meine Schulter.

»Blöde Frage«, antwortet sie. »Klar! Es wird echt toll. Mum, hab ich dir erzählt, dass es eine richtige Schneemaschine gibt?«

»Das hast du, Schätzchen«, sagt Mum und blinzelt mir zu.

»Wir gehen zu zehnt zu Cressy und machen uns gemeinsam fertig. Cressys Mum hat eine riesige weiße Limo für uns bestellt und alles!«

»Hört sich gut an«, kommentiere ich.

»Nicht einfach nur gut, das wird super«, sagt Livvy träumerisch.

Nachdem sie einmal ausgeflippt ist, hat Livvy das, was unsere Eltern als meine »Gendersache« bezeichnen, besser aufgenommen als erwartet. Der Schicksalsschlag wurde wahrscheinlich dadurch abgemildert, dass meine Eltern ihr versprochen haben, meinen ersten Kliniktermin in London mit einem Ausflug für Livvy zu verbinden und danach zusammen das Musical *Die Hexen von Oz* anzusehen. Oft spüre ich aber, wie Livvy mich mit zusammengekniffenen Augen mustert, als wolle sie mich telepathisch entschlüsseln, anstatt mich einfach geradeheraus zu fragen.

»Hast du Eiscreme für heute Abend gekauft?«, will ich von Mum wissen.

»Natürlich.«

»Welchen Geschmack?«

»Ach, du weißt schon, alles Mögliche«, sagt sie unbestimmt.

»Und hast du das laktosefreie Zeug für Felix?«

»Ich denke, schon …«

Wir biegen in die Einfahrt. Beim Aussteigen sehe ich, wie sich der Vorhang bewegt, was komisch ist, weil Dad normalerweise nicht vor halb sechs von der Arbeit nach Hause kommt – meist viel später.

Mum öffnet die Tür und lässt mich vorgehen. Ich finde Essie und Felix in Theaterposen auf der Treppe vor, Essie mit ausgestreckten Armen, während Felix neben ihr kauert.

»Überraschung!«, rufen sie.

Ich bemerke, dass Essie ein Paar Feenflügel trägt und Glitzer auf den Wangen hat. Felix trägt Mickey-Maus-Ohren aus Plastik und etwas, das verdächtig nach einem silbernen Gymnastikanzug aussieht.

»Frag nicht«, sagt er.

»Was macht ihr denn hier?«, frage ich trotzdem. »Ihr solltet doch erst so um sieben kommen.«

»Wir haben geflunkert!«, antwortet Essie vergnügt in einem Singsang.

Ich drehe mich zu Mum.

»Wusstest du das?«

Sie zuckt nur unschuldig mit den Schultern und schiebt Livvy in die Küche.

Essie steigt die Treppe herunter, gefolgt von Felix, dessen Hände verlegen über seinem Schritt schweben.

»Was ist denn los?«, frage ich.

»Sie hat etwas geplant«, flüstert Felix.

»Oh. Okay.«

Essie holt einen Zauberstab hinter ihrem Rücken hervor und fängt an, ihn über ihrem Kopf zu schwingen.

»Fürchte dich nicht, liebliche Cinderella, denn heute Abend wirst du auf den Ball gehen!«, ruft sie theatralisch.

Sie zeigt mit ihrem Zauberstab auf Felix und hätte ihm dabei fast ins Auge gestochen. Er rennt die Treppe hinauf und kehrt ein paar Sekunden später mit einem glänzenden schwarzen Kästchen zurück. Ich erkenne, dass es ein brandneues Make-up-Set ist.

»Das ist von Mac«, stelle ich fest und blicke hoch. »Aber das Zeug kostet ein Vermögen.«

»Die Frau von meinem Dad arbeitet in der Hauptverwaltung«, sagt Essie mit einem Schulterzucken.

»Aber du kannst sie nicht ausstehen«, erinnere ich sie.

»Die letzten Male war sie zumindest erträglich«, gesteht Essie kleinlaut.

Dann schwenkt sie wieder ihren Zauberstab, und Felix rast erneut die Treppe hinauf. Er kehrt mit einer Perücke auf einem Styropor-Kopf zurück.

»Ist das *meine* Perücke?«, frage ich. Sie wurde zu einer Frisur mit weichen Wellen umfrisiert, und obenauf sitzt eine kleine Tiara.

»Yep«, sagt Essie stolz. »Hut ab vor deiner Mutter, die sie aus deinem Zimmer geschmuggelt hat, ohne dass du es bemerkt hast.«

Ich spähe den Flur entlang, aber Mum hat die Küchentür geschlossen.

»Und jetzt kommt die Hauptsache!«, ruft Essie aus.

Sie schwenkt ihren Stab ein letztes Mal. Felix rast wieder die Treppe hinauf und kommt ein paar Sekunden später mit einem Kleidersack heraus.

»Mach ihn auf«, flüstert Essie mit funkelnden Augen.

Langsam öffne ich den Reißverschluss und enthülle das schönste Kleid, das ich je gesehen habe. Es ist hellblau mit einem weiten Rock und einem breiten, hauchdünnen Gürtel aus dem gleichen Stoff um die Taille.

»Es ist genau wie die Kleider der Filmstars in meinem Scrapbook«, flüstere ich und streiche mit den Fingern über den seidigen Stoff.

»Ich weiß«, bestätigt Essie begeistert.

»Es ist toll, wirklich. Aber ich kann es nicht tragen«, sage ich und ziehe den Reißverschluss hoch.

Essies Miene fällt in sich zusammen.

»Was meinst du mit: Ich kann es nicht tragen?«, will sie wissen.

»Ist das dein Ernst? Ich soll damit zu unserem Schulball gehen? Mit einer Perücke, Make-up und allem? Kannst du dir vorstellen, was Harry tun würde? Ich wäre für alle Zeiten die Witzfigur. Hört mal, ich bin wirklich gerührt, dass ihr das alles für mich gemacht habt, ich bin geradezu überwältigt, aber ich kann darin nicht zum Ball gehen, tut mir leid.« Ich drücke Felix das Kleid mit Tränen in den Augen in die Arme.

»Als Essie sagte, *du sollst zum Ball gehen*, hat sie nicht gesagt zu welchem Ball«, erinnert mich Felix.

»Was meinst du?«

»Wir meinen, dass wir nicht zum Eden-Park-Weihnachtsball gehen«, sagt er.

»Wohin gehen wir dann? Wir crashen doch nicht irgendeinen anderen Schulball, oder?«

»Nein, kann man so nicht sagen.«

»Also wohin gehen wir dann?«

»Du musst uns einfach vertrauen«, sagt Essie.

Ich zögere.

»Hör mal, mach dich einfach fertig«, sagt sie. »Es wird dir gefallen, versprochen. Oh, warte, noch eine Sache.«

Sie läuft in mein Zimmer und kommt einen Moment später mit einer Schuhschachtel zurück. Ich nehme den Deckel ab und entdecke ein Paar Chucks, die mit silbernen Pailletten besetzt sind.

»Turnschuhe?«, sage ich.

Sie lächelt geheimnisvoll.

»Vertrau mir.«

Dass meine Mutter mich schminkt, ist wahrscheinlich eine der unwirklichsten Episoden in meinem bisherigen Leben (und ihrem wahrscheinlich auch). Es ist fast so surreal wie die Tatsache, dass Felix wie eine Maus gekleidet auf meinem Bett sitzt und zusieht. Dad kommt von der Arbeit nach Hause und bestellt uns Pizza (Salat für Felix), bevor er Livvy bei Cressy absetzt. Alles wird noch absurder, als ich in meinem Bademantel am Küchentisch sitze, voll geschminkt, und mit meinen Eltern zusammen Pizza Hawaii esse, als sei es das Normalste auf der Welt.

Um halb sieben stehe ich allein in meinem Zimmer und betrachte mich in dem bodenlangen Spiegel an meiner Tür, nicht ganz sicher, was ich von der Person halten soll, die mich da aus dem Spiegel ansieht.

Es klopft an der Tür.

»Komm schon!«, ruft Essie »Wir wollen dich sehen.«

»Moment noch«, rufe ich zurück.

Denn ich möchte, dass dieser Augenblick noch ein paar Sekunden länger dauert. Nur ich und der Spiegel. Und schließlich gefällt mir, was ich im Spiegel sehe, auch wenn ich das Gefühl habe, als müsste ich jeden Moment in Ohnmacht fallen oder mich übergeben oder beides.

Es klopft wieder.

»Schon gut, schon gut, ich komme«, sage ich mit einem letzten Blick in den Spiegel. »Aber zuerst müsst ihr eure Augen zumachen.«

»Sind zu!«, rufen Essie und Felix wie aus einem Munde.

Ich hole tief Luft und mache vorsichtig einen Schritt hinaus auf den Treppenabsatz. Essie und Felix stehen Hand in Hand mit zugekniffenen Augen da. Felix trägt einen etwas zu großen Smoking, Essie ein sehr kurzes lila Kleid und eine kunstvoll zerrissene Netzstrumpfhose.

»Okay, jetzt könnt ihr sie aufmachen«, sage ich.

Essie öffnet ihre zuerst, schnappt nach Luft und umarmt mich dann. Dabei bricht sie prompt in Tränen aus.

»Ich hoffe, es sind Tränen der Rührung und nicht des Entsetzens«, witzele ich, während sie an meiner Schulter heult.

»Aber natürlich!«, schluchzt sie, macht sich los und greift nach dem Treppengeländer, die Wimperntusche läuft über ihre Wangen.

Felix reicht ihr Kosmetiktücher, dann grinst er mich an und umarmt mich ebenfalls.

»Du siehst toll aus«, flüstert er. »Richtig klasse.«

Ich lache und umarme ihn diesmal etwas fester.

Es klingelt an der Tür.

»Das wird Leo sein«, sagt Felix. »Ich mach auf.«

»Leo?«, sage ich.

»Tja, du kannst ja nicht ohne ein Date auf den Ball gehen«, sagt Essie und blinzelt ihre Tränen fort.

»Warte mal«, protestiere ich, aber Felix ist bereits die Treppe hinuntergestürmt. Dad ist aber vor ihm an der Tür. Essie und ich beugen uns übers Treppengeländer und sehen, wie Leo in den Flur tritt. Er sieht etwas verlegen aus, in einem grauen Anzug mit einer blauen Krawatte.

Essie stößt einen anerkennenden Pfiff aus. »Coole Klamotten, Denton!«, ruft sie.

Er verdreht nur die Augen.

»Ooh, guck dir mal Leos Krawatte an«, flüstert Essie, als Dad Leos Jackett nimmt und ihm ein Stück Pizza anbietet. »Passt zu deinem Kleid!«

»Fang jetzt bloß nicht damit an«, warne ich sie.

»Wieso denn nicht? Du bist Single, er ist Single …«

»Wir sind einfach nur Freunde, Essie.«

»Aber ihr zwei passt so gut zusammen!«

»Essie, ich meine es ernst«, sage ich entschieden.

»Du verstehst überhaupt keinen Spaß«, sagt sie, lächelt aber dabei.

Ich habe mein Versprechen gegenüber Leo gehalten und weder Essie noch Felix etwas von dem Wochenende mit ihm in Tripton erzählt. Sie vermuten natürlich etwas. Wahrscheinlich hat es sie fast verrückt gemacht, nicht zu wissen, was wir dort unten wollten. Vielleicht erzähle ich es ihnen auch eines Tages – wenn es für Leo okay ist. Aber im Augenblick ist dieses Wochenende ein Geheimnis – unser Geheimnis.

Essie nimmt meine Hand, und wir gehen nach unten. Ich stolpere auf der letzten Stufe über mein Kleid, und Leo muss mir beispringen, aber abgesehen davon, habe ich die Treppe gekonnt gemeistert.

»Du hast mich ja heute Nachmittag angelogen«, sage ich gespielt vorwurfsvoll.

»Ich hatte viel Übung«, antwortet Leo und zieht eine Augenbraue hoch.

Wir grinsen einander an.

»Du siehst gut aus«, sagt er.

»Echt? Ich kann mich nicht entscheiden, ob ich mich gut oder lächerlich fühlen soll.«

»Ersteres.«

»Danke. Du siehst auch gut aus. Steht dir. Hey, weißt du, wo wir heute Abend hingehen?«

»Könnte sein.«

»Aber du verrätst es mir nicht, oder?«

»Nope.«

Da tauchen Mum und Dad auf. Beide haben Kameras und lassen uns für Fotos posieren. Während sie Bilder machen und uns Anweisungen zurufen, frage ich mich, was sie wohl denken. Ob sie wohl innerlich völlig fertig sind, weil ihr einziger Sohn als Mädchen verkleidet zu einem geheimnisvollen Ball geht? Was immer sie denken, sie zeigen es nicht, sondern überdecken es mit übertriebener Begeisterung. Seit ich es ihnen gesagt habe, ist ihr Verhalten manchmal leicht hysterisch. Die beiden sind zwischen Akzeptanz und Entsetzen hin- und hergerissen. Sie versuchen, das Entsetzen durch übermäßige

Unterstützung auszugleichen. Erst letzte Nacht hörte ich Mum wieder weinen, und Dad hat sie beruhigt. Ich habe das Gefühl, dass wir immer noch einen weiten Weg vor uns haben. Aber allein dafür, dass sie sich solche Mühe geben, liebe ich sie so sehr, dass es mir manchmal weh tut.

Beim Posieren für meine Eltern bemerke ich, dass wir alle vier Turnschuhe tragen. Ich will schon fragen, warum, als von draußen ein lautes Hupen zu hören ist. Essie läuft zum Wohnzimmer und steckt ihren Kopf unter die Vorhänge.

»Die Limo ist da!«, ruft sie.

Leo runzelt die Stirn. »Eine Limo, Essie? Ist das dein Ernst? Du weißt doch, wo wir hingehen, oder?«

»Ach, mach dich locker, ich konnte nicht widerstehen«, sagt Essie und wedelt abwehrend mit den Händen. »Kommt schon, Leute, Zeit zu gehen!«

Ich gehe zuletzt.

»Pass auf dich auf«, sagt Dad und umarmt mich.

»Mach ich.«

Daraufhin umarmt mich Mum, ganz fest.

»Du siehst wirklich wunderschön aus«, flüstert sie mir ins Ohr.

»Danke, Mum.«

Wir lösen uns voneinander. Ihre Augen sind ganz feucht.

»Also, passt alle aufeinander auf und habt viel Spaß«, sagt sie, und wischt sich mit dem Ärmel über ihre Wange. »Das ist ein Befehl!«

Die Limo ist pink und hat Polster im Leopardendruck und bunte Blinklichter. Es ist das geschmackloseste Gefährt, das ich je gesehen habe.

»Sie ist so kitschig! Ich liebe sie!«, verkündet Essie und lässt sich auf den Sitz fallen. »Ich habe in der Firma um die geschmackloseste Limo gebeten, die sie haben, und sie haben mich nicht enttäuscht!«

»Ich komme mir vor wie in so einem billigen Musikvideo«, meint Felix und rutscht vorsichtig neben sie.

Leo runzelt immer noch die Stirn. »Wir wollten doch keine Aufmerksamkeit auf uns ziehen, weißt du nicht mehr?«, zischt er.

»Und?«, sagt Essie und zieht einen Schmollmund.

»Ich sage es nicht gern, aber ich denke, Leo hat recht«, sagt Felix. »In diesem Ding fallen wir auf wie ein bunter Hund.«

»Kann mir vielleicht irgendjemand *bitte* mal sagen, wohin es geht?«, frage ich.

Alle ignorieren mich.

Essie seufzt. »Wie wäre es, wenn wir um die Ecke halten und das letzte Stück zu Fuß gehen?«

»Das muss dann wohl reichen«, sagt Leo grimmig.

Als die Limo durch den abendlichen Verkehr schleicht, versuche ich unser vermutliches Ziel einzugrenzen. Wir fahren aus Eden Park hinaus, auf unserem Weg begegnen wir einigen Limousinen, die in die Gegenrichtung fahren, zur Schule.

»Langweiler!«, ruft Essie aus dem Schiebedach.

Danach fahren wir Richtung Süden durch das Stadtzentrum, dann über die Brücke. Erst da dämmert es mir, wohin wir fahren.

Wir sind Richtung Cloverdale unterwegs.

Leo gibt dem Limofahrer Anweisungen, wie er die Hauptstraßen umfahren soll, und schließlich werden wir an der Ecke Renton Road abgesetzt. Dort, wo sich das alte Schwimmbad befindet. Als Leo mir aus der Limo hilft, bemerke ich die Schlange von Leuten entlang des

Zauns. Ich werde langsam nervös und drücke Leos Hand. Er drückt zurück.

»O mein Gott!«, ruft Essie, packt Felix' Arm und springt auf und ab. »Es sind ganz viele Leute gekommen! Es sind echt viele gekommen!«

Als wir näher kommen, erkenne ich die meisten der Leute in der Schlange. Es sind ein paar Mädchen aus meinem Textilkurs, ein paar Emos aus dem elften Jahrgang, ein lesbisches Pärchen aus der neunten Klasse, das Händchen hält, eine größere Gruppe Goths aus der siebten bis zu welchen aus der sechsten. Als ich an ihnen vorbeigehe, spüre ich ihre Blicke, sie stoßen sich an, und ihr Flüstern wird weitergetragen wie ein Hauch über fallende Dominosteine. Meine Beine fühlen sich an wie Blei.

»Ich bin bei dir«, flüstert Leo, während er mich zum Anfang der Schlange führt.

Als wir dort ankommen, steht da Amber mit einem Klemmbrett, ihr Haar in einem engen Leg-dich-nicht-mit-mir-an-Pferdeschwanz zurückgebunden. Neben ihr steht ein kräftiger Typ, der ganz in Schwarz gekleidet ist und als ihr Freund Carl vorgestellt wird.

»Auch bekannt als ›Muskelmann‹«, sagt Essie, und ihr Blick ruht auf Carls Armen.

»Was geht denn hier ab?«, frage ich, als Essie mit Amber spricht. »Ihr sagt immer, ich soll euch vertrauen, aber so langsam seid ihr mir echt eine Erklärung schuldig!«

»Du wirst es gleich verstehen«, sagt Felix.

Ich blicke zu Leo.

»Alles okay«, beruhigt er mich und drückt noch einmal meine Hand.

Essie nickt Carl zu. Er zieht das lose Zaunbrett weg. Essie klopft mit dem Ellbogen dreimal gegen den Zaun. Die Leute verstummen.

»Hiermit erkläre ich den ersten alternativen Eden-Park-Weihnachtsball für eröffnet!«, ruft sie unter Applaus.

Ich habe keine Chance, irgendwelche Fragen zu stellen, denn ich muss bereits hineinkriechen. Einer nach dem anderen schlüpfen wir durch das Loch, das etwas verbreitert und vorsichtig mit Plastik ausgekleidet wurde. Sobald ich durch bin und wieder aufrecht stehe, kann ich sehen, dass der Weg zum Schwimmbad mit Hunderten von Teelichtern in Gläsern und roten Grablichtern erleuchtet ist. Wir folgen dem Weg bis zum Foyer, wo uns noch mehr Lichter erwarten und uns zum Schwimmbecken führen. Wir vier gehen voraus, und hinter uns ist das aufgeregte Gemurmel der Leute zu hören.

»Wie habt ihr nur all diese Leute hierhergeholt?«, frage ich und blicke mich um.

»Wir haben einfach eine ziemlich offensive Untergrund-Werbekampagne veranstaltet«, erklärt Felix locker.

»Und wie das?«

»Ach, das war leicht«, sagt Essie. »Als Leo von dem Schwimmbad erzählt hat, wussten wir, dass wir einen geeigneten Ort hatten. Dann haben wir den Leuten einfach die beiden Möglichkeiten erklärt: Entweder noch einmal der übliche Weihnachtsball, bei dem man unweigerlich einen brennenden Hass auf die ganze Menschheit bekommt, oder man hat zur Abwechslung mal richtig Spaß und kommt hierher.«

Beim Näherkommen kann ich Musik hören.

»Ist das ein DJ?«, frage ich.

»Möglich«, sagt Felix lächelnd.

Als wir um die Ecke zum Pool kommen, halte ich die Luft an, denn es sieht einfach umwerfend aus. Hier sind noch mehr Kerzen verteilt, außerdem hängen überall weiße Ballons und silberne Bänder. Vom obersten Sprungbrett baumelt eine sich langsam drehende Diskokugel, die Millionen von Lichtern in den Raum wirft.

»Das habt ihr also heute Nachmittag gemacht«, stelle ich fest.

»Und gestern Abend. Und den Abend davor«, berichtet Essie. »Einen Generator hierherzukriegen war kein Picknick, das kann ich dir sagen.«

Am anderen Ende des Beckens, wo es flacher wird, ist eine richtige Anlage aufgebaut und Musik schallt aus großen Lautsprechern. Der DJ selbst sieht verdächtig nach einem von Felix' älteren Brüdern aus.

»Felix, ist das etwa Nick?«, frage ich und spähe zu der Gestalt hinter der Anlage.

»Allerdings.«

»Es macht ihm nichts aus, auf einer Highschoolparty aufzulegen?«

Felix schaut mich gespielt betroffen an und sagt mit Grabesstimme: »Ich will offen zu dir sein. Als Gegenleistung bin ich bis nächstes Weihnachten sein Sklave.«

Ich sehe die drei an, ihre Gesichter sind vom flackernden Kerzenschein erleuchtet.

»Ich kann gar nicht glauben, dass ihr euch alle diese Mühe gemacht habt«, sage ich, »nur für mich.«

Ich merke, wie mir zum x-ten Mal an diesem Abend die Tränen in die Augen steigen.

»O nein, nicht!«, ruft Essie. »Du wirst heute Abend nicht heulen. Das ist nicht erlaubt, denn zum einen würde es dein Make-up völlig ruinieren. Und zum anderen täuschst du dich sowieso. Es ist nicht nur für dich. Sieh dich doch um.«

Und das tue ich. Nach und nach füllt sich das Becken, das heute Abend zur Tanzfläche umfunktioniert ist, mit sich ehrfürchtig umsehenden Schülern – die sogenannten Spinner und Außenseiter der

Highschool. Aber dann sehe ich, dass es nicht nur die Goths, Emos und Nerds sind. Es sind auch andere dabei, Schüler, die ich immer als normal abgespeichert hatte. Von denen ich niemals erwartet hätte, dass sie lieber zu einem Ball in einem stillgelegten Schwimmbad in Cloverdale gehen würden als zu Harry Beaumonts Schneemaschinen-Angebershow.

Nick spielt einen Bruno-Mars-Song.

»Komm schon«, sagt Essie, »tanzen wir.«

»Ich weiß nicht«, sage ich und bleibe stehen.

Ich kann nicht vergessen, dass ich als Mädchen hier bin, als Kate. Und da unten auf der Tanzfläche sind jede Menge Leute, deren Reaktionen auf meinen Aufzug ich noch nicht richtig einschätzen kann.

»Komm«, flüstert Leo mir ins Ohr. Ich zögere, bevor ich mich von Essie zur Leiter führen lasse. Wir klettern auf die leicht abschüssige Tanzfläche.

»Deshalb die Turnschuhe, ich verstehe«, sage ich und deute auf meine Füße.

»Siehst du, ich hab dir ja gesagt, alles wird sich aufklären«, sagt sie grinsend und zieht mich in die Mitte.

Als der Refrain einsetzt, merke ich, wie die anderen mich ansehen. Essie fängt sofort zu tanzen an, hebt ihre Arme in die Luft und singt mit. Aber ich stehe da wie angegossen, habe zu viel Angst, um mich zu bewegen. Auch wenn Leo auf gewisse Weise schon den Weg an der Schule bereitet hat, bin ich immer noch für die meisten ein Junge in einem Kleid, David Piper als Dragqueen.

Essie fasst meine Hände.

»Was ist denn los?«, fragt sie und schüttelt sie.

»Ich glaube nicht, dass ich das kann, Essie, alle sehen zu.«

Sie ruft etwas, was ich wegen der lauten Musik nicht verstehe.

»Was?«, rufe ich zurück.

»Tanz einfach, als ob niemand sonst da wäre«, ruft sie in mein Ohr. »Tu einfach so, als wären es nur wir beide, du und ich!«

Ich schließe meine Augen für einen Moment und versuche mir vorzustellen, dass ich nur mit Essie in ihrem Zimmer tanze. Ich fange an, mich zu bewegen, zuerst meine Arme, dann langsam der Rest meines Körpers. Nach vielleicht zwanzig Sekunden traue ich mich, meine Augen zu öffnen, und auch wenn manche Leute auf der Tanzfläche mich immer noch anstarren, schaffe ich es mehr oder weniger, sie für den Rest des Songs auszublenden, und konzentriere mich nur auf das grinsende Gesicht meiner verrückten besten Freundin, die vor mir auf und ab hüpft.

Wir haben zu ein paar Songs getanzt, und ich bin fast locker geworden, als ich es höre.

»Freakshow.«

Ich blicke über meine Schulter, aber die Tanzfläche ist total voll, und ich kann nicht sehen, woher es kommt. Ich höre auf zu tanzen.

»Alles okay?«, fragt Essie und zupft an meinem Arm.

Ich nicke. Aber es stimmt nicht. Das ist alles zu viel und geht zu schnell. Ich versuche, mich weiter zu bewegen, aber meine Glieder fühlen sich schwer und unbeholfen an.

Das nächste Mal höre ich es deutlich. Ich drehe mich schnell um. Eine Gruppe Schüler aus dem Jahrgang unter uns stehen in einem Halbkreis und starren mich an, den Mund vor Abscheu verzogen.

»Transe«, sagt eine von ihnen.

Die anderen fangen an zu kichern.

»Ja, bist du jetzt so was wie eine Dragqueen?«, fragt eine andere.

Leo taucht wie aus dem Nichts auf und schneidet ihnen das Wort ab.

»Verpisst euch lieber. Wenn ihr nur in Schubladen denken könnt, dann geht lieber zu dem anderen Ball.«

»Ja«, stimmt Essie sofort zu. »Wenn ihr irgendein Problem habt mit dem, was ihr hier seht, dann seid ihr hier nicht erwünscht.«

»Also«, sagt Leo und baut sich vor ihnen auf. »Noch irgendwas zu sagen?«

Die Clique tauscht verstohlene Blicke aus, dann ziehen sie los, aber nicht, ohne uns dabei böse anzusehen.

»Idioten«, schimpft Essie. »Alles okay?«

»Klar«, sage ich, auch wenn ich merke, dass ich zittere.

»Danke«, sage ich zu Leo, als der nächste Song einsetzt.

Er zuckt mit den Schultern.

»Wird es immer so sein?«, frage ich.

»Eine Weile schon, ja. Aber es wird besser, glaub mir, bei mir ist es das ja schon. Und ich spreche aus Erfahrung.«

Ich nicke dankbar und bin froh, dass ich aufgehört habe zu zittern.

Als Felix zu uns stößt, fangen wir wieder an zu tanzen, und Leo ist zu meiner Überraschung gar nicht mal ein schlechter Tänzer, auch wenn er einige der ausgefallenen Tanzschritte von Essie auslässt. Wir tanzen zu einem Song nach dem nächsten, und langsam stelle ich fest, dass ich immer weniger angestarrt werde. Die anderen sind inzwischen selbst mit Tanzen beschäftigt. Unser Kreis erweitert sich nach und nach beim Tanzen, bis ich neben irgendwelchen Schülern tanze, mit denen ich noch nie vorher ein Wort gewechselt habe.

Auf einmal merke ich, dass Simon Allen sich neben mich schiebt, er riecht wie immer deutlich nach Knetgummi und trägt anscheinend einen geliehenen Smoking.

»Hey, Simon«, sage ich.

»Hey«, antwortet er. »Hör mal, ich … ähm, wollte nur sagen, ich finde, du hast echt Eier in der Hose.«

Im gleichen Moment läuft er knallrot an.

»O mein Gott, sorry, schlechte Wortwahl«, stottert er. »Ich meinte damit eigentlich, dass du echt Mut hast.«

Ich bin verblüfft. In all den Jahren, in denen wir nebeneinander im Klassenzimmer saßen, haben Simon und ich kaum miteinander gesprochen. Es gab immer diese unausgesprochene Übereinkunft zwischen uns, dass wir uns vielleicht lieber nicht zusammentun, um nicht unerwünschte Aufmerksamkeit auf unsere unterschiedlichen Merkwürdigkeiten zu lenken.

»Danke, Simon«, sage ich. »Danke, dass du das gesagt hast.«

»Gerne«, sagt er und blickt zu Boden, bevor er sich umdreht, um weiterzutanzen.

»Warte«, sage ich.

Er dreht sich um, sein Gesicht ist immer noch rosa angelaufen.

»Hast du Lust, mit uns zu tanzen?«

Er zögert, bevor er nickt und noch für zwei Songs bei uns bleibt.

Nick wurde instruiert, so viele Musikwünsche zu spielen wie möglich, also wechselt die Musik von Rock zu Pop zu Punk und Folk.

»Willst du was trinken?«, fragt Leo, als ein besonders ausgefallener Goth-Rock-Song gespielt wird.

»Gute Idee.«

Wir sitzen mit unseren Coladosen am Rand des Pools und sehen den anderen unter uns beim Tanzen zu. Eine Gruppe Siebtklässler starrt uns neugierig an.

»Blende sie einfach aus«, rät mir Leo, als könne er meine Gedanken lesen.

»Ist es komisch für dich?«, frage ich nach ein paar Sekunden. »Ich meine, dass dein Geheimplatz hier plötzlich so bekannt und bevölkert ist?«

Ich kann kaum glauben, dass es der gleiche Ort ist, an dem Leo und ich diesen eiskalten Abend verbrachten und dort gesessen hatten, wo jetzt eine volle Tanzfläche ist.

»Ein bisschen schon«, gibt Leo zu. »Wäre aber sowieso nicht mehr lange mein Geheimplatz geblieben. Im neuen Jahr soll alles plattgemacht werden.«

»Nicht wirklich?!«

»Doch. Sie kommen mit Bulldozern.« Er nimmt einen großen Schluck Cola. »Nee, ist schon gut, wenn es mit Stil zu Ende geht.«

»Ich frage mich, wie es auf dem offiziellen Ball läuft«, sage ich amüsiert.

»Wusstest du, dass ich ursprünglich mit Alicia hingehen sollte?«, sagt Leo und fummelt am Verschluss seiner Dose herum.

»Echt?«

Er nickt und sieht einen Moment lang richtig traurig aus.

»Zumindest hat sie getwittert, dass sie den Ball dieses Jahr boykottiert«, sage ich.

»Macht aber keinen großen Unterschied, oder?«

»Wahrscheinlich nicht.«

Ich schweige. Leo starrt auf seine Coladose.

»Du magst sie immer noch, oder?«

Er zuckt mit den Schultern und sieht weg.

In dem Moment hört die Musik abrupt auf, was ein kollektives Stöhnen der Goths auf der Tanzfläche hervorruft. Es dauert nur ein paar Sekunden, bis ich die Anfangsmelodie des nächsten Liedes erkenne. *Have Yourself a Merry Little Christmas* – die Nat-King-Cole-

Version. Es ist die erste richtig langsame Nummer des Abends, und bald finden die ersten Paare verlegen zusammen.

»Dein Lieblingsweihnachtslied, oder?«, sagt Leo.

Ich nicke.

Er springt runter auf die Tanzfläche.

»Hast du Lust darauf zu tanzen?«, fragt er und streckt die Hand nach mir aus.

»Im Ernst?«, frage ich und blicke mich um.

»Keiner schaut«, schwindelt er. »Komm schon.«

Ich lasse mir von ihm herunter auf die Tanzfläche helfen. Auch wenn wir ein Bett geteilt, uns umarmt und an den Händen gehalten und einander obendrein ziemlich persönliche Dinge erzählt haben – irgendwie ist es plötzlich das Merkwürdigste auf der Welt, jetzt miteinander langsam zu tanzen. Schließlich haben wir die richtige Tanzhaltung gefunden und beginnen mit der Musik hin und her zu schwingen. Ich richte den Blick auf Leo und versuche die anderen um uns herum auszublenden. Nicht, dass ich ihnen einen Vorwurf machen könnte, wenn sie uns beobachten. Es ist ja schon eine ziemliche Sensation, dass wir beide langsam zusammen tanzen.

»Tut mir leid, dass ich nicht Zachary bin«, sagt Leo, als wir bei der zweiten Strophe angelangt sind.

»Was meinst du damit?«

»Na ja, das hast du dir doch immer so gewünscht … Mit einem Jungen auf dem Weihnachtsball zu tanzen. Ich nehme mal an, das hier war nicht unbedingt das, was du dir dabei vorgestellt hast.«

Ich blicke hoch zu Leo und lächle.

»Stimmt. Aber das hier ist besser. Hundert Prozent.«

Und ich schwöre, Leo, der König des Pokerface, wird rot.

Als wir zum letzten Refrain tanzen, bemerke ich sie – sie steht am

Rand des Beckens, sucht die überfüllte Tanzfläche ab, das Gesicht tränenverschmiert.

Livvy!

»Entschuldige bitte«, sage ich zu Leo.

Er runzelt die Stirn, lässt mich aber los.

»Livvy!«, rufe ich. Als ihr Blick schließlich auf mir landet, schaut sie einen Moment lang verblüfft drein, bevor sie mich erkennt.

»Was machst du denn hier?«, frage ich, während ich die Leiter hochsteige.

»Ich hab ein Taxi genommen«, antwortet sie.

»Aber warum denn? Warum bist du nicht in der Schule auf dem Ball?«

Sie blickt nach unten.

»Cressy und ich haben gestritten.«

»Worüber denn?«

»Sie hat angefangen«, strömt es aus ihr heraus. »Sie hat mit Daniel Addison getanzt. Dabei mag sie den nicht einmal! Und sie weiß genau, wie sehr ich ihn mag, das habe ich ihr schon tausendmal erzählt.«

Ihre Augen füllen sich wieder mit Tränen.

»Komm her«, sage ich.

Sie lässt sich von mir in den Arm nehmen.

»Es tut mir leid, Liv«, sage ich und streiche über ihr Haar. »Das ist echt gemein von Cressy.«

Sie nickt heftig, und eine Rotzblase hängt an ihrem rechten Nasenloch.

»Hier«, sage ich und reiche ihr eine Serviette vom Tisch mit den Getränken.

Sie schnäuzt sich heftig.

»Wie war der Ball denn abgesehen davon?«, frage ich.

Sie zuckt mit den Schultern. »Nicht, wie ich ihn mir vorgestellt habe.«

»Ja, das kann passieren«, sage ich.

»Die Schneemaschine hat nicht funktioniert«, erzählt sie. »Es hat nur ungefähr drei Sekunden geschneit, dann war die Maschine verstopft. Als ich ging, stand Harry Beaumont mit seinem Handy draußen und schrie deswegen irgendjemanden an.«

Ich grinse. »Ich freu mich, dass du da bist, Liv.«

Sie nickt und blickt auf die Tanzfläche.

»Mir gefällt dein Kleid«, sagt sie und mustert es aus den Augenwinkeln.

»Danke, Liv. Mir gefällt deins auch.«

Sie beißt sich auf die Lippen, um nicht loszugrinsen.

»Warum kommst du nicht mit tanzen?«, frage ich.

»Ich weiß nicht. Vielleicht bleibe ich einfach nur sitzen und schaue zu«, sagt sie und deutet auf die Klappsitze hinter sich.

»Sei nicht albern. Komm schon, wenn du tanzt, geht's dir gleich wieder besser, versprochen. Aber vorher musst du vielleicht deine hohen Schuhe ausziehen.«

Und so tanze ich schließlich die meiste Zeit unseres Balls mit meiner kleinen Schwester.

Der Abend ist beinahe vorbei, als ich die Anfangsmelodie eines vertrauten Songs höre. Und einen Augenblick lang bin ich zurück im *Mermaid Inn*, weit weg, in Tripton-on-Sea, total beschwipst, während Leo nervös auf die winzige Bühne vor mir geht, sich am Mikrophon festhält und aussieht, als würde er mich gleich umbringen.

»Ich komme gleich wieder, Liv«, sage ich.

Sie winkt und tanzt glücklich mit einer Gruppe aus der Achten. Ich überquere die Tanzfläche und sehe mich suchend zwischen den wippenden Köpfen um. Als der Refrain einsetzt, fluche ich verhalten. Langsam gehe ich weiter. Er muss doch hier irgendwo sein. Dann sehe ich ihn, wie er zwischen den anderen auf mich zukommt. Ich grinse und schiebe mich in seine Richtung. In der Mitte der Tanzfläche stoßen wir aufeinander.

»Das ist dein Song!«, rufe ich.

»Nein, ist es nicht«, ruft Leo zurück. »Es ist unserer.«

Essie und Felix kommen zu uns. Wir legen unsere Arme umeinander und springen im Kreis, rufen uns gegenseitig den Refrain zu.

Right now, the time is ours
So let's fly higher
Light the stars on fire
Together we'll shine.

Und auch wenn ich weiß, dass vieles vor mir liegt, wovor ich solche Angst habe, dass ich manchmal kaum Luft bekomme – heute Abend glaube ich, dass zum Schluss doch noch alles gut werden könnte.

Dreiundvierzig

Leo

Es ist der zweite Weihnachtsfeiertag. Amber ist bei Carl. Mam und Spike sind im Partnerlook gekleidet auf dem Sofa eingeschlafen, zerknitterte Papierhütchen schief auf den Köpfen. Vor ihnen auf dem Couchtisch stehen die Überreste unseres Mittagessens – Truthahnsandwiches, Pringles, Mixed Pickles und Hackfleischpasteten. Tia sitzt im Schneidersitz auf dem Boden und sieht sich *Merida – Legende der Highlands* an, ein Paar Feenflügel umgeschnallt. Das Wohnzimmer ist immer noch von gestern in Unordnung. Geschenkpapier und Weihnachtskracher liegen überall auf dem Teppich. Überall stehen schmutzige Gläser und Schüsseln mit Chipskrümeln.

Der Tag war eigentlich ganz okay. Es stellte sich heraus, dass Spike gar nicht mal so schlecht in der Küche ist, also hat er das Weihnachtsessen gekocht, während Amber und Tia ein riesiges Himbeertrifle als Nachtisch machten. Die Geleeschicht war nicht richtig fest geworden, so dass alles ein bisschen zerlaufen war, aber es schmeckte trotzdem. Mam war gutgelaunt und spielte nach dem Essen sogar eine Runde von Tias Junior-Monopoly mit (wir ließen Tia gewinnen). Am Abend kam Tante Kerry mit ihrem Freund, und ein paar Kumpel von Spike kamen auch noch vorbei. Einer von ihnen brachte seine Ukulele mit und spielte jede Menge Weihnachtslieder. Spike machte mit, indem er auf den

Couchtisch trommelte. Wir stimmten alle in den Refrain ein, und Mam sang so laut, dass sie heiser wurde. Mir fiel dabei wieder ein, wie ich in Tripton mit David im Pub war. Es kommt mir vor, als sei es schon Jahre her. Immer, wenn ich jetzt an Tripton denke, dann fallen mir diese Sachen ein. Zum Beispiel, wie ich beim Bingo gewonnen habe, wie wir im eiskalten Meer herumgespritzt haben oder wie ich Davids Haar zurückgehalten habe, als er sich im B&B auf der Toilette übergeben musste. Diese Dinge sind es, die mir sofort dabei einfallen. Die anderen, die beknackte Begegnung mit meinem Dad, das verdränge ich. Jenny meint, ich müsste daran arbeiten. Das werde ich auch. Aber fürs Erste möchte ich ihn einfach vergessen und mein Leben weiterleben.

Der Briefkasten klappert. Ich sehe zu Mam und Spike, aber sie liegen praktisch im Koma. Mit einem Seufzer stemme ich mich aus dem Sessel.

Es ist Kate, in mehrere Lagen eingepackt. Sie trägt Make-up, und ihre Perücke guckt unter ihrer grünen Pudelmütze heraus.

»Hey, jemand hat den Rasen gemäht«, sagt sie und deutet auf das Gras hinter sich.

»O ja«, sage ich. »Spike und ein paar seiner Kumpel haben das letzte Woche gemacht. Die haben den ganzen Tag dazu gebraucht.«

»Sieht gut aus.«

»Ja. Wir haben jetzt sogar wieder einen richtigen Weg zur Haustür.«

»Ach, das hätte ich fast vergessen: Fröhliche Weihnachten«, sagt sie und wedelt mit der Hand.

»Fröhliche Weihnachten«, erwiderte ich. »Ähm, willst du reinkommen oder was?«

»Nee, lieber nicht, die anderen warten«, lehnt sie ab. Über ihrer Schulter sehe ich jetzt ihre Eltern und Livvy im Auto. Sie winken. Ich winke zurück.

»Also, wie war Weihnachten?«, frage ich.

»Verrückt, aber gut. Wir haben es gestern meiner Großmutter erzählt.«

»Wow! Und? Wie hat sie reagiert?«

»Ähm, ganz okay, denke ich. Schockiert. Ich hab schon befürchtet, sie verschluckt sich an ihrem Weihnachtspudding. Sie denkt natürlich, das sei bloß eine Phase, aber hey, sie hat mich nicht verstoßen oder so was, das ist ja schon mal gar nicht schlecht, oder?«

Ich nicke grinsend.

»Oh, und weißt du, was noch?«

»Was?«

»Meine Überweisung an die Klinik in London wurde genehmigt. Der Brief kam an Heiligabend, kannst du dir das vorstellen?«

»Das sind ja tolle Neuigkeiten«, sage ich. Und das meine ich ernst.

»Genau«, sagt Kate strahlend. »Es kann immer noch drei Monate dauern, bevor ich einen Termin bekomme, aber es ist ein Schritt in die richtige Richtung. Ich habe das Gefühl, dass es irgendwie losgeht, verstehst du?«

»Klar.«

»Und wir haben im neuen Jahr einen Termin bei Mr Toolan, um zu besprechen, ab wann ich vielleicht im neuen Jahr offiziell ›en-femme‹ zur Schule kommen kann. Vielleicht sogar schon zu Ostern.«

»Wow.«

»Genau! Macht mir selbst ein wenig Angst.«

Sie grinst jedoch bis über beide Ohren.

»Egal, der Grund, warum ich eigentlich hier bin, ist das hier.« Sie greift in ihre Jacke und zieht ein schmales Päckchen heraus, das in silbernes Papier eingewickelt ist, und drückt es mir in die Hand.

»Was ist das?«, frage ich.

»Tja, was wohl? Ein Weihnachtsgeschenk.«

»Aber ich habe nichts für dich.«

»Brauchst du auch nicht. Es ist sowieso nur was Kleines. Also, willst du es nicht aufmachen?«

»Ich soll es gleich aufmachen?«

Sie nickt.

Ich reiße das Papier auf, und ein Taschenbuch kommt zum Vorschein. Ich drehe es um und studiere den Einband.

»*Alan Turing: Enigma*«, lese ich laut.

»Er war anscheinend ein echt genialer Mathematiker«, erklärt Kate. »Im Zweiten Weltkrieg hat er mitgeholfen, den deutschen Funkverkehr zu knacken. Später ist er leider irgendwie durchgedreht.«

»Ich glaube, ich habe schon von ihm gehört«, sage ich und blättere kurz durch die Seiten.

»Es hat gute Bewertungen auf Amazon bekommen«, fügt sie hinzu.

»Das ist toll, danke«, sage ich und klappe es wieder zu.

»Du sagst das nicht einfach so? Ich hatte schon Angst, dass es vielleicht ein wenig langweilig sein könnte.«

»Nee, hört sich gut an.«

Sie lächelt und steht wieder locker da.

»Was ist mit dir? Wie war dein Weihnachten?«, fragt sie.

Ich schaue mich um, auf die relativ friedliche Szene im Wohnzimmer.

»Es war … eigentlich ganz okay.«

»Hast du was von Alicia gehört?«

»Nein. Ich denke, der Zug ist definitiv abgefahren«, sage ich und lächle gezwungen.

Ein plötzlicher kalter Windstoß erwischt mich, und ich ziehe den Reißverschluss meines Hoodies hoch bis zum Kinn.

»Tja, da entgeht ihr einiges«, sagt Kate, ohne mir direkt in die Augen zu sehen.

»Ja, was soll's, so ist halt das Leben. Man kriegt nicht immer das, was man will.«

»Das kannst du laut sagen«, antwortet sie.

Ihr Dad lässt die Hupe hören.

»Ich muss los. Wir wollen uns heute Abend den *Nussknacker* im Theater ansehen. Familientradition am zweiten Feiertag.«

»Schön. Viel Spaß.«

»Kerle in Strumpfhosen! Wenn das nicht sehenswert ist«, witzelt Kate.

»Danke noch mal für das Geschenk«, sage ich, räuspere mich und halte das Buch hoch. »Vielleicht lese ich es gleich heute Abend.«

»Gern geschehen«, antwortet sie. »Also, wir sehen uns im neuen Jahr?«

»Klar, dann bis nächstes Jahr!«

»Harry wird es uns nicht leichtmachen, möchte ich wetten.«

»Vielleicht, vielleicht auch nicht. Was soll er denn groß tun? Also echt …?«

Es hatte sich herausgestellt, dass das Versagen der Schneemaschine das kleinste von Harrys Problemen beim Ball gewesen war. Nachdem das Planungskomitee sein Budget schwer überzogen hatte und nicht so viele Leute gekommen waren wie gedacht, hatten sie ziemlich große Schulden bei der Schule. Nicht, dass irgendetwas davon mit uns zu tun hat, aber mir ist klar, dass Harry versuchen wird, uns die Schuld zu geben. Aber die Sache war es wert. Absolut.

Wir stehen einen Moment lächelnd da, und es ist unnötig, noch etwas zu sagen.

Kates Dad hupt noch einmal.

»Du musst los«, sage ich.

»Ja, du hast recht.«

Sie umarmt mich ganz fest, bevor sie zum Auto läuft.

Ich stehe in meinen Socken auf der Türschwelle und sehe dem davonfahrenden Auto nach.

Etwa eine Stunde später, als es gerade dunkel wird, beginnt es zu schneien. Mam und Spike sind zum Pub gegangen, und Amber ist immer noch bei Carl, also bin ich mit Tia allein zu Hause.

Sobald sie den Schnee sieht, dreht sie richtig ab. Sie rast im Wohnzimmer umher und bettelt mich an, mit ihr in den Hof zu gehen und einen Schneemann zu bauen.

»Dafür liegt noch nicht genug Schnee«, erkläre ich.

»Dann Schneebälle!«, bettelt sie.

Zum Schluss sehe ich ihr von der Tür aus zu. Es ist immer noch nicht genügend Schnee gefallen, um einen ordentlichen

Schneeball zusammenzubringen. Nach ein paar schiefgegangenen Versuchen steht Tia schließlich nur da, die Arme ausgestreckt, den Kopf gegen den Himmel gereckt, und versucht, die Schneeflocken mit ihrem von Süßigkeiten klebrigen kleinen Mund zu fangen.

»Zieh dir wenigstens eine Jacke an«, rufe ich ihr zu. Aber sie hört nicht auf mich. Der Schnee hat sie völlig verzaubert.

Mir wird schnell kalt, während ich so dastehe und zuschaue, also lehne ich die Tür an und gehe ins Haus zurück. Aber Tia bleibt noch zehn Minuten draußen, nur in ihren Clogs, Jeans, T-Shirt und Engelsflügeln. Als sie schließlich hereinkommt, ist ihr Gesicht fast blau, und ihre Zähne klappern. Ich fasse ihre Hände, die wie Eisblöcke sind, doch sie scheint es gar nicht zu bemerken. Manchmal frage ich mich, ob Tia noch alle Tassen im Schrank hat. Ich mache ihr einen Kakao und lasse sie eingekuschelt auf dem Sofa *Die Schöne und das Biest* ansehen, eine alte Decke über ihrem schmalen Körper.

Ich selbst gehe nach oben und setze mich auf Ambers Bett, wo ich aus dem Fenster zusehe, wie der Schnee fällt. Die Schneeflocken werden dicker und bleiben länger liegen. Dabei bekomme ich dieses komische Gefühl. Es ist, als könnte ich mich daran erinnern, wie ich mit Jimmy draußen im Schnee war, als ich noch ganz klein war. Aber natürlich weiß ich jetzt, dass das unmöglich ist. Mein Verstand spielt mir Streiche. In der Vergangenheit hätte ich versucht, an diesem Bild festzuhalten. Aber heute Abend lasse ich diese Vorstellung in nichts aufgehen, genau wie die Schneeflocken auf Tias Zunge.

Wenn ich meine Augen ein wenig zukneife, kann ich mir vorstellen, dass ich gar nicht in Cloverdale bin, sondern ganz woanders, weit weg. Es ist komisch, wie der Schnee das bewirken kann, indem er alles Hässliche und Graue verdeckt. Die Mülleimer, die Dreckhaufen und die rostigen Autos – all das wird unter einer funkelnden weißen Decke versteckt. Es wird nicht andauern. Bis morgen Abend wird der Schnee sich in schmutzigen Matsch verwandelt haben. Aber für heute Abend, solange keine Menschenseele zu sehen ist, ist es perfekt. Ich öffne das Fenster einen Spalt und lausche in die absolute Stille. Dann lege ich mich auf den Rücken und sehe nur noch den Himmel. Die rieselnden Schneeflocken leuchten unter der Straßenlaterne vor dem Fenster orangefarben auf.

Ich weiß nicht, wie lange ich so dagelegen habe, als es an der Haustür klopft. Wahrscheinlich ist es Mam, die ihre Schlüssel vergessen hat. Oder Sternsinger, die noch ein bisschen Geld verdienen wollen.

Ich setze mich auf und lausche, als Tia den Briefkastenschlitz öffnet und hindurchfragt: »Was möchten Sie?«

Ein paar Sekunden später ruft sie die Treppe hoch nach mir. Ich klettere die Leiter des Hochbetts hinunter.

»Es ist für dich«, sagt Tia und sieht vom Flur aus zu mir hoch. Ihre Flügel sind ganz verbogen, weil sie auf dem Sofa daraufgelegen hat.

»Hab ich mir schon gedacht«, erwidere ich ungeduldig. »Wer ist es denn?«

Sie zuckt nur mit den Schultern und kehrt ins Wohnzimmer zurück.

Ich gehe die Treppe hinunter. Hinter dem Milchglas der Haustür ist verschwommen eine Gestalt auszumachen. Ich öffne die Tür.

Es ist Alicia. Sie trägt einen lila Mantel und flauschige Ohrwärmer. Auf ihren Schultern und in ihrem Haar sitzen Schneeflocken. Ich starre sie an. Wahrscheinlich steht mir der Mund offen.

Sie holt tief Luft.

»Ich möchte, dass du weißt, dass ich es nicht war«, stößt sie hervor. »Ich habe keiner Menschenseele erzählt, was du mir anvertraut hast. So was würde ich nie tun. Aber Becky hat im Internet recherchiert und es allen gesagt. Sie ist im Augenblick nicht gerade meine Lieblingsfreundin, falls dich das tröstet. Also, was ich eigentlich sagen will: Es tut mir leid! Alles, aber hauptsächlich, dass ich so lange gebraucht habe, mich zu entschuldigen.«

Sie sagt das alles ganz schnell, die Augen weit aufgerissen. Als wäre sie selbst überrascht, dass sie überhaupt vor meiner Tür steht.

»Nein, mir tut es leid«, sage ich. »Ich hätte es dir von Anfang an sagen müssen. Ich hätte es nicht so weit kommen lassen dürfen.«

Sie legt einen Finger auf meine Lippen, um mich zum Schweigen zu bringen, und sieht mir in die Augen.

»Leo, kann ich dich um etwas bitten?«

Ich nicke.

»Können wir bitte all das vergessen und, ich weiß auch nicht, einfach von vorne anfangen?«

»Von vorne anfangen?«

»Als Freunde.«

»Freunde«, wiederhole ich.

Sie streckt die Hand aus und holt noch einmal tief Luft.

»Hi, ich bin Alicia Baker. Nett, dich kennenzulernen.«

Ich zögere, bevor ich ihre Hand ergreife und schüttle.

»Und ich bin Leo, Leo Denton.«

Sie lächelt. Dieses einzigartige Lächeln.

»Fröhliche Weihnachten, Leo Denton.«

Danksagung

Ein riesiges Dankeschön an alle, die mich unterstützt haben, während ich dieses Buch geschrieben habe, aber ganz besonders an:

Bella Pearson, die nicht nur eine unglaubliche Lektorin ist, sondern auch von Anfang an Vertrauen in mich hatte. Ohne dich hätte ich es nicht geschafft.

Das ganze Team bei David Fickling Books, einschließlich, aber nicht ausschließlich David Fickling, für seinen unschätzbaren redaktionellen Input, seine weisen Worte und das herzliche Willkommen in der »Familie«, Linda Sargent für ihre tollen Anmerkungen, Phil Earle dafür, dass ich mich durch ihn ein wenig wie ein Superstar fühlen durfte, und Rosie Fickling dafür, dass sie meine endlosen Fragen beantwortet hat! Ich schätze mich sehr privilegiert, eine Autorin dieses Verlags zu sein.

Margaret Ferguson bei Farrar, Straus und Giroux in New York für ihre wunderbaren redaktionellen Anmerkungen und dafür, meinen sich immer wieder verschiebenden Zeitplan im Auge zu behalten! Ich freue mich so sehr, weiter mit euch zusammenarbeiten zu können.

Meine absolut unglaubliche Agentin Catherine Clare, die mir das Gefühl gegeben hat, bei jedem Schritt des Weges in guten Händen zu sein.

Imogen Cooper und das phantastische Team bei The Golden Egg Academy dafür, dass ihr genau zur richtigen Zeit genau das wart, was ich brauchte. Ich bin sehr stolz darauf, mich selbst eine »Egger« nennen zu können.

Die lieben Leute bei Curtis Brown Creative (CBC), besonders Anna Davis und Chris Wakling, dafür, dass sie mein Potential entdeckt haben und dezent vorschlugen, ich sollte versuchen, für junge Erwachsene zu schreiben (Aha-Erlebnis!).

Alle meine CBC-Kolleginnen und Kollegen, besonders die Gruppe von Montagabend – Paul Golden, James Hall, Michael Hines, Dan MacDonald, Fiona Perrin, Christina Pishiris, Maria Realf und Sara-Mae Tuson. Ein Extra-Dankeschön an Fiona, dass sie mir ihre Töchter und deren Freunde für einen nachmittäglichen Crash-Kurs in all diesen »Teenager-Dingen« ausgeliehen hat. Chloe Atkinson, Elyse Emanuel, Sienna Emeanuel, Jacob Grosvenor-Brown, Bryony Ingram, Lewis Lehrfreund, Georgina Martin, Will Murray, Alex Pritchard, Lizzi Shearing, Kat Smith und Will Taylor – danke, dass ihr mich so genial unterrichtet habt!

Jake Dorothy und Stef Williams für die Einladung nach Hause und dafür, dass ihr so großzügig, offen und ehrlich wart. Euer Input war unglaublich wichtig.

Das wunderbare – letzte und gegenwärtige – Team von Gender Identity Development Service im The Tavistock Centre, aber besonders Polly Carmichael, Sarah Davidson, Domenico de Ceglie, Keyur Joshi und Elin Skagerberg.

Nikki Gibbard, Winnie Tang, Katherine Watson und David Whitfield (auch the *besties*) dafür, dass ihr grundsätzlich einfach toll seid. Eine besondere Verbeugung vor Nikki – als mein Haupt-Cheerleader von Anfang an –, das hat mir damals viel bedeutet und heute sogar noch mehr.

Lieben Dank euch allen.

Meine Familie dafür, dass sie nicht völlig ausgeflippt ist, als ich nach zehn Jahren als Schauspielerin erzählte, dass ich die gleichermaßen (un)sichere Karriere als Schriftstellerin ausprobieren wollte! Euer leiser Stolz auf mich bedeutet mir so viel und sorgt dafür, dass ich mit den Füßen fest auf der Erde bleibe.

Den folgenden lieben Leuten dafür, dass sie auf verschiedenste große und kleine Weisen (aber alle wichtig!) dafür sorgten, dass dieses Buch zustande kam: Gregory Ashton/Lesley Ross, Chloe Austin, Andrew Clarke, Barry Cunningham, Julia Green, Lisa Heathfield, Jill McLay und Anna Ramberg. Ihr seid alle toll!

Und schließlich noch ein Dankeschön an Matt für seine Geduld, sein Wissen um alles, was Interpunktion und Grammatik betrifft, und die umfassenden guten Energien.

Ich freue mich so, dieses Abenteuer mit dir zu teilen.